W0289739

Zum Buch:

Jack hatte alles hergerichtet und war bereit zum Einschenken. Hundert polierte Prosecco-Gläser glitzerten im sanften Licht der frühen Maisonne, perfekt aufgereiht auf den Klapptischen, die er gerade zusammen mit dem Butler eingedeckt hatte. Ja, es gab tatsächlich einen echten Butler. Jack schmunzelte bei dem Gedanken. Jede Veranstaltung hatte etwas Eigenes an sich. Dieser Job führte ihn an alle möglichen reizvollen Plätze, wo er die verschiedensten Leute kennenlernte. Als er vorhin mit dem Vintage-Camper, seinem besten Stück, von der schmalen Straße abgebogen war, hatte er bereits beim Anblick des atemberaubenden Veranstaltungsortes nach Luft geschnappt.

Zur Autorin:

Caroline Roberts lebt mit ihrem Mann in Northumberland im Norden Englands und ist der Überzeugung, dass jeder für seine Träume kämpfen sollte. Sie liebt es, emotionale Geschichten über Liebe, Verlust, Verrat und Familie zu schreiben, die zeigen, wie kompliziert, aber trotzdem wunderschön die Liebe sein kann. Die Sandstrände, Schlösser und grünen Hügel inspirieren sie zu ihren Geschichten.

Caroline Roberts

DER WUNDERBARE FOODTRUCK AM STRAND

Roman

Aus dem Englischen von
Martina Takacs

HarperCollins

Die Originalausgabe erschien 2022 unter dem Titel
The Seaside Cocktail Campervan bei One More Chapter, London.

1. Auflage 2023
© by Caroline Roberts
Deutsche Erstausgabe
© 2023 für die deutschsprachige Ausgabe
by HarperCollins in der
Verlagsgruppe HarperCollins Deutschland GmbH, Hamburg
Umschlagabbildung von www.buerosued.de
unter Verwendung von Shutterstock
Gesetzt aus der Minion Pro
von GGP Media GmbH, Pößneck
Druck und Bindung von CPI books GmbH, Leck
Printed in Germany
ISBN 978-3-365-00295-7
www.harpercollins.de

Klimaneutral
Druckprodukt
ClimatePartner.com/15109-2009-1001

FSC
MIX
Papier
FSC® C083411

Für Umarmungen, Feiern und Neuanfänge

Du bist herzlich eingeladen zu Cocktails und
Festlichkeiten
anlässlich der Party
zu
Harriet Carter-Cresswells 21. Geburtstag
am Samstag, dem 8. Mai um 18 Uhr
in
Dunstanburgh Hall, Northumberland
u.A.w.g. bis spätestens Freitag, 16. April
Abigail Carter-Cresswell

1. KAPITEL

Jack hatte alles hergerichtet und war bereit zum Einschenken. Hundert polierte Prosecco-Gläser glitzerten im sanften Licht der frühen Maisonne, perfekt aufgereiht auf den Klapptischen, die er gerade zusammen mit dem Butler eingedeckt hatte. Ja, es gab tatsächlich einen echten Butler. Jack schmunzelte bei dem Gedanken. Jede Veranstaltung hatte etwas Eigenes an sich. Dieser Job führte ihn an alle möglichen reizvollen Plätze, wo er die verschiedensten Leute kennenlernte.

Als er vorhin mit dem Vintage-Camper, seinem besten Stück, von der schmalen Straße abgebogen war, hatte er bereits beim Anblick des atemberaubenden Veranstaltungsortes nach Luft geschnappt. Es war das Landhaus des Geburtstagskindes. Und was für ein Haus das war: verwitterte Mauern aus Sandstein, drei Stockwerke hoch. Es lag eine Meile landeinwärts vom goldenen Sand der Low Newton Bay an der wunderschönen Küste von Northumberland. Er hatte seinen Standplatz direkt neben der Kiesauffahrt auf dem Rasen vor diesem beeindruckenden Anwesen, und der Blick war einfach herrlich. Er reichte über hügeliges grünes Ackerland bis hin zum tiefblaugrauen Meer und wurde gerahmt von einem azurblauen, stellenweise blass goldgetönten Himmel.

Jack kleidete sich gern passend zur jeweiligen Gelegenheit. So trug er zu Hochzeiten und formellen Anlässen Smoking und Fliege, zu Festivals und Festen Shorts und T-Shirts, und anlässlich des 21. Geburtstags, für den er heute Abend gebucht war, hatte er sein lässig-elegantes Party-Outfit an, eine beigefarbene Chinohose und ein strahlend weißes Hemd, dazu die gebügelte schwarze Schürze mit seinem Logo *Jack's Cocktail-Camper* in grauen, stilvoll geschwungenen Lettern auf der Vorderseite.

Vor vier Jahren hatte er mit dem mobilen Barbetrieb begonnen. Es hatte schon ein gewisses Risiko bedeutet, seine letzten Ersparnisse in den Kauf des charaktervollen, aber ziemlich rostigen VW-Bus-Campers zu stecken, den er Ruby getauft hatte. In den drei Monaten darauf hatte er jedes Wochenende und viele Abende damit verbracht, den Van auf Vordermann zu bringen. Dafür hatte er nicht nur einen Bankkredit aufgenommen, sondern auch viel Herzblut, Schweiß und Tränen geopfert und zahlreiche YouTube-Anleitungsvideos geschaut. Ein wenig professionelle Hilfe für den Motor und die Elektrik war aber trotzdem noch notwendig gewesen. Schließlich hatte er den Sprung ins kalte Wasser gewagt und seinen Job als Geschäftsführer eines Bistros gekündigt. Den Job, zu dem er sich vom Kellner aus hochgearbeitet hatte.

Ruby war rot. Vintagerot. Immer wenn Jack sich auf den Fahrersitz schwang und über die Landstraße fuhr, fühlte er sich inspiriert, lautstark »Ruby, Ruby, Ruby« im Stil der Kaiser-Chiefs-Hymne zu singen. Er hatte es nie bereut, trotz der unvermeidlichen Höhen und Tiefen, die ein eigenes Unternehmen so mit sich bringt, und er war stolz auf sein Geschäft, das sich langsam, aber sicher etablierte. Er liebte die Freiheit, sein eigener Chef zu sein, und genoss die Begeisterung, die er auf den Veranstaltungen hervorrief, wenn er die Wünsche seiner Kunden aufs Beste erfüllte.

Abigail, die Mutter des Geburtstagskindes und Organisatorin der Party, kam plötzlich die großen Steintreppen vom Gebäude heruntergelaufen, und Jack hörte, wie sie irgendetwas von einem verspäteten Pizzaservice vor sich hin schimpfte. Die ganze Zeit über suchte sie mit den Augen die Einfahrt ab, als könnte sie denjenigen damit zum sofortigen Erscheinen zwingen. Sie kam geradewegs auf Jack zu, einen Blumenschmuck in Pfirsich- und Cremefarben in den Händen, und listete ihm eine ganze Reihe von Last-minute-Hinweisen und Wünschen auf. Danach brachte sie das Bouquet auf dem Getränketisch an. Herrje, war das Ding scheußlich! Es sah aus wie ein floraler Nachruf auf eine 1970er-Jahre-Hochzeit, aber Jack sagte nichts dazu. Er hatte nicht die Absicht, es sich mit der zahlenden Kundschaft zu verderben. Und, hey, was weiß ich schon von Blumen, dachte er bei sich. Hässlich waren sie aber trotzdem.

»Na, junger Mann«, schnitt Abigails Stimme durch das frühabendliche Vogelkonzert, »haben Sie denn genügend Eis für den Abend? Sonst gibt es in der Gefriertruhe in der Speisekammer noch ein paar Beutel, wenn es nötig sein sollte. Sie können durch die Seitentür ins Haus gehen.«

Nur, dass das klar ist – für Sie als Mitarbeiter ist die Vordertür tabu, war die Botschaft, die bei Jack ankam.

Abigail kam jetzt richtig in Fahrt. »Ach, und übrigens – haben Sie denn nun diese hübschen kleinen Veilchen als Deko, wie Sie es uns bei der Verkostung für die Himbeer-Fizz-Drinks versprochen hatten?«

»Ja, die Blumen habe ich hier, Abigail, ich warte nur erst, bis die Gäste kommen, dann schenke ich den gekühlten Prosecco aus und garniere wie vereinbart die Cocktails damit.«

Jack war sehr froh, dass seine Eltern einen großen, gut bestückten Garten hatten – der ganze Stolz seiner Mutter. Sie erlaubte ihm sehr gern, sich an den verschiedenen Kräutern, Blättern und Blumen zu bedienen, weil er damit seinem Cocktail-Angebot das gewisse Etwas verleihen konnte.

»Dann ist es ja gut. Sie sahen bei der Verkostung so hübsch aus.« Abigail hielt inne, betrachtete die Tischdeko, schob sie ein paar Zentimeter zur Seite und nickte zufrieden. Dann fuhr sie fort: »Ach, und wenn Sie bitte dafür sorgen würden, dass Harriets jüngerer Bruder Hugo auf keinen Fall mehr als einen Drink zu sich nimmt. Er ist nämlich erst sechzehn.«

Ah ja. Jack hatte ihn vorhin gesehen, diesen großen, schlaksigen Jungen. Auch so einer mit blondem Fransenpony. Ein ziemliches Arschloch, wie es aussah. Er kommandierte den Butler herum und tat selbst nur wenig Nützliches.

»... und dass Grandma Judith, die ich Ihnen vorgestellt habe, einen Holunderblüten-Fizz und keinen Cocktail mit Gin oder Prosecco bekommt, weil sie Medikamente einnimmt«, schwadronierte Abigail weiter. »Nicht, dass sie komische Anwandlungen bekommt oder Schlimmeres.«

Jack lächelte und antwortete höflich: »Natürlich, Abigail, kein Problem.« Ich bin hier, um zu dienen, zu lächeln und dafür zu sorgen, dass alle sich amüsieren, dachte er ironisch. *Und dass hoffentlich niemand auf Abigails Abschussliste landet oder in der Notaufnahme.*

Abigail seufzte tief. Jack befürchtete einen Moment lang, etwas falsch gemacht zu haben, und ging in Gedanken noch einmal alle Vorbereitungen durch, bis Abigail knapp bemerkte, dass der andere Caterer sich furchtbar verspätete. »Typisch«, murmelte sie und warf dramatisch überspitzt einen Blick auf ihre Armbanduhr. »Sicher treffen sie gleichzeitig mit den Gästen hier ein. Das ist nicht gut. Das ist ganz und gar nicht gut.«

»Kann ich irgendwie helfen?«, fragte Jack.

»Nur, falls Sie innerhalb einer Stunde etwa hundert fertig gebackene Pizzen herschaffen können.«

»Oh!« Er setzte sein charmantestes Lächeln auf, mit dem er jedes Herz erweichen konnte. »Tut mir leid, aber das liegt nicht in meiner Macht. Ich sorge aber gern dafür, dass alle ein Glas mit etwas Fantastischem darin bekommen, um den Abend gut zu beginnen. Der Pizzadienst ist bestimmt auch jeden Moment hier.« Jack tat sein Bestes, um Optimismus zu verbreiten. Bei solchen Anlässen gab es oft ein, zwei Pannen, und er hatte die Erfahrung gemacht, dass man am besten ruhig blieb und einfach weitermachte. Meist merkten die Gäste es ohnehin nicht, wenn etwas schieflief – vor allem nicht, wenn sie schon ein, zwei Drinks intus hatten.

»Danke, Jake.«

Jake? Er machte sich nicht die Mühe, sie zu korrigieren. Abigail hatte offensichtlich schon genug um die Ohren.

»Na, ein Glück, dass ich meinen üblichen Caterer für ein Fingerfood-Büfett im Speisesaal gebucht habe. Es ist einfach typisch – Harriet überredet mich, für die Jüngeren etwas Neues auszuprobieren, und das hat man nun davon!«

Nach dieser organisatorischen Ohrfeige stand Jack nur da und sah Abigail nach, die zurück zum Haus marschierte, ihr ziemlich großes blassrosa Hinterteil ihm zugewandt (sie trug ein Kleid, das leider viel zu sehr ihrem Hautton entsprach), alle drei schönen, aus Stein gebauten Treppen hoch. Es war genau so ein Haus, wie man es sich für ein Wochenende auf dem Land vorstellte, mit ein oder zwei Flaschen Bollinger Champagner und Krocket auf dem Rasen. (Nicht dass Jack jemals Gelegenheit zu so etwas gehabt hätte.) Das Gelände war riesig, mit einer weitläufigen Rasenfläche, die für die heutige Veranstaltung so kurz gemäht war wie ein Bowling-Green. Sie wurde eingerahmt von prächtigen lila Hortensien und pastellfarbenen Azaleen.

Es herrschte einen Moment lang Stille um ihn herum, während vom Haus her ruhige Musik und Geplauder zu hören waren, und Jack überprüfte noch einmal, ob er auch wirklich alles vorbereitet hatte. Es blieben nur noch zehn Minuten bis 18 Uhr, und dann würden die ersten Gäste eintreffen. Bis jetzt war es ein wunderschöner Tag mit blauem Himmel gewesen, und es sah so aus, als würde es auch ein herrlicher Abend für eine Party werden. Der Sommer hatte in Northumberland dieses Jahr definitiv früh begonnen.

Jacks Aufmerksamkeit wurde auf den auffällig freien Platz gegenüber von ihm gelenkt, der mit Plastikkegeln abgesteckt war, und er fragte sich kurz, was wohl mit dem anderen Caterer passiert sein mochte. Er wollte nicht in seiner Haut stecken und sich dem Zorn der bereits ziemlich gestressten Abigail ausgesetzt sehen, wenn er denn schließlich hier ankam.

Seine Gedanken schweiften ab, während er auf die ersten Ankömmlinge wartete. Das Haus, der Garten, die Zusammenkunft der Familie … Es katapultierte ihn zurück in die Vergangenheit, und tief im Inneren spürte er ein Ziehen, als er sich erinnerte. Dieser Anblick stand in einem krassen Gegensatz zu seinem eigenen einundzwanzigsten Geburtstag vor acht Jahren, der eher halbherzig und extrem minimalistisch gefeiert worden war, im

Haus seiner Familie in Alnwick. Es war eine Doppelhaushälfte aus Feldsteinen, gebaut in den 1930er-Jahren, mit einem recht großen Garten. Dort aufzuwachsen war einfach großartig gewesen. Es war ein Ort voller Wärme und Liebe, gut geeignet für eine Party, wenn Freunde und Familie in der großen Wohnküche zusammenkamen. Nun ja, so war es zumindest früher einmal gewesen.

Aber in dem Jahr hatte er keine Lust gehabt, anlässlich seiner Volljährigkeit zu feiern. Seine Eltern hatten ihn schließlich dazu überredet. Sie hatten die Meinung vertreten, man müsse versuchen, in die Zukunft zu blicken und weiterzuleben, aber Jack hatte es das Herz gebrochen, es zu tun. Eigentlich hatte er die Feier einfach nur hinter sich bringen wollen, denn nach der Sache, die passiert war, würde sich ohnehin nichts mehr so anfühlen wie zuvor.

Jack merkte, dass seine Hände leicht zitterten, als er in die Gegenwart zurückkehrte und anfing, ein Glas neu zu polieren, nur um etwas zu tun zu haben. Er schüttelte leicht den Kopf. *Genug von diesen dunklen Gedanken …*

In dem Moment sah er einen schwarzen Jeep von der Straße her einbiegen, der etwas, das wie ein Pferdeanhänger aussah, heftig schwankend die Kiesauffahrt hinaufzog. Du lieber Himmel! Brachte da etwa jemand dem Geburtstagskind einen Schimmel oder so was, um die Party zu eröffnen? Man wusste wirklich nie, was bei solchen Veranstaltungen alles geplant war. Er hätte ein Buch darüber schreiben können. Als sich das Fahrzeug näherte, sah er eine dunkelhaarige junge Frau am Steuer, neben der ein Mädchen im Teenageralter saß. Die Fahrerin wirkte angespannt und hatte die Stirn vor lauter Konzentration gefurcht, während sie sich, jetzt langsamer, dem Haus näherte.

Als er den Schriftzug an der Seite des Pferdeanhängers las, ging ihm ein Licht auf. Da stand: *Feuer und Flamme – Holzofenpizza, wie von Papa gemacht!*

Die Pizzabäckerin parkte den Anhänger gekonnt rückwärts ein und sprang so flink aus dem Fahrzeug, dass ihr das kastanienbraune Haar nur so um die Schultern flog.

»Teufel aber auch, dieser Ort ist verflucht schwer zu finden!«, stieß sie aus, teils an sich selbst, teils an Jack gerichtet, der einen Schritt nach vorn getreten war. »Das Navi hat mich total in die Irre geführt. Fast eine Stunde bin ich über winzige Landstraßen geirrt. Ich habe versucht, jemanden anzurufen und Bescheid zu sagen, aber hier draußen gibt's so gut wie kein Netz. Als ich endlich durchgekommen bin, sind wir direkt wieder unterbrochen worden. Und kein Mensch weit und breit, den man nach dem Weg fragen konnte. Jedenfalls nicht bis vor fünf Minuten. Oh Mist! Wir sind so verdammt spät dran!«

Die junge Frau, die ungefähr in Jacks Alter sein musste, trug blaue Jeans und ein rotes Polohemd. Sie strich sich schnell ihr glänzendes dunkles Haar aus dem Gesicht, um es mit einem Haargummi zusammenzubinden. »Sind schon Gäste da?«, fragte sie jetzt leicht verzweifelt, während sie begann, die Riegel an der Rückseite des Pferdeanhängers zu lösen.

»Nein, ähm, noch nicht«, antwortete Jack, »aber fast hättest du's geschafft, zeitgleich mit ihnen zu kommen.«

Sie warf ihm einen scharfen Blick zu. »Glaubst du vielleicht, das wüsste ich nicht?«

Oha! Aber Jack sah ein, dass sein Kommentar unter den gegebenen Umständen nicht besonders hilfreich gewesen war.

»Also los, keine Zeit verlieren. Der Pizzaofen braucht allein eine Stunde zum Aufheizen. Ich werfe ihn direkt an. Tamsin?«

Sie wandte sich dem jüngeren Mädchen zu. »Komm schon, wir müssen alles so schnell wie möglich fertig machen, und ich muss Harriet und ihre Mutter finden und mich für die Verspätung entschuldigen.«

Jack sah ein paar Sekunden lang zu, wie die Frau die Metalltür aufhebelte und dann über die so entstandene Rampe einen großen Ofen samt Ständer aus dem hinteren Teil des Anhängers holte, um kurz darauf Holzscheite in die igluförmige Kuppel zu packen.

»Äh, kann ich euch irgendwie helfen? Also, beim Aufstellen oder so …?«, wagte Jack zu fragen, aber sie schien ihn nicht mal zu hören. Die Pizzalady war jetzt im Inneren des Anhängers und öffnete eine hölzerne, grau gestrichene Klappe. Jack wollte gerade sein Hilfsangebot wiederholen, als einige Taxis in die Einfahrt zum Anwesen einbogen. Die ersten Gäste waren da, und die Party würde gleich beginnen. Er sollte wohl besser zu Ruby zurückkehren, um seinen Dienst an der Bar anzutreten.

In diesem Moment erschien das Geburtstagskind Harriet oben auf der Steintreppe in einem wallenden rosa Kleid, das aussah, als käme es aus einem Märchen – oder, noch wahrscheinlicher, aus der Vogue.

»Mummy, sie sind da!«, rief sie glücklich und aufgeregt zugleich.

Abigail gesellte sich mit einem starren, besorgten Begrüßungslächeln zu ihrer Tochter, während die ersten Gäste aus den Fahrzeugen stiegen. »Oh, und das Pizzaunternehmen auch. Na endlich, dem Himmel sei Dank«, fügte sie knapp hinzu.

Eine Gruppe junger Frauen versammelte sich zu einer stark parfümierten und farbenfrohen Gruppe in Stöckelschuhen und schicken Kleidern, und die Feierlichkeiten begannen mit einem

Schwall von Luftküssen, Gelächter, Begrüßungen, Geschenktüten und einem Chor von »Happy Birthday, Darling«.

Okay, Rubes, dann lass uns mal die Party starten. Der Cocktail-Camper ist bereit, es krachen zu lassen.

Jack trat sofort in Aktion und mixte sein erstes Dutzend Himbeer-Bellinis: ein Zentimeter Himbeerlikör, gekrönt mit gekühltem Prosecco, und auf jeden einzelnen wurde eine Veilchenblüte gesetzt. Außerdem schenkte er wohlriechenden G&T mit dem lokalen Northumberland Hepple Gin sowie alkoholfreien Holunderblüten-Fizz aus, mit zarten weißen Holunderblüten garniert und wie immer mit viel Liebe zum Detail. Die Begrüßungsgetränke sahen allesamt wunderschön und einladend aus, wie sie so aufgereiht auf den Holztischen standen.

Jack hatte auch hübsche grüne Windlichter aufgestellt, die später am Abend ein sanftes Licht verbreiten sollten. Er musste sogar zugeben, dass er sich auf seltsame Art langsam an Abigails pfirsich- und cremefarbene Blumendekoration gewöhnte. Umgeben von Chiffon- und Seidenvolants, wirkte der Strauß eigentlich gar nicht mehr so deplatziert.

Es war ein herrlich lauer Abend, und Jack wurde es bereits ziemlich warm. Er öffnete einen Knopf seines weißen Hemdes und enthüllte ein kleines v-förmiges Dreieck seiner leicht gebräunten Brust. Da jetzt noch mehr Autos ankamen und die Menschenmenge immer größer wurde, musste er darauf achten, einen kühlen Kopf zu bewahren, denn so wie es aussah, würde es für ihn ziemlich hektisch werden.

Die erste Gruppe von Harriets Freundeskreis versammelte sich bald um die wirklich großartig aussehende Ruby. Die tiefrote Lackierung des Campers glänzte, und Jacks Bar war mit einer

Reihe von Gläsern und Beiwerk zum Garnieren ausgestattet: Zitronen, Limetten und Orangen lagen auf einer Etagere, Sträuße von leuchtend grüner Minze und Basilikum standen in geschliffenen Gläsern, dazu kamen die Cocktailshaker aus Edelstahl. Unter dem aufgestellten Camperdach hatte Jack eine Tafel mit einer urigen Lämpchenumrahmung als Eyecatcher angebracht, auf der handgeschrieben die Begrüßungsgetränke und einige Cocktailklassiker für später aufgelistet waren: Mojito, Pimm's, Cosmopolitan, Sea Breeze, Morpeth Mule und – einer seiner absoluten Lieblingscocktails – Espresso Martini.

»Guten Abend, meine Damen. Ich bin euer Barkeeper, Jack. Bitte bedient euch. Es gibt Himbeer-Bellinis und Gin Tonics für den Anfang. Und einen herrlichen Holunderblüten-Fizz für diejenigen, die etwas Alkoholfreies bevorzugen.« Er gab sein typisches Grinsen zum Besten.

Eine Gruppe weiblicher Gäste langte bereits zu und stand bald plaudernd neben dem Camper, schwankend, weil die hohen Absätze im Gras oder im Kies der Auffahrt einsanken. Mehrere künstliche Wimpernpaare zuckten bereits in Jacks Richtung. Er spielte mit und ging mit ein paar Scherzen auf die Flirtereien ein, doch abgesehen davon blieb er an solchen Abenden immer professionell. Arbeit war Arbeit. Immer. Er wusste, wo er die Grenze ziehen musste.

Eine weitere Gruppe junger Frauen kam kichernd und plaudernd auf ihn zu.

»Oh, seht mal, was für eine niedliche Cocktailbar! Wartet mal, ich muss ein Foto machen. Ist das süß … und alles in einem Camper …«

»Also, meine Damen, ich muss sagen, ihr seht heute Abend alle ziemlich umwerfend aus. Was möchtet ihr haben? Hier stehen ein paar Himbeer-Fizz-Cocktails für euch bereit, aber ich kann euch auch den perfekten Gin Tonic anbieten, um die Party in Gang zu bringen.« Und im Handumdrehen war er wieder ganz in seinem Barkeeper-Jargon unterwegs.

»Hey, Em, schau doch mal, wie hübsch die sind.« Eines der Mädchen nahm eine rosa Bellini-Flöte in die Hand.

»Wunderschön, oder?«

»Das Personal sieht aber auch nicht schlecht aus«, erwiderte eine andere junge Frau in der Gruppe und giggelte.

»Hmm, da muss ich dir zustimmen«, flüsterte eine ihrer Freundinnen, allerdings laut genug, dass Jack es hören konnte, und warf ihm dabei einen kecken Blick zu.

Jack schüttelte nur leicht den Kopf und grinste freundlich. Er war solche Bemerkungen gewohnt und goss weiter mit ruhiger Hand Prosecco in die Gläser.

Eine attraktive Blondine berührte mit glänzenden Lippen ihr Glas. »Hmm, was für ein Geschmack. Sophie, komm und trink mal einen Schluck hiervon, das ist göttlich.«

»Was hast du denn da, Himbeer?«

»Ja.«

»Cocktails gibt es den ganzen Abend über, meine Damen. Und ich bereite euch gern auf Wunsch euer Lieblingsgetränk zu. Was immer ihr wollt. Meine Bar ist gut bestückt.«

»Oho, ich wette, dass sie das ist.« Der Tonfall der Blondine war kokett, und sie warf ihm ein kesses Lächeln zu.

Okay, er flirtete ein bisschen mit, aber das war auch schon alles. Eine charmante Fassade. Die Kundinnen und Kunden bei Laune zu halten gehörte zu seinem Job, und sobald die Begrüßungsgetränke weg waren und die Drinks an seiner Bar bezahlt werden mussten (wie es später am Abend der Fall sein würde), hatte er die Chance, zusätzlich Geld einzunehmen, um Ruby und sein Geschäft am Laufen zu halten. Ein Lächeln, ein bisschen Geplänkel, dann waren die Kunden glücklich und die Kasse klingelte.

Mehr Autos kamen, man parkte am Rand der Einfahrt, und weitere Taxis trafen ein. Die Partygäste nippten an ihren Begrüßungsdrinks, unterhielten sich und lachten. Geburtstagskind Harriet trank schon bald den zweiten Himbeer-Bellini, und ihr jüngerer Bruder Hugo war auch bereits da gewesen, während Jack beschäftigt war. Er hatte sich einen Gin Tonic stibitzt, den er mehr oder weniger in einem Zug hinunterspülte. Jack signalisierte ihm mit den Fingern ein »Ich sehe dich« und schüttelte streng den Kopf. Er nahm sich vor, ihn genau im Auge zu behalten. Wenn Hugo weiterhin den Alkohol so in sich hineinschüttete, würde er zweifellos auf dem Boden enden, und Abigail würde Jack dafür verantwortlich machen.

Als Nächstes kam Grandma Judith, auf den Arm einer anderen älteren Verwandten gestützt. »Oh, die sehen aber gut aus, Faye.« Judith streckte eine blasse, faltige Hand nach einem Himbeer-Bellini aus. Jack kannte seine Anweisungen, und obwohl er eigentlich der Ansicht war, dass man ihr ein Gläschen zugestehen könnte, wenn ihr danach war, wollte er andererseits nicht dafür verantwortlich sein, wenn sie tatsächlich nachher Kapriolen schlug, also trat er respektvoll näher.

»Probieren Sie doch mal das hier, meine Damen. Das ist der Knüller.« Er hielt ihnen zwei Holunderblüten-Mocktails hin. »Das ist wie Sommer im Glas. Ich bin sehr gespannt, was Sie davon halten. Bitte.«

Die Damen nahmen die Drinks lächelnd entgegen. »Vielen Dank, junger Mann. Das ist sehr nett von Ihnen.«

»Hmm, angenehm. Sehr erfrischend, mein Lieber«, kommentierte die andere Lady.

Grandma Judith war hingerissen. »Nicht besonders stark«, kommentierte sie jedoch.

Jack unterdrückte ein Grinsen und wechselte geschickt das Thema. »Wirklich hübsches Outfit, meine Damen. Die Pastelltöne stehen Ihnen beiden ausgezeichnet. Sehr elegant.«

»Danke«, sagte Grandma lächelnd und hob ihr Glas. »Und ja, das hier ist auch wirklich sehr gut.«

Jack zwinkerte ihr zu. »Auf Ihr Wohl, und einen schönen Abend Ihnen beiden.«

»Oh, den werden wir haben.« Sie hakten sich wieder unter, und ihre alten Augen funkelten. Man sah ihnen an, dass sie vorhatten, den Abend voll und ganz auszukosten.

Sie gingen weiter, und er musste lächeln, als er eine von ihnen sagen hörte: »Was für ein reizender junger Mann.«

Die andere antwortete: »Ja, unsere Harriet würde gut daran tun, sich so jemanden zu suchen – fleißig und höflich. Anstelle von diesem Nichtsnutz von Cameron, auf den sie es anscheinend abgesehen hat.« Ihr Geplauder verwehte in der Abendluft, während sie davonschlenderten, vielleicht auf der Suche nach einem bequemen Sitzplatz und einer Decke über den Knien gegen die kühle Abendluft im Garten.

Etwas später, als die Party bereits in vollem Gange war, schaute Jack in einem der seltenen ruhigen Momente zu seiner Catering-Kollegin auf der anderen Seite der Auffahrt hinüber. Aus dem Pizza-Pferdeanhänger duftete es nach Käse und Tomaten, und er spürte, wie sein Magen knurrte. Vielleicht hätte er lieber einen Happen essen sollen, bevor er losgefahren war. Sein Blick fiel auf die dunkelhaarige junge Frau, die gerade auf der

Arbeitsplatte Pizzateig in Stücke schnitt. Sie hatte etwas an sich, das ihn innehalten ließ. Hatten sie sich schon mal irgendwo getroffen? Wohl kaum. An die markanten dunklen Augen und die glänzenden dunklen Haare hätte er sich erinnert. Jetzt waren sie zu einem Dutt hochgesteckt, aber trotzdem kam die Frau ihm bekannt vor.

Er spürte ein Stechen in der Brust. Er war sich nicht ganz sicher, was es war, aber es fühlte sich irgendwie bedeutungsvoll an.

2. KAPITEL

Was starrt er denn da an?

Der Typ an der mobilen Bar gegenüber schaute unverwandt in ihre Richtung. Er sollte mal lieber weiter seine Kundinnen bedienen. Oder mit ihnen flirten, so wie er es vorhin gemacht hatte. Lucy hatte das laute Kichern von drüben gehört. Wie alle sich in ihren traumhaften Outfits amüsierten, war schön zu sehen und zu hören, aber diese eine Gruppe von Mädchen benahm sich ehrlich gesagt wie ein Schwarm Bienen, der um einen Honigtopf herumschwirrte. Ein kostenloser Cocktail und ein netter Barmann hatten anscheinend etwas Unwiderstehliches an sich. Lucy musste widerwillig zugeben, dass er mit seinen sonnengebleichten Haaren, der sanft gebräunten Haut und dem strahlenden Lächeln wirklich ausgesprochen gut aussah, aber es war sehr offensichtlich, dass er das auch genau wusste. Sie warf einen Blick hinüber. Er kam ihr irgendwie bekannt vor. Aber vielleicht lag das auch nur daran, dass er wie eine typische TV-Schönheit aussah, wie man sie heutzutage ständig in amerikanischen Serien sah.

Lucy machte sich wieder an die Arbeit und dehnte die Teigkugeln mit den Händen, um noch mehr Pizzaböden zum Backen vorzubereiten. Sie versuchte, die siebzehnjährige Tamsin als ihre neue Aushilfe einzuarbeiten, doch diese erwies sich leider als ziemlich unwillig. Lucy hatte ihr mehrmals gezeigt, wie man die Pizzen mit ihrer selbst gemachten Tomatensoße bestrich, die nach Papas Spezialrezept aus echten italienischen San-Marzano-Tomaten, Knoblauch und Basilikum hergestellt wurde, aber das Mädchen schmierte die Mischung immer noch ziemlich unlustig darauf. Noch ein Problem, mit dem sie fertigwerden musste. Lucy hatte nicht geahnt, wie schwierig es sein würde, das richtige Personal zu finden. Tamsin hatte sich vor zwei Wochen auf ihre Anzeige in der Lokalpresse gemeldet. Sie hatte zuvor als Kellnerin gearbeitet und einen guten Eindruck gemacht, als sie sie zu einem Gespräch getroffen hatte. Na ja, sie lernten sich ja gerade erst kennen, und natürlich musste sie ihr eine Chance geben.

Für Lucy war es enorm wichtig, dass diese Veranstaltung gut lief. Sie tat alles, um ihr neues Unternehmen zu etablieren und sich einen Namen zu machen. Dies war erst ihre dritte Buchung, und es war verdammt typisch, dass sie sich auf dem Weg hierher verfahren hatte. Noch einmal stöhnte sie innerlich auf bei dem Gedanken, wie spät sie angekommen waren. Aber der bescheuerte Barmann hätte ihr das trotzdem nicht so unter die Nase reiben müssen, oder? *Fast hättest du's geschafft …* So ein eingebildeter Affe.

Feuer und Flamme hatte in letzter Zeit Lucys ganze Zeit und Energie in Anspruch genommen. Es war ein ordentlicher Kurswechsel für sie, nachdem ihr Leben ziemlich auf den Kopf gestellt worden war. Sie hatte kurzerhand beschlossen, ihren festen Job in der Buchhaltungsfirma zu kündigen. Es war riskant, gab ihr aber auch die Chance, endlich etwas zu tun, wofür sie richtig brannte. Nach monatelangen Recherchen und der Suche nach dem passenden Pferdeanhänger hatte sie einen zu einem guten Preis gefunden und ausstatten lassen (für ein kleines Vermögen). Als er dann fertig umgebaut endlich zu ihrem Cottage an der Küste gebracht worden war, hatte sie nicht widerstehen können, die neue Luke zu öffnen, mit Wimpeln zu behängen und einen Blumentopf mit leuchtend gelben Primeln auf die Arbeitsplatte zu stellen. Dann hatte sie den Korken einer Mini-Flasche Prosecco knallen lassen und glücklich ihren neuen Arbeitsplatz betrachtet, während Daisy aufgeregt zu ihren Füßen herumgehüpft war. »Papas Pizza« war ihr als Name in den Sinn gekommen. Sie wusste, wie stolz ihr geliebter Großvater auf sie gewesen wäre, aber dieses kleine Unternehmen war viel mehr als eine Hommage an ihn, denn es ging auch und in erster Linie um sie selbst. Sie brannte wirklich für die Sache. Sie war richtig Feuer und Flamme für ihr neues Leben, für diesen neuen Anfang … Feuer und Flamme – das war es! Perfekt.

Am nächsten Tag hatte sie den Anhänger in einem kreidigen sanften Grau gestrichen, um dem urigen mobilen Pizzastand den letzten Schliff zu geben. Es stand so viel auf dem Spiel – nicht zuletzt die Chance, endlich ihren Traum zu verwirklichen.

Sie kam zurück ins Hier und Jetzt. Der Pizzaofen war zum Glück nun fertig aufgeheizt, und sie konnte mit Tamsin schon bald die ersten Pizzen austeilen. Uff! Partygäste kamen zu ihnen herübergeschlendert, nahmen sich ein Stück und murmelten anerkennend »mhmm« und »aah«.

Um die Auftraggeber des heutigen Abends wieder positiver ihr gegenüber zu stimmen, hatte Lucy kurz zuvor die leider ziemlich angesäuerte Abigail aufgespürt, sich für die Verspätung entschuldigt und das Missgeschick mit dem Navi erklärt. Sie wollte auf keinen Fall gleich einen schlechten Eindruck hinterlassen, zumal sie so sehr bemüht war, sich einen Namen zu machen und ein gutes Image aufzubauen. Nun gut, sie musste jetzt einfach Dampf machen und die köstlichsten Pizzen und hausgemachten Knoblauchbrote für die Party am Abend zubereiten, dann wären Harriet, ihre Mutter und die Partygäste sicher auch Feuer und Flamme für ihren Partyservice und würden sie in guter Erinnerung behalten.

Mit jeder Minute trafen mehr Gäste ein, also mussten sie sich mit dem Topping für die nächste Pizzarunde beeilen: Eines bestand aus Ziegenkäse, roter Paprika, Rucola und Balsamico, das zweite aus Grillhähnchenfleisch, roten Zwiebeln und einem Spritzer rauchiger Soße. Lucy stand neben Tamsin und hackte rhythmisch Zwiebeln im Takt der Partymusik, die von dem schönen großen Haus herübertönte. Als sie eben dort hingegangen war, um sich bei Abigail und Harriet zu entschuldigen, hatte sie staunend in der prunkvollen Eingangshalle gestanden. Eine große, glänzend polierte Treppe aus dunklem Holz wand sich hinunter in die schwarz-weiß geflieste Halle, in der riesige Vasen mit wunderschönen frischen Blumen standen. Es hing sogar ein funkelnder Kristallkronleuchter von der Decke. All das hatte sie an Downton Abbey erinnert. Vermutlich würde ihr eigenes hübsches, aber winziges Cottage vollständig in diesen Eingangsbereich passen.

Beim Gedanken an ihr Zuhause fiel Lucy plötzlich Daisy ein, ihre niedliche schwarzbraune Dackeldame, die in ihrem Bettchen hinten in Lucys Jeep lag – weitab von der Schlemmerzone. Die Fenster des Fahrzeugs waren etwas geöffnet, und der Hund hatte einen Wassernapf neben sich stehen, aber sie musste daran denken, Daisy zwischendurch für eine kleine Gassirunde herauszulassen. Sie nahm sie so oft wie möglich auf ihren Touren mit, damit sie nicht in ihrem gemeinsamen Zuhause allein auf sie warten musste. Sie hatte die Hündin vor zehn Monaten im örtlichen Tierheim entdeckt. Ihre Besitzer waren mit den »schlechten« Angewohnheiten des Dackels nicht zurechtgekommen. Daisy hatte, während sie arbeiten waren, große Stücke von den hölzernen Sockelleisten abgefressen und ständig gebellt.

Als die hübsche Hündin Lucy mit ihren braunen Augen aus ihrem Zwinger heraus angeschaut hatte, war Lucy sofort klar gewesen, dass Daisy einfach nur Liebe und Zuwendung brauchte. Schließlich kannte sie selbst dieses Gefühl nur allzu gut. Sie beide hatten sich sofort angefreundet, und obwohl Daisy manchmal eine Diva sein konnte, war sie Lucys beste Gefährtin und hatte ihr über einige schwierige Phasen hinweggeholfen.

Der Abend verlief in einem heißen, hektischen Wirbel aus Pizzabelegen, Pizzabacken und Pizzaservieren. Manchmal fühlte sich Lucy wie der Koch aus der Muppet Show. Auch Sonderwünsche kamen vor. Ein junger Mann bat sie, aus Peperonistreifen ein Herz zu formen, um seine Freundin damit zu überraschen, was Lucy sehr süß von ihm fand und sie zum Lächeln brachte. Es gab also doch noch ein wenig Romantik auf der Welt, dachte sie. Schade nur, dass diese sich aus ihrem eigenen Leben vor über achtzehn Monaten ziemlich spektakulär verabschiedet hatte. Sie schob den Gedanken schnell beiseite.

Es war kurz vor 9 Uhr. Sie und Tamsin hatten es geschafft, die lange Schlange an Gästen, die sich vor dem Stand gebildet hatte, fertig zu bedienen, und nun herrschte Flaute. Die Stimmung der Grüppchen, die draußen standen und sich unterhielten, war angenehm. Die Gäste kamen aus dem Haus oder gingen hinein, angelockt von Musik, Tanz und Gelächter. »Tamsin, ich mache mal eine kurze Pause, ja? Du kannst einfach weiter Pizzaböden formen und ansonsten erst mal nur Bestellungen aufnehmen. Den Ofen brauchst du nicht anzufassen, und pass auf, dass auch sonst niemand in die Nähe kommt. Falls noch jemand Pizza möchte, sagst du, dass wir in zehn bis fünfzehn Minuten wieder servierbereit sind, okay?«

»Jaja, kein Problem«, antwortete das junge Mädchen und griff nach seinem Handy, um sich die Zeit zu vertreiben.

Als Lucy aus dem Wohnwagen stieg, zog der blonde Typ im VW-Bus gegenüber gerade eine große Show ab, indem er einen Cocktail-Shaker aus Metall ziemlich ausgiebig schüttelte, wobei er seinen Oberkörper maximal in Szene setzte. Hielt der sich für Tom Cruise oder so was? Wie in diesem alten Film *Cocktail*, den sie vor einer Weile auf Netflix gesehen hatte? Irgendwie ärgerte sein Verhalten sie maßlos.

Der Barkeeper goss mit ausladender Geste eine schaumige, tiefbraune Flüssigkeit in zwei Martinigläser und garnierte sie mit einer schwimmenden Kaffeebohne. »Voilà, Madame, Ihre Espresso-Martinis«, sagte er überschwänglich.

»Oh, die sehen ja wundervoll aus. Vielen Dank«, antwortete die Rothaarige an der Theke des Campers und klimperte dabei wahrscheinlich mit den Wimpern.

»Dieselbe Farbe wie Ihre schönen tiefbraunen Augen.« Lucy hätte schwören können, dass er in diesem Moment einen französischen Akzent fakte. Pfft, dabei kam er doch genauso aus dem Nordosten wie alle anderen hier, mit seinem Geordie-Tonfall, den sie vorhin gehört hatte.

So was von schmalzig.

Sie ließ die abgeschmackte Show an der Bar hinter sich und ging kurz selbst zur Toilette, bevor sie ihre kleine Diva Daisy rausließ. Die Hündin war begierig, aus dem Wagen und in die Arme ihres Frauchens zu kommen. Lucy streichelte ihr kurzes weiches Fell. Das wirkte immer ungemein beruhigend.

»Hey, du bist aber brav gewesen, hm? Wollen wir ein bisschen spazieren gehen?« Daisy schaute sie mit ihren dunklen Augen liebevoll an. Die Hündin freute sich immer, wenn Lucy wieder bei ihr war. »Na, dann komm.« Lucy befestigte die Leine an Daisys marineblauem Samthalsband und setzte sie auf dem Boden ab. Daisy bellte erst einmal aufgeregt. Lucy würde mit ihr für ein paar Minuten in einen ruhigeren Teil des Gartens gehen, damit sie an den Beeten schnuppern und irgendwo ihr Bein heben konnte.

Die Sonne war in einem sanften, pfirsichgrauen Schimmer untergegangen und tauchte den Garten in magisches Halbdunkel. Die Lichterketten, die Lucy über der Luke ihres Vintage-Pferdeanhängers angebracht hatte, funkelten fröhlich. Sie fand, dass ihre mobile Pizzeria richtig hübsch aussah, und war stolz darauf. Sie würde ihr Bestes geben, koste es, was es wolle. Die Party war in vollem Gange, das Lachen und die Beats von der Musik wurden immer lauter, und es dröhnte aus den offenen Fenstern des großen Hauses.

Daisy war so hibbelig von dem ganzen Trubel und den Menschen um sie herum, dass sie wild herumschnüffelte und sogar an dem einen oder anderen Beetrand scharrte. Lucy zog sie weg, bevor ihr Gebuddel zu offensichtlich wurde und Spuren hinterließ. Ausnahmsweise schien der Hund aber kein Bedürfnis zu haben, Pipi zu machen. Nun gut, sie hatte ihre Chance gehabt. Lucy musste langsam zurück zum Pferdeanhänger, sich gründlich die Hände waschen und mit dem Pizzabacken weitermachen, bevor Abigail und die Gäste ihre Abwesenheit und den Mangel an frischer Pizza bemerkten.

Der Rückweg führte sie wohl oder übel an Mr. Cocktail-Charmeur vorbei. Obwohl sie zugeben musste, dass sein rubinroter VW, der *Cocktail-Camper*, wie das Schild verriet, ziemlich beeindruckend aussah. Eigentlich konnte sie ja ruhig mal freundlich »Hallo« sagen. Schließlich würden sie vermutlich in Zukunft oft auf denselben Veranstaltungen arbeiten.

Er hatte gerade ein toll aussehendes Zitronengetränk in einem hohen Glas zubereitet, das er einer ziemlich glamourösen Dame um die vierzig reichte, die sich mit einem strahlenden Lächeln bedankte, bevor sie ging.

»Das sieht wirklich gut aus«, kommentierte Lucy.

»Ein Tom Collins. Ein Klassiker mit Zitrone, Gin und Soda«, antwortete der Barkeeper mit einem Lächeln.

»Hm, klingt auch gut.«

»Oh, ich würde dir auch einen machen, aber du bist ja die Pizzalady, oder? Du musst noch fahren, stimmt's? Der ist nämlich nicht ohne, ziemlich stark.«

»Jep, du hast es erfasst. Also, keine Cocktails für mich heute Abend«, antwortete sie.

Er starrte sie an … für ihren Geschmack ein bisschen zu intensiv. Plötzlich fühlte sie sich unbehaglich. »Na ja, wie auch immer, ich gehe mal besser zurück in meine Pizzawerkstatt und an die Arbeit … Ach so, ich bin übrigens Lucy.«

»Hi, Lucy, ich bin Jack.« Er streckte ihr eine Hand zur Begrüßung hin. Sie drückte sie und spürte die Wärme, seinen festen Griff. Er schenkte ihr ein Grinsen, das seine blendend weißen Zähne zur Schau stellte. »Schön, dich kennenzulernen.« Hatte er ihr gerade zugezwinkert?

»Hallo, Jack«, erwiderte sie mit etwas belegter Stimme. Ja, er war tatsächlich ein richtiger Charmeur, genau wie sie vermutet hatte.

Lucy blickte nach unten und erschrak, als sie sah, was dort am Boden inzwischen vor sich ging, während sie sich unterhielten. Jack hatte eine Klapptafel am Van stehen, und das eine Bein des hölzernen Rahmens sah an der Kante merkwürdig abgenutzt aus, genau genommen eher abgekaut. Im nächsten Moment fiel die ganze Tafel klappernd um, weil Daisy sie angestupst hatte. Aber damit nicht genug. Jetzt war der Hündin offenbar eingefallen, dass sie ihr kleines Geschäft ja noch nicht erledigt hatte. Schon stand sie auf der Tafel und pinkelte darauf, wobei der Schriftzug für den klassischen Mojito verschmiert und der vom Erdbeer-Mojito inklusive der kleinen handgezeichneten Bilder vollständig weggespült wurde.

Oh nein, Daisy, was hast du nur getan, durchfuhr es Lucy.

Jack schaute nun auch über die Theke nach unten. Der kleine Dackel sprang derweil triumphierend von der Tafel herunter und scharrte mit energischen Bewegungen Schmutz und Gras hinter sich. Alles verteilte sich über die begossene Tafel.

»Ähm …«, machte der Cocktail-Typ verdattert. »Hat dein Hund gerade das gemacht, was ich glaube?« Einen Augenblick fror das Lächeln auf seinem Gesicht ein. Im nächsten Moment sah er richtig wütend aus. Stinkwütend. »Das darf ja wohl nicht wahr sein! Sieh dir bloß mal das Schild an! Ich hab ewig gebraucht, um das zu schreiben. Was zum Teufel macht überhaupt dieser Hund hier? Ich kann mir nicht vorstellen, dass die Herstellung von Pizza und Hunde gut zusammenpassen.«

Sein scharfer Tonfall brachte Lucy auf die Palme, und obwohl Daisy sich wirklich danebenbenommen hatte, war es doch nur ein Missgeschick gewesen. Eine Art Unfall. »Sie«, antwortete sie spitz, »heißt Daisy, und bis vorhin war sie in sicherer Verwahrung. Das da ist ja wohl kein Weltuntergang. Ich hole Wasser und wische die … äh … Pipipfütze weg.« Sie fragte sich nur, wie sie die angefressene Ecke vertuschen sollte. »Oder ich kauf dir halt einen neuen Aufsteller, wenn es sein muss«, fügte sie etwas versöhnlicher hinzu.

»Und die Aufschrift? Sieh dir das doch mal an. Die ist völlig ruiniert. Als ob ich die Zeit hätte, das alles noch mal zu schreiben! Es war ein Kunstwerk, verstehst du? Ich hab Stunden dafür gebraucht.« Er klang jetzt total sauer.

Das Schild war tatsächlich mit einer schönen, verschnörkelten Schrift bedeckt und mit handgezeichneten Erdbeeren, Limetten und Minzblättern verziert – nun ja, nur noch etwa die Hälfte davon … Aber trotzdem, der Typ machte doch aus einer Mücke einen Elefanten.

»Und jetzt stinkt sie sicher auch noch nach Hundepisse«, fuhr er unwirsch fort. »Hier, spül das mal schnell ab, bevor die Damen sich ihre Kleider damit ruinieren.« Er reichte ihr ein großes Glas Wasser.

Lucy wusch das Schild ab, das nun ein jämmerliches Bild abgab. Sie stellte die Tafel wieder auf, entschuldigte sich noch einmal, als sie das leere Glas zurückgab, und ging los, um Daisy wieder zum Jeep zu bringen, wo sie außer Sichtweite war und keinen Unsinn anstellen konnte.

»Ach Daisy, ich kann nicht glauben, was du gerade gemacht hast«, murmelte sie unterwegs und schüttelte den Kopf. Wie peinlich das gewesen war. Dennoch musste sie ein kleines Lächeln unterdrücken, als sie an den Jeep trat und die freche kleine Dackeldame an ihren sicheren Platz beförderte. Sie steckte ihr zum Trost noch ein Leckerli zu. Die kleine Diva Daisy schaute sie mit ihren niedlichen braunen Augen an. »Na dann, bis später, Fräulein Frechdachs.« Die Hündin seufzte leicht auf und ließ sich dann fallen. Sie hatte sich mit ihrem Schicksal abgefunden und war nach diesem kleinen Abenteuer wieder bereit für ein Schläfchen.

Lucy warf einen Blick zu Jack hinüber und sah, wie er beim Blick auf sein malträtiertes Schild den Kopf schüttelte. Ich wette, mit so etwas auf der Drinks-Karte hat er nicht gerechnet, dachte sie und kicherte. Und, wo ist sie jetzt, die große Cocktail-Klappe?

3. KAPITEL

Nach Mitternacht, nachdem sie Tamsin auf dem Weg abgesetzt hatte, war Lucy wieder zu Hause in ihrem kleinen Cottage. Sie saß auf einem Hocker in der gemütlichen kleinen Pantryküche mit einer Tasse Tee, die sie dringend brauchte, und einem mit Butter bestrichenen Toast. Daisy lag zu ihren Füßen. Der Raum war rustikal, aber gemütlich, mit seinen dicken weiß getünchten Steinwänden, der niedrigen Decke und den zwei kleinen quadratischen Fenstern, die auf einen kleinen Hof hinausgingen. Draußen war es jetzt dunkel und still.

Sie hatte es geschafft. Sie hatte ihre dritte Veranstaltung durchgestanden. Abigail und Harriet hatten sich sogar am Ende bei ihr bedankt. Sie waren beeindruckt davon, wie viele Gäste ihre köstlichen Pizzen gelobt hatten, und Harriet wollte sogar Bilder von dem hinreißenden Pferdeanhänger posten und *Feuer und Flamme* auf Instagram erwähnen. Es hörte sich ganz so an, als hätten sie ihr die Unpünktlichkeit verziehen. *Puh!* Sogar ihre neue Aushilfe Tamsin hatte sich schließlich ganz schön ins Zeug gelegt und dazu beigetragen, dass alles klappte. Dennoch hatte Lucy ihre Zweifel, ob das junge Mädchen Lust haben würde, weiterhin dabeizubleiben. Den ganzen Abend über hatte sie Nachrichten von ihrem Handy verschickt und das Gesicht verzogen, wenn sie glaubte, dass Lucy nicht hinsah.

Ja, es war schon komisch, wie anders das alles war als ihre Arbeit als Buchhalterin in dem Büro in Morpeth. Die heftigen Worte ihres Dads klangen ihr wieder in den Ohren: »Ich kann nicht glauben, dass du einfach aus einer Laune heraus alles hinschmeißt!« Sie wusste nur zu gut, wie wenig er davon hielt, dass sie ihr regelmäßiges Einkommen und eine feste Stelle in der Buchhaltung von Edwin Grant's aufgegeben hatte. Jahrelang hatte er ihr damit in den Ohren gelegen, sich für diese beständige Lebensform zu entscheiden, weil er meinte, es sei das Vernünftigste und Lukrativste, was man beruflich tun könne. Aber Lucy hatte die Nase voll vom immer gleichen Zahlenjonglieren in den immer gleichen vier Wänden.

Als sie ihrer Familie mitgeteilt hatte, dass sie den Job in der Buchhaltung aufgeben und einen alten – sprich etwas heruntergekommenen – Pferdeanhänger kaufen werde, um daraus ihre eigene mobile Pizzeria zu machen, war ihr Dad alles andere als erfreut gewesen.

Ihre Mum, Sofia, die seit vielen Jahren allein lebte, weil Lucys Vater »mehr Freiraum« gebraucht hatte (genügend, um sechs Monate später eine neue Partnerin zu finden), hatte sie da schon mehr unterstützt. Sie freute sich zumindest, dass Lucy ein eigenes Unternehmen gründen wollte, eines im Gedenken an ihren geliebten »Papa«. Sie hatte mitbekommen, wie sehr Lucy in ihrer Beziehung und in ihrem Beruf zu kämpfen hatte und wie unglücklich ihre Tochter war, und erkannt, dass Lucy da rausmusste und ihr Leben verändern.

Und Lucy glaubte wirklich, dass das Pizzageschäft etwas war, was ihr Spaß machen und worauf sie stolz sein könnte, auch wenn es mit wunden Füßen und Schweißausbrüchen verbunden war. Der Ofen war verdammt heiß, wenn man danebenstand. Hoffentlich würde das Ganze bald Gewinn abwerfen, sodass sie auch davon leben konnte. Es musste einfach klappen.

Lucy war bis jetzt noch für drei weitere Veranstaltungen gebucht und hatte sich auch um Marktstände in den umliegenden Städten bemüht. Es würde sich herumsprechen. Sie arbeitete an ihrer Website und den Facebook- und Instagram-Profilen von *Feuer und Flamme*. Gleich morgen früh würde sie ein paar Bilder von der heutigen Party auf ihrem Feed veröffentlichen. Wenn sie tüchtig und entschlossen war, hatte sie vielleicht wirklich Erfolg mit diesem Geschäft und konnte ihr Leben von Grund auf umkrempeln.

Aus irgendeinem Grund schweiften ihre Gedanken zu dem Typen mit dem Camper ab. Sie fragte sich, was ihn dazu bewogen hatte, seine mobile Bar zu gründen, und wie er sich damit etabliert hatte. Sein Geschäft lief anscheinend wie geschmiert, auch wenn seine Selbstdarstellung etwas billig wirkte. Pff, er mochte süß sein – sie hatte gesehen, dass Tamsin ihm Blicke zugeworfen hatte –, aber er war so was von eingebildet. Und wie er ausgerastet war, als Daisy ihren Pinkelunfall auf seiner Tafel hatte. Beim Gedanken daran stieg wieder Ärger in ihr auf. Immerhin hatte Daisy es nicht mit Absicht getan. Aber warum dachte sie überhaupt darüber nach? Oder über ihn? Sie fühlte sich ein wenig unbehaglich. Wahrscheinlich war es seine arrogante Haltung, die ihr so zu schaffen machte.

Ihr Blick fiel auf ein Foto, das auf dem Kaminsims über der alten gemauerten Herdstelle stand. Sie hatte das Bild nur behalten, weil Mum und Nonna auch darauf zu sehen waren. Und da waren sie. Sie und Liam, ihr Ex. Verdammt, auch er hatte

– genau wie ihr Vater – ihre Träume unterdrückt, mit seinem Beharren auf einem normalen Job, einem festen Einkommen.

Arrogant, wie er war, hatte Liam geglaubt, sie würde das mit seiner anderen Freundin nie herausfinden oder, wenn doch, dass es trotzdem niemals das Ende ihrer vierjährigen Beziehung bedeuten würde.

Hatte es aber.

Lucy umfasste ihre Tasse mit beiden Händen und blickte aus dem kleinen Fenster neben ihr. Draußen war es dunkel, bis auf die leuchtende Sichel des zunehmenden Mondes. Es war, als wollte diese ihr Hoffnung im Hinblick auf die Zukunft geben, trotz all ihrer Sorgen.

Zur selben Zeit fuhr Jack über die kurvenreichen Küstenstraßen nach Hause zu seiner WG in einem Dorf etwas außerhalb von Alnwick. Normalerweise beruhigte ihn die nächtliche Heimfahrt über Land. Sie gab ihm Gelegenheit, nach dem abendlichen Trubel in der Bar zur Ruhe zu kommen, aber diese verdammte Pizzafrau kam ihm wieder in den Sinn. Mannometer, einfach zu spät zu kommen. So was Unprofessionelles. Und dann demolierte ihr blöder Köter auch noch seinen Aufsteller. Was hatte sie sich nur dabei gedacht, einen Hund mitzubringen? Zu einer Veranstaltung, auf der Essen serviert wurde! Ein seltsamer Reim formte sich beim Fahren in seinem Kopf:

Es gab mal 'ne Frau, die macht' Pizza,
Hatt' 'nen Hund, der war lang und 'ne Diva.
Sie schien reichlich kühl
Gab so'n Ice-Queen-Gefühl …

Er wiederholte es laut und versuchte, sich einen guten Reim für die letzte Zeile auszudenken. Er fuhr um eine enge Kurve in der Gasse, und die Scheinwerfer ließen die Weißdornhecken aufleuchten.

Was zum Teufel machte er da eigentlich, dass er sich dumme Gedichte über eine nervige Frau und ihren Hund ausdachte, die er gerade erst kennengelernt hatte? War er womöglich ein bisschen zu streng zu ihr gewesen? Sie schien ziemlich neu in der Gastro-Szene zu sein. Und der Hund … na ja. Es war nur ein Hund, der machte, was er machen musste. Ihm wurde klar, dass sein Zorn im Eifer des Gefechts unkontrolliert hochgekocht war. Jetzt wusste er nicht so recht, was er davon halten sollte.

Pling! Das war's:

Ließ den Barmann zurück in 'nem Fieber.

Er lachte über sich selbst. Blöder Idiot, der sich mitten in der Nacht Limericks ausdachte. Aber es verkürzte ihm die Fahrzeit. Vielleicht würde er den Vers sogar aufschreiben, wenn er wieder zu Hause wäre, aber als er ihn noch einmal aufsagte, um zu prüfen, ob er wirklich funktionierte, zweifelte er doch daran, dass er es wert war, zu Papier gebracht zu werden. Er hatte schon eine Weile keine Gedichte mehr geschrieben. Früher hatte er das gern getan. Nicht so albernes Zeug wie das hier, sondern die richtigen Worte zu finden hatte ihm geholfen, seinem Schmerz Ausdruck zu verleihen. Ein bisschen wie eine Therapie, als er mit niemandem reden konnte. Damals, als seine Seele in größter Not gewesen war.

Jack konzentrierte sich wieder auf die Straße vor ihm. Nur er und Ruby, das Brummen des Motors und der Rhythmus der nächtlichen Fahrt. Allmählich begann sich das Adrenalin vom Abend zu verflüchtigen.

Der Himmel über ihm war tiefschwarz, und die Sichel des Neumonds fing seinen Blick ein.

4. KAPITEL

Es war ein strahlender Morgen, und Lucy wachte früh auf, als das Licht durch ihre Schlafzimmervorhänge fiel. Sie streckte die Hand aus und fand Daisy an ihrem Lieblingsplatz neben sich, zusammengerollt auf der kuscheligen Bettdecke.

»Morgen, Daisy Doo.«

Daisy gab einen zufriedenen Hundeseufzer von sich.

»Ich glaube, wir machen gleich als Erstes einen Strandspaziergang.«

Daisy schnüffelte und vergrub sich noch etwas tiefer in der Decke, als wolle sie sich verstecken, was Lucy laut auflachen ließ.

»Okay, dann vielleicht erst etwas Tee und Toast.«

Zehn Minuten später saß Lucy auf einem Hocker in ihrer Küche – Daisy döste immer noch oben – und mampfte einen Vollkorntoast mit Erdnussbutter, während auf dem Tisch eine große gepunktete Tasse mit Tee stand. Ihr Mobiltelefon verkündete summend eine neue Nachricht.

Und? Wie war's gestern Abend? Hast du dich ordentlich ausgepizzat? X

Die Nachricht kam von Becky. Lucy lächelte. Es war toll, dass sich ihre gute Freundin so sehr für ihr neues Projekt interessierte und sie dabei unterstützte. Genau genommen hatte sie das in den letzten Jahren bei allen Wendungen in Lucys Leben getan. Als die Bombe eingeschlagen war, dass Liam hinter ihrem Rücken eine Affäre hatte, als sie ihn aus ihrem schönen neuen Haus geworfen hatte und auch als sie für sich allein eine neue Bleibe hatte finden müssen. Becky war immer da gewesen, hatte sie in den Arm genommen, mit ihr geredet und Tee getrunken, hatte Kuchen, manchmal auch Prosecco oder Pizza mitgebracht und genau gespürt, wann und was genau sie brauchte.

Ja, super gelaufen, danke. X

Sie würde die verspätete Ankunft wohl besser nicht erwähnen, oder …? Ihre Gedanken schweiften zu Daisys Possen und dem Cocktail-Camper-Typen ab.

Lust auf einen Kaffee und ein bisschen Quatschen heute Nachmittag? Bist du da?, fragte Becky.

Ja, vielleicht im Driftwood?, tippte Lucy.

Das kleine Café war das Lieblingscafé der beiden, direkt bei Lucy im Dorf, mit einem schönen Blick aufs Meer. Und dort wurden die tollsten Torten und Kuchen gebacken.

14 Uhr?, schoss Becky zurück.

Perfekt.

Dann bis später. Xx

Nach dem Toast ging Lucy nach oben, um zu duschen und sich anzuziehen. Sie wählte ein gestreiftes Breton-Top und Jeans für ihren sonntäglichen Strandspaziergang. Mit einem Hauch von Mascara und einem Tupfen rosa Lippenstift vervollständigte sie ihren legeren Look und ging hinüber zum Bett, um die immer noch widerwillige Diva Daisy für ihren Spaziergang nach unten zu holen.

An diesem Morgen herrschte Ebbe, und der Strand war eine Sichel aus goldenem Sand mit Dünen voller Strandhafer im Hintergrund. Eine Linie aus verschlungenem, glänzend braunem Seetang markierte die Flutlinie. Zur Küste hin hatte sich der Sand in glatte, blassbraune Erhebungen mit kleinen Tümpeln verwandelt. Schaumbekränzte Wellen rollten heran. Meer und Himmel trafen sich an einem azurblauen Horizont, über dem ein paar weiße Wolkenbäuschchen schwebten.

Die salzige Seeluft und eine Reihe anderer Gerüche erkundend, lief Daisy vorsichtig über den Seetang, um den flachen Sand der Bucht zu erreichen. Sie war nicht gerade eine Wasserratte, aber sie genoss die Strandspaziergänge mit ihrem Frauchen. Unterwegs traf sie viele vierbeinige Freunde und bellte fröhlich zur Begrüßung. Die Größe anderer Hunde spielte für sie keine Rolle – sie traf genauso gern einen Labrador wie einen Terrier.

Dann drehte man sich kurz umeinander, beschnupperte sich zur Begrüßung, und schon trabte Daisy auf ihren Dackelbeinen davon, die Nase in der Luft. Dann wieder beobachtete sie verächtlich diese verrückten Spaniel-Typen und die Border Collies, die wie irre hinter Bällen und Stöcken herjagten; dabei musste man doch nur brav mitgehen und sich ab und zu hinsetzen, um seine Streicheleinheiten und ein Leckerchen zu bekommen.

Lucy seufzte und genoss die frische Luft und das rhythmische Rauschen des Meeres. Es war schön, so nahe an der Küste zu leben. Sie war froh, dass sie ihrem Herzen gefolgt war und das alte Cottage in Embleton ersteigert hatte; es war zwar sehr klein, lag aber nur wenige Gehminuten vom Strand entfernt. Meerblick hatte es nicht direkt, außer man stellte sich auf die Zehenspitzen und reckte den Kopf aus dem Schlafzimmerfenster, um ein winziges bisschen vom Ultramarin des Wassers am Horizont zu erhaschen. Doch das Wichtigste war: Das Cottage gehörte ihr, es war ihr Zuhause. Mit einer kleinen Hypothek und der Hälfte der Möbel aus dem gemeinsamen Haus von ihr und Liam hatte sie sich mutig auf den leicht holprigen neuen Weg begeben.

Es war nicht das, was sie sich für ihr Leben mit einunddreißig Jahren vorgestellt hatte. Wieder Single zu sein, Besitzerin eines Dackels und eines kleinen Häuschens am Meer, nicht mehr in dem Büro zu arbeiten, in dem sie nach dem Abitur angefangen hatte, sondern CEO (ha!) des Pizza-Catering-Unternehmens *Feuer und Flamme* zu sein. Schon lustig, das Leben führte einen manchmal in seltsame und wunderbare Richtungen. Es war wie eine Reise. Eine ziemlich holprige für sie in letzter Zeit.

Aber sie hatte ihre Freunde und ihre Familie: ihren Bruder Olly, der mit seiner Freundin Alice und ihrem entzückenden kleinen Freddie in Alnwick lebte, ihre Mutter, die immer noch im Haus der Familie in Rothbury wohnte, ihre liebe Nonna in der Nähe und ihren Vater, der nicht allzu weit entfernt in Whitley Bay lebte, mit seiner neuen Partnerin – auch so eine heftige Wendung in der Familiengeschichte, die nun schon viele Jahre zurücklag.

Die Gedanken an Partnerschaft und eine eigene Familie, die sie einst gehegt hatte, waren nun auf Eis gelegt. Wenn sie ehrlich war, konnte sie nicht mit Sicherheit sagen, ob sie sich den ganzen Beziehungsschmerz und Stress noch einmal antun wollte. Romantik wurde definitiv überbewertet. Das Leben ging weiter, Träume veränderten sich, einige zerrannen, und man musste sich von ihnen trennen, aber es kamen immer neue Ziele und Möglichkeiten.

»Morgen, Luce.« Cathy vom Dorfladen ging mit ihrem Beagle Max vorbei, der Daisy nun eifrig begrüßte, Schwanzwedeln und Leinenverdrehen inbegriffen.

»Oh, hallo.« Lucy riss sich aus ihren Gedanken und schenkte Cathy ein herzliches Lächeln.

»Auch früh raus, bevor die Massen kommen?« Cathy grinste.

»Ja, es ist wunderbar hier, wenn es so ruhig ist.« Lucy ließ den Blick über die weite Bucht mit dem goldenen Sand schweifen.

»Aber ich will mich nicht beklagen, solange sie kommen und in meinem Laden einkaufen.«

»Ach ja, na klar.«

»Ein herrlicher Tag«, fügte Cathy hinzu, bevor sie weiterging.

»Ja, einfach wunderschön.« Und das stimmte. Die Sonne schien ihr warm auf die Wangen, der Blick aufs Meer war einfach atemberaubend, ein herrliches Bild in Grau-, Gold-, Blau- und Weißtönen. Und an dieser Bucht entlangzugehen, die sie nun ihre Heimat nennen konnte, war ungemein beruhigend. Trotz Herzschmerz und der Verletzungen der letzten zwei Jahre und trotz der Sorge, dass ihr neues Unternehmen womöglich nur schwer in Gang kommen würde, spürte sie ein Gefühl der Hoffnung. Ihr Leben konnte und würde besser werden.

Vorwärts und aufwärts, Lucy, sagte sie zu sich selbst. *Vorwärts und aufwärts.*

Hinter dem Tresen des Driftwood Cafés schnitt die Besitzerin Louise gerade einen samtigen Schokoladenkuchen an und legte dann noch ein Stück Zitronenkuchen auf einen Teller. Lucy und ihre Freundin Becky saßen an einem hübschen weiß gestrichenen Tisch und plaudernd angeregt miteinander. Vor sich hatten sie Tassen mit heißer Schokolade stehen, gekrönt von einer spiraligen Sahnehaube. (Okay, es war fast Sommer, aber manche Dinge waren es wert, dass man sie das ganze Jahr über genießt!) Die Kuchen passten perfekt dazu. Es war definitiv Zeit für eine Leckerei, also warum nicht?

In der Teestube hingen Drucke von Küstenmotiven, die in Treibholz gerahmt waren, und es gab verschiedene kunsthandwerkliche Dinge zu kaufen, darunter niedliche Papageientaucher und Seevögel aus Holz, die im Ort geschnitzt und bemalt worden waren. Sogar kleine Reihen von winzigen bunten Strandhütten waren dabei. Lucy hatte hier in den letzten Monaten einige schöne Dinge erstanden, um ihr Cottage, das ganz in der Nähe lag, zu verschönern.

»Also, dann erzähl mir mehr von gestern Abend.« Becky war neugierig. »Wie war das große Landhaus?«

»Es war ein tolles Haus. Riesiger Garten, enorme Auffahrt. Und drinnen … na ja … wie ein Herrenhaus. Man musste aufpassen, dass man sich auf der Suche nach den Toiletten nicht verläuft. Das ist mir tatsächlich passiert!« Sie grinste und trank einen Schluck von ihrem cremigen Kakao. Aber es ist richtig gut gelaufen … absolut. Allerdings muss ich gestehen, dass ich verdammt spät dran war. Das war peinlich und nicht gerade der beste Start.«

»Oh nein! Sind deine Auftraggeber damit gut klargekommen?«

»Ähm, zunächst nicht, die Mutter hat mir erst mal einen Einlauf gegeben, als ich ankam, aber ich habe mich kräftig ins Zeug gelegt und die besten Pizzen gemacht, die ich je gebacken habe. Zum Glück waren sie am Ende mehr als zufrieden.«

»Puh, dann ist es ja noch mal gut gegangen. Und wie war die Neue? Hat es geklappt mit ihr?«

»Tamsin. Na ja, ich weiß nicht recht. Es ging. Irgendwann ist sie in die Gänge gekommen, und wir haben uns dann beide verdammt ins Zeug gelegt. Immerhin mussten wir insgesamt sechzig Pizzen backen und servieren. Es war beinahe wie am Fließband, und ich hatte gerade genug Zutaten dabei. Es war ein echter Knochenjob, und ich weiß nicht … Ich hatte den Eindruck, dass sie es sich nicht so anstrengend vorgestellt hat. Wir werden sehen, wie es sich entwickelt … also, wenn sie wiederkommen will.«

Lucy war sich wirklich nicht sicher, wie das ausgehen würde. Sie konnte es sich nicht leisten, Tamsin viel mehr als den Mindestlohn zu zahlen, während sie selbst noch Fuß fassen musste, um ihren Kredit abzustottern. Das Mädchen konnte mit seiner Arbeit als Kellnerin vielleicht mehr verdienen. Nun ja, man würde sehen. Das war eine weitere kleine Hürde, die es zu nehmen galt.

Dann erinnerte sie sich an den Vorfall mit Daisys Pinkelpause an der Bar. Sie musste schmunzeln, als sie daran dachte. Irgendwie war das Ganze wie ein Comedy-Sketch abgelaufen, allein mit dieser anschließenden Tirade des arroganten Barmanns!

»Was ist los? Du bist wohl ein bisschen mit den Gedanken woanders.«

»Ach, ich musste nur gerade an diesen Cocktail-Camper denken, der auch da stand, und daran, wie der Barmann mich angemotzt hat.«

»Was? Wieso das denn?« Becky zog die Augenbrauen hoch.

»Hmm, sagen wir mal, Daisy hat mir eine kleine Schrecksekunde eingehandelt. Ich war ein bisschen mit ihr an der frischen Luft, und … na ja … Sie hat seinen Aufsteller gründlich angepinkelt und dabei noch zwei der kunstvoll aufgeführten Cocktails abgewaschen.«

Sie kicherten beide, und Lucy sah wieder Jacks zornrotes Gesicht vor sich.

»Du lieber Himmel! Ach, die gute alte Daisy.«

Die Hündin lag gerade zu Hause in ihrem gemütlichen Küchenkörbchen, denn Hunde waren im Café nicht erlaubt. Manchmal trank Lucy eine Tasse Kaffee draußen, an einem der kleinen Tische am Straßenrand, mit dem Dackel zu ihren Füßen, während sie beide die Welt um sich herum betrachteten.

»Wie auch immer, die große Frage ist: Glaubst du, dass du die richtige Entscheidung getroffen hast, deinen Job zu kündigen? Oder ist es zu früh, das zu beurteilen?«

Lucy hielt inne, um alles abzuwägen, bevor sie antwortete. »Hmm, ich genieße es. Es ist großartig, etwas zu tun, das ich liebe, und ich finde es besonders toll, das Rezept meines Großvaters zu verwenden, also ist der Teil voll in Ordnung. Aber der Ofen röstet einen regelrecht. Ich werde mir eines Tages mit Sicherheit die Augenbrauen wegbrennen. Im Ernst – die Hitze, die der ausstrahlt …«

»Spontanes Augenbrauen-Trimmen«, gab Becky lachend zurück.

»Tja, eher wohl Augenbrauen-Entfernung. Weißt du, es ist gut, meine eigene Chefin zu sein«, fuhr Lucy fort, »aber das hat auch seine Tücken, weil man alles selbst in die Hand nehmen muss. Und ich könnte auch ein paar mehr Aufträge gebrauchen.

Regelmäßige Buchungen wären super. Ich habe noch nicht besonders viel Geld verdient«, gab sie zu.

Lucy spürte den Druck. Sie wusste, dass sie die Sache zum Laufen bringen musste. Sie hatte die Hygienekurse und die gesamte Ausrüstung vom (sehr teuren) Ofen bis hin zu den Holztellern, auf denen die Pizza serviert wurde, kaufen müssen. Ein Großteil der Kosten für die Einrichtung war nun bezahlt, aber nachdem sie auch eine nicht unerhebliche Anzahlung für ihr Häuschen hatte leisten müssen, war von ihren Ersparnissen kaum noch etwas übrig.

»Tja, Schatz, wenn das Leben dir Zitronen gibt …«, begann Becky und holte sie damit ins Hier und Jetzt zurück.

»Back daraus Zitronenkuchen!«, ergänzte die Cafébesitzerin und stellte Lucys Zitronenkuchen mit einem Schwung auf den Tisch. Die beiden Frauen grinsten sie an.

»Oder Pizza«, fügte Becky strahlend hinzu. »Ich bin ganz deiner Meinung, Luce.« Sie streckte den Arm aus, um Lucys Hand zu berühren.

»Oh, sprichst du von deinem neuen Unternehmen, Lucy? Wie läuft es denn?«

»Danke, ziemlich gut. Drei Veranstaltungen sind geschafft, und ich habe bisher alle heil überstanden. Es ist nur ein dauernder Lernprozess, nehme ich an.«

»Natürlich ist es das«, sagte Louise. »Es ist ein großer Schritt, ein eigenes Unternehmen zu führen. Wenn du mal einen Rat brauchst, kannst du mich immer fragen. Ich habe hier im Laufe der Jahre so manche Herausforderung gemeistert.«

»Oh, danke.«

»Ach, und wenn ihr euch eine Auszeit gönnen wollt, Ladys, denkt an den Driftwood Book Club. Immer am letzten

Donnerstag im Monat, 19 Uhr. Jeder ist willkommen. Wir haben hier eine tolle kleine Gruppe. Gespräche über Bücher, Kaffee und Kuchen. Meldet euch einfach, wenn ihr Lust habt, und ich gebe euch Bescheid, welches Buch wir gerade lesen.«

»Klingt gut. Genau mein Ding«, antwortete Lucy.

Wenn sie nicht arbeitete, konnte man Lucy oft mit ihrer Nase in einem Buch finden. Lesen war eine ihrer Lieblingsbeschäftigungen. Wie schön, dass sie beide eingeladen waren, Teil der Dorfgruppe zu werden, und dass Louise ihren Rat für ihr Unternehmensprojekt anbot. Aber das Tüpfelchen auf dem i war, dass sie auch noch die besten Kuchen der Welt backte. Lucy schaute lächelnd ihr Stück Zitronenkuchen an.

Mit Freundinnen wie diesen an ihrer Seite erschienen ihr die Herausforderungen schon etwas weniger groß.

Später am Nachmittag schlug das Wetter um. Lucy und Daisy sahen zu, wie kleine Tropfen und Rinnsale an den Fensterscheiben des Häuschens herunterliefen wie Tränen. Lucy schaltete ein gemütliches Licht im Wohnzimmer an und nahm ihr neuestes Buch zur Hand.

Sie hatte es sich gerade auf dem Sofa gemütlich gemacht, als der gusseiserne Türklopfer an die Haustür pochte und Daisy beschützend bellte. Wer um alles in der Welt mochte das sein? Lucy rechnete heute nicht mit Besuchern.

Als sie die Haustür öffnete, stand ein großer, schlaksiger Mann Mitte zwanzig auf der Stufe. Von seinem dunklen gewellten Haar tropfte es ihm in die Augen. »Hey, Schwesterherz.«

»Olly! Schnell, komm rein. Das ist ja eine schöne Überraschung. Ich hab dich heute gar nicht erwartet.« Sie warf einen

Blick über seine Schulter, aber keine Spur von seiner Partnerin Alice oder von Freddie, seinem kleinen Sohn. »Bist du allein?«

»Ja, ich bin für eine halbe Stunde abgehauen.« Er grinste schelmisch. »Ich habe aber wohlgemerkt auch den ganzen Nachmittag über Regale im Zimmer unseres kleinen Mannes aufgebaut. Dann wurde ich losgeschickt, um im Supermarkt ein paar Kleinigkeiten fürs Abendessen zu besorgen. Da dachte ich, kann ich auch die paar Extrakilometer fahren und mal vorbeischauen. Morgen bin ich wieder bei der Arbeit, und es geht rund.«

Olly war Elektriker bei einem örtlichen Unternehmen.

»Möchtest du einen Kaffee?«

Er hielt den Daumen hoch. »Aber immer. Es sei denn, du hast eine Flasche Bier zur Hand.«

»So ein Tag also, wie? Aber leider hab ich kein Bier.« Lucy lächelte.

Sie verstand sich gut mit ihrem jüngeren Bruder. Klar, sie hatten sich als Kinder gelegentlich gestritten, aber es hatte nie diese Rivalität gegeben, wie sie manchmal zwischen Geschwistern herrschte. Sie waren ein Team gewesen, obwohl er vier Jahre jünger war als sie, und sie dachte gern an ihre Kindheit zurück. Sie hatten viel Spaß miteinander gehabt: Strandtage, an denen sie Schlagball spielten, nach einem kalten Bad in der Nordsee in Handtücher eingekuschelt waren, ihre Basketballkünste am Korb im Garten übten und an nassen Tagen zu Hause lautstark Twister, Connect Four und Mouse Trap gespielt hatten. Ein bisschen hatte sie sich auch immer als seine Beschützerin gefühlt, vor allem, weil sie und Olly bei der Trennung von Mum und Dad noch zu Hause gewohnt hatten. Obwohl sie Teenager waren, war es doch schwer gewesen, damit klarzukommen. Und sie liebte seine Familie über alles. Der freche kleine Freddie war das Ebenbild ihres Bruders als kleiner Junge.

»Bist du gestern Abend bei deinem Pizzagig gut angekommen?«, fragte Olly.

Er hatte geholfen, die Elektrik im Pferdeanhänger zu installieren – alles in seiner Freizeit und kostenlos, zum Glück – und hatte darum ein besonderes Interesse an ihrem neuen Projekt.

»Ja, es lief insgesamt ziemlich gut, denke ich.«

»Solange die Kunden zufrieden waren und du bezahlt worden bist … Das ist alles, was zählt.«

»Ja.« Sie hoffte, dass die Restzahlung von Abigail morgen auf ihrem Konto auftauchen würde. Sie hatte das Geld dringend nötig.

Sie gingen in die Küche, wo Lucy den Wasserkocher anschaltete und Instantkaffee in Tassen löffelte.

»Ich wünschte nur, Dad würde dem Ganzen ein bisschen positiver gegenüberstehen.«

»Er ist halt dein Vater«, erklärte Olly. »Er macht sich Sorgen wegen des Risikos, und nach allem, was passiert ist … Er möchte einfach nicht, dass du verletzt wirst, Lulu«, fügte er hinzu.

Das Wort »wieder« hing unausgesprochen zwischen ihnen in der Luft.

»Ja, du hast wohl recht«, räumte sie seufzend ein. Ein Kloß bildete sich in ihrer Kehle, während ihr Tränen in die Augen stiegen. Sie drängte sie zurück und wandte sich für einen Moment ab. Es war nicht ihre Art, ihre Gefühle offen zu zeigen, nicht einmal ihrem eigenen Bruder gegenüber, aber das Leben nach dem Hammer mit Liams Affäre war so verdammt hart gewesen.

»Luce, alles in Ordnung?«

»Ja, mir geht's gut. Nur, äh, Wasserdampf in die Augen bekommen.«

Er nickte, wohl wissend, dass es eine Ausrede war.

»Okay, du musst Dad nur zeigen, dass du es schaffen kannst.«

»Ach so, ja klar, nur kein Druck also!«

»Wenn es jemand schafft, dann du, Schwesterherz.«

»Danke, Ol.«

Sie saßen noch eine Weile zusammen, tranken Kaffee und unterhielten sich über Alltagsdinge. Zum Beispiel über die neuesten Streiche des kleinen Freddie. Olly zeigte auf seinem Handy ein Video, in dem ihr Neffe bis über beide Ohren grinste, während er in voller Montur mit dem Gartenschlauch bespritzt wurde. Danach konnten die beiden sich vor Lachen nicht mehr halten. Da aber Olly noch ein anstrengender Tag bevorstand und die Einkäufe im Auto lagen, blieb er nicht lange. Seine Worte blieben Lucy jedoch im Kopf.

Konnte sie es wirklich schaffen? Würde sie mit den Pizzen ihres Großvaters durchstarten, oder war die Idee mit dem mobilen Catering nur eine schöne Fantasie?

It's Partytime!
Geoff und Hannah Allan
laden dich herzlich zu ihrer Silberhochzeit ein.
Foxton Farm, Old Holburn,
Samstag, den 22. Mai.
Essen, Getränke und Livemusik mit den Border Busketeers!
Von acht bis ultimo!

5. KAPITEL

Ein paar Wochen später machte sich Jack mit Ruby auf den Weg zu einer Silberhochzeit, die auf einer Koppel neben einem Bauernhof stattfand. Er war ins Landesinnere gefahren, vorbei an sanften Hügeln mit grasenden Schafen und Rindern und durch Moorgebiete mit leuchtend gelben Ginsterbüschen, um zu dem malerischen Feldsteinhaus zu gelangen.

Der alte Bauernhof lag zwischen ein paar Scheunen mit roten Ziegeln, die zu dem Anlass mit festlichen silbergrauen Wimpeln geschmückt waren.

Nach einer Regenperiode war es nun zum Glück endlich wieder trocken. So würde Ruby wenigstens nicht im Schlamm stecken bleiben, wenn er auf dem saftigen Gras parkte. Oh ja, das war schon viel zu oft passiert! Als ein paar andere Catering-Wagen eintrafen, darunter *Bob's Gourmet Burger*, ein Stammgast in der mobilen Catering-Szene von Northumberland, fiel Jack ein, dass er in den letzten zwei Wochen bei keiner seiner Buchungen den Pizzaservice im Pferdeanhänger gesehen hatte. Aber es war ja auch klar, dass sie nicht immer für dieselben Veranstaltungen gebucht wurden. Schließlich traf er auch Bob nur gelegentlich oder die quirlige Mittvierzigerin Carrie, die jetzt in ihrem gepunkteten *Classy-Cupcakes*-Wohnwagen vorfuhr. Doch obwohl ein Teil von ihm ziemlich erleichtert darüber war, fragte er sich doch, ob er die dunkelhaarige junge Frau – Lucy, so hieß sie – wohl wiedersehen würde, warum auch immer. Jack wusste noch allzu gut, wie frostig sie gewesen war, als sie sich kennengelernt hatten, und dann war da noch ihr lästiger kleiner Hund gewesen, der sein Schild vollgepinkelt hatte. Aber wenn sich ihre Wege vielleicht nie wieder kreuzten … Irgendwie machte die Vorstellung Jack seltsam unruhig.

Diese Gedanken führten zu nichts. Er musste sich auf die Veranstaltung heute Abend konzentrieren. Seine Bar musste für die ersten Ankömmlinge startklar gemacht und ein Tablett voller Silver Martinis vorbereitet werden, und zwar schnell. Sie würden einen wunderschönen blasssilbernen Farbton haben – perfekt für eine Veranstaltung zur Silberhochzeit.

Nachdem er Rubys Dach angehoben und die Kugellampen eingeschaltet hatte, stellte er zwei Cocktailshaker bereit, holte den Gin, den Wermut und den Orangenbitter, die er als Erstes brauchte, und machte sich auf die Suche nach einem Glas Maraschino-Kirschen.

Gerade als er seine Theke mit einer Reihe der typischen v-förmigen Martini-Gläser und einer bunten Auswahl an Früchten und Garnierungen bestückte, sah er beim Aufblicken einen Jeep, der einen mit grauem Holz vertäfelten Pferdeanhänger durch das Hoftor zog.

Sein Herz setzte einen Schlag aus, als er die dunklen gewellten Haare und das ziemlich ernste Gesicht der Fahrerin sah, die das Gespann durch die schmale Einfahrt navigierte. Also würden sie sich wiedersehen.

Jack fuhr sich unwillkürlich mit den Fingern durchs Haar

und wollte gerade zur Begrüßung winken, als die Tochter des Silberhochzeitspaares neben Ruby trat, um sich noch über ein paar letzte Vorbereitungen bei ihm zu erkundigen. Als sie ging, war der Moment vorüber, und Lucy hatte bereits eingeparkt und alle Hände voll zu tun, ihren Pizzawagen klarzumachen.

Sowohl beim *Cocktail-Camper* als auch bei *Feuer und Flamme* herrschte zu Beginn des Abends reger Betrieb, und es trafen ständig neue hungrige und durstige Gäste ein. Es wurde viel geplaudert und gelacht, während Familie und Freunde im Freien zusammenkamen. Einige saßen an einer Gruppe von Tischen und Stühlen, die für die Veranstaltung ausgeliehen worden waren, und eine örtliche Folkband stimmte in einem Tipi-ähnlichen Zelt ein schwungvolles Lied an. Obwohl es nicht sein üblicher Musikgeschmack war – seine Lieblingsbands waren die Arctic Monkeys und die Kaiser Chiefs, auch wenn er damit ein wenig in seiner Teenagerzeit feststeckte –, konnte Jack nicht anders, als im Takt mitzuwippen, während er arbeitete.

Der Abend blieb trocken, aber die silbergraue Wolke am Himmel verdichtete sich, sodass es warm und schwül wurde. Als die Dämmerung hereinbrach, leuchteten nach und nach die Lichter der Catering-Wagen auf wie festliche Glühwürmchen. Rubys große Bühnenlampen und die zarten weißen Lichterketten am Pferdeanhänger, *Carries Cupcakes* mit Lichtern in Rosa und Blau, und bei Bob gab es sogar ein beleuchtetes Burger-Schild auf dem Dach des Lieferwagens. Verlockende Gerüche von Burgern, Backwaren und warmen Käse-Tomaten-Pizzen erfüllten die Luft.

Jack warf einen Blick zum Pferdewagen hinüber. Die Pizzafrau arbeitet heute Abend auf Hochtouren und hatte noch keine einzige Pause gehabt. Jack hatte in der letzten Stunde ungewollt ein paar kurze Blicke in ihre Richtung geworfen und gesehen, wie sie an ihrem Arbeitsplatz am Ofen stand. Sie hatte süße rosige Wangen, und ab und zu steckte sie eine verirrte Haarsträhne zurück in ihren Arbeitsdutt oder schnaufte leise. Vor ihrer hübsch gestalteten Luke mit den italienischen Flaggen und den blinkenden Lichtern stand konstant eine lange Schlange. Wie kühl sie ihm bei der letzten Veranstaltung auch immer vorgekommen war, sie hatte etwas Faszinierendes an sich.

Vielleicht würde er, wenn sich die Lage etwas beruhigt hatte, zu ihr hinübergehen und sich kurz mit ihr unterhalten, sie vielleicht ein bisschen freundlicher willkommen heißen, ein Gespräch von Geschäftsinhaber zu Geschäftsinhaberin führen. Es war nicht leicht, ein eigenes Unternehmen zu gründen, aber Jack hatte inzwischen einiges an Erfahrung, da er seinen mobilen Barservice schon seit vier Jahren betrieb. Er kannte die örtliche Gastroszene, wusste, welche Veranstaltungen sich lohnten und welche man besser mied. Okay, er und Pizza-Girl hatten nicht den besten Start hingelegt, aber wenn sie auf denselben Veranstaltungen sein wollten, wäre es gut, wenn sie lernten, miteinander auszukommen.

Als es langsam dunkel wurde, mit schwelenden Rotorangetönen und schweren grauen Wolken, die sich über ihnen verdunkelten, wurde die Musik aus dem Tipi lauter, Stimmen und Gelächter schallten herüber, und zusammen mit der warmen, stehenden Abendluft entstand eine Atmosphäre von Lebendigkeit, von sich aufladender Elektrizität. Jack war vollauf damit beschäftigt, zu mixen und zu schütteln, zu plaudern und seinen Charme zu versprühen. Die Gäste amüsierten sich prächtig, manche vielleicht ein bisschen zu prächtig. Da heute Abend die Gastgeber für alle Getränke an der Bar aufkamen, nutzte eine Gruppe jüngerer Männer die Gelegenheit und ließ es sich schmecken. Hm, er würde sie ein wenig im Auge behalten müssen. Die rüpelhafte Gruppe drängelte sich jetzt auf der behelfsmäßigen Tanzfläche im Inneren des Tipis und tat so, als würden sie Riverdance tanzen. Vor allem ein dicklicher Kerl übertrieb es ziemlich und stieß einige der tanzenden Paare an. Es sah ganz so aus, als würden die Jungs sich über die Folkband lustig machen. Jack schüttelte den Kopf, wurde aber gleich von der nächsten Barbestellung abgelenkt.

Ein hochgewachsener Mann in einem eleganten marineblauen Anzug lehnte an Rubys glänzend polierter, verchromter Arbeitsplatte.

»Hi, hast du ein kaltes Lagerbier in der Flasche? Und ein Glas Prosecco oder so was für meine Freundin?«

»Natürlich, ich habe ein italienisches Lager, oder kann ich etwas Lokaleres empfehlen? Die Brauerei in Wylam macht ein tolles Lagerbier, perfekt für einen warmen Sommerabend.« Jack fand es immer schön, die Brauereien und Brennereien in Northumberland zu unterstützen.

»Ach gut, na dann los, ich probier's mal.«

»Und für deine reizende Dame vielleicht den Prosecco zu einem Sektcocktail aufpeppen? Maracuja? Himbeere?« Jack lächelte aufmunternd.

»Klingt gut. Dann lieber Maracuja.« Der Lange grinste.

Bevor er den Cocktail vorbereitete, überreichte Jack ihm ein angenehm kühles Bier.

»Danke, Kumpel. Tolle Party. Übrigens, ich bin Mark. Ist der Hochzeitstag von meinen Eltern.«

»Jack. Freut mich, dich kennenzulernen. Ich hoffe, deine Eltern haben einen schönen Abend.«

»Ja, auf jeden Fall. Die beiden, die da immer noch im Zelt tanzen, das sind sie. Fünfundzwanzig Jahre und immer noch alles bestens.«

»Großartig. Das ist toll.« Jack freute sich aufrichtig, dass einige Paare es so weit brachten.

Er blickte zum Tipi hinüber, während er nach dem Maracujasirup griff. Die rüpelhaften Jungs trieben es immer noch heftig auf der Tanzfläche. Himmel! Jack hoffte inständig, dass es nicht eskalierte.

Prosecco einschenken, ein Löffelchen Maracujakerne, etwas Deko aus Orangenschale, und Jack überreichte die Cocktailkreation. Bitte sehr, hier ist mein Maracuja-Fizz. Ich hoffe, es wird der werten Dame schmecken.«

»Wow, danke, Kumpel. Also, ich würde sagen, damit mache ich mich definitiv beliebt.« Mark zog sich mit seiner Flasche und dem fantastisch aussehenden Getränk in der Sektflöte breit grinsend von dannen.

Es war ziemlich hektisch gewesen, aber Lucy genoss den Trubel des Abends. Sie waren seit dreieinhalb Stunden beschäftigt, und einige der Beläge gingen langsam zur Neige, aber sie hatte noch genügend Teig, Käse und Soße übrig. Sie und Tamsin kamen heute Abend besser miteinander zurecht und gewöhnten sich jeweils an die Arbeitsweise der anderen. Es hatte sich ein System zwischen ihnen entwickelt, bei dem Lucy den Teig in Form brachte, Tamsin die Tomatensoße darauf verstrich und eine von ihnen oder beide den Belag verteilten, je nachdem, wie lang die Warteschlange war.

Es war ganz bezaubernd gewesen, wie das Jubiläumspaar vorhin Hand in Hand vorbeigekommen war, um sich eine Pizza zu bestellen.

»Hm, was für eine sollen wir denn nehmen, Geoff?«, hatte Hannah sich liebevoll an ihren Mann gewandt und war plötzlich nostalgisch geworden. »Oh, sag mal, erinnerst du dich noch an den Abend vor vielen Jahren, als du unten am Kai vor mir niedergekniet bist?«

»Ja, natürlich erinnere ich mich daran, meine Liebe, sehr gut sogar«, antwortete er mit einem schiefen Lächeln. »Ich weiß noch, wie meine Knie sich anfühlten und wie ich innerlich gezittert habe.«

Sie strich ihm sanft über den Arm. Ach komm, du hast doch gewusst, dass ich Ja sagen würde. Ich habe es lange genug angedeutet.« Hannah lächelte sehnsüchtig. »Und dann hast du mich zu diesem italienischen Essen eingeladen, und wir teilten uns …«

»… eine Pizza mit Schinken und Ananas«, beendeten sie den Satz im Chor und grinsten.

»Mein Budget war damals leider ziemlich begrenzt«, sagte Geoff schelmisch.

»Na, dann muss es einfach die sein.«

»Schinken und Ananas bitte.«

Lucy lächelte über die schöne Erinnerung der beiden, spürte tief in ihrem Inneren aber auch den Schmerz darüber, dass ihre eigene Beziehung so eine gewaltige Katastrophe gewesen war. Aber wenigstens konnte sie dafür sorgen, dass dieses Paar die beste Party aller Zeiten hatte, und weil sie sich plötzlich an den romantischen Jungen von ihrer letzten Buchung erinnerte, formte sie die Beläge für die beiden in Herzform.

Fünf Minuten später war das Paar überglücklich, als Lucy ihnen die Jubiläumspizza servierte, nachdem sie sie im Holzofen zubereitet hatte.

»Oh, sieh mal, Geoff. Wie hübsch! Vielen Dank, Lucy.«

Sie erinnerten sich sogar an ihren Namen, wie süß!

»Was für ein fabelhafter Abend. Alles ist einfach perfekt, und es ist so schön zu sehen, wie sich alle unsere Freunde und Familienmitglieder amüsieren.« Hannah war überglücklich.

Lucy war richtig froh, bei diesem Ereignis dabei zu sein und mit ihrem neuen Unternehmen die Menschen so glücklich machen zu können. »Ich freue mich so sehr für Sie.«

»Genießen Sie den Rest des Abends und Ihre Pizza!«, fügte Tamsin hinzu. Schon bald sah Lucy die beiden, wie sie neben dem »Tanzboden« beim Tipi zusammen ihre Pizza aßen. Nach fünfundzwanzig Jahren waren sie immer noch ein Herz und eine Seele. Sie seufzte. Tja, für manche Leute funktionierte die Ehe wohl, aber für sie … Nach der Affäre von diesem Arschloch Liam hatte sie eher das Gefühl, gerade noch mal davongekommen zu sein.

Nicht lange danach kam eine Gruppe von Jungs vorbei, deren leicht schwankender Gang verriet, dass sie ein paar Martinis und Biere zu viel intus hatten.

»Scharfe Peperoni für mich«, sagte einer von ihnen, der ziemlich verschwitzt war, leicht lallend und lehnte sich schwer gegen den Tresen.

Verflixt, dachte Lucy, als ihr klar wurde, dass es der dicke Rugbyspieler und seine Kumpel von vorhin waren. Sie waren Tamsin gegenüber ein wenig aufdringlich gewesen, und sie hatte eingreifen müssen, damit sie ihren feuchtfröhlichen Weg woanders fortsetzten. Sie hatte dann gesehen, wie sie drüben auf der

Tanzfläche etwas ungestüm wurden. »Und eine mit Schinken und Pilzen«, fügte einer seiner Kumpel unhöflich hinzu.

Keiner von beiden hatte ein »Bitte« von sich gegeben.

»Tut mir leid, Jungs, ich habe jetzt nur noch Margherita und Hühnchen mit Paprika«, erklärte Lucy, die gerade den letzten Schinken aufgebraucht hatte.

»Machst du Witze? Was für 'ne Art von Catering soll das denn sein?«

»Es ist spät«, sagte Lucy und blieb gelassen. »Ihr hättet früher bestellen sollen, als wir noch alle Zutaten hatten, inklusive Peperoni, Schinken und Pilze.« Anstatt dem Personal nachzustellen, ergänzte sie in Gedanken.

Als er laute Stimmen hörte, blickte Jack alarmiert zur anderen Seite des Weges.

»Das ist gar nicht gut ...«, lallte Rugbyhemd und sah Lucy über die Theke hinweg an. Er fuhr mit einer verschwitzten Hand über ihren Unterarm und packte dann fest zu, wobei er etwas ins Schwanken geriet.

»Oha ... Das reicht jetzt«, sagte Lucy mit fester Stimme, aber dennoch ruhig. Sie wollte hier keine Szene machen, aber wenn er noch fester zupackte, würde er sie womöglich verletzen.

6. Kapitel

Jack hatte genug gesehen. Diese Kerle benahmen sich komplett daneben. Es waren dieselben Idioten, die er auf der Tanzfläche hatte herumalbern sehen. Okay, er und die Pizzafrau hatten sich bis jetzt nicht gerade gut verstanden, aber niemand musste sich so ein rüpelhaftes Verhalten bieten lassen. Er hatte auf einmal das Gefühl, sie beschützen zu müssen. Irgendetwas ging in ihm vor. Er stürzte aus seinem Camper und marschierte hinüber, indem er laut rief: »Das reicht, Jungs! Geht mal auf Abstand und lasst die Frau in Ruhe.«

Der Große im Rugbyshirt – der, der wie ein Stier aussah – rührte sich nicht. Er war etwa doppelt so breit wie Jack und ein paar Zentimeter größer. Eine beachtliche Größe, zumal Jack selbst mit guten eins achtzig ziemlich groß war.

»Wir wollen nur ein paar Pizzen«, antwortete einer aus der Gruppe schlecht gelaunt.

»Und ein bisschen plaudern«, fügte das Rugbyhemd hinzu und schaute Lucy mit einem lüsternen Grinsen an.

»Ich sagte, es reicht«, gab Jack mit fester Stimme zurück.

»Ist in Ordnung, Jack. Ich komm schon klar«, mischte Lucy sich ein.

Die Luft knisterte vor Spannung.

Manchmal war es das Beste, eine Situation nicht noch zu verschärfen, das wusste Lucy. Sie wollte nicht, dass ein Streit die Party störte, die bisher so gut gelaufen war. Die Jungs waren nur ein bisschen angetrunken. Sie würden noch früh genug das Weite suchen, sich mit Bier und Pizza vollstopfen – wenn sie die Chance bekam, welche zu machen – und sich zweifellos schon innerhalb der nächsten halben Stunde woandershin verziehen.

»Geht woandershin und lasst die Dame in Ruhe«, warnte Jack.

Das Rugbyhemd rührte sich nicht von der Stelle, hatte aber Lucys Arm losgelassen.

Seine Kumpel lachten.

Jack wich nicht zurück. Er kochte innerlich. Wie konnten diese Kerle es wagen, diesen großartigen Abend zu ruinieren? Wie konnten sie es wagen, Lucy einzuschüchtern? Und dann kam der Schlag.

Nicht der von Jack, obwohl es ihm im Arm gezuckt hatte.

Wumms, landete er direkt auf seiner Braue.

Jack spürte das Knirschen. Ihm wurde schlecht, und er taumelte ein oder zwei Schritte zurück.

Lucy keuchte auf.

Tamsin wich instinktiv einen Schritt zurück und rief dann wütend: »Hey, du Idiot! Lass das!«

Lucy sprang aus dem Pferdeanhänger, bereit, einzugreifen, falls nötig.

Jack hatte die Faust geballt. Beinahe – aber nur beinahe – hätte er zurückgeschlagen, aber er arbeitete, erinnerte er sich. Er hatte sein Geschäft und dessen Ruf zu wahren. Das Letzte, was er gebrauchen konnte, war, an einer Schlägerei mit Gästen beteiligt zu sein. Aber der verdammte Baumstamm von einem

Trottel stand ihm gegenüber und schüttelte jetzt seine hoffentlich wunde Hand. Jack hoffte, dass der ignorante Blödmann sich wenigstens ein paar Knochen gebrochen hatte. Die Zeit stand einen Moment still, die beiden Männer atmeten schwer und starrten sich gegenseitig an. Dann musste Jack ihn ziehen lassen.

»Na gut, verpisst euch. Ihr seid es nicht wert! Und dieser Kerl da …«, knurrte er und deutete auf den Typ im Rugbyshirt, »bringt ihn nach Hause, und zwar sofort.«

Jack stand schwer atmend da. Seine Nase pochte, seine Faust juckte ihm immer noch, und er war unschlüssig, ob sein Stolz schwer verletzt oder gerettet war.

»Du lieber Himmel, geht es dir gut?« Lucy machte einen Schritt nach vorn. Sie sah Jack besorgt an, als sie merkte, dass er ein wenig stolperte.

Auch sie hatte das Geräusch gehört, als die Knöchel des Idioten den Barmann am Schädel trafen. Oje, über seinem linken Auge prangte eine blutige Platzwunde.

»Hier, setz dich.« Neben ihrem Pizzastand waren ein Tisch und zwei Stühle aufgestellt, und sie wies Jack einen Platz an. Eine kleine Menschentraube hatte sich versammelt, um das Geschehen zu beobachten.

»Okay, Leute«, rief Lucy, »die Show ist vorbei, Sie können weiterfeiern. Bedienen Sie sich an der Pizza, aber auf einen Cocktail müssen Sie wohl noch etwas warten. Ich glaube, der Barmann braucht eine kurze Pause.« Lucy fand es verdammt ärgerlich, dass der einseitige Kampf plötzlich zu einem Hingucker geworden war. Sie verabscheute jede Art von Gewalt und Aggression und hoffte, dass das Silberhochzeitspaar nichts von dem Ärger mitbekommen würde. Die Gäste zerstreuten sich glücklicherweise unter Gemurmel.

»Nur die Ruhe«, wandte sie sich an Jack. »Bleib einfach hier, ich habe einen Erste-Hilfe-Kasten im Wagen.« Eine Minute später war sie zurück und kniete neben ihm, während sie ihren Kasten mit Verbänden, Pflastern und allem anderen durchstöberte. Sie fand antiseptische Tücher und tupfte seine Wunde ab.

»Autsch.«

»Tut mir leid, aber es ist das Beste, es erst mal sauber zu machen.« Es sah schmerzhaft aus. »Wer hätte gedacht, dass ein Mangel an Schinken und Pilzen zu einem blauen Auge führen kann«, sagte sie mit einem kleinen Lacher im Versuch, ihn abzulenken.

»Pff, schön, dass du dem eine lustige Seite abgewinnen kannst«, bemerkte Jack und zuckte unter dem Schmerz an der Augenbraue zusammen. So ein Idiot«, fuhr er fort, immer noch wütend auf den betrunkenen Typen.

»Ja, der war ein ziemliches Arschloch. Aber ich bin durchaus in der Lage, auf mich selbst aufzupassen, weißt du«, fügte sie leicht schnippisch hinzu. »Ich muss nicht gerettet werden. Ich hätte das schon hinbekommen … und wahrscheinlich sogar besser als du.« Ihr Ton war scharf, aber dann schenkte sie ihm ein schiefes Lächeln.

»Tja, nun …«, seufzte Jack.

Na toll, die Eiskönigin war nicht einmal dankbar für seine tapferen Bemühungen! Und sie könnte ein bisschen sanfter sein bei ihrer Behandlung. Sie war gerade dabei, ihm eine Art Verband anzulegen.

»Kannst du mal einen Moment stillhalten?«, sagte sie ungeduldig und sah ihn tadelnd an.

Jack wurde plötzlich bewusst, wie nah Lucy ihm war. Und sie roch wirklich verdammt gut. Eine berauschende Mischung aus frisch gebackener Pizza und Parfüm. Vielleicht war es aber auch nur der Schlag an den Kopf, der sie so verführerisch erscheinen ließ.

»Es geht schon. Danke, Lucy.« Er stand auf, noch immer etwas wackelig auf den Beinen. Wenigstens war er verbunden, also würde kein Blut in die Cocktails tropfen.

Er wischte sich über das Gesicht, bedankte sich noch einmal bei Lucy und ging – immer noch leicht gekränkt – zurück zu seiner Camper-Bar, wo sich ein paar Partygäste herumdrückten und auf einen Drink warteten.

»Jemand Lust auf eine Bloody Mary?«, scherzte er, und die Gruppe musste lachen.

Der Pizzaofen kühlte ab, während Lucy und Tamsin alles einräumten. Lucys Füße pochten wie verrückt, selbst in den Turnschuhen. Es war ihr fünfter Pizza-Gig – und sicher der bisher härteste. Sie hatte nicht damit gerechnet, dass so ein Abend bedeutete, fünf Stunden lang ununterbrochen zu stehen. Sie war froh, dass sie Daisy heute Abend bei ihrer Mutter gelassen hatte. Es war ein langer und ziemlich anstrengender Abend gewesen.

Sie schaute zu Jack, dem Cocktail-Mann, hinüber und fragte sich immer noch, warum er so übereifrig eingeschritten war. Wenigstens schien es ihm gut zu gehen. Er arbeitete wieder und bediente die letzten Gäste mit ein paar Bier. Sie sahen sich kurz in die Augen, und sie konnte sich den Anflug eines Lächelns nicht verkneifen. Dieser Idiot hatte morgen früh bestimmt ordentlich Kopfschmerzen.

»Sind wir hier bald fertig?«, fragte Tamsin, die erschöpft und leicht mürrisch klang.

»Ja, absolut. Ich bring dich jetzt nach Hause. Du hast wirklich gute Arbeit geleistet, Tamsin, danke. Selbst in dem ganzen Drama.«

»Diese blöden Typen …«

Lucy war sich nicht ganz sicher, ob ihre Aushilfe Jack mit einschloss. »Ja, wie ein Haufen Schuljungs, was?«

»Arschlöcher«, brachte Tamsin es auf den Punkt.

Lucy grinste schief. »Okay, lass uns hier verschwinden und nach Hause fahren.«

Als er nach Hause fuhr, ärgerte Jack sich noch immer über diese verdammten Typen und ließ seinen Ärger Ruby gegenüber laut heraus. Während seiner Zeit mit dem Cocktail-Camper hatte es kaum Probleme mit Betrunkenen gegeben, er konnte sie an einer Hand abzählen. Und kein einziges Mal war Gewalt im Spiel gewesen.

Die meisten Veranstaltungen liefen großartig, und die Gäste wollten einfach nur feiern und sich amüsieren. Tatsächlich war er noch nie während der Arbeit in irgendeiner Bar geschlagen worden, und er hatte an allen möglichen Orten auf der ganzen Welt hinter dem Tresen gestanden. Immer hatte er irgendwo gearbeitet, um seine Reisen zu finanzieren. Damals hatte er sich in das Geplänkel an der Bar verliebt, in die Freundschaften, die Mixologie – und dabei Tipps und Cocktailrezepte aufgeschnappt. Es war einfach ein großartiges Gefühl, den perfekten Cocktail zu servieren, mit Blick aufs Meer und einem Lächeln, egal ob auf Barbados oder in Beadnell.

Er hatte immer noch keine Ahnung, warum er sich heute

Abend eingemischt hatte. Normalerweise hielt er sich von solchen Rüpeleien fern. Es war die Frau, die Eiskönigin Lucy. Sie hatte einfach etwas an sich. Etwas an ihr berührte ihn, und er war sich nicht ganz sicher, warum. Warum hatte er sich schützend vor sie gestellt? Sie schien nicht gerade beeindruckt gewesen zu sein, dass er ihr helfen wollte. Diese Frau war definitiv die Ruhe selbst gewesen. Wenn sie ein Cocktail wäre, dann eine Frozen Margarita mit Crushed Ice, Tequila und scharfer Limette.

Er stöhnte auf und hielt kurz an, um auf seinem Handy Musik einzuschalten, irgendetwas Leichtes, ganz egal was. Er musste einfach nur seinen lädierten Kopf entspannen.

Fünfzehn Minuten später parkte er Ruby in der Einfahrt. In dem kleinen Haus, das er derzeit sein Zuhause nannte, waren alle Lichter aus. Sein Kumpel Matt, bei dem er wohnte, war zweifellos schon vor Stunden zu Bett gegangen. Jack schlich sich hinein, ohne im unteren Stockwerk Licht zu machen, um seinen Freund nicht zu stören.

Zeit fürs Bett. Zeit zum Schlafen. Wenn sein pochender Kopf das zuließ.

Zeit, sich ein gewisses Pizzamädchen aus dem Kopf zu schlagen.

7. KAPITEL

»Morgen!«, rief Matt, der in seinen schweißnassen Laufklamotten durch die Küchentür hereinschlurfte. Er war groß und athletisch gebaut, hatte struppiges mittelbraunes Haar und erst kürzlich sein Tierarztstudium abgeschlossen. Er stürzte ein Glas Wasser hinunter und steckte dann zwei Scheiben Vollkornbrot in den Toaster. Als er sich zu Jack umdrehte, sah er die Verletzung und runzelte die Stirn.

»War 'ne gute Nacht, wie?«, fragte er ironisch. »Du hast da ein ziemliches Veilchen, Kumpel.«

Jacks Stirn pochte noch stärker als am Abend zuvor. Vielleicht sollte er eine Schmerztablette nehmen. Er wagte ein langsames, schmerzhaftes Nicken.

Ich dachte, es ginge darum, die Gäste zu bedienen, und nicht, sich mit ihnen zu prügeln.«

»Na ja …«

»Toast?« Matt lächelte ihm aufmunternd zu. Jetzt war vielleicht nicht der richtige Zeitpunkt, um seinen Freund auszufragen.

»Ja, danke, tu gern für mich auch eine Scheibe in den Toaster.« Jack nippte an seinem Kaffee. »Ähm, also ich bin nur für eine Freundin eingetreten …« Das Wort rutschte ihm so heraus.

Sie war eigentlich keine Freundin. Sie hatten sich ja erst kürzlich kennengelernt. Aber irgendwie, auch wenn sie sich nicht gut verstanden hatten, empfand er doch eine gewisse Wärme für sie.

Lucy. Heute Morgen hatte er wieder an sie gedacht. Okay, und in der Nacht auch, um genau zu sein. Ihre nachdenklichen dunkelbraunen Augen. Ihr langes, glänzendes kastanienbraunes Haar. Am Ende des Abends, als sie alles zusammengepackt hatte – oh ja, das Bild hatte sich ihm eingeprägt –, hatte sie an diesem Duttdings gezogen und ihr Haar herunterfallen lassen. Und kurz bevor sie fuhr, war sie noch herübergekommen. »Gute Nacht, Jack. Ist alles okay bei dir?«, hatte sie vorsichtig gefragt.

»Ja«, hatte er geantwortet und sich plötzlich unbehaglich gefühlt. »Ja, alles gut. Danke für die Hilfe und … äh … man sieht sich.«

»Pass auf deine Augenbraue auf. Und lass dich nicht mehr auf Streitereien ein, okay?« Sie hatte leicht den Kopf geschüttelt und gelächelt.

Sie sah so viel hübscher aus, wenn sie lächelte. Trotzdem fühlte er sich plötzlich wie ein Schuljunge, der gescholten wurde. »Haha, nein. Pfadfinderehrenwort.« Warum in aller Welt hatte er das gesagt? Er war ja nicht mal Pfadfinder gewesen. Das war in die Domäne seines Bruders gefallen. Jack war zu beschäftigt damit gewesen, Rugby zu spielen und mit Mädchen zu flirten. Er hatte Lucy dabei zugesehen, wie sie die Tür ihres Jeeps öffnete. »Also … ähm, wann ist deine nächste Buchung?«, war es ihm herausgerutscht.

Aber da hatte sie bereits in ihrem Auto gesessen und die Tür zugeschlagen, das jüngere Mädchen neben sich. Sie hatte es nicht gehört. Von einer Gruppe, die in der Nähe stand, ertönte

Gelächter neben den rhythmischen Klängen von Tanzmusik. Die Folkband war schon vor einer Weile gegangen, und eine provisorische Disco war eingerichtet worden. Die letzten Gäste und Familienmitglieder hielten sich noch dort auf.

Langsam war das Pizzagespann in die Nacht hinausgefahren.

Und er hatte nicht einmal daran gedacht, Lucy nach ihrer Telefonnummer zu fragen. Verflixt, er hatte echt neben sich gestanden. Dieser Schlag auf den Kopf hatte eine Menge zu verantworten.

»Alles klar, Kumpel?« Matt stand da, reichte ihm einen Teller mit einer gebutterten Toastscheibe und holte ihn ins Hier und Jetzt zurück.

»Ja, sorry. Danke.« Jack nahm den Teller und merkte plötzlich, als er in den warmen, buttrigen Toast biss, wie hungrig er war. Der Gedankenstrom von heute Morgen und die Rückblenden auf die letzte Nacht hatten ihn aus der Bahn geworfen. »Guter Lauf?«

»Ja, die üblichen zehn Kilometer sind geschafft.«

»Was hast du denn heute vor?«

»Ich treffe mich nachher für ein paar Stunden mit Jess.« Jess war seit einem Jahr Matts feste Freundin. Sie war ein ganz nettes Mädchen, aber – verdammt – manchmal waren sie wie ein altes Ehepaar. Netflix-Abende in Pantoffeln mit einem Glas Wein. Dann fühlte er sich im Haus wie das fünfte Rad am Wagen und zog sich auf sein Zimmer zurück oder fuhr mit Ruby an die Küste oder in die Berge. »Und heute Nachmittag ein bisschen Fünferfußball«, fügte Matt hinzu.

»Und du? Irgendwelche Pläne?« Matt setzte sich ihm gegenüber, mit einem Stapel dick mit Marmite bestrichenem Toast. Der Typ konnte echt essen!

»Nichts Aufregendes. Ich hatte meinen Eltern gesagt, ich würde sie heute besuchen.«

Der Tag türmte sich bedrohlich vor ihm auf. Jack hatte sich in letzter Zeit etwas neben der Spur gefühlt, obwohl er nicht recht sagen konnte, warum. Die Geschäfte liefen ziemlich gut, er hatte einige gute Freunde, doch er hatte nicht das Gefühl, an demselben Punkt im Leben zu stehen wie sie. Nicht wenige waren in langfristigen Beziehungen, wurden sesshaft, heirateten, und all das war für ihn im Augenblick nicht in Sicht. Nächstes Jahr wurde er dreißig, immer noch jung, und er wollte sich auf keinen Fall binden. Im Moment drehte sich bei ihm alles um den Cocktail-Camper, aber er musste zugeben, dass die Zeit, in der man Rubys roten Lack auf Hochglanz bringen konnte, begrenzt war. Ja, er würde sie nach der gestrigen Nachtschicht gründlich aufräumen und polieren und die Gläser in den Geschirrspüler räumen. Er sah es gern, wenn sie wieder in voller Schönheit strahlte. Dann, heute Nachmittag, würde er vielleicht eine Wanderung machen oder selbst auch laufen gehen.

Jack aß seinen Toast auf, trank den Rest seines Kaffees, den er dringend nötig gehabt hatte, und fühlte sich schon etwas besser. Ja, er sollte besser duschen, sich anziehen und sich auf den Weg zum Haus seiner Eltern machen. Zu dem Haus, das sich immer noch viel zu leer anfühlte.

8. KAPITEL

Eine Stunde später kam Ruby auf der gepflasterten Auffahrt einer Doppelhaushälfte aus rotem Backstein im Städtchen Alnwick zum Stehen. Jack stieg aus und ließ seine Flieger-Sonnenbrille auf. Immerhin war es ein heller Morgen.

»Hey, Mum, Dad«, rief er und klopfte an die Haustür. Es fühlte sich ganz natürlich an, einfach einzutreten, denn bis vor vier Jahren war dies auch sein Zuhause gewesen. Hier war er aufgewachsen.

»Hallo, Jack, mein Lieber.« Seine Mutter Denise, die um die fünfzig und top in Form war, begrüßte ihn im Flur mit einem herzlichen Lächeln und umarmte ihn.

»Hallo, mein Sohn.« Sein Vater Simon gab ihm einen festen, aber freundlichen Klaps auf den Rücken, bevor er ihn ansatzweise umarmte. Die Haare seines Vaters ergrauten zunehmend, und Jack bemerkte, dass aus seinen Ohren und Nasenlöchern seltsame kleine Büschelchen zu sprießen begannen. Verflixt, er musste ihm einen Trimmer zum Geburtstag schenken, überlegte er. So langsam kamen sie in die mittleren Jahre. Mums Bubikopf hatte früher denselben sandblonden Farbton gehabt wie Jacks Haare, glänzte mittlerweile jedoch in einem helleren

Blondton. Ihre regelmäßigen Friseurbesuche hielten jegliche Anzeichen von Grau in Schach, aber es zeigten sich Fältchen in ihrem Gesicht, und sie sah ein wenig müde aus.

Jack trug immer noch die Sonnenbrille. Da es seltsam gewesen wäre, sie im Haus aufzubehalten, musste er wohl in den sauren Apfel beißen und sie abnehmen.

»Soll ich mal Wasser aufsetzen?«, fragte Denise fröhlich und war schon auf den Weg in den Flur.

»Ja, das wär' toll. Danke, Mum.«

Das gemeinsame Teetrinken war im Hause Anderson eine wichtige Zeremonie. Jack folgte seinen Eltern in die Küche, die seit ihrem Einzug dort das Zentrum der Familie gewesen war. Jack war damals noch ein kleiner Junge gewesen. Die Küche war wie das schlagende Herz des Hauses. Sie hatte gute und schlechte Zeiten miterlebt, Lachen und Weinen.

Seine Mutter füllte den Wasserkocher am Spülbecken. »Und, ist es gestern gut gel…« Sie hatte sich halb umgedreht und ließ den Satz unvollendet in der Luft hängen. Stattdessen starrte sie Jack oder besser gesagt den violett-grünen Fleck und die Wunde an seiner Augenbraue an. Wasser rann über den Rand des Wasserkochers. »Großer Gott, Jack.« Ihre Stimme klang besorgt und zugleich ziemlich enttäuscht. »Was in aller Welt ist denn mit dir passiert? Ich dachte, du hättest diese schlimme Phase ein für alle Mal hinter dir gelassen.«

Simon blickte nun ebenfalls auf und machte große Augen. »Ach, Junge, ich dachte, du wolltest gestern Abend arbeiten. Was zum Teufel war denn los?«

Jack runzelte bei dem Tonfall seiner Eltern die Stirn, aber verflucht, selbst das tat weh. Sie sprachen mit ihm, als wäre er gerade fünfzehn und kein erwachsener Mann. Ja, er hatte ein paar schwierige Jahre hinter sich, aber damals war er wütend und verletzt gewesen und mit der Welt nicht im Reinen. Seitdem hatte er sich sehr verändert. Er war erwachsen geworden.

»Das habe ich auch«, erwiderte Jack ruhig. »Es hat sich einfach etwas hochgeschaukelt.«

»Jaja, wie immer. Ach Jack.« Denise klang niedergeschlagen, als hätte er sie im Stich gelassen.

»Aber dich prügeln? Im Ernst, mein Sohn? Du bist schon fast dreißig.« Dad schüttelte den Kopf.

»Ich habe mich nicht geprügelt. Ich habe versucht, eine Situation zu entschärfen, wenn ihr es unbedingt wissen wollt. Und dann war ich zufällig am falschen Ort, als jemand zuschlug.«

»Hmm, so ist das also. Und, geht es dir gut?« Mums Tonfall wurde weicher, als sie merkte, dass sie vorschnell angenommen hatte, er sei in seine alten Gewohnheiten zurückgefallen. Aber er hatte ihr vor ein paar Jahren wirklich eine schwierige Zeit bereitet, war zu spät nach Hause gekommen und hatte sich in Streitigkeiten verstrickt. Und sie erinnerte sich noch gut an den schrecklichen Moment, als ein Polizist – der zufällig auch ein Freund der Familie war – an ihrer Tür gestanden und ihnen mitgeteilt hatte, dass Jack verwarnt worden sei, weil er auf der Straße eine Schlägerei angezettelt hatte. Zum Glück war die Sache nicht weiter verfolgt worden, aber sie hatten sich damals ernsthaft Sorgen gemacht.

»Tut ein bisschen weh, aber ich werde es überleben«, antwortete Jack und spürte das vertraute Gefühl, es ihnen nie recht machen zu können.

Denise goss das kochende Wasser in die Teekanne. »Manchmal mache ich mir Sorgen wegen deines neuen Geschäfts, Jack.«

Neu? Er betrieb seinen Cocktail-Camper nun schon seit vier Jahren.

»Die Art von Leuten, mit denen du da zu tun hast … Das Trinken und so«, fuhr sie fort.

»Mum, es ist eine Bar.« Jack versuchte, seinen Ärger nicht durchklingen zu lassen. »Natürlich habe ich zwangsläufig mit Leuten zu tun, die etwas trinken, das ist der Sinn der Sache.«

»Eben.« Seine Mum war mit Sarkasmus eindeutig nicht zu überzeugen.

»Mum, die meisten Leute, mit denen ich zu tun habe, wollen sich einfach nur ganz harmlos amüsieren. Ich biete einen einzigartigen und unterhaltsamen Barservice für Partys und Feiern an. Gestern Abend waren viele ältere Familienmitglieder da, sogar die Großmutter. Es war eine Silberhochzeitsfeier, kein Rave. Ein Familienjubiläum, kein betrunkener Mob.«

»Ja, aber solche Sachen können immer passieren. Warum hat man dir sonst ins Gesicht geschlagen?«, mischte sich sein Dad ein.

Ja, warum eigentlich? Darauf fiel ihm leider auch keine Antwort ein. Jack spürte ihre Enttäuschung immer noch, die wie eine dunkle Wolke über ihm hing. Er hatte nicht den von ihnen bevorzugten Weg eingeschlagen: die vier Jahre an der Uni, um sich mit einem Jurastudium abzurackern, damit er diesen vernünftigen, gut bezahlten Job bekommen hätte. Er hatte nur ein Jahr durchgehalten, bevor er das Studium abbrach. Er wollte die Welt sehen, eine Auszeit nehmen und im Ausland als Barkeeper arbeiten. Achtzehn Monate später war er nach Hause zurückgekehrt, um als Kellner zu arbeiten, und hatte sich schnell zum Manager einer gut besuchten Bistro-Bar in der Stadt hochgearbeitet. Tja, um sich zu guter Letzt selbstständig zu machen,

Ruby zu kaufen, umzubauen und schließlich *Jack's Cocktail-Camper* zu eröffnen.

»Ich mag meinen Job, Mum. Es ist ein gutes kleines Unternehmen.« Die Camper-Bar gab ihm Freiheit und Flexibilität. Er arbeitete für sich selbst, und es machte ihm Spaß. Jeder Penny, den er verdiente, gehörte ihm, und es lief verdammt gut. Er hatte es geschafft, eine ordentliche Summe zu sparen. Okay, es gab natürlich auch Probleme und Stress. Kein Business war frei davon. Aber er konnte mit jedem Problem, das auftauchte, fertigwerden. Es war eine Herausforderung, nichts weiter. Er konnte sich die Veranstaltungen und Arbeitstage frei auswählen, sodass er auch Zeit für die Dinge hatte, die er sonst gern tat: Rad fahren, laufen, wandern. Er liebte das Leben in der freien Natur. Und auch sein Job spielte sich im Freien ab. Wie viele seiner Freunde hatten schon die Möglichkeit, nur drei oder vier Tage in der Woche zu arbeiten und genug Geld zu verdienen, um bequem über die Runden zu kommen, etwas sparen zu können und dabei auch noch ihre Freizeit zu genießen?

»Aber es scheint mir nicht die Art von Job zu sein, mit dem man sesshaft werden kann.« Denise runzelte immer noch die Stirn, als sie ihm eine Tasse mit dampfendem Tee reichte.

Da war sie wieder, die alte Leier. Mum hoffte immer noch, dass er die perfekte Partnerin finden, eine Familie gründen und 2,4 Kinder haben würde – oder wo der Durchschnitt derzeit auch immer lag. Für all das hatte er doch noch Zeit. Irgendwann vielleicht, in ferner Zukunft …

»Ich mag es. Es läuft gut, und ich verdiene ordentlich Geld.«

»Na, das ist gut.« Wenigstens Dad wechselte jetzt in eine unterstützende Haltung.

Im Allgemeinen zog Simon es vor, sich aus familiären Auseinandersetzungen rauszuhalten. Er konzentrierte seine Energie lieber auf seine Rolle als stellvertretender Schulleiter an der örtlichen Secondary School. Das nahm seine Aufmerksamkeit schon genug in Anspruch, da musste er nicht auch noch zu Hause streiten. Die meiste Zeit war er ohnehin entspannt und freundlich. Ja, so war es schon früher gewesen. Bis es ihn vor elf Jahren vollkommen umgehauen hatte. Sie alle. Das war das einzige Mal, dass Jack seinen Vater hatte weinen sehen.

Das Leben konnte sehr schnell vorbei sein, das hatten sie alle drei auf die harte Tour gelernt. Man sollte es nicht mit einem »vernünftigen« Job vergeuden, fand Jack, nicht, wenn man schon allein den Gedanken hasste, jeden Tag aufzustehen und ihn zu tun. Die Sache mit dem Anwaltsdasein war immer der Traum seiner Eltern gewesen, nicht seiner. Das war ihm gleich klar geworden, als er das Studium begonnen hatte, aber trotzdem hatte er versucht dabeizubleiben. Anfangs.

Daniel war der Schlaue von ihnen beiden gewesen. Daniel, der gern studiert hatte und auf dem besten Weg gewesen war, Arzt zu werden. Schon als kleine Jungs waren sie sehr verschieden gewesen, dabei hatte Jack immer zu ihm aufgesehen. Er war eher unternehmerisch veranlagt gewesen, hatte in den Pausen Süßigkeiten und Dosen mit Sprudelgetränken aus seiner Schultasche heraus verkauft und so sein wöchentliches Taschengeld aufgestockt.

Daniel war der Fleißige gewesen. Es war schon immer schwer gewesen, ihm das Wasser zu reichen.

Daniel, sein großer Bruder, den er immer noch wie verrückt vermisste.

Der ein riesiges Loch in Danielform in ihrer aller Leben hinterlassen hatte.

Das Gespräch schwenkte auf andere Themen um. Die drei nahmen ihren Tee und die hausgemachten Flapjacks mit in den Garten, den Denise so sorgsam pflegte.

In der Nähe des Teiches standen violette Schwertlilien, rote und gelbe Tulpen lugten unter ordentlich geschnittenen Sträuchern hervor, und es gab zarte, pastellfarbene Akeleien. Simon war dafür zuständig, das Gras kurz zu halten, und mähte es regelmäßig in einem Streifenmuster.

Der Garten war ein Bereich ihres Lebens, den Denise und Simon kontrollieren konnten. Er war einerseits ordentlich, andererseits aber auch üppig und farbenfroh und zeugte von einer Wärme und Liebe, die sie zum Glück trotz allem nicht ganz verloren hatten. Es war ein Ort des Trostes.

Jack saß mit seinen Eltern an dem schmiedeeisernen Tisch und genoss eine Weile die späte Morgensonne. Er wünschte nur, sie könnten seine Berufswahl zumindest verstehen. Dass der Camper nicht nur ein Job, sondern auch eine Lebenseinstellung war und dass er zu ihm passte. Aber sie waren von der alten Schule, traditionell und festgefahren in ihren Ansichten und Erwartungen. Natürlich liebte er sie, aber da war immer dieses nagende Gefühl, dass er sie irgendwie enttäuschte.

Jack rieb sich die Augen und zuckte unter dem pochenden Schmerz an der Schläfe zusammen. Nach der letzten Nacht, wo er wieder einmal in einer Art Prügelei gelandet war, hatte er es wahrscheinlich auch.

9. KAPITEL

Als sie in den lauen Sommerabend hinaustrat, trug Lucy ein Exemplar von Jane Austens *Stolz und Vorurteil* unter den Arm geklemmt. Sie hatte das Buch seit ihrer Schulzeit nicht mehr gelesen, und damals war es ihr, wenn sie ehrlich war, etwas trocken vorgekommen. Ihr jugendliches Ich hatte sich gefragt, was das Ganze sollte, aber jetzt, mit dreißig Jahren und nach drei Vierteln der Lektüre, sah sie das Buch in einem ganz neuen Licht. Diesmal schienen die Figuren mit all ihren Fehlern und all ihrer Freude aus dem Buch herauszuspringen, sowohl Mr. Darcy als auch Lizzie. Das Buch hatte Lucy in dieser Woche bei vielen Gelegenheiten zum Lächeln gebracht, ob auf einem Stuhl in ihrem Garten sitzend, wo sie ein paar Sonnenstrahlen tankte, oder abends auf dem Sofa, eingekuschelt mit Daisy.

Sie ging an der kleinen Reihe von Steinhäuschen vorbei zu ihrem ersten Buchclubabend im Driftwood Café. Wie schön, dass sie aufgefordert worden war, dort mitzumachen. Sie fühlte sich jetzt sehr zugehörig zu dieser kleinen Küstengemeinschaft, und ihr gefiel die Aussicht, weitere neue Freunde zu finden.

Sie freute sich über die Einladung und darüber, so womöglich auf Bücher gestoßen zu werden, die sie sonst nicht in die

Hand genommen hätte; außerdem könnte sie so vielleicht auch Autoren wiederentdecken. Becky, die ebenfalls eingeladen war, hatte ihr gesimst, dass sie sich wegen beruflicher Verpflichtungen ein paar Minuten verspäten würde, aber auf jeden Fall komme.

Beim Blick durch das Fenster des Cafés sah Lucy, dass sich bereits eine kleine Gruppe um einen der großen runden Tische versammelt hatte. Als Lucy durch die Tür trat und die Türglocke ein Willkommensklingeln von sich gab, fiel ihr Blick direkt auf die frisch gebackenen Leckereien, die mitten auf dem Tisch bereitstanden. Louise war hinter dem Tresen damit beschäftigt, eine große Kanne Kaffee und eine Kanne Tee aufzubrühen. Bücher und Kuchen zusammen, wie wunderbar!

»Hallo!«, rief Lucy ein bisschen nervös. Bestimmt waren alle im Buchclub supernett, das wusste sie, aber es war immer etwas aufregend, die Neue in der Runde zu sein.

»Oh, hallo«, sagte Louise und lächelte herzlich, als sie sah, wer da gekommen war. »Kennt ihr schon Lucy, unsere neue Dorfbewohnerin? Sie wohnt in Cove Cottage, nur ein Stück die Straße runter.«

Ein Chor aus Hallos ertönte, und Cathy vom Dorfladen rief: »Hi, Lucy. Wir haben uns ja schon mal getroffen. Willkommen im Buchclub … oder sollte ich sagen, im Kuchenclub?« Sie zwinkerte und kicherte ein wenig. »Louise kümmert sich immer *sehr* gut um uns.«

»Zu gut. Mein Hosenbund ächzt immer nach dem Buchclub«, warf eine Dame, die in den Sechzigern sein mochte, ein und grinste breit.

»Niemand zwingt dich, sie zu essen, Glynis«, gab Louise zurück.

»Weiß ich, aber sieh sie dir nur an, wie könnte man da widerstehen?«

Auch Lucy lächelte. »Hallo, zusammen. Vielen Dank, dass ihr mich eingeladen habt. Ich lese furchtbar gern und kann gar nicht genug davon bekommen, deshalb freue ich mich schon riesig darauf.«

»So, Lucy.« Louise kam zu ihnen und stellte ein großes Tablett mit einer bunten Auswahl an Tassen, einer Stempelkanne und einer marineblauen gepunkteten Teekanne auf den Tisch. »Das ist Glynis. Sie wohnt in Dunstan, dem Dörfchen hier in der Nähe. Cathy kennst du natürlich aus dem Laden, und Abby auch, nehme ich an, sie hilft hier als unsere reizende Kellnerin aus.«

»Ja, wir kennen uns. Hi.«

»Gut, gut. Und diese beiden Quertreiberinnen sind Sarah und Helen.«

Die beiden Mittvierzigerinnen, die eine blond, die andere dunkelhaarig, lächelten sie freundlich an. Lucy hatte die beiden zuvor schon im Dorf und am Strand gesehen, wo sie oft zusammen mit ihren Hunden spazieren gingen.

»Hallo. Glaub ihr kein Wort, wir sind ganz friedlich. Und wenn nicht, kann ich nur sagen – Louise ist unsere Lehrmeisterin.« Sie waren offensichtlich alle gute Freundinnen.

»Ja, gut. Wir sind uns auch schon mal über den Weg gelaufen, wenn ich mit Daisy, meinem Dackel, unterwegs war, aber ich kannte eure Namen noch nicht«, meinte Lucy.

»Ja, natürlich. Das Dackelfrauchen. Ich wusste doch, dass ich dein Gesicht von irgendwoher kenne. Schön, dass du hier bist«, antwortete die blonde Sarah.

»Oh, und manchmal haben wir auch Paul dabei, einen reizenden Typen, aber er ist heute Abend auf einem Folk-Konzert.

Also, meine Liebe, setz dich nur. Sei nicht schüchtern«, ermunterte Louise sie. »Und, übrigens, keine Sorge, niemand hier ist besonders – wie soll ich sagen? – akademisch, was den Buchclub betrifft. Wir plaudern eher darüber, was wir von einem Buch halten. Was man davon hat – oder nicht hat – und so weiter.«

»Ja, genau, und das dauert normalerweise etwa eine halbe Stunde. Danach quatschen wir nur noch über alles Mögliche, um ehrlich zu sein«, erklärte Cathy. »Irgendetwas aus dem Buch bringt normalerweise ein Gesprächsthema auf, und dann … tja, geht's eben los.«

»Wir lesen alles querbeet, von den Klassikern über Krimis bis hin zu Jilly Cooper«, fügte Helen hinzu.

»Klingt toll.«

»Aber zuerst …«, sagte Louise nachdrücklich.

»… kommt das Wichtigste«, fuhr Cathy mit einem breiten Grinsen fort.

»Kuchen!«, riefen die anderen.

»Reicht die mal herum, meine Damen, und greift zu.«

In diesem Moment bimmelte die Glocke über der Tür und kündigte Beckys Ankunft an.

»Gutes Timing.« Lucy lachte. »Wir wollten uns gerade über den Kuchen hermachen. Also, das ist meine Freundin Becky.«

»Hallo zusammen, und danke, dass ich dabei sein darf, obwohl ich eigentlich keine richtige Dorfbewohnerin bin«, sagte Becky mit einem Augenzwinkern.

»Ach was, jeder ist willkommen. Es ist immer schön, ein paar neue Gesichter dabeizuhaben.« Louise war offensichtlich genauso großzügig mit ihrer Freundschaft wie mit ihrem Kuchen. Und während Tee und Kaffee eingeschenkt wurden, gab es eine zweite Vorstellungsrunde am Tisch für Becky.

An jedem Platz stand ein Dessertteller bereit, und Becky und Lucy nahmen die letzten beiden Stühle ein. Der Teller mit den Backwaren wurde herumgereicht. Was sollte man da bloß auswählen? Fluffig aussehende Sahnebiskuits, Rocky Roads mit reichlich Marshmallows oder üppig-saftige Brownies?

Lucy strahlte, und ihr Magen knurrte, dabei hatte sie gerade erst ein Rührei auf Toast zu Abend gegessen.

Draußen würde es bald kühler werden, denn die Sonne stand schon tief am Himmel, aber das Café war gemütlich, nicht nur wegen der Heizkörper, sondern auch durch die heimelige Atmosphäre, die dort herrschte. Dort, wo Lucy früher mit Liam gelebt hatte – in einer großen Eigenheimsiedlung am Rande von Morpeth –, war es ein wenig seelenlos gewesen, da alle so von ihren Jobs aufgezehrt wurden, dass in der übrigen Zeit jeder genug damit zu tun hatte, seinen Alltag zu meistern. Sie und Liam hatten sich in diesen vorstädtischen Lebensstil eingefügt und in ihrer Zweierblase gelebt. Erst kürzlich war ihr klar geworden, wie leer dieses Leben gewesen war.

Hier, in diesem kleinen Küstendorf, waren andere Kräfte am Werk. Die Menschen schienen mehr Zeit füreinander zu haben, sich sogar umeinander zu kümmern. Das fühlte sich gut an. Und es fühlte sich an, als würde sie ein Teil der Gemeinschaft werden.

Zwischen köstlichen Victoria-Biskuits und Schokoladenkuchen vom Blech plauderten sie über die Lektüre dieses Monats, *Stolz und Vorurteil.*

»Oh, ich liebe es«, begann Glynis. »Jane Austen ist schon seit vielen Jahren eine meiner Lieblingsautorinnen. Ihre Bücher sind für mich wie alte Freunde. Ihre Charakterzeichnungen sind wirklich bemerkenswert … und all die Twists und

Wendungen zwischen Darcy und Elizabeth … Es ist einfach wunderbar geschrieben.«

»Also, meine übliche Lektüre ist das nicht gerade«, kommentierte Abby, »und ich habe ewig gebraucht, um in die Sprache hineinzufinden. Die ist ja schon ein bisschen altmodisch und so wortreich, aber ja, ich habe es trotzdem genossen. Die Romanze zwischen Darcy und Elizabeth und der langsame Aufbau, all die Befürchtungen und Missverständnisse … Ja, am Ende hat es mir ganz gut gefallen.«

Helen, die dunkelhaarige Mittvierzigerin, schnaufte. »Ich weiß nicht, ob ich mich euch beiden anschließen kann. Diese ganze aufgestaute Romantik, und wofür? Elizabeth hätte abhauen sollen, solange sie noch konnte. Sie hätte ihrem ersten Instinkt vertrauen sollen, was Darcy betrifft. Verdammte Liebesromane. Immer nur Happy Ends. Tja, es endet halt nicht immer so.«

»Ja, aber ich weiß gute Romanzen und ein Happy End zu schätzen«, warf Louise ein. »Der Himmel weiß, dass wir es brauchen. Das wirkliche Leben ist manchmal schon hart genug. Da können Bücher doch eine kleine Flucht darstellen.«

»Ja, aber wir müssen uns das mit Mr. Bloody Right doch nicht noch unter die Nase reiben lassen. Da ist der Absturz doch vorprogrammiert.« Helen zog eine Grimasse und trank dann einen Schluck Tee.

Die Anwesenden nickten zustimmend.

»Hmm, ich sehe beide Seiten«, sagte Lucy, ohne auch nur im Ansatz auf ihre eigene gescheiterte und chaotische Beziehung eingehen zu wollen. »Ich weiß, dass das Leben nicht so ist, aber ich habe nichts gegen ein bisschen Romantik in einem Buch. Ich kann einfach für eine Weile abschalten und so tun, als könnten das Leben und die Liebe funktionieren.«

Becky lächelte zustimmend. Sie wusste genau, was ihre Freundin meinte. »Das kann doch nicht schaden, oder? Bücher können alles Mögliche sein: eine Flucht, eine Aufmunterung, eine Herausforderung oder auch geradezu beängstigend …«

»Hmm, ein bisschen Hoffnung ist ja nichts Schlechtes«, fügte Glynis nachdenklich hinzu.

Oh ja, als wüsste Lucy das nicht. Das wirkliche Leben war nicht ganz so wie ihre romantische Lieblingslektüre, aber sie liebte die Zeit, in der sie es sich mit solchen Büchern gemütlich machen konnte. Und die Bücher, die sie auswählte, waren nicht alle rührselig und rosig getönt. Nein, es waren Beziehungsgeschichten, die sich mit der Liebe und dem Leben und der Achterbahn, auf der wir alle fahren, befassten, aber sie musste zugeben, dass sie auch die Geschichten mochte, die ein wenig Hoffnung enthielten. Man sollte diesen kleinen Hoffnungsschimmer nie aufgeben.

»Ebenso wie eine gute Sexszene«, fügte Cathy mit einem verschmitzten Grinsen hinzu. »Nicht, dass man in einem Jane-Austen-Roman viel davon finden würde.«

»Nein, es ist alles aufgestaut und züchtig und ordentlich«, warf Abby ein.

»Aber man versteht schon, worauf sie hinauswill. Ihr müsst bedenken, dass dieses Buch zeitgemäß war, als es geschrieben wurde. Obwohl es in gewisser Weise auch zeitlos ist. Es gibt so vieles, was nicht ausgesprochen wird, ungesagt bleibt, und dennoch ist alles zwischen den Zeilen enthalten. Das war ihr Genie.« Glynis war wirklich eine überzeugte Anhängerin.

»Ha, ich persönlich hätte im Moment viel lieber einen Krimi«, sagte Helen augenzwinkernd. »Am liebsten einen, in dem der Ehemann unter der Terrasse endet.« Sie grinste, als die Gruppe lachte.

»Also, ihr müsst Helen das nachsehen, es ist nämlich kein Geheimnis, dass sie gerade eine üble Scheidung durchmacht.« Louise nickte den beiden Neulingen zu, während Helen dramatisch mit den Augen rollte.

»Oh, tut mir leid, das zu hören, Helen, das muss hart sein«, sagte Lucy mitfühlend.

»Ach was, keine Sorge, das überlebe ich, und es war besser für ihn zu gehen, als unter der Veranda zu enden«, fügte sie lachend hinzu.

Sie unterhielten sich weiter über ihr Leben und ihre Beziehungen, ihre Familien, die neueste Folge der Polizeiserie *Line of Duty* und die Driftwood-Backwaren dieser Woche, auf die man sich freuen konnte, darunter ein sommerlicher Zitronen-Erdbeer-Sahne-Biskuit.

Viel zu schnell war es Zeit, nach Hause zu gehen. Es war wunderbar gewesen, über Bücher und das Leben zu plaudern, einige Einheimische kennenzulernen und neue Freundinnen zu finden. Lucy hatte auf jeden Fall vor, wiederzukommen. Die Gruppe machte sich gut gesättigt nach dem herzerwärmenden Abend auf den Heimweg, und die nächste Buchclub-Lektüre stand fest: *Zwei an einem Tag* von David Nicholls. Sie wollten vorerst beim Romantischen bleiben.

»Das war ein schöner Abend, oder?«, fragte Lucy beschwingt, als sie neben Becky die Straße entlangging.

»Ja, sie sind eine wirklich nette Gruppe. Eine gute Mischung.«

»Ja, und die Kuchen … Wow.«

»Allein dafür lohnt es sich mitzukommen.« Becky grinste.

»Ja, ich weiß. Ist Louise nicht reizend?«

»Ja, sehr warmherzig und freundlich. Das Dorfleben ist wohl wirklich das Richtige für dich, oder?«

»Ja, absolut.« Lucy stieß einen glücklichen Seufzer aus.

»Und keine Spur von gut aussehenden, alleinstehenden Männern im Umkreis?« Becky hob eine Augenbraue.

»Haha, nein, leider nicht. Die meisten Männer, die ich hier gesehen habe, sind mindestens sechzig. Aber das ist auch gut so, ich habe genug von alldem. Ich bleibe bei Mr. Darcy und meinen Büchern, besten Dank.«

Seltsamerweise kam ihr in diesem Moment der Camper-Typ, Jack, in den Sinn. Er war überhaupt nicht wie Mr. Darcy, außer vielleicht, dass er stolz war und arrogant wie ein Pfau.

Sie näherten sich nun Lucys Häuschen, wo Becky ihr Auto abgestellt hatte.

»Willst du auf eine Tasse Tee oder ein Glas Wein reinkommen, bevor du fährst?«

»Ja gern, aber nur ein kleines, wohlgemerkt. Morgen muss ich arbeiten.«

»Natürlich.«

Lucy wollte nach der netten Gesellschaft irgendwie nicht, dass der schöne Abend zu Ende ging. Ihr Häuschen war zwar hübsch, aber dort waren ja nur sie und Daisy. Und manche Abende konnten einem ziemlich lang vorkommen.

Daisy war hocherfreut, die beiden zu sehen. Die kleine Hündin kam gleich aus ihrem Körbchen, bellte fröhlich und wedelte zu ihren Füßen mit dem Schwanz.

Ein paar Minuten später saß Becky mit einem Glas gekühltem Weißwein in der Hand in Lucys gemütlichem Wohnzimmer und fragte sie, wie es mit dem Pizzaservice vorangehe.

»Langsam, aber sicher finde ich mich hinein. Mit jeder Buchung ein bisschen mehr.«

»Und, gibt es bei diesen Buchungen auch andere Gastronomiebetriebe? Gibt es so etwas wie eine Catering-Szene?«

»Ja, schon.« Sollte sie etwas über den Cocktail-Typen und den seltsamen Streit erzählen, der aus heiterem Himmel ausgebrochen war? Oder würde Becky mehr hineininterpretieren? »Ein paar örtliche Unternehmen scheinen ziemlich regelmäßig dabei zu sein. Es gibt ein mobiles Café, einen piekfeinen Burger-Van und … ähm … eine Cocktailbar in einem niedlichen VW-Bus.«

»Hört sich passend für uns an. Cocktails und ein Camper.«

»Ja. Und der Typ dort … Na ja, wir haben uns ein bisschen unterhalten.«

Ihre Freundin zog die Augenbrauen hoch. »Und?«

»Was? Nein, nichts dergleichen. Er ist ziemlich eingebildet, ehrlich gesagt. Jedenfalls hat er sich bei der letzten Veranstaltung eingemischt, als ein paar Kerle ein paar Bier zu viel getrunken hatten, und am Ende hat er sich eine eingefangen. Mitten ins Gesicht.« Sie erwähnte nicht, dass der Vorfall bei ihrem Pizzastand stattgefunden hatte.

»Autsch.«

»Ja. Ich glaube, er wollte den coolen Typen markieren. Obwohl er mir schon ein bisschen leidtat. Er hatte ein ordentliches Veilchen.«

»Herrje.«

»Das war aber eine Ausnahme. Ansonsten habe ich noch nie so was erlebt. Die meisten Events und Gäste waren ausgesprochen angenehm.«

»Dann ist es ja gut. Ich hätte nicht gedacht, dass das Pizzagewerbe ein gefährlicher Beruf ist.«

»Ach was, nein, ich auch nicht. Ich hoffe nur, dass das Geschäft sich bald richtig entwickelt und alles flutscht.« Lucy spürte, wie ihre alten Ängste wiederauftauchten und die Freude über den Abend zu trüben drohten.

»Hab Vertrauen in dich, meine Liebe. Du musst daran glauben. Nach vorn und nach oben führt der Weg.«

»Ja.« Ein paar Hindernisse eingeschlossen, ergänzte Lucy in Gedanken für sich.

Und darauf stießen sie an.

10. KAPITEL

Jack hatte den ganzen Vormittag damit verbracht, Ruby zu desinfizieren, zu schrubben und zu polieren, um sie für das nächste Event in Schuss zu bringen. Er mochte es, wenn seine Campergefährtin so sauber war, dass sie geradezu funkelte. Und jetzt hatte er den Nachmittag frei, und die Küste rief ihn.

Er beschloss, entlang der Dünen und des Klippenwegs zwischen Beadnell und Craster zu joggen. Eine landschaftlich reizvolle Strecke von sechs Meilen. Ein Zwölf-Meilen-Lauf machte ihm nichts aus. Er hatte schon viele Halbmarathons absolviert, darunter auch den Great North Run, und dabei im Gedenken an seinen Bruder Geld gesammelt.

Das Laufen fiel ihm leicht, dieses Gefühl von Tempo und Freiheit. Bekleidet mit Shorts, einem Sport-Shirt und seinen Lieblingslaufschuhen (die schon ziemlich abgenutzt waren), machte er sich vom Parkplatz am Strand aus in stetigem Joggingtempo auf den Weg. Die Bucht bot eine atemberaubende Aussicht: ein Panorama aus Meer, Himmel und Sand in einer Palette von Blau-, Grau- und Goldtönen. Es gab viele Hundespaziergänger und kleine Kinder, die am Ufer nach Muscheln suchten und ihre bunten, burgförmigen Eimer mit

Salzwasser und Strandschätzen füllten, dicht gefolgt von ihren Eltern.

Er hatte nichts gegen Kinder, sie waren okay, er konnte sich nur nicht vorstellen, selbst eines zu haben … noch lange nicht.

Frische Luft pumpte durch seinen Körper. Er war energiegeladen, und seine Glieder fühlten sich stark an, als er über den Sand trabte. Immer weiter, im selben Rhythmus, ging es den zwei Meilen langen Strand entlang, dann die Düne hinauf, über eine hölzerne Fußgängerbrücke und die kurze grasbewachsene Kante einer niedrigen Klippe hinauf und dann an ihr entlang. Eine weitere geschwungene Bucht, und dann erhoben sich die Ruinen von Dunstanburgh Castle am Horizont, zerklüftet, wo die Mauern im Laufe der Zeit abgebröckelt und umgestürzt waren, aber immer noch großartig anzusehen. Von was für Schlachten und Geschichten hatten diese Mauern wohl zu erzählen? Während er weiterjoggte und das Meer leise gegen die nun niedriger werdenden Felsen schlug, kam das Dorf Craster in Sicht.

In dem kleinen Ort mit seinen Steincottages machte Jack eine Pause, um am Hafen einen Kaffee zu trinken. Er spürte die Sonne warm auf seiner vom Schweiß salzigen Haut, genoss den erdigen Geschmack des Kaffees und den Kick des Koffeins. Bald machte er sich wieder auf den Weg, weg von den Touristen, die sich wie lärmende Silbermöwen am kleinen Hafen sammelten. Die Sonne war angenehm, die Brise sanft. In weniger als zwei Stunden war er wieder an seinem Ausgangspunkt und trank die nun dringend benötigte Flasche Wasser.

Eine Dusche gab es in Rubys umgebautem Innenraum nicht, also war ein Bad im Meer die nächstbeste Lösung. Er riss sich sein verschwitztes T-Shirt vom Leib, joggte zurück zum Ufer und stürzte sich hinein. Das rauschende Salzwasser war angenehm kühl und erfrischend, belebend. Die Nordsee war immer eher kalt. Er schwamm souverän hinaus, genoss es, auf dem Rücken schwimmend über die Dünung der tieferen Stellen zu gleiten, und beobachtete den Strand und die Menschen dort, die aus der Ferne klein und cartoonhaft wirkten.

Der Wind war warm und trocknete den größten Teil des Salzwassers auf seiner Haut, als er wieder die Bucht hinauflief. Den Rest trocknete er beim Camper mit einem Handtuch ab. Da er ein bisschen hungrig geworden war, ging er zum Strandkiosk beim Parkplatz, um sich ein leckeres Bacon-Sandwich und eine Diät-Cola zu holen. In Beadnell war heute, an einem Freitag Ende Mai, viel los. Es war ein bei Touristen und Einheimischen gleichermaßen beliebter Ort. Er würde sich darum für den Abend einen ruhigeren Ort suchen.

Es gab ein paar Stellen am Ende der Sackgassen in Küstennähe, wo man parken, durch die Dünen wandern, ein einsames Plätzchen finden und wild campen konnte. Alles, was er in solchen Momenten brauchte, waren sein Zweimannzelt (das noch nie von mehr als einer Person benutzt worden war), sein Campingkocher, ein Imbiss und ein paar Bier. Dann galt es nur noch, das friedliche Farbenspiel des verblassenden Meeres und des Himmels auf sich wirken zu lassen – blasse Blautöne, durchsetzt mit Rosa-, Orange-, Gold- und Grautönen, die sich von Sekunde zu Sekunde vertieften. Matt war es ohnehin gewohnt, dass er mit Ruby für ein oder zwei Tage verschwand, also würde sich sein Mitbewohner keine Sorgen machen, wenn er heute Abend nicht nach Hause kam.

Er machte sich auf den Weg nach Norden, die Küste entlang, zu einem versteckten Küstenabschnitt, weit weg von den großen Touristenorten. Sonne, Sand, See und … Abgeschiedenheit.

Der Nachmittag ging in den Abend über, und Jack genoss ein einfaches Abendessen mit Frankfurter Würstchen aus der Dose – auf dem kleinen Gaskocher erwärmt, den er in Rubys Innerem griffbereit hatte –, kombiniert mit weichen Brötchen und ein paar Röstzwiebeln mit Ketchup. Kein Gourmetmenü, aber verdammt lecker, und dazu ein paar Äpfel, um das Ganze abzurunden. Er wollte sich nicht nur von Junkfood ernähren. Er setzte sich auf eine alte Schottenmusterdecke, lehnte den Rücken an einen großen Treibholzstamm und öffnete mit einem Zischen die zweite Dose Bier. Ein echtes Ale, das den Durst löschte, noch kalt von der Kühltasche. Herrlich.

Das Meer bestand an diesem Abend aus sanften Wellen, die mit einem leisen, beruhigenden Rauschen an die Küste rollten. Der Himmel war jetzt von einem dunklen, tiefen Marineblau. Ein paar Sterne leuchteten hoch oben, faszinierend. Was war da draußen? Er dachte an Daniel. War er ganz weg? Jack war nicht religiös, er glaubte, dass es nicht mehr war als das: ein ausgelöschtes Leben … und doch meinte er hin und wieder den Geist seines Bruders zu spüren. Vielleicht war das einfach in ihm – seine Erinnerungen, die Liebe zu seinem Bruder, die ihn so fühlen ließen.

Seine Gedanken schweiften ab. Daniel hatte ein paar Jahre lang eine feste Freundin an der Uni gehabt: Emily. Jack hatte sie bei einigen Gelegenheiten zu Hause in Alnwick getroffen. Dan war stolz gewesen, sie seinen Eltern vorzustellen, die sie natürlich herzlich willkommen geheißen hatten. Sie alle dachten, dass eine Verlobung bevorstünde.

Danach waren sie und Jack noch eine Weile in Kontakt geblieben – verbunden durch die Trauer –, nur über gelegentliche Nachrichten, aber auch das hatte sich in den letzten Jahren gelegt. Es schien einfach alles zu schwer, zu sinnlos. Jack fragte sich jetzt, ob sie wohl inzwischen mit einem anderen zusammen war. Natürlich war sie das. Es war über elf Jahre her. Hatte sie einen neuen Mann gefunden, geheiratet? Hatten sie Kinder? Es war seltsam und schien so unfair zu sein, sich vorzustellen, dass jemand anderes jetzt das Leben seines Bruders lebte.

Er brauchte ein Ventil für diese intensiven Gefühle.

Unter einem Himmel voller Sterne und im Licht seines iPhones nahm Jack einen Stift zur Hand und begann zu schreiben.

11. KAPITEL

Lucy war überglücklich, als sie hörte, dass sie tatsächlich einen festen Standplatz mit *Feuer und Flamme* auf dem Markt in Alnwick bekommen hatte. Der Markt fand jeden Donnerstag auf dem malerischen gepflasterten Platz mit alten Feldsteinhäusern und kleinen Geschäften statt, nicht weit von der imposanten Burg und den berühmten und richtiggehend magischen Alnwick Gardens entfernt. Lucy war nervös gewesen, als sie sich für diesen Platz beworben hatte. Sie hatte versucht, am Telefon so charmant wie möglich zu sein, und dem Organisator von den frischen Zutaten erzählt, die sie regional für ihren Belag bezog. Ein regelmäßiger Standplatz bedeutete einen großen Schritt in der Entwicklung ihres kleinen Unternehmens. Das erste Mal war schnell über die Bühne gegangen. Lucy war in aller Herrgottsfrühe zur Stelle gewesen, bereit für den Beginn des Marktes um halb neun.

Die Turmuhr am Rathaus hatte noch nicht einmal 9 Uhr angezeigt, als sie mit Begeisterung feststellte, wie viele Kunden schon gekommen waren, um ein Stück »Frühstückspizza« zu essen. Es war ein Geistesblitz von ihr gewesen, als ihr klar wurde, dass der Markt so früh begann. Ihre Pizzen mit knusprigem

Speck, Wurst aus Northumbria und Pilzen fanden reißenden Absatz. Ihr Duft zusammen mit der Kunde über den Pizzawagen verbreitete sich schnell unter den Standbetreibern, die offenbar ganz vorn in der Schlange standen.

Lucy hatte sogar einen Wasserkocher, Milch und einige umweltfreundliche Take-away-Becher mitgebracht, um – ganz die Unternehmerin – Instant-Kaffee und -Tee in guter Qualität zu kochen und neben dem Essen anzubieten. Lucy hoffte inständig, dass dieser Markt ihr Zugpferd fürs Geschäft werden würde.

»Kann ich ein Stück von dieser Frühstückspizza bekommen, Fräulein?« Ein stämmiger, graubärtiger Kerl mit rotem Holzfällerhemd und Jeans kam mit freundlichem Gesicht auf sie zu. »Ich habe so was zwar noch nie gegessen, aber Alf vom Gemüsestand sagt, dass sie köstlich ist, also will ich es mal wagen.«

»Natürlich. Und kann ich etwas dazu anbieten? Ich mache auch Kaffee und Tee.«

»Aye, nur zu, ich nehme einen Kaffee – Milch, zwei Stück Zucker. Nur aufpassen, dass Maggie nicht sieht, was Sie hier treiben. Sie hat nämlich den Stand mit den Heißgetränken. Nicht, dass es hier noch gebrochene Nasen gibt.«

»Ach du meine Güte, ich wollte niemandem auf die Füße treten«, stammelte Lucy. Du liebe Zeit, sie hatte schon gegen die Marktpolitik verstoßen, obwohl sie erst seit einer Stunde geöffnet hatte. So etwas hatte sie ja gar nicht einkalkuliert.

»Alles gut, Kleine, das war nur ein Scherz.«

Kleine? Sie war über dreißig.

»Jeder nach seinem Geschmack, so sieht's aus«, fuhr er augenzwinkernd fort. »Maggie macht dieses neumodische Baristazeug. So was is nix für mich.« Er schmunzelte. »Kaufen aber bestimmt genügend bei ihr den Schickimicki-Kaffee.«

»Na, hoffentlich.« Lucy fühlte sich ein bisschen unwohl bei der Sache. Sie wollte nicht gleich zu Beginn in ihrem neuen Job jemandem an den Karren fahren.

»Ach, kein Ding. Hätte ich mal nichts gesagt. Übrigens, ich bin Derek, der Mann vom Pflanzenstand.« Er zeigte in Richtung eines zeltartigen Standes voller Baumschulpflanzen und Gartengeräte. Dann reichte er ihr zur Begrüßung die Hand. Sie war rau und etwas schwielig. Die verwitterte Handfläche eines echten Gärtners.

»Freut mich, Derek. Ich bin Lucy.« Sie reichte ihm ein extragroßes Stück Pizza. »Und wenn du mittags oder später noch Hunger hast, gibt es noch viele andere Sorten im Angebot … klassische Margherita, Chorizo mit Paprika, Grillhähnchen und Grillgemüse.«

»Oho, führ mich bloß nicht in Versuchung, junge Dame, meine Taille wird es dir nicht danken, höchstens mein Gaumen, der schon.« Er grinste breit, was Lachfältchen an seinen Augenwinkeln entstehen ließ, und machte sich auf den Weg zurück zu seinem Stand.

Lucy warf einen Blick hinüber zu Maggies Kaffeewagen und wagte ein freundliches Lächeln. Die dunkelhaarige Frau warf ihr einen sehr kühlen Blick zu – oder war sie nur paranoid? Und dann sah sie, wie sich jemand vor dem Kaffeestand umdrehte. Eine vertraute Gestalt, wie er so dastand. Ach du meine Güte, das war ja der Typ vom Cocktail-Camper. Er trug eine lässige Jeans und ein schwarzes T-Shirt. Sein dunkelblondes Haar war leicht zerzaust. Er schaute auf und schien sie gleich zu erkennen, zögerte aber kurz, bevor er zu ihr kam.

»Hey, hallo auch. Pizza-Girl, na so was.«

»Lucy.« *Hat er es wirklich vergessen?* »Hallo, Cocktail-Guy«, konterte sie auf seine Vorlage. »Arbeitest du hier oder so?«

»Nein.« Er schüttelte den Kopf. »Ich finde auch, 9 Uhr morgens ist ein bisschen früh für Cocktails, meinst du nicht?« Er klang ein wenig sarkastisch und lächelte schief.

»Ach ja, vermutlich«, gab sie zu und errötete.

»Also, nein, ich gehe nicht auf Märkte, höchstens gelegentlich auf Food-Festivals oder wenn eine besondere Marktveranstaltung am Abend stattfindet.«

»Ah, okay, ja, das ist sicher sinnvoller.« Plötzlich erinnerte sie sich an die letzte Veranstaltung, auf der sie beide gearbeitet hatten, und nahm seine Stirn etwas genauer in Augenschein. Sie schien ziemlich gut verheilt zu sein. Nur der Hauch eines Kratzers war geblieben. »Ähm, was macht das Auge?«

Jack wirkte plötzlich etwas unbeholfen, als hätte sie ihm komplett den Wind aus den Segeln genommen.

»Ja, hat ein paar Tage wehgetan, aber jetzt geht's wieder. Alles okay. Ist eigentlich nicht meine Art … Also, mich so einzumischen. Aber lassen wir das. Wie läuft das Geschäft?« Ihm war anscheinend daran gelegen, das Gespräch fortzusetzen.

»Ja, ganz gut. Ich komme immer besser klar, und es entwickelt sich. Ich bin echt froh, den Platz hier bekommen zu haben.«

»Ja, klar. Das ist gut.«

Es entstand eine Pause. Jack machte den Eindruck, als würde er um Worte ringen, was so gar nicht zu dem Typ passte, den sie an der Bar erlebt hatte, dem mit der Small-Talk-Gabe.

»Tja, dann sollte ich wohl besser wieder loslegen«, sagte Lucy, um den peinlichen Moment für sie beide zu überbrücken.

»Ja, klar. Also, wenn du mal einen Rat brauchst oder irgendwelche Informationen … ich meine, geschäftliche, also, kannst du mich jederzeit fragen.«

Lucy fand es nett von ihm, das anzubieten, aber im Moment hatte sie das Gefühl, ihren eigenen Weg finden zu müssen.

Pizza war doch etwas ganz anderes als Cocktails. Sie wollte ihrem Geschäft ihren eigenen Stempel aufdrücken. Die Dinge so machen, wie ihr Großvater es vielleicht gemacht hätte, wenn er heute noch da wäre. Und vielleicht wollte sie einem wildfremden Menschen gegenüber auch nicht zugeben, dass sie sich mit dem neuen Business ein bisschen schwertat. »Okay, ja, danke. Also, ich sollte jetzt wirklich besser mehr Teig ausrollen.«

»Ja, sicher«, antwortete er. »Ähm, ich weiß, dass es schwer sein kann, ein Unternehmen auf die Beine zu stellen. Es gibt Fallstricke, aber es hat auch viele Vorteile. Na ja, wie auch immer, du kannst jederzeit meine Facebook-Seite aufrufen und mir eine Nachricht schicken oder so.«

»Ja, okay. Danke dir.«

Jack blickte auf und versuchte, sie zu durchschauen. Sie schien nicht sonderlich daran interessiert zu sein, sein Hilfsangebot anzunehmen. Aber, hey, sie hatte zu tun und wollte wahrscheinlich einfach nur mit ihrer Arbeit weitermachen. Ein Mann stand jetzt neben Jack und versuchte, die Liste mit den Belägen zu lesen. Jack wich leicht zur Seite, doch irgendetwas hinderte ihn daran, Lucys Stand zu verlassen.

Er war nur hierhergekommen, um Zitronen, Limetten, Erdbeeren und Orangen zum Garnieren zu kaufen. Der Obst- und Gemüsestand auf dem Markt war wirklich gut und auch günstig. Er hatte nicht damit gerechnet, hier der Pizzafrau zu begegnen. Und schon gar nicht hatte er damit gerechnet, sich … ja, was war es genau? … irgendwie verlegen in ihrer Gesellschaft zu fühlen. Das war Neuland für ihn. Normalerweise hatte er kein Problem, sich mit Frauen zu unterhalten. Die Sätze gingen ihm leicht von der Zunge. Jetzt aber spürte er ein seltsames Ziehen in sich und hatte keine Ahnung, woher es kam.

»Okay, dann lass ich dich mal besser weitermachen.« Er wandte sich zum Gehen, hielt dann inne und fügte hinzu: »War schön, dich wiederzusehen.«

»Ja, gleichfalls« war ihre kurze Antwort.

Aha, immer noch Miss Cool. Aber dann schenkte sie ihm doch den Anflug eines Lächelns – und das sah besonders hübsch aus. Oh Mann, sie musste unbedingt üben, dieses Lächeln öfter zu zeigen.

»Tschüss dann.« Mit einem letzten Blick über die Schulter machte sich Jack auf den Weg.

Es war seltsam, aber irgendwie fühlte sich sein Schritt beschwingter an als zuvor.

Nichts geht über Familie, Freunde, eine Festwiese,
fabelhafte Verpflegung und fizzige Flüssigkeiten!
Kommt und genießt das Leben in vollen Zügen
auf unserem großen Jahrmarktstreffen!
Freitag, 11. Juni ab 19.30 Uhr
Glenhaven Lodge
u.A.w.g.
Frank und Linda

12. KAPITEL

Jack fuhr mit heruntergekurbelten Fenstern im Camper die enge Landstraße entlang und ließ sich die frühe Abendbrise um die Nase wehen. Dabei sang er lautstark die Kaiser-Chiefs-Hymne von der berauschenden »Ruby«. Auf den Feldern jenseits der Straße blickten da und dort eine Kuh oder ein Schaf von ihrer Weide auf, verwirrt von dem seltsamen Lärm. Als er das Dorf, wo er gebucht war, erreichte, wurde er langsamer und checkte die Wegbeschreibung. Bald darauf bog er ab und fuhr durch ein großes steinernes Tor. Eine von Buchen gesäumte Allee führte hinauf zu dem beeindruckenden Landhaus, das in den wunderschönen Ausläufern der Cheviots gelegen war. Hier sollte die heutige Feier stattfinden. In der letzten E-Mail war ihm aufgetragen worden, sich auf den Innenhof rechts vom Haupthaus zu begeben, wo er von einem Mitarbeiter eingewiesen werden würde. Er warf einen Blick auf seine Uhr. Es war kurz vor 18.30 Uhr, und die Party sollte um 19.30 Uhr beginnen. Perfekt. Er hatte reichlich Zeit eingeplant. Er mochte es, wenn ihm ungefähr eine Stunde blieb, um alles vorzubereiten.

Als er die Kiesauffahrt hinauffuhr, sah er bereits mehrere Fahrgeschäfte am Platz stehen, darunter ein wunderschönes

Karussell im viktorianischen Stil mit Holzpferden an goldfarbenen Stangen sowie ein Stand, wo man Ringe werfen konnte, und so eine Art »Hau den Lukas«. Ah, jetzt wusste er auch, warum er mindestens zwei Cocktails mit »Jahrmarktgeschmack« im Programm haben sollte. Er hatte diese Woche ein paar Erfindungen mit Matt und dessen Freundin ausprobiert und sich für einen Candyfloss-Cocktail (Wodka mit Cranberry und Limette, gekrönt mit einem hübschen Klecks blassrosa Zuckerwatte) und einen Toffee-Apple-Martini entschieden. Ha, bei dem Motto »Viel Spaß auf dem Jahrmarkt« war das verdammt gut, fand er. Er liebte all die Party-Ideen, an denen er teilhaben konnte und die ihn in seiner Kreativität herausforderten. Er entdeckte einen steinernen Torbogen auf der rechten Seite und fuhr in diese Richtung. Als er in den Hof kam, sah er, dass Bobs Burger-Van bereits dort geparkt war – und dann … sein Herz machte einen Hüpfer, als er einen wohlbekannten Pferdeanhänger und das Logo von *Feuer und Flamme* sah. Lucy war also auch hier.

Er hatte nichts mehr von ihr gehört, seit sie sich vor gut einer Woche zufällig auf dem Markt getroffen hatten. Sie war nicht auf sein Angebot, sie zu beraten, zurückgekommen. Und er hatte davon Abstand genommen, ihr eine Nachricht zu schicken, sondern sich gesagt, dass seine unternehmerischen Erfahrungen vielleicht zu einem späteren Zeitpunkt willkommen wären. Trotzdem ging sie ihm nicht aus dem Kopf, sondern tauchte immer wieder überraschend in seinen Gedanken auf, wenn er joggen war oder an Ruby herumwerkelte. Der flüchtige Anblick ihres wallenden dunkelbraunen Haars oder ihres Lächelns überrumpelte ihn immer wieder. *Seltsam.*

Ein Mann in einer gelben Warnweste holte ihn ins Hier und Jetzt zurück, indem er auf einen bestimmten Platz deutete. Tatsächlich wies er auf den Platz direkt neben *Feuer und Flamme.* Und da war sie, Lucy, die gerade die Seitenluke ihres Pferdeanhängers öffnete und einen Blecheimer mit in Servietten eingewickeltem Besteck auf den Tresen stellte, direkt neben eine extrem große hölzerne Pfeffermühle. Er spürte einen Hauch von Vorfreude.

Doch wenn sie diesen kleinen Dackelköter im Schlepptau hatte, war Vorsicht mit seiner Aufstelltafel geboten. Es dürfte aber den Abend auf jeden Fall ein wenig interessanter machen.

Er sprang federnd aus dem Wagen. »Hey«, rief er. »Wir sind also heute Abend Nachbarn.«

»Oh, hallo.« Lucy schaute mit einem knappen Lächeln auf. »Ja, sieht wohl so aus.«

»Dann werd ich mal auf meine Schilder aufpassen«, scherzte Jack.

»Daisy ist heute Abend nicht hier, also keine Bange«, antwortete Lucy und sah ihn mit zusammengepressten Lippen an. Sie erinnerte sich nur zu gut an diesen peinlichen Vorfall. Ihren Dackel hatte sie bei ihrem Bruder gelassen. Der kleine Freddie hatte heute so viel Spaß mit dem Hund im Garten gehabt, dass er ihn nicht gehen lassen wollte, und da Lucy den ganzen Abend arbeiten würde, waren alle mit dieser Lösung glücklich.

Jack hatte eigentlich nicht vorgehabt, sie zu verärgern, also schickte er nach: »War doch nur ein Scherz. Also, wie sieht's aus, alles in Ordnung? Wie ist der Markttag gelaufen?«

»Richtig gut, danke. Es ist alles noch ein bisschen gewöhnungsbedürftig, aber jede neue Erfahrung bringt mich weiter. Tja, es läuft. Und bei dir?«

»Alles gut, danke. Ich hatte viel zu tun. Drei Veranstaltungen in drei Tagen. Nicht, dass ich mich beschweren will, wohlgemerkt. Es bringt Geld ein, und darum geht es ja.«

»Auf jeden Fall.« Lucy hielt inne und dachte daran, wie frustrierend selten dagegen bei ihr Buchungen eintrudelten. Abgesehen vom Markt war dies das erste Event seit zwei Wochen. Wenn das so weiterging, würde sie es sich nicht leisten können, das Geschäft weiterzuführen. Ihr Vater würde recht behalten und sie sich wieder nach einem Bürojob umsehen müssen, wieder umgeben von vier Wänden hinter einem Schreibtisch. »Hattest du schon immer so viel zu tun?«, fragte sie und konnte nicht verhindern, dass sie die Stirn dabei runzelte.

Jack dachte an seine erste Zeit mit Ruby zurück – ein halb leerer Kalender und ein halb leeres Bankkonto. »Nein, nein, ganz und gar nicht. Es hat sich organisch entwickelt, würde ich sagen – bekannt zu werden, Social Media und so weiter. Zu Veranstaltungen gehen … na ja, sich einen Namen zu machen, einen Ruf aufbauen. Oh, und ich hatte Flyer auf dem Tresen ausgelegt. Das tue ich immer noch. Das ist immer eine gute Sache.«

»Hmm, das klingt nach einer tollen Idee.« *Warum zum Teufel war ihr selbst das nicht eingefallen?* Manchmal hatte sie das Gefühl, noch endlos viel lernen zu müssen. Dieses Business zum Laufen zu bekommen brauchte definitiv mehr, als nur leckere Pizza zu backen.

»So, ich sollte mich besser um Ruby kümmern«, sagte Jack mit einem Lächeln.

»Ruby?«

»Ja, mein Camper heißt so. Ruby, von wegen ›rubinrot‹ und so.«

»Haha, verstehe. Das ist ja niedlich.« Ungewollt lächelte Lucy. Irgendwie konnte sie nicht anders, als sich für diesen Typen zu erwärmen. Okay, er war vielleicht etwas eingebildet, ein bisschen so wie ein Showman-Barkeeper. Aber vielleicht sollte sie ab und zu einen Rat von jemandem annehmen, der sich auskannte.

Gerade kam Tamsin wieder, die losgezogen war, um sich eine Dose mit irgendeinem süßen und sprudeligen Getränk zu holen. Auf dem Weg hierher hatte sie ihr gestanden, dass sie am Abend zuvor auf einer »geilen« Party gewesen sei und offensichtlich immer noch die Auswirkungen spürte. Lucy fragte sich besorgt, wie fleißig sie wohl heute Abend sein würde.

»Also, wenn du heute Abend irgendwas brauchst, sag einfach Bescheid«, bot Jack fröhlich an, als er sich daranmachte, seine Cocktail-Camper-Bar einzurichten.

»Danke.« Vielleicht würde sie sein Angebot doch noch annehmen.

Wow, es lief wie am Schnürchen. Es waren sicher ein paar Hundert Leute auf der Veranstaltung. Nach den Begrüßungscocktails, die von Frank, dem Gastgeber, organisiert und bezahlt worden waren, blieb Jacks Bar auch für den Rest des Abends »kostenlos« (was hieß, dass auch diese Rechnung vom großzügigen Frank übernommen werden würde). Das bedeutete, es war voll und sehr lukrativ. Die Gäste genossen ihre Drinks, und vor allem die Getränke mit Jahrmarktsbezug waren der Renner.

Jack fiel auf, dass auch bei Lucy an der Theke die meiste Zeit eine Schlange stand. Während er seine Drinks mixte und servierte, sah er sie am Holzofen stehen, mit dem Pizzaschieber hantieren und manchmal mit ihren Kunden plaudern, während sie die köstlich belegten Böden schnitt und verteilte. Mmm, ein weiterer Hauch von heißem Teig, Käse und Tomaten wehte zu ihm herüber. Die ganze Zeit über hatten ihn die Aromen schon verlockt. Er musste eine Pizza probieren, wenn er später die

Gelegenheit dazu hätte. Vorab hatte er sich nur ein schnelles Sandwich zum Abendessen gegönnt, und sein Magen protestierte jetzt und fühlte sich ziemlich leer an. Jack hatte schon einige Kommentare von Passanten darüber gehört, wie gut die Pizzen schmeckten, und er freute sich für Lucy und ihr junges Unternehmen.

Nach der Hälfte des Abends, gegen halb zehn, kam Frank vorbei und nahm sich die Zeit, mit jedem der Standbetreiber zu plaudern.

»Guten Abend, das ist also der berühmte Cocktail-Camper. Ich muss sagen, der sieht toll aus.«

»Das ist er, danke. Ich habe den Bus selbst umgebaut, zumindest größtenteils«, antwortete Jack stolz.

»Da haben Sie einen guten Job gemacht. Ein Klassiker aus den Siebzigern?«

»Ja, ein 1971er VW Westfalia, chiantirot.«

Frank lachte. »Ja, ein Linkslenker, das ist mir schon aufgefallen. Ich hatte damals auch einen. Einen 74er T2, babyblau. Ach, das waren noch Zeiten – Ausflüge an die Küste, faule Nachmittage am Meer, Surfen …« Seine blaugrauen Augen schimmerten voller Nostalgie.

»Klingt cool. Diese Autos haben alle ihren eigenen Charakter, oder? Was für eine tolle Party Sie hier organisiert haben. Ich finde das Jahrmarktsthema großartig.«

»Danke. Es ist so wunderbar, alle zusammenzubringen.«

Jack lächelte. Frank schien ein netter Kerl zu sein. »Also, was kann ich Ihnen geben? Ein Glas Champagner, ein kaltes Bier, einen Cocktail, einen Mocktail? Was immer Sie wollen, und das hier geht auf mich.«

»Oh, danke. Eine schöne kalte Flasche Bier wäre jetzt herrlich. Eigentlich sollte ich ja einen frischen Saft trinken«, sagte er zwinkernd, »aber unsere Linda ist gerade nicht da.«

»Was wird denn gefeiert?« Jack war neugierig, denn niemand hatte einen Geburtstag oder ein Jubiläum erwähnt.

»Na ja, ich wollte mit all meinen Freunden und meiner Familie feiern, dass ich krebsfrei bin. Ein verdammtes Wunder ist das, und alles dank unseres Gesundheitssystems. Es waren ein paar harte Jahre, also dachte ich mir, wir brauchen eine verdammt große Party und einen ganzen Haufen Spaß. Deshalb auch die Idee mit dem Rummelplatz.«

»Wow. Wie schön für Sie, und was für eine brillante Idee.«

»Ja, dadurch wurde mir klar, dass das Leben zu kurz ist. Mein Geld vegetierte auf der Bank dahin, während mein Körper ebenfalls nur dahinvegetierte. Jetzt habe ich das Gefühl, eine zweite Chance bekommen zu haben. Einen Teil habe ich für wohltätige Zwecke gespendet, und von nun an werde ich das Leben in vollen Zügen genießen, und zwar jeden verdammten Moment. Und wenn Sie bei klarem Verstand sind, junger Mann, dann sollten Sie das auch tun. Wie sagt ihr jungen Leute doch gleich? YOLO, richtig?«

Jack spürte einen Kloß im Hals. »Ja, genau, *You Only Live Once*, man lebt nur einmal. Ja dann, Glückwunsch zu Ihrer Heilung. Und einen wunderschönen Abend Ihnen allen.«

»Opa, Ooopa, komm!« Ein kleines Mädchen, etwa zehn Jahre alt, stürmte herbei und ergriff Franks Hand. »Mami wartet auf dem Karussell auf dich!«

»Natürlich, Schatz. Ich komme sofort. Das will ich um nichts in der Welt verpassen.« Er wandte sich an Jack: »Ich hol mir das Bier später. Schönen Abend noch.«

»Ihnen auch.« Jack sah ihm nach. Ihm war ganz warm vor Rührung, aber er war auch ein wenig betroffen. Das Leben … es schien manchmal regelrecht auf einem Stecknadelkopf zu balancieren.

Bei Rubys Bar herrschte den ganzen Abend über reges Treiben, und Lucy musste zugeben, dass Ruby großartig aussah. Das tiefe, glänzende Rot der Lackierung des Campers setzte sich von der verchromten Arbeitsplatte ab, die zu einer Seite heruntergeklappt war. Jack hatte sie gekonnt ausgestattet, mit einer dreistufigen Etagère mit bunten Garnierungen, wunderschönen geschliffenen Gläsern und einem metallenen Eiskübel, der verlockend mit gekühlten Sektflaschen gefüllt war. Dazu kam die schrille Kulisse der mit Glühbirnen beleuchteten Speisekartentafel hinter ihm im aufgestellten weißen Dachbereich. Als sie beim Pizzabacken einen Blick hinüberwarf, war da wieder dieser gewisse Jack, der seine charmantesten Scherze gegenüber einer Schar junger Damen zum Besten gab, während er seine fingerfertigen Mixkünste vorführte. Es war in der Tat wie eine Show, und obwohl er immer noch ein wenig eingebildet wirkte, sah man ihm eindeutig die Leidenschaft für das an, was er tat. Sie konnte einige Gesprächsfetzen aufschnappen: »Also, meine Damen, habt ihr einen Lieblingsdrink im Sinn? Oder möchtet ihr, dass ich eure Vorlieben errate und euren persönlichen Cocktail kreiere?« Drei ziemlich hübsche Mittzwanzigerinnen blickten mit ehrfürchtigem Lächeln zu ihm auf.

»Oh ja, such uns etwas aus«, sagte eine von ihnen.

»Was glaubst du, was ich möchte?«, schnurrte Lady Nummer zwei.

»Vielleicht etwas Exotisches mit ein wenig saftiger Ananas und einem Hauch Kokosnuss?« Verdammt, er hörte sich an wie eine männliche Version von Nigella Lawson. Cocktails zu mixen klang plötzlich richtiggehend sexy. Natürlich war es für Lucys Geschmack viel zu übertrieben. Total kitschig, um ehrlich zu sein, aber sie hörte trotzdem zu, mit einem Hauch von Lächeln auf den Lippen, während sie einen weiteren Pizzaboden belegte.

»Oh, das klingt köstlich«, sagte gerade Nummer zwei.

»Also, ich spreche von einer Piña Colada, aber nicht irgendeiner Piña Colada. Oh nein, sondern von einer Jacks-Cocktail-Camper-Spezial-Colada mit einem Extrahauch von Limette … und meiner geheimen Zutat.«

»Uh, nämlich?«

»Das würde ich dir liebend gern sagen, wenn es nicht so streng geheim wäre. Leider. Dazu müsstest du mich erst umbringen.« Er zwinkerte ihr zu.

»Haha, na dann, nur her damit. Das klingt göttlich.«

Er bereitete vor, schnitt und schenkte ein und schüttelte schon bald kräftig seinen Cocktailmixer.

»Und jetzt für dich«, wandte er sich eine Minute später wieder an das erste Mädchen. »Ich habe mitbekommen, wie gut dir der Zuckerwatte-Cocktail vorhin geschmeckt hat, also mache ich dir noch einen, aber diesmal mit einem anderen Geschmack. Schau zu und lerne, es wird ein kleiner ›Sex on the Beach‹ mit Zuckerwatte.«

Lucy stand neben Tamsin, beide schnitten gerade rote Zwiebeln, als sie plötzlich spürte, wie die Spitze des Messers ihren Daumen streifte. Hoppla! Sie schaute schnell nach unten, Gott sei Dank hatte das Messer die Haut nicht verletzt. Gut, also genug davon, dem Typen bei seinem Cocktail-Unfug zuzusehen. Sie sollte sich lieber auf ihr eigenes Catering konzentrieren. Zeit, die nächsten beiden Pizzen in den Ofen zu schieben. Auch auf sie warteten Kunden.

»Die brauchen nur ein paar Minuten im Ofen. Hier ist Ihre Nummer, ich rufe sie aus, sobald sie fertig sind. Gehen Sie nicht zu weit weg.« Lucy lächelte freundlich, als sie mit den nächsten Leuten in der Schlange sprach.

»Danke.« Die beiden Jungs, die sie bedient hatte, gingen in Richtung der Cocktailbar. Unwillkürlich sah sie ihnen nach, und gerade als sie den Blick abwenden wollte, sah Jack ihr in die Augen.

»Alles okay bei dir?«, formte er lautlos mit den Lippen.

»Ja, danke«, antwortete sie mit einem Nicken.

Jack gab ihr ein Thumbs-up, und dann kam ein Ehepaar mittleren Alters an ihre Theke und sprach mit Tamsin, wodurch Lucy die Sicht verdeckt wurde. Sie und Jack machten weiter und tauchten für eine Weile ganz in ihre Arbeit ein. Es war ein hektischer und zum Glück einträglicher Abend.

Lucy fühlte sich an diesem Abend ganz entspannt in ihrer Rolle und hatte nicht mehr so sehr die Angst, etwas falsch zu machen, auch wenn es sehr voll war. Die Partygäste waren ein fröhlicher Haufen quer durch alle Altersgruppen. Es schien eine große Familien- und Freunde-Veranstaltung zu sein. Und das Jahrmarktsthema verlieh der Party zusätzlich etwas Lustiges. Von den anderen Ständen duftete es verlockend nach Hotdogs, Burgern, Zuckerwatte und kandierten Äpfeln, was Erinnerungen an vergangene Jahre wachrief. Sie erinnerte sich an Abende, die sie im »The Hoppings« in Newcastle-upon-Tyne verbracht hatte, als der Jahrmarkt in der Stadt war. Abende voller Aufregung, Leckereien, rasanter Fahrgeschäfte und blinkender Lichter. Die Münzschieber-Automaten, an denen sie und ihr Bruder sich stundenlang vergnügen konnten. Und Dad, wie er für sie – nach vielen danebengegangenen Würfen – einen Plüschaffen beim Ringewerfen gewann. Sie taufte ihn damals Mr. R, wobei »R« für Ringewerfen stand. Tatsächlich hatte sie ihn immer noch. Er saß in ihrem Schlafzimmer im Cottage auf einem Regal. Diese Abende, als sie noch als eine Familie zusammengelebt hatten, vor vielen Jahren, als Mum und Dad noch ein Paar gewesen waren … Lucy spürte einen Anflug von Nostalgie.

13. KAPITEL

Mitternacht kam wie im Flug, der Himmel war dunkel und doch beruhigend und hüllte sie alle mit einer magischen Decke voller Sterne ein. Es war das perfekte Pendant zu den blinkenden Jahrmarktslichtern und der Musik. Jack beobachtete, wie Frank zwei seiner Enkelkinder gleichzeitig hochhob und sie übermütig herumwirbelte. Familie, glückliche Momente, die einfachen Dinge des Lebens … Das war es, was zählte. Er atmete langsam aus und konzentrierte sich wieder. Bald war es an der Zeit, aufzuräumen und einzupacken. Er händigte zwei bestellte Mojitos aus, und da die Partygäste nur noch spärlich vertreten waren, spürte er den Impuls, zu Lucy hinüberzugehen.

»Hallo.«

»Hey, hallo.«

»Wow, das war eine anstrengende Nacht, findest du nicht?«

»Ja, das kann man wohl sagen. Wir kippen hier gleich aus den Latschen. Gott sei Dank war Tamsin hier, um zu helfen.« Das junge Mädchen sah auf, konnte ein Gähnen kaum unterdrücken und scrollte wieder auf seinem Handy herum.

»Zum Glück hatte ich viele Böden und Beläge dabei«, fuhr

Lucy fort. »Ich dachte, ich hätte es etwas übertrieben, um ehrlich zu sein, aber jetzt bin ich froh darüber. Nun sind nur noch ein paar Margheritas übrig, und das war's.«

»Das ist doch großartig. Apropos, könnte ich dir eine davon abkaufen? Ich bin total ausgehungert.« Jack rieb sich den leeren Magen.

»Natürlich. Hier. Die geht aufs Haus. Ich habe sie schon gebacken, weil ich den Ofen abkühlen lassen muss. Sie würde sonst nur verderben.«

»Ah, gut. Das ist sehr nett. Danke.«

Lucy packte ihm die Pizza in eine Schachtel.

Na, ob die Eiskönigin endlich auftaut? Jack biss ein großes Stück ab, weil er keinen Moment länger warten konnte. »Hmm, die ist köstlich, danke. Gibt es eigentlich wirklich diesen Papa?« Er deutete auf das Logo und den Schriftzug an der Seite des Pferdeanhängers, auf dem stand: *Feuer und Flamme. Holzofenpizza, wie Papa sie machte!*

»Ja, den gibt es.« Lucy hielt inne und schaute ein wenig entrückt. »Mein Opa. Er war Italiener. Meine Mutter nannte ihn Papa, und irgendwie hat das auf die ganze Familie abgefärbt.«

»Oh, du bist also zum Teil Italienerin. Das erklärt deine wunderschönen dunkelbraunen Augen.«

Lucy spürte, wie sie kurz errötete. Was hatte es mit diesem Jack und seinen kitschigen Sprüchen nur auf sich? Natürlich war es genau die Art von charmantem Geschwätz, mit dem er ständig aufwartete.

»Das bin ich in der Tat. Papa kam als Kind aus Italien hierher. Seine Familie hatte ein Restaurant in Newcastle. Das ist viele Jahre her, und es existiert nicht mehr … Er verliebte sich damals Hals über Kopf in Nonna, meine Großmutter, die eine echte Geordie war.« Sie lachte. »Sie haben immer so gern erzählt, wie sie sich kennenlernten.« Lucys Augen strahlten, als sie an die Geschichte dachte.

»Na los, dann musst du mir das jetzt erzählen«, drängte Jack. Dieser Papa schien ein echter Charakter zu sein. »Warte, kann ich dir einen Drink holen? Hier ist es jetzt ruhig geworden. Ich glaube, wir können uns eine Pause gönnen, bevor wir zusammenpacken. Ein Glas Prosecco oder einen Softdrink vielleicht?« Ihm wurde gerade klar, dass sie beide fahren mussten. Er hatte auch ein paar alkoholfreie Lagerbiere dabei, weil er selbst ab und zu am Ende einer anstrengenden Nacht eines trank.

»Gern etwas Alkoholfreies, ja, das wäre gut«, antwortete Lucy.

»Irgendetwas für dich?«, wandte er sich an die etwas mürrisch dreinblickende Tamsin.

»Tja, wenn du so fragst«, antwortete das junge Mädchen und wurde munter. »Ich habe den ganzen Abend wie eine Sklavin geschuftet. Also, ich hätte ja gerne einen Cocktail. Was richtig Starkes und Freches.«

Sie machte einen Augenaufschlag in Jacks Richtung und hatte sich offensichtlich vollständig von ihrem Kater erholt.

»Alles klar«, sagte Jack etwas verlegen. »Ich bereite euch beiden eine Überraschung zu, und dann kannst du mir diese Geschichte erzählen, Luce. Zwei Minuten.«

Er sauste zurück zum Camper und kam nach Umrühren und Schütteln, Minze, Erdbeeren und zerstoßenem Eis bald mit zwei Cocktails in der Hand wieder zurück. »Virgin Mojito für dich, Lucy. Hundert Prozent Geschmack und null Promille. Und …«, wandte er sich an Tamsin, »… ein Strawberry Mojito für dich – freches Erdbeeraroma, mit viel Kick.«

Lucy trank einen Schluck. »Wow, das ist herrlich. Danke. Ich liebe das etwas Strenge, Herbe von Limette und Minze, das ist so erfrischend.«

»Geil«, sagte Tamsin nur, nachdem sie einen großen Schluck getrunken hatte. Sie grinste Jack an, wischte mit einer symbolischen Geste über den Tresen und widmete sich dann wieder ihrem Handy, um zu scrollen.

»Also, Papas Geschichte?« Die Party neigte sich dem Ende zu, bei Ruby wartete niemand mehr, also nahm Jack auf einem der Stühle neben dem Pferdeanhänger Platz.

Lucy wischte schnell die letzten Oberflächen und lehnte sich aus der Luke, mit ihrem Mocktail in der Hand, bereit, die Geschichte zu erzählen.

»Also, wie sich meine Großeltern kennengelernt haben … Nun, meine Großmutter – oder Nonna, wie wir sie nennen –, sie heißt Nancy … Sie kam eines Tages mit ihrem damaligen Freund zum Abendessen in das Restaurant von Papas Familie, unten am Kai in Newcastle. Papa arbeitete gerade und war zufällig der Kellner, der sie bediente. Als er ihre Bestellung brachte, fehlte etwas, und der Freund wurde deshalb sehr unhöflich und beleidigend. Er war Papa sofort unsympathisch gewesen, aber die Dame, die ihn begleitete, schien ausgesprochen nett zu sein und versuchte alles, um die Situation zu entschärfen.«

Jack nickte und genoss die Geschichte bereits jetzt.

»Papa war von den schönen blauen Augen und dem dunklen Haar dieser Dame überaus angetan.«

Jack blickte instinktiv zu Lucys Augen auf – dunkelbraun, nicht blau, aber sehr markant. Und ihr Haar, ja … diese glänzenden dunklen Wellen, die ihm gleich aufgefallen waren, als er sie zum ersten Mal gesehen hatte.

»Er fragte sich, was eine bezaubernde junge Frau wie sie mit so einem Kerl zu tun hatte«, fuhr Lucy fort. »Nun, das war es. Als sie gegangen waren, hat Papa den Entschluss gefasst, herauszufinden, wer sie war, und zumindest mit ihr zu reden. Ihm war vollkommen klar, dass er vielleicht nur diese eine Chance haben und er sie nach diesem Abend vielleicht nie wiedersehen würde. Ihm fiel ein Regenschirm ins Auge, den jemand am Eingang vergessen hatte. Er wusste, dass es nicht ihrer war, aber trotzdem schnappte er ihn sich.

Die beiden, Nonna und ihr Freund, gingen die Straße hinauf, wobei sie einen gewissen Abstand voneinander hielten. Anscheinend hatten sie sich gestritten. ›Verzeihung, Fräulein‹, rief Papa, während er ihnen hinterherlief, ›ich glaube, Sie haben Ihren Schirm vergessen!‹

Sie sah ihn verwirrt an und war drauf und dran zu erklären, dass es nicht ihr Schirm war. Dann aber sah sie sein breites Lächeln und wie er verschwörerisch nickte. ›Ach ja, stimmt, danke sehr‹, sagte sie also. Papa kam nah genug heran, um ihr zuzuflüstern: ›Wenn Sie vielleicht einmal richtig ausgehen möchten, würde ich Sie sehr gern einladen.‹ Dann reichte er ihr den Schirm und eine Visitenkarte vom Restaurant. ›Ich heiße Antonio.‹ – ›Vielen Dank, Antonio‹, sagte sie.

Die Woche danach war, wie er immer wieder erzählt hat, die längste seines Lebens. Bis zu dem Tag, an dem ein Anruf kam und seine Mutter quer durch das ganze Restaurant rief: ›Antonio, Telefon für dich!‹ Und … Na ja, der Rest ist Geschichte.«

»Das ist eine sehr schöne Geschichte.«

»Ja, wirklich, oder? Ich hab sie immer wieder gern von ihm gehört.«

Lucy kletterte aus dem Pferdeanhänger und setzte sich neben

Jack. Die Füße taten ihr weh, es war eine Wohltat, sie zu entlasten und sich einen Moment lang zu entspannen.

»Und was ist mit der Pizza? Die Verbindung zu deinem Geschäft?«, fragte Jack, der nicht wollte, dass sie aufhörte zu erzählen.

»Papa machte damals die beste Pizza in der Stadt. Das haben alle gesagt. Es war ein Rezept, das von seiner Familie in Sorrento weitergegeben wurde. Doch als in den Achtzigerjahren die Rezession einsetzte, wurde es immer schwieriger, über die Runden zu kommen. Papas Vater bekam Probleme wegen der Kredite, und so mussten sie leider das Restaurant schließen. Als Papa Ende dreißig war, bekam er einen Job als Busfahrer. Den hatte er auch noch in seinen Fünfzigern, als ich, sein erstes Enkelkind, auf die Welt kam, aber er dachte immer wehmütig an die Zeit im Restaurant zurück. Er wollte sie für uns wiederauferstehen lassen, als wir jung waren.« Sie lachte. »Ich war das einzige Kind in der Schule, dessen Großeltern einen Pizza-Holzofen im Garten hatten. Wir haben das geliebt, mein Bruder und ich. Wir belegten unsere eigenen Pizzen. Mit selbst gemachter Tomatensoße auf den dünnsten, köstlichsten Pizzaböden, die man sich vorstellen kann …«

»Das muss cool gewesen sein. War anscheinend eine echte Persönlichkeit, dein Großvater.«

»Ja, das war er«, sagte Lucy weich und war überrascht, dass sie sich diesem Mann so sehr offenbarte. Jack lächelte sanft. Er war froh, einfach nur zuhören zu können, und spürte, dass diese Geschichte noch nicht zu Ende war.

Lucy atmete langsam tief ein. »Er starb vor einigen Jahren … mit Ende sechzig. Es kam so plötzlich, ein Aneurysma … Wir hatten keine Gelegenheit, uns zu verabschieden.« Ihr Blick wurde verschattet. Sie vermisste ihn so sehr.

»Oh, das tut mir leid, Lucy …« Jacks eigene Vergangenheit holte ihn wieder ein. Er kannte das Gefühl nur allzu gut. Nicht Lebewohl sagen zu können. Jemanden, ohne es zu wissen, zum letzten Mal gesehen zu haben und nun niemals wiederzusehen.

Lucy blickte auf und sah den Schatten auf seinem Gesicht. Plötzlich erkannte sie, dass sie womöglich denselben tiefen Kummer teilten, wagte aber nicht, ihn zu fragen.

Jack war plötzlich sehr still.

»Alles okay, Jack?«

»Ja, ja, alles klar. Super Pizza.« Jack überlegte, wie er das Thema wechseln könnte. Heute war nicht der Tag, um so etwas anzusprechen. Er wollte nicht gerade jetzt diesen wunden Punkt berühren, sondern den Rest des Abends einfach genießen und sich ganz auf die Bekanntschaft mit dieser faszinierenden Pizzafrau konzentrieren, die sich endlich ein wenig geöffnet hatte.

»Na, komm«, sagte er und griff unwillkürlich nach Lucys Hand, die sich warm und tröstlich anfühlte. Er erinnerte sich an Franks Rat von vorhin, das Leben in vollen Zügen zu genießen. »Ich glaube, das Pferdekarussell hat noch nicht die letzte Runde gedreht. Meinst du, für ein paar Flaschen Bier und deine letzte Pizza lassen sie uns mitfahren?«

»Einen Versuch ist es wert«, entgegnete Lucy mit einem schüchternen Grinsen. Jacks Enthusiasmus und seine Energie waren einfach ansteckend. »Tamsin, würdest du hier ein Auge auf alles haben … nur für fünf Minuten?«

Das Mädchen warf ihr einen genervten Blick zu und antwortete: »Denk' schon.«

»Als Kind habe ich das Karussell geliebt«, gab Lucy zu. »Es war mein absoluter Favorit, wenn der Jahrmarkt in die Stadt kam. Meine Freunde mochten alle die schnellen Sachen, bei denen einem schlecht wird, wie Walzer und Twister, aber das …« Das Karussell kam in Sicht, als sie über den Hof rannten. »Das hat mich immer zum Lächeln gebracht.«

Jack wusste nicht, warum, aber er wünschte sich plötzlich, Lucy zum Lächeln zu bringen. »Warte mal einen Moment, ich hör mal, ob er uns drauflässt.« Der Verantwortliche war bereits dabei, einige Lichter abzubauen, und wie alle, die die ganze Nacht hart gearbeitet hatten, war er offensichtlich sehr darauf erpicht, nun seine Sachen zu packen und nach Hause zu fahren. Jack flitzte zu ihm hinüber. Es folgte ein kurzes Gespräch, der Mann zuckte mit den Achseln, nickte und zeigte schließlich ein Thumbs-up.

»Alles klar. Wir sind drauf, wähl dein Pferd aus!«, rief Jack zu Lucy hinüber und grinste.

Lucy schaute sich um und ging dann auf ein dunkelgraues Pferd mit wallender weißer geschnitzter Mähne und rot bemaltem Sattel zu. Kichernd stieg sie auf und hielt sich an den goldenen Griffen zu beiden Seiten des hölzernen Pferdekopfes fest. Jack stieg auf das Pferd direkt neben ihrem.

Der Mann ging in die Mitte des Fahrgeschäfts und drückte einen Knopf. Altmodische Musik setzte ein, und langsam begann das Karussell seine Runde. Weiße Lichter leuchteten über ihnen, und die eleganten Holzpferde hoben und senkten sich auf ihren goldumwickelten Stangen.

Jack beobachtete, wie Lucys Lächeln sich vertiefte, bis es ihr ganzes Gesicht erhellte. Sie sah so viel hübscher aus, wenn sie lächelte. Am heutigen Abend unterschied sie sich überhaupt sehr von der gestressten jungen Frau, die er erst vor ein paar Wochen kennengelernt hatte.

Lucy sah zu ihm hinüber. »Danke«, formte sie mit den Lippen. Dann schloss sie die Augen und genoss den Rhythmus des Karussells, die Musik, den gleichmäßigen Wirbel.

Jack wiederum gefiel es, sie zu betrachten. Es war, als würde er einen Blick auf das kleine Mädchen werfen, das sie einmal gewesen sein musste. Eine glücklichere, sorglosere, weniger gestresste Lucy, als er sie bisher erlebt hatte. Dann sah er hinauf zum Nachthimmel, klar und deutlich, die Sterne in voller Pracht. Und auch er fühlte sich für einen Moment an einen glücklicheren Ort und in eine glücklichere Zeit versetzt. Während der Fahrt schienen ein paar kostbare Augenblicke lang die Sorgen der Welt für sie beide zu verblassen.

Aber wie alle besonderen Momente musste auch dieser zu Ende gehen. Die Pferde wurden langsamer, und der Ritt kam zu einem sanften Halt.

»Das war schön, danke«, sagte Lucy zu Jack.

»Na ja, jetzt müssen wir gehen und unsere Bezahlung regeln. Ich habe zwei Bier und deine letzte Pizza dafür verschachert.«

»Haha, schon okay. Ich geh mal die Pizza holen. Das war es wert.« Es war schön gewesen, sich einfach mal zu entspannen und etwas Spaß zu haben, egal, wie kurz er angedauert hatte.

»Auf jeden Fall.«

Es hatte sich gelohnt, allein um dieses Lächeln zu sehen, dachte Jack. Und als sie vom Karussell stiegen und die drei Stufen hinab auf den Boden traten, legte er instinktiv seine Hand auf ihren Rücken, um sie sicher zu führen.

Etwas hatte sich zwischen ihnen verändert. Die Eiskönigin war ein wenig geschmolzen.

11. KAPITEL

Am nächsten Abend hatte sich Lucy mit ihren Freundinnen Becky und Katie in der Dorfkneipe verabredet. Ein Mädelsabend war längst mal wieder fällig – zumal sie durch die Eröffnung ihres Pizzastands in den letzten Wochen nicht viel Zeit oder Geld gehabt hatte, um Leute zu treffen und auszugehen.

Samstagabend 20 Uhr, im Oyster Catcher herrschte reges Treiben. Später sollte eine Liveband spielen, und sowohl Einheimische als auch Touristen drängelten sich um die Plätze. Als ein Pärchen von einem Fasstisch in der Ecke aufstand, ergriff Becky die Chance und schob sich schnell heran, um die drei Hocker dort zu ergattern, gerade als Lucy auf dem Weg von der Bar zurück zwei G&Ts und ein großes Glas Rosé in ihre Richtung balancierte.

»Na also, Mädels. Tolles Manöver, Becks.« Lucy stellte die Gläser auf dem runden Holztisch ab.

»Perfekt. Cheers!« Katie grinste, und ihr gewelltes blondes Haar hüpfte ihr um die Schultern.

»Ja, cheers. Ach, es tut gut, zur Abwechslung mal auf der anderen Seite der Theke zu stehen.«

»Ja, richtig, wie läuft es denn eigentlich?«, fragte Katie, die unbedingt den neuesten Klatsch erfahren wollte.

»Ziemlich gut, es geht vorwärts. Ich bin noch für ein paar weitere Veranstaltungen gebucht. Auf dem Markt in Alnwick letzte Woche war es toll, und jetzt habe ich einen festen Stand dort. So langsam, aber sicher wird es.«

»Das ist so was von großartig, dass du diesen Schritt gewagt hast und nun deine eigene Chefin bist«, sagte Katie, die drei Tage in der Woche in einer Kindertagesstätte arbeitete und sich in der übrigen Zeit um ihre eigene kleine Tochter kümmerte.

»Danke. Es ist immer noch ein wenig beängstigend. Die finanzielle Seite ist im Moment ein bisschen unberechenbar. Ich kann es mir nicht leisten, zu scheitern.«

»Das wirst du auch nicht, Süße. Ich habe deinen Mumm und deine Entschlossenheit gesehen. Du wirst es schaffen.« Becky war wie üblich optimistisch. »Wie auch immer, erzähl mir mehr über diesen mysteriösen Cocktailbar-Typen.«

Katie horchte auf. »Oho, was höre ich denn da, Luce?«

Verflixt, Becky hatte mal wieder die richtige Spürnase. Sie hatten heute Morgen miteinander telefoniert, als die Karussellfahrt noch frisch in Lucys Gedächtnis war, dabei hatte sie Jack nur kurz erwähnt.

»Ach was, keine falschen Schlüsse, ihr beiden. Es ist nur jemand, den ich schon ein paarmal bei Veranstaltungen getroffen habe. Er ist manchmal bei denselben Events gebucht. Ein etwas eingebildeter Typ, ehrlich gesagt.« Sie versuchte, lässig zu wirken, musste aber daran denken, wie sie am Ende des Abends über Papa geplaudert hatte … Die Showman-Persönlichkeit war dem Barmann zu diesem Zeitpunkt auf mysteriöse Weise vollkommen abhandengekommen. Das Karussell … und die Wärme seiner Hand, die sanft auf ihrem Rücken ruhte … Hmm, warum in aller Welt erinnerte sie sich gerade jetzt daran?

»Und?«, erkundigte sich Katie, die vergeblich versuchte, ihr Grinsen zu unterdrücken.

Auch Lucy musste lächeln und hob die Augenbrauen. »Was meinst du mit ›und‹?«

»Lucy Brown, ich bin seit über fünfzehn Jahren deine Freundin«, erklärte Becky. Sie hatten sich auf der Highschool kennengelernt, als Beckys Familie nach Rothbury gezogen war, und hatten sich über ihre Liebe zu Schokoladenbrownies und Justin Timberlake verbündet. »Deine Stimme verändert sich, wenn du über ihn sprichst.«

»Sei nicht so albern.«

»Doch, es stimmt. Wenn ich es dir doch sage.«

»Und?«, fragte Lucy verärgert.

»Oh, das klingt interessant«, schloss sich Katie an. »Also, wie ist er denn so, dieser Cocktail-Typ? Aussehen, Persönlichkeit?«

»Um Himmels willen! Wird das ein offizielles Verhör?«

»Ja, und wir brauchen Antworten«, fuhr Becky fort.

»Okay, dunkelblondes Haar, blaugraue Augen, mittelgroß.«

»Also gut aussehend?«, hakte Katie nach.

Ja, wahrscheinlich ist er das, dachte Lucy. Aber sie würde das nicht zugeben. »Hört mal, er hat mir nur ein paar Ratschläge zur Catering-Szene gegeben. Wir kennen uns eigentlich kaum. Und wie ich schon sagte, ist er ein bisschen eingebildet.« Lucy versuchte, sachlich zu bleiben.

»Ja, aber du hast vergessen, Katie gegenüber zu erwähnen, dass er dich verteidigt und sich ein blaues Auge hat verpassen lassen«, konterte Becky lachend und genoss es sichtlich, diese pikante Tatsache in den Raum zu stellen.

»Was? Wie konnte ich diesen ganzen Klatsch verpassen?«

Lucy verdrehte die Augen. »Es war nichts … Da hat nur ein

betrunkener Kerl auf einer Party das Maul aufgerissen, und das zufällig gerade an meinem Pizzastand.«

»Und dann kam der Camper-Typ zur Rettung«, fügte Becky mit einem frechen Grinsen hinzu.

»Aha, verstehe, also ›nur Freunde‹, wie, Luce? Bist du sicher?« Katie lächelte.

»Absolut. Hört mal, ihr zwei, ich darf ja wohl mit einem Typen reden, ohne dass es gleich bedeutet, dass ich an eine verdammte Beziehung mit ihm denke. Ich hatte genug von dem ganzen Scheiß mit Liam, vergesst das nicht.«

»Heißt das, du schwörst den Männern für immer ab?«, fragte Becky mit einem Augenzwinkern.

»Ach, Luce, du willst dich doch nicht in eine verschrumpelte Pflaume verwandeln und irgendwann eine Horde Katzen halten«, warf Katie ein.

»Oder einen Trupp Dackel«, sagte Becky mit einem dümmlichen Grinsen im Gesicht.

»Mann, wirklich, es reicht jetzt! Ich will im Moment einfach keine Beziehung, fertig.«

»Ja, schon, aber eine Affäre wäre doch okay. Setz dich wieder in den Sattel und hab ein bisschen Spaß, Schätzchen«, fügte Becky hinzu.

»Stopp!« Lucy hob dramatisch eine Hand und trank dann einen großen Schluck Wein. »Ich bin heute Abend mit euch ausgegangen, um mich zu amüsieren, nicht um mich der Spanischen Inquisition zu stellen. Also, lasst mich gefälligst in Ruhe, ihr beiden.«

»Okay, sorry, Luce.«

»Schon gut, Luce. Wir wollen nur, dass du glücklich bist.« Becky legte ihrer Freundin fürsorglich eine Hand auf die Schulter.

Sowohl Becky als auch Katie lebten jetzt in festen Beziehungen. Becky war mit Darren zusammen und wohnte mit ihm in Alnwick, nachdem ihr früheres Liebesleben einige Höhen und Tiefen erlebt hatte, und Katie hatte vor drei Jahren Lee geheiratet und hatte jetzt eine prächtige Tochter im Kleinkindalter, die ständig in Aktion war. Auch sie hatte einen entspannten Abend dringend nötig. »Also dann – heute wird die Sau rausgelassen und auf dem Tisch getanzt.« Katie hob ihr Glas.

»Darauf stoßen wir an!« Lucy lächelte.

Die Mädchen plauderten und ließen sich bald eine weitere Runde Drinks geben. Die Band trat auf und war super, mit einer fabelhaften weiblichen Sängerin, die einige Covers von Pink und Lady Gaga und auch einige eigene Stücke sang. Die Frauen klatschten und jubelten. Sie tanzten zwar nicht gerade auf den Tischen, aber sie unterhielten sich mit ein paar einheimischen Typen und tanzten Boogie an ihrer Ecke der Bar, wo die Band spielte. Nach der Sperrstunde zockelten sie alle zusammen untergehakt zu Lucys Cottage, wobei sie immer noch »So What« von Pink sangen.

Becky hatte es so eingerichtet, dass sie auf Lucys Sofa übernachten würde. Das winzige Häuschen hatte kein Gästezimmer. Als sie hereinkamen, lag Daisy allerdings schon auf dem Sofa, was sehr gemütlich aussah. Der kleine Hund ließ sich nicht so leicht dort wegbewegen und gab den Platz nur für einen kurzen und widerwilligen Toilettengang im Hof auf.

Es war bereits nach elf, und Katie hatte ein Taxi für 23.30 Uhr bestellt. Da ihr Partner, ein Auslieferungsfahrer, am nächsten Tag früh zur Arbeit musste, würde sie die »Morgenschicht« bei ihrer kleinen Tochter Ella übernehmen – wahrscheinlich leicht verkatert, ihrem jetzigen Zustand nach zu urteilen. Aber das war ja erst morgen. Die Mädels hatten einen durch und durch schönen Abend gehabt und genossen jetzt einen fabelhaften Abschluss in Form eines Baileys-Nachttrunks, während sie sich gemütlich im Wohnzimmer des Häuschens zusammenkuschelten. Allzu bald musste Katie los. Sie fuhr in einem von Rons Taxis weg, aber erst nach mehreren Küssen, Umarmungen und dem Versprechen, dass sie das jetzt öfters machen würden. Das Leben hatte diese komische Art, weiterzulaufen, dass, ehe man sichs versah, Wochen vergangen waren, wenn man sich das nächste Mal traf.

Jetzt waren nur noch zwei von ihnen übrig, und es dauerte nicht lange, bis Becky eines dieser trunkenheitsoffenen Gespräche begann.

»Geht es dir wirklich gut, Liebes?« Sie nahm Lucys Hand in ihre. »Ich meine nur, weil du so … na ja, ein bisschen angespannt geklungen hast, vorhin im Pub … wegen der Beziehungssache. Wir haben nur Spaß gemacht, das weißt du doch.«

Es entstand eine Pause von einer Sekunde, bevor Lucy antwortete: »Ja, ich weiß. Ist schon okay.«

Daisy war wieder an Ort und Stelle, eingezwängt zwischen den beiden. Ein Dackel-Sandwich.

»Und es macht dir nichts aus, hier … allein zu wohnen? Also, nachdem du das Haus deiner Träume verkauft hast?«

»Ach, diese verdammten Träume sind gründlich zerplatzt, als Liam die Bombe hat hochgehen lassen. Aber weißt du, mir gefällt es hier wirklich gut. Es ist zwar klein, aber es ist mein eigenes Reich. Und ich liebe es, dem Meer so nahe zu sein. Ich kann, wann immer ich will, mit Daisy am Strand spazieren gehen. Und die Leute hier im Dorf … Sie geben mir das Gefühl, willkommen zu sein. Zum Beispiel im Buchclub. Und … ich habe Kaffee und Kuchen nur ein Stück die Straße runter.«

»Ja, natürlich. Es freut mich, dass du hier langsam Freunde findest. Das ist gut.«

Lucy hielt inne. Obwohl sie sich im Dorf zurechtfand, gab es tatsächlich immer noch Dinge, die ihr zu schaffen machten. »Ach, Becks, ich hoffe nur, dass das mit dem Pizzawagen klappt. Das muss sich erst noch zeigen. Und die neue Hilfe, Tamsin, ist ein ziemlicher Albtraum. Um ehrlich zu sein, glaube ich kaum, dass sie es durchhält. Beim Vorstellungsgespräch kam sie gut rüber, aber sie scheint mehr daran interessiert zu sein, mit ihren Freundinnen auf dem Handy in Kontakt zu bleiben, als Pizza zu backen.«

»Ach, ich denke, du musst einfach abwarten, wie es sich entwickelt. Du brauchst sie nicht zu behalten, wenn sie nichts taugt.«

»Nein, das nicht, aber was soll ich dann tun? Ich bräuchte eine andere Aushilfe, und zwar schnell.« Den Pizzawagen allein zu führen war nahezu unmöglich.

»Du kriegst das hin, Liebes. Oder ich kann helfen, für ein oder zwei Schichten, wenn du mich brauchst. Also zumindest, bis du jemand Neues hast …«

»Das würdest du tun?«

»Natürlich würde ich das.«

»Oh, danke, das ist gut zu wissen.« Lucy fühlte sich ein wenig erleichtert. »Und hier im Cottage habe ich gelernt, dass es vielleicht gar nicht so schlecht ist, allein zu sein. Es ist besser, als in einer toxischen Beziehung zu leben. Besser, als von einem verlogenen Mistkerl getäuscht und hingehalten zu werden.«

»Stimmt, Luce. Und ich bin immer hier oder zumindest in der Nähe. Das weißt du ja.«

»Ja, natürlich weiß ich das.« Lucy stieß einen leisen Seufzer aus. All der Herzschmerz und der Kummer der letzten Zeit vergingen langsam, aber manchmal konnte sie immer noch die Wunde fühlen. Sie streichelte Daisys seidiges schwarzes Fell. »Danke, Becks.«

Freunde halfen einem durch den ganzen Mist hindurch. Sie waren da, um zu tanzen und zu reden und einem die Hand zu halten. Und sie hielten zu einem in den besten und in den schlimmsten Zeiten. Über den Kopf eines sehr knuddeligen Dackels hinweg umarmte sie ihre beste Freundin.

Ja, es gab Probleme mit dem neuen Business, aber sie war klug genug, um zu wissen, dass am Anfang nie alles glatt lief, und Beziehungen … nun ja, am besten hielt man sich an seine Freunde und die Familie.

Aber Lucy hatte das Gefühl, dass bessere Zeiten auf sie zurollten, wie die Wellen, die ans Ufer schwappten und den Schmerz der Vergangenheit wegspülen würden. Endlich …

15. KAPITEL

»Also, Daisy, was machen wir? Einen Spaziergang am Strand vielleicht?«

Daisy lag zusammengerollt in ihrem kuscheligen Hundebett in der Küche und schien nicht besonders begeistert von der Aussicht auf einen Spaziergang zu sein. Lucy, über deren rechter Braue ein Katerkopfschmerz lauerte, ging es nicht viel anders, aber frische Luft und ein bisschen Bewegung würde ihnen beiden guttun.

»Komm schon. Du weißt, dass es gut ist.« Sie versuchte, genauso sich selbst wie Daisy zu überreden, nahm Daisys Leine, die am Haken hinter der Küchentür hing, und ließ sie ein wenig über dem dunklen glatten Kopf des Hundes klimpern.

Daisy senkte den Kopf, als könnte sie sich verstecken, wenn sie sich nur noch tiefer ins Kissen sinken ließ. Lucy musste lachen. »Na gut, aber ich gehe«, sagte sie, zog ihre Turnschuhe an, stand auf und ging zur Tür. Daisy trottete widerwillig hinterher, denn allein bleiben wollte sie schließlich auch nicht.

Vom Meer her wehte eine frische Brise, doch der Morgen im Dorf war wunderschön. Die Reihe der Steinhäuschen neben ihr leuchtete golden im Sonnenlicht. Sie gingen den Weg, der am

Golfplatz vorbei zum Meer hinunterführte. In nur zehn Minuten würden sie den Sandstrand erreichen und über die Bucht schlendern können. Auf dem Grünstreifen parkten immer viele Spaziergänger ihre Autos, und es standen auch schon mehrere da. Auf halbem Weg durch die schmale Gasse entdeckte sie einen dunkelroten VW-Bus, der ihr bekannt vorkam. *Oh* … Sie spürte einen kleinen Anflug von Nervosität. Konnte das sein? Der Zauber des Karussells von vorgestern Abend stieg wieder in ihr auf.

Natürlich gab es viele solche Vans in der Gegend und sicher mehr als einen roten. Aber als sie sich dem Fahrzeug näherte, sah sie schon das markante Logo an der Seite: *Jack's Cocktail-Camper*. Sie konnte sich ein Lächeln nicht verkneifen. Verdammt, vielleicht hatte Becky ja recht, dass sie bei seiner Erwähnung aufgeregt reagiert hatte. War da etwas dran? Schnell verwarf sie den Gedanken wieder.

Realistisch betrachtet war die Wahrscheinlichkeit, ihm hier am Strand zu begegnen, gering. Vielleicht ging er irgendwo in der Gegend spazieren oder spielte Golf oder was auch immer. Im Vorbeigehen – war das zu fassen? – nutzte Daisy die Gelegenheit, um stehen zu bleiben und an einen Reifen des Campers zu pinkeln, wobei sie eine feuchte Spur an der Unterkante hinterließ und noch ein wenig drum herumspritzte.

»Daisy! Du böser Hund«, schimpfte Lucy. »Was hast du gegen Jack, hm?«

Zum Glück war niemand in der Nähe, der es hätte mitbekommen können. Diese Diva von Hund hatte aber auch wirklich zu ziemlich unpassenden Zeiten ihre Momente.

Lucy ging weiter zu dem Pfad, der vom Ende der Gasse aus in die Dünen führte. Ganz automatisch scannte sie die Gegend ab, nur für den Fall, dass Jack irgendwo zu sehen war. Sie wusste aber selbst nicht, ob sie in dem Fall zu ihm hingehen oder sich lieber verstecken wollte. Auf dem kleinen Sandweg war nichts von ihm zu sehen, auch nicht dort, wo der Strandhafer endete und der Strand begann, dort, wo sich der Blick auf die Bucht öffnete.

Lucy schlenderte auf dem Hinweg gern am Wasser entlang, ganz nah an den Wellen, die schäumend ans Ufer rollten und sich brachen, und zurück dann auf dem Pfad, der direkt jenseits der Dünen entlangführte. Dort war der Sand weicher, und man konnte die ganze Bucht umrunden. Daisy liebte es, hier und da ein wenig zu graben, vor allem, wenn ein interessanter Picknickrest herumlag. Gerade kam die sandverschmierte Nase der kleinen Hündin wieder zum Vorschein. Lucy lachte und bückte sich, um dem Dackel mit der Hand das Gesicht abzuwischen.

»Sieh dich an, du kleiner Schmutzfink. Du wirst noch Sand in die Augen kriegen.«

Daisy warf ihr nur einen Blick zu, als wollte sie sagen, dass es sich für diesen leckeren Happen Wurstbrötchen gelohnt habe.

Lucy kauerte noch immer am Boden, als sie ein rhythmisches Klopfen im Sand spürte. Offenbar joggte jemand ganz in der Nähe. Als sie sich aufrichtete, sah sie sich einem sehr verschwitzten, aber nicht unattraktiv aussehenden Mann gegenüber. Einem Mann, den sie kannte. Es war Jack.

»Hey, dachte ich doch, dass du das bist«, sagte er atemlos, hielt neben ihr an und joggte ein paar Sekunden auf der Stelle.

»Oh, hallo.« Lucys Lippen bogen sich zu einem Lächeln.

»Und, wie geht's? Hattest du einen guten Freitagabend?«

»Ja … ja, alles bestens«, stotterte sie vage. Meinte er jetzt das Karussell oder die Einnahmen vom Pizzawagen?

»Ja, schön, dich zu sehen. Du gehst mit dem pinkelnden Höllenhund spazieren, wie ich sehe.«

Daisy blickte hochmütig zu ihm auf und verzog leicht die Lefzen, woraufhin Lucy noch mehr grinsen musste. *Beleidige niemals einen Dackel.* »Hey, du, sei nicht so vorlaut. Normalerweise ist sie ganz lieb. Und ja, ich wohne hier in der Nähe, in einem Häuschen im Dorf, darum ist das hier unser üblicher Küstenspazierweg.«

»Ah, verstehe. Und ich hatte heute Lust auf eine andere Umgebung zum Joggen. Sand ist immer gut fürs Training.«

»O-kay …« Sie betrachtete die Laufshorts und das schweißnasse Hemd. Offensichtlich hatte er sich beim Laufen ganz schön angestrengt. Sie musste zugeben, dass sein Körper in den Sportklamotten ziemlich durchtrainiert aussah. Die nackten Beine und Arme und das eng anliegende Lycra über dem Rest gaben davon viel mehr preis als seine schick-legere Arbeitskleidung.

»Hast du Lust auf ein kaltes Getränk oder einen Kaffee oder so?«, schlug Jack vor. »Ich meine, ich bleibe natürlich nicht so, ich kann mich schnell im Wagen frisch machen.«

Lucy fühlte sich einen Moment wie erstarrt. Ein Teil von ihr wollte zurück zum Cottage flüchten, ein anderer Teil wollte die Einladung annehmen. Was war los mit ihr?

»Also, äh, Daisy und ich wollten eigentlich gerade nach Hause, hm, Diva Daisy?«

Daisy sah sie mit einem verwirrten Blick an, als wollte sie sagen: Das war doch überhaupt nicht der Plan, und das weißt du genau!

»Aber wir könnten natürlich auch noch ein wenig bleiben. Es ist ja so ein herrlicher Tag …«

»Ich könnte uns einen Drink machen. Ruby ist immer gut ausgerüstet. Und wir setzen uns damit in die Dünen?«

Sollte sie einem Drink zustimmen? Sie hatten sich ganz zufällig getroffen, und es klang nach einer guten Idee. Bei künftigen Veranstaltungen würden sie ohnehin miteinander umgehen müssen, also war es bestimmt besser, sich freundschaftlich zu stellen. Außerdem war sie sowieso etwas dehydriert von dem Pub-Abend gestern. Was war schon dabei?

»Also gut.«

»Wenn du möchtest, kann ich dir sogar einen Cocktail machen. Es ist fast Mittag, und ich nehme an, dass du nirgendwohin fahren musst, wenn du in der Nähe wohnst.«

»Urgh ...« Der saure Bodensatz des gestrigen Trinkgelages lag ihr noch immer im Magen, ganz zu schweigen von dem prekären Zustand ihres Kopfes. »Vielleicht lieber keinen Alkohol. Ich hatte gestern einen ziemlich heftigen Abend«, gestand sie »... mit meinen Freundinnen.«

»Verstehe. Okay, dann mix ich uns ein paar tolle Mocktails und Säfte, keine Sorge. Aber erst mal mache ich mich jetzt ein bisschen frisch.«

Und damit zog er zuerst sein Sportshirt und dann die Laufschuhe aus, ließ sie auf einem kleinen Haufen zu ihren Füßen liegen und rannte nur in Shorts über den Sand hinunter ans Meer.

Oh! Lucy musste zugeben, dass er einen sehr erfreulichen Anblick bot, als sie zusah, wie er ins seichte Wasser lief und sich dann mit einem sauberen Sprung über die erste große Welle ins offene Meer stürzte. Nun ... das war gewiss eine Methode, sich frisch zu machen.

Sie war sich nicht ganz sicher, ob sie ihn beobachten und auf ihn warten sollte oder langsam über den Sandweg hinaufwandern, zurück zur Straße, wo, wie sie ja wusste, der Camper geparkt war. Aber Jack konnte ja nicht wissen, dass sie es wusste. Also setzte sie sich mit Daisy am Fuß der Dünen hin, nicht weit von Jacks Kleiderhaufen entfernt, und genoss die Aussicht – wobei sie einige Blicke in seine Richtung warf –, bis Jack wieder herangelaufen kam, wobei er sich unterwegs die nassen Haare ausschüttelte. Ihn zu beobachten weckte etwas sehr Grundlegendes in ihr, ein Bedürfnis … ein Verlangen …, das sie schon lange nicht mehr verspürt hatte.

Zum Teufel aber auch! Das war einigermaßen verwirrend und ziemlich unpassend.

Jack joggte den Strand wieder hoch, während die Sonne bereits seine salzige Haut trocknete. Er entdeckte Lucy, die am Fuß der Dünen saß. Sie sah braun gebrannt und hübsch aus in ihrer lässigen Cropped Jeans und einem gelb gepunkteten T-Shirt. Ihr dunkles Haar war locker nach hinten gestrichen und wurde von etwas Gelb-Weißem, Schalartigem dort gehalten, was auf eine Sechzigerjahre-Art süß aussah. Sie lächelte zart, als er sich näherte, und das wärmte ihn innerlich.

Er hob sein T-Shirt auf. Es hatte keinen Sinn, das verschwitzte Ding wieder anzuziehen. »Okay? Bereit für ein kühles Getränk in den Dünen?«

»Ähm … ja.« Sie klang leicht zögerlich. »Klar doch.«

»Super, ich bin ausgedörrt.« Dieser Lauf hatte ihn wirklich dehydriert. Ein großes Glas Wasser und dann ein eiskaltes Bier wären genau das Richtige.

Sie gingen zusammen los, während Daisy mit ihren kurzen Beinen zwischen ihnen entlangstolzierte.

»Ein schöner Ort zum Leben. Das ist ein tolles kleines Dorf«, kommentierte Jack auf dem Weg zurück zum Parkplatz.

»Ja, ich wohne erst seit ein paar Monaten hier, aber es ist perfekt für mich. Der Ort ist so schön, und ich liebe mein kleines Häuschen sehr.« So langsam fühlte sie sich wirklich wie zu Hause. »Und du? Wo wohnst du?« *Er wird doch nicht in dem Camper hausen?*

»Bei einem Freund, in dessen Haus in Glenton, einem Dorf in der Nähe von Alnwick.«

»Oh ja, das kenne ich. Das ist mehr im Landesinneren, oder? Nicht allzu weit entfernt.«

»Ja, ich miete da ein Zimmer. Und manchmal … na ja, ziehe ich es vor, einfach mit dem Camper und meinem Zweimannzelt herumzuziehen. Ich bin nicht so der Typ für vier Wände.«

»Oh, wirklich? Ich glaube, das fände ich seltsam. Ich weiß die Annehmlichkeiten meines Zuhauses schon sehr zu schätzen.«

»Nein, nein, daran ist nichts seltsam. Es ist eine Art Erdung. Mitten in den Bergen unter den Sternen zu sitzen oder aufzuwachen und den Sonnenaufgang über dem Meer zu beobachten. Das ist ziemlich beeindruckend.« Lucy nickte. So gesehen hatte es tatsächlich einen gewissen Reiz.

»Und es ist ja nicht so, als würde ich das ständig machen. Nur wenn ich Lust kriege, wenn ich mal ein oder zwei Tage keine Arbeit habe. Einfach losfahren, irgendwo parken und auf einen Berg klettern, im Meer schwimmen oder in einem See … Die Welt ist ein ziemlich cooler Ort.« Während er sprach, umgab ihn eine Aura jungenhaften Staunens.

Eine Familie mit einem Kleinkind im Schlepptau kam vorbei, beladen mit Eimern und Spaten, Klappstühlen und einer Picknickbox. Der kleine Junge hatte seinen blauen Plastikspaten fallen gelassen, und Jack hob ihn auf und lief ihnen nach. »Hey, kleiner Mann! Hallo!«, rief er.

»Ach, danke schön!« Die Mutter blieb stehen und nahm den Spielzeugspaten von Jack. »Was sagst du zu dem Mann, Archie?«

»Danke fön.« Der Junge und sein Trupp zogen weiter. Strandtage. Sonnige Zeiten. Familienzeiten. Es war schön, das zu sehen. Lucy wurde von einem warmen Gefühl erfüllt.

Bald hatten sie zusammen Ruby erreicht, deren leuchtend roter Lack im Sonnenschein glänzte.

»Gut, gib mir nur ein paar Minuten. Ich ziehe mir ein sauberes T-Shirt an, und dann mache ich dir ein herrlich erfrischendes Getränk.«

»Das klingt gut.«

»Braucht das Höllenhündchen Wasser?«

»Hey, hör auf, sie so zu nennen! Sie ist sonst beleidigt. Und ja, bestimmt möchte sie etwas Wasser.« Jack öffnete die Kabine und kletterte hinein, um kurz darauf mit einer Plastikschüssel Wasser aufzutauchen. Daisy schlabberte los. Danach verschwand Jack für eine weitere Minute, und dann öffnete er die Seitenluke, um mit Lucy plaudern zu können, während er die Getränke zubereitete. Er trug jetzt ein kakifarbenes Shirt mit einem Logo, auf dem *Seize the Day* stand.

»Also, was hätte Madame heute gern? Warte … lass mich nachdenken. Frischen Zitronen- und Limettensaft über zerstoßenem Eis mit Sodawasser und einem Minzzweig?«

»Das würde ich mir gefallen lassen«, entgegnete Lucy und konnte sich ein Grinsen nicht verkneifen.

»Nur habe ich kein Eis parat, tut mir leid. Hier draußen gibt es keinen Stromanschluss. Und ich hatte nicht damit gerechnet, dass ich heute am Strand Cocktails machen würde.«

»Ach, schon gut, dieses Mal kommst du davon.«

»Ich hab ein paar kalte Bier in der Kühltasche. Willst du lieber eins davon?«

»Nein, ist schon in Ordnung. Zitronen-Limetten-Soda ist prima.«

Jack holte zwei Klappstühle aus dem Camper und machte sich daran, Lucys Getränk zuzubereiten. Er schnitt und drückte die grünen und gelben Früchte in ein hohes geschliffenes Glas und goss Sodawasser aus einer Flasche darüber. Dann gab er ein paar frische Minzblätter hinein, die von einer Feier am Abend zuvor übrig geblieben waren, und reichte ihr das Glas, bevor er sich selbst ein kaltes Bier nahm.

»Ich glaube, wir brauchen Meerblick«, schlug er vor. »Den von den Dünen aus vielleicht?«

»Okay.« Nachdem Lucy einen großen, köstlichen Schluck aus ihrem Glas getrunken hatte, um damit ihren Durst zu stillen, nahmen die beiden sich jeder einen Stuhl und ihre Getränke und gingen ein kleines Stück den Weg zurück, während Daisy dicht an Lucys Fersen blieb. Bald bog das Trio in einen Sandweg in den Dünen ein.

Sie stellten die Stühle in eine leichte Senke zwischen die mit Strandhafer bewachsenen Hügel. Dort waren sie vor der Meeresbrise geschützt, konnten aber dennoch das gesamte Panorama der Embleton Bay überblicken. Vor ihnen erstreckte sich der goldene Sand, und ein metallisches Licht glitzerte auf den sanften Sommerwellen der Nordsee. Die Schreie von Dreizehenmöwen und Heringsmöwen waren zu hören und das rhythmische Rauschen der Brandung. Warum hatte Lucy nie daran gedacht, einen Stuhl mitzunehmen und sich mit einem Buch und einem kühlen Getränk hier niederzulassen?

Hmm, an schönen Tagen würde sie das vielleicht von nun an tun.

»Wann bist du denn hierhergezogen?«, fragte Jack, während sie auf das Meer hinausblickten. »So ein cooler Ort.«

»Vor ungefähr vier, nein, vor fünf Monaten.« Die Zeit flog dahin. Gott sei Dank brachte sie Raum und Abstand zwischen sie und Liam und all den Schmerz, der mit dieser Sache verbunden war.

»Wo hast du denn vorher gewohnt?«

»Ähm …« Sie rutschte ein wenig in ihrem Sitz hin und her. »… wir hatten ein Haus in Morpeth, mein Freund und ich. Also … Ex-Freund.« Sie erwähnte nicht, dass sie verlobt gewesen waren. Es gab keinen Grund dazu.

»Oh, sorry, ich wollte nicht neugierig sein. Und, wie ist der Drink?«, wechselte er das Thema, da er ihr Unbehagen spürte.

»Köstlich. Wirklich erfrischend, auch ohne Eis. Und wenigstens bekomme ich so keinen Hirnfrost.«

»Gut.« Er trank einen Schluck von seinem Bier aus der Flasche. »Also, Lucy, was hast du für Träume?«

»Wie … was meinst du?« Lucy war eine Sekunde lang baff. Wer stellte einem denn so eine Frage, wenn er einen kaum kannte? Tja, Jack offensichtlich. Hatte Liam ihr diese Frage überhaupt *jemals* gestellt? Er war einfach davon ausgegangen, dass ihre Träume die gleichen waren wie seine … ein ordentliches Haus, ein tolles Auto, zwei Einkommen in guten, festen Jobs. Tja, das klang kaum nach Träumen, oder? Sie hatte immer noch nicht geantwortet.

»Okay, was wolltest du denn als Kind machen? Wofür hast du gebrannt? Was wolltest du mal werden?«, hakte Jack nach.

Nichts war für sie von besonders brennendem Interesse gewesen, und sie musste laut lachen, bevor sie gestand: »Na ja, ich habe sicher nicht davon geträumt, Buchhalterin zu werden.«

»Das hast du vorher gemacht?« Jack zog eine Augenbraue hoch.

»Na ja, so schlimm war es auch wieder nicht … nur …«

»Langweilig?« Die Augenbraue zuckte höher.

»Genau. Und erdrückend.« Sie musste lächeln, als sie ihm wieder ganz offen antwortete.

»Ha, ich schätze, da kann ich mithalten. Vor Jahren wäre ich um ein Haar Anwalt geworden.«

»Im Ernst?« Lucy konnte sich das überhaupt nicht vorstellen.

»Ja, ich hatte mit der Uni angefangen und alles … aber, Gott, dabei war ich einfach nicht ich selbst. Das hätte mich in den Wahnsinn getrieben. All die dicken Wälzer, die man studieren muss … die Rechtsprechung, und dann ein Leben, gefangen in Gerichtssälen und schicken, stickigen Büros.« Er hielt inne und nahm das wunderschöne Azurblau des Himmels und das Rauschen der Brandung in sich auf. »Meine Eltern sahen das nicht ganz so«, fuhr er fort, »vor allem, weil sie mich im ersten Jahr unterstützt haben …« Er fühlte sich immer noch schlecht, weil er sie enttäuscht hatte, aber immerhin hatte er es geschafft, nach und nach den größten Teil des Geldes zurückzuzahlen.

»Oh, ich nehme an, dass das nicht billig war … Nun ja, mein Vater kann immer noch nicht verstehen, warum ich meinen Job als Buchhalterin aufgegeben habe.«

»Autsch.«

»Ja, es ist, als wollte jeder nur das Beste für einen … nur vielleicht ist es das eben nicht«, sprudelte es jetzt aus Lucy heraus.

Jack nickte nachdenklich. »Jedenfalls hast du noch immer nicht gesagt, wovon du eigentlich geträumt hast«, entgegnete er.

»Ach …« Sie lächelte und dachte an früher. »Ich habe meine Puppen immer Restaurant spielen lassen. Und ich habe mir immer vorgestellt, mein eigenes hübsches Lokal mit Blick aufs Meer zu haben … irgendwo an einem schönen Strand. Wo die Leute gern hinkommen, um zu essen und … na ja, es sich einfach gut gehen zu lassen. Ich glaube, einige von Papas Träumen müssen auf mich abgefärbt haben.« Sie hielt inne. Wann hatte sie aufgehört, sich das vorzustellen?

Wie groß ihre Träume waren und wie klein ihr Leben. Die Worte huschten beschwörend in ihrem Kopf herum. Hatte sie das irgendwo in einem Buch gelesen?

»Na, dann bist du ja fast am Ziel, oder?«, unterbrach Jack ihre Gedanken.

Lucy zog die Stirn kraus, nicht sicher, worauf er hinauswollte. War das sarkastisch gemeint?

»Na, mit deiner Pizza im Pferdeanhänger … Du kannst an allen möglichen tollen Orten halten, bei Veranstaltungen stehen, die direkt am Meer stattfinden. Du bist nicht an einen einzigen Platz gebunden. Und, hey, du servierst bereits ganz fantastisches Essen. Du lebst doch dieses Leben, Luce. Na ja, zumindest beinahe …« Er lächelte verhalten.

Wow, er ließ sie plötzlich alles ganz anders sehen. »Na ja, wenn man es so formuliert …« Aber ihr vernünftiges Ich erinnerte sie daran, dass sie noch einen langen Weg vor sich hatte. Ihr Geschäft war gerade erst im Entstehen begriffen. *Aber was soll's – wie hieß es noch? Nach vorn und nach oben und so weiter …*

»Mach einfach weiter so, Lucy. Du schaffst das. Wirklich.« Jack schenkte ihr ein aufmunterndes Lächeln. »Aber jetzt sollten wir uns erst einmal zurücklehnen und den Sonnenschein und diese herrliche Aussicht genießen.«

»Genau.« Das klang perfekt – Zeit, sich ihre Ängste um das Geschäft von der Meeresbrise wegblasen zu lassen, zumindest für eine kurze Zeit.

Daisy hatte sich unter Lucys Stuhl verzogen, um das kleine schattige Plätzchen dort auszukosten. Bald schon schnarchte sie. »Hörst du das?«, fragte Lucy und lächelte.

»Dieses rumpelnde Geräusch? Ja. Ich wollte es nicht erwähnen. Ich dachte, du hättest vielleicht Probleme mit Blähungen.«

»Oh, halt die Klappe, du. Es ist Daisy. Sie schnarcht.«

»Ja, ja, klar. Praktisch, einen Hund als Sündenbock zu haben, wie?« Er zog verschmitzt die Brauen hoch.

Sie schlug mit einer Hand nach ihm, und ihr Stuhl verlor den Halt auf dem weichen Sand und kippte gefährlich zur Seite … auf Jack zu. Er streckte den Arm aus und verhinderte, dass ihr Stuhl umkippte, wobei sie seine angespannten Unterarmmuskeln direkt neben sich sah. Dann schob er sie zurück in die Senkrechte und lachte laut. »Siehst du wohl, was für eine verdammte Bürde dieser Hund ist? Wo er auch auftaucht, macht er Ärger.«

Lucy konnte sich ein Kichern nicht verkneifen.

Da bemerkte Jack ihr fast leeres Glas. »Na, das hast du aber schnell runtergestürzt«, flachste er. »Gut, dass es kein echter Cocktail war. Möchtest du noch einen?«

»Hm … na ja, ich hatte halt Durst, aber …«

»Schon gut, ich geh schnell noch mal zu Ruby, was holen. Vielleicht bring ich mir auch noch ein Bier mit. Ich muss ja heute eh nirgendwo mehr hin.«

Lucy dachte daran, dass sie auch nichts Dringendes vorhatte. Wahrscheinlich schadete es nicht, auf noch ein Getränk zu bleiben. »Ja gut. Danke dir.«

»Möchtest du diesmal einen richtigen Cocktail? Ich nehme an, du gehst später nur noch nach Hause und brauchst nicht mehr zu fahren?«

Ihr Kopf fühlte sich jetzt wirklich schon viel besser an. Ein Drink wäre eigentlich ganz schön. »Ich brauche sonst nirgendwo mehr hin. Also mach ruhig.«

»Irgendwelche Favoriten? Gin, Wodka oder eine Überraschung?«

»Nichts zu Heftiges oder Süßes, aber sonst kannst du was für mich aussuchen.«

»Ein Sommertag-am-Strand-Getränk. Das kriegst du. Bin gleich wieder da.«

Er stand auf und trank den letzten Schluck aus seiner Bierflasche. »Ich bringe auch noch Wasser für das Höllenhündchen mit. Sie scheint es da unten ein bisschen sehr warm zu haben.«

Lucy sah Jack mit schief gelegtem Kopf an, als müsse sie ihn mit neuen Augen betrachten. Vielleicht hat er tatsächlich auch eine richtig nette Seite, dachte sie. Hier schien er ganz anders zu sein als der draufgängerische Barmann, den sie bei den Veranstaltungen erlebt hatte. Irgendwie weicher, nachdenklicher. Mehr wie der ruhigere Mann, den sie gesehen hatte, als sie sich vor der Karussellfahrt am Abend unterhalten hatten. Lucy saß da und schaute aufs Meer hinaus, während die Brise ihre Haut streichelte. Die Sonnenwärme machte sie ein wenig schläfrig. Offenbar hatte das auch auf Daisy abgefärbt, denn sie schnarchte wieder unter ihrem Sitz. Lucy empfand große Dankbarkeit – dafür, dass sie so nah an alldem hier lebte, an dieser herrlichen Küste von Northumberland, und … für die heutige Gesellschaft.

Fünfzehn Minuten später erschien Jack mit einem »Cocktailglas« in der Hand – in Wirklichkeit war es ein Blechbecher. Er war eiskalt und beschlagen, als er ihn ihr überreichte.

»Ich konnte ein bisschen Eis aus der Dorfkneipe mitgehen lassen«, erklärte er. »Genial!«

»Oh, was ist das denn?«

»Probier es erst und sag mir, was du schmeckst.«

»O-kay.« Sie schnupperte an dem frischen, wohlriechenden Getränk. Dann nahm sie einen vorsichtigen, köstlichen Schluck.

Da waren Ingwer und Minze und ein leichtes Sprudeln. Limette.

»Wow, das ist spritzig und sehr gut. Ingwer-, Limetten- und Minzgeschmack.«

»Ja, du hast es erfasst. Ein Morpeth Mule … meine Version eines Moscow Mule, mit Minze aus dem Garten meiner Eltern und regionalem Fentiman's Ginger Beer. Ich hab ihn aber nicht zu stark gemacht.«

Für sie schmeckte er stark genug! »Na ja, er kickt auf jeden Fall, so wie er ist. Das ist herrlich.« Sie nahm noch einen langen Schluck. »Ich liebe ihn. So etwas habe ich noch nie probiert.«

»Dachte mir schon, dass er dir schmeckt.« Er sah zufrieden mit sich selbst aus.

Für sich selbst hatte er eine neue Flasche Bier geholt und hob sie in Lucys Richtung. »Prost! Keine Sorge, das hier ist alkoholfrei. Ich fahre Ruby nicht, wenn ich trinke.«

Dann war er also doch nicht ganz so draufgängerisch. Sie war froh, dass er auch eine vorsichtige Seite an sich hatte.

Sie machten es sich auf ihren Plätzen mit Meerblick gemütlich, die Getränke neben sich.

»Also, neulich erwähntest du deinen italienischen Großvater. Hast du einen exotischen italienischen Nachnamen?«

»Mein Opa hatte einen.« Sie lächelte bei der Erinnerung. »Aber nein, es tut mir leid, dich zu enttäuschen, doch meiner ist ganz schlicht ›Brown‹. Lucy Brown. Papa war ja der Vater meiner Mutter – er war ein ›Romano‹. Das klingt doch sehr glamourös, nicht wahr?«

»Lucy Romano … Den Namen könntest du für dein Pizzaunternehmen verwenden. Gourmet-Pizza von Lucy Romano«, sagte er mit italienischem Akzent und rollte die Worte über der Zunge.

»Ach nein, ich denke, dass ›Papa‹ dafür schon ausreicht. Wie auch immer, was ist mit dir?«

Er zog eine Augenbraue hoch.

»Dein Nachname?«

»Ah … Anderson, Jack Anderson. Auch irgendwie normal.«

»Klingt doch gut. Und ›Jack's Cocktail-Camper‹ – das ist echt klangvoll. Guter Name. Also, wann hat das alles angefangen … und wie?«

Jack hielt inne und bekam einen leicht abwesenden Blick, als er zurückzudenken schien. »Mein lieber Schwan, das ist jetzt schon etwa vier Jahre her. Ich musste ausbrechen und etwas anderes machen. Bin ein bisschen herumgereist, nachdem ich die Uni geschmissen hatte, und habe in einigen Bars gejobbt. In Vietnam gab es diese tolle Cocktailbar am Strand, die mir irgendwie im Gedächtnis geblieben ist. Der Barkeeper, Sammy, war so ein cooler Typ. Ich habe ein paar super Tipps bekommen und allein dadurch Erfahrungen gesammelt, indem ich ihm nur zugesehen habe.« Er lächelte, als er sich daran erinnerte. »Dann kam ich zurück nach Großbritannien und nahm ein paar Gelegenheitsjobs an – in Restaurants, Bars und dergleichen – und hab alles Mögliche dazugelernt. Das war wohl so was wie meine

Lehrzeit. Sogar einen Mix-Kurs habe ich mitgemacht, das war ein Riesenspaß. Am Ende war ich Manager im Gatehouse Bistro in Alnwick. Und mit der Zeit wurde mir klar, dass ich etwas für mich tun wollte – mein eigenes Geschäft aufbauen. Etwa zur selben Zeit besuchte ich ein Festival in Leeds, und da waren alle möglichen mobilen Essens- und Getränkewagen zu finden, aber hier in der Gegend gab es damals nichts Vergleichbares. Ich habe das Potenzial gesehen …« Er trank einen Schluck Lagerbier. »… und dann entdeckte ich Ruby in einer Anzeige unter ›Sales and Wants‹ – sie war allerdings ein ziemliches Wrack, als ich sie mir angesehen habe. Aber für mich war das einfach. Beides zusammen wäre die ideale Kombi, das wusste ich. Ich musste sie einfach kaufen und es ausprobieren. Der Rest ist, wie man so schön sagt, Geschichte.«

»Wow, und du hast Erfolg damit?«

»Ja, mir geht es finanziell gut, und darüber hinaus liebe ich diese Art zu leben, die Freiheit, die sie mir gibt. Ich fühle mich nie eingeengt.«

Lucy nickte. Es war eine andere Art zu arbeiten und zu leben, das hatte sie bereits gemerkt. Die Ungewissheit war immer da, aber die Sache hatte zweifellos auch ihre guten Seiten. Nicht an einen Schreibtisch oder ein Büro oder einen mürrischen Chef gebunden zu sein war ein wesentlicher Pluspunkt.

Die nächste Stunde verging wie im Flug. Sie unterhielten sich angeregt über alles Mögliche. Der Morpeth Mule war schon lange ausgetrunken, aber der Geschmack war noch da. Lucy warf einen Blick auf ihre Uhr. Himmel! Es war schon fast 4 Uhr nachmittags! Wo war der Tag geblieben?

»Das war toll, Jack. Ich danke dir. Ich bin so froh, dass wir uns über den Weg gelaufen sind.«

»Ja, ich auch.« Er schenkte ihr ein breites Lächeln.

Sie konnte auf seinem Nasenrücken ein paar Sommersprossen sehen. Seine Haut hatte bereits eine goldene Bräune, und sein Haar kam ihr blonder vor, als sie es in Erinnerung hatte. Wahrscheinlich lag das an der Sommersonne. Er sah aus wie ein typischer Surfer, so ein Outdoor-Typ.

Sie merkte, dass sie ihn angestarrt hatte. Er starrte sie ebenfalls an.

»Ja gut«, verkündete sie, stand schnell auf und spürte, wie der Alkohol sich bemerkbar machte und sie sich leicht berauscht fühlte. Lucy gab Daisy einen sanften Schubs, der sie aus ihrem Sonntagnachmittagsschlaf weckte.

»Ich glaube, ich mache mich besser wieder auf den Weg.« Jack erhob sich und nahm seine Flasche vom Boden auf. »Hinterlasst nichts als Fußspuren«, sagte er.

»Ganz genau.«

Sie erreichten den Camper, und Jack lud die Stühle hinein und griff dann nach Lucys leerem Blechbecher, den sie mitgenommen hatte. Dabei berührten sich ihre Fingerspitzen, was ihr einen überraschenden Stromstoß versetzte.

»Sie ist eine echte Schönheit«, sagte Lucy und wandte schnell den Blick von ihm ab, um das glänzende Äußere des alten Campers zu bewundern.

»Das ist sie in der Tat.« Jack strahlte vor Stolz.

»Hey, willst du eine Mitfahrgelegenheit? Für eine kleine Fahrt an der Küste entlang?«

»Ähm …«

Lucy musste zugeben, dass sie neugierig war. Ruby, der Camper, sah immer so wunderbar aus. Sie hätte sie schon gern einmal ausprobiert.

»Okay – warum nicht? Nur eine kleine Runde. Ich habe schon viel zu viel von deiner Zeit in Anspruch genommen.«

»Ach was, das ist kein Problem. Ich liebe es, mein Mädchen vorzuführen.« Damit schwang er die Beifahrertür für Lucy auf, die erst jetzt bemerkte, dass diese sich auf der falschen Seite befand.

»Ein klassischer Linkslenker. Ruby hat deutsche Wurzeln, weißt du, du bist nicht die Einzige mit exotischer Herkunft.« Er grinste. »Hüpf rein.«

Ruby sprang mit einem Tuckern an und schnurrte dann sanft. Sie fuhren auf der Küstenstraße los, bogen für eine Spritztour ins Landesinnere ab und nahmen dann wieder die Route Richtung Meer. Es ging auf den schmalen Landstraßen vorbei an Feldern mit zartgolden getöntem Getreide, das sich in der leichten Brise wiegte. Ab und zu schimmerte das Blau des Meeres durch eine Lücke in einer der vielen Hecken.

»Es ist das originale Armaturenbrett und alles«, erklärte Jack stolz, als Lucy die drei runden Anzeigen vor ihnen betrachtete. »Allerdings bedeutet das, dass es keine Annehmlichkeiten wie eine Klimaanlage gibt.«

»Ach, das macht doch nichts.«

Es wurde allerdings tatsächlich ein bisschen warm im Auto.

»Es funktioniert also nur auf die gute alte Art«, verkündete er. »Fenster runterkurbeln.«

Lucy kicherte, als sie an dem traditionellen Plastikgriff drehte. Ein Luftzug wehte durch die Kabine und wirbelte ihr die Haare wild durcheinander. Sogar Daisy, die auf Lucys Schoß saß, flatterten die Ohren.

»So, let the good times roll!«, rief Jack über das Trommeln des Windes und das Tuckern des Motors hinweg.

Und es fühlte sich an wie Sommer … und Meer … und Spaß. Alle Sorgen der Welt verblassten. Nur das Hier und Jetzt zählte.

Es dauerte nicht lange, bis sie in das kleine Küstendorf Newton-by-the-Sea kamen und langsamer wurden, als sie die Hügelkuppe erreichten. Von dort aus hatte man einen atemberaubenden Blick auf die Bucht und die zerklüfteten Ruinen von Dunstanburgh Castle.

»Wow, das sieht ja großartig aus heute« war alles, was Lucy zustande brachte.

»Wunderschön, nicht wahr?«

Sie genossen beide die Aussicht, während Jack das Tempo weiter drosselte und langsam bergab fuhr. Die Straße endete hier an einer Ansammlung von weiß getünchten Fischerhütten, die zu Ferienhäusern und gemütlichen Wohnungen umgebaut waren. Das *Ship Inn*, ganz aus altem Stein und Zentrum vieler Seefahrergeschichten, schmiegte sich in eine Ecke. »Danke … dass du mir Ruby gezeigt hast … und dass du mich hierhergebracht hast«, flüsterte Lucy und konnte ihren Blick kaum von der atemberaubenden Szenerie losreißen. Es war nur ein kleiner Ausflug, nicht einmal weit von ihrem Cottage entfernt, und doch war es etwas ganz Besonderes. Lucy hatte das Gefühl, freigelassen worden zu sein.

»Sehr gern«, antwortete Jack und grinste.

»Ich schätze, wir müssen zurückfahren.«

»Ja, sonst blockiere ich die Einfahrt zu den Häusern.«

Auf dem Rückweg kamen sie irgendwie ins Singen. Jack hatte sich dafür entschuldigt, dass es kein Radio gab, und zunächst Bryan Adams' *Summer of 69* angestimmt, mit Gitarrengeräuschen und allem Drum und Dran. Nach ungefähr der Hälfte war Lucy so weit gewesen, dass sie mitsang. Ihre gemeinsame

Vorliebe für Softrock war offensichtlich, denn beide kannten den Text auswendig. Hecken rauschten vorbei, der Wind wehte durch ihre Haare, die Sonne schien zur Windschutzscheibe herein … Sie konnte sich nicht erinnern, wann sie sich das letzte Mal so lebendig gefühlt hatte.

Als sie zehn Minuten später in ihr Dorf zurückkehrten, parkte Jack genau an der Stelle, wo Ruby zuvor gestanden hatte.

»Ja … also, danke für die Fahrt, das war wundervoll. Und für die Drinks vorhin. Ich werde auf jeden Fall mal wieder einen von diesen Morpeth Mules trinken.«

»Es war mir ein Vergnügen. Und vergiss nicht, bei unserer nächsten Veranstaltung den Gästen zu sagen, wie gut diese Cocktails schmecken. Und ich erzähle natürlich auch allen von deiner fantastischen Pizza. Wie heißt dein Geschäft noch mal, *Feuer und …*«

»*Flamme.* Ja, genau.«

»Okay, dann werde ich sicher ein paar zusätzliche Aufträge für dich an Land ziehen. Wenn ich Anfragen bekomme, höre ich nach, ob man außer der Cocktailbar auch Essensstände sucht.«

Es fühlte sich gut an, seine Unterstützung zu haben. »Danke, Jack. Ich weiß das sehr zu schätzen.«

Es herrschte einen Moment lang Schweigen, etwas seltsam, so als wäre keiner von ihnen beiden so recht bereit zu gehen. Vielleicht lag es daran, dass es ein so schöner Nachmittag gewesen war, mit der Fahrt und allem … Eine kleine, dringend benötigte Auszeit. Oder vielleicht war der Morpeth Mule doch stärker gewesen, als sie gedacht hatte. Hmm, die Tatsache, dass sie seit ihrem Schinkensandwich um 10 Uhr morgens nichts mehr gegessen hatte, spielte vielleicht auch hinein.

»Okay … ja dann werde ich mal die Gasse hinaufgehen. Zu Hause warten ein paar Dinge darauf, dass ich sie erledige. Von hier aus sind es nur fünf Minuten bis zum Cottage. Na komm, Daisy.« Lucy wandte sich zum Gehen.

»Dann begleite ich dich noch.« Es war also keine Einbildung gewesen – auch Jack wollte sich anscheinend noch nicht verabschieden.

Na ja, da konnte sie kaum Nein sagen, oder? Aber trotz der Auswirkungen eines nachmittäglichen Cocktails auf einen fast leeren Magen und obwohl sie viel Spaß gehabt hatte, würde Lucy ihn nicht hereinbitten. Sie wusste es schließlich besser. Das Flattern in ihrem Bauch zuvor, als sie ihn, sehr männlich und muskulös, aus dem Meer hatte steigen sehen, war dummerweise wieder da. Verdammt, wohin führten ihre Gedanken sie heute bloß? Sie beide kannten sich doch kaum. Es war alles Beckys Schuld, die ihr gestern Abend gesagt hatte, sie solle sich wieder in den Sattel schwingen. Das hatte ihr extrem gefährliche Bilder in den Kopf gesetzt.

Jack wusste nicht recht, warum er gesagt hatte, dass er sie nach Hause begleiten wolle. Wahrscheinlich hatte er einfach den Nachmittag und ihre Gesellschaft so genossen. Und er hatte keine Lust, zu früh in seiner Unterkunft aufzutauchen. Sonntags hatten Matt und Jess oft ihre gemeinsame Zeit. Er war nicht scharf darauf, im Haus festzusitzen, wenn die beiden dort herumturtelten. Okay, es war nun mal Matts Haus, und er wusste es zu schätzen, dass er dort wohnen konnte. Sie konnten machen, was sie wollten, aber er musste schließlich nicht alles mitbekommen.

Vielleicht würde er seinen Eltern noch einen kurzen Besuch abstatten. Sie mochten das. Und dort gab es auch immer etwas zu essen für ihn. Seine Mutter war eine gute Köchin, und er wusste, dass er immer willkommen war. Ganz sicher kochte sie immer noch für drei oder vier Personen, nur für den Fall der Fälle …

Doch jetzt wollte er erst mal den Spaziergang mit dieser attraktiven, interessanten Frau an einem sonnigen Tag genießen. Sie war heute gar nicht so kalt und hochmütig, wie sie sich sonst gern gab. Daisy trottete zwischen den beiden her, als sie die schmale Straße hinaufgingen.

»Es war ein schöner Tag. Tolles Wetter«, sagte Lucy etwas angespannt, während sie nebeneinanderher spazierten, und flüchtete sich in den sicheren Small-Talk-Bereich.

»Ja, man muss das Beste aus Tagen wie diesen machen. An einem Tag Sonne, am nächsten Regen. Das gute alte englische Wetter.«

»Da hast du recht. Und in Northumberland kann man alle vier Jahreszeiten an einem Tag erleben.«

»Oh ja, absolut.«

»Und, hast du demnächst irgendwelche Buchungen?«, fragte Lucy.

»Der nächste Termin ist Mittwochabend, und am Freitag ist eine Geburtstagsfeier. Oh, und am Samstag gibt es eine Hochzeit in der Nähe von Rothbury. Du?«

»Nur wieder der Donnerstagsmarkt in Alnwick, dann nichts mehr bis Samstag in einer Woche.« Lucy spürte einen kleinen Stich der Enttäuschung. »Ich glaube, ich werde mich von Bohnen auf Toast ernähren, wenn es so weitergeht«, scherzte sie und lächelte, aber Jack verstand, dass in ihren Worten auch ein Stück echte Angst mitschwang. Lucy atmete mit einem kleinen ängstlichen Seufzer aus.

Jack nahm ihre Hand und drückte sie ermutigend.

Lucy warf ihm einen Seitenblick zu. Ihre Hände trennten sich schnell wieder, und bald waren sie oben auf dem kleinen Hügel, wo das Dorf mit der ersten Reihe von Häusern und dem Pub »The Oyster Catcher« an der Ecke begann. Sie bogen in eine weitere Straße ein, und Lucy blieb an deren Ende stehen. »So, da wären wir.«

Jack stand vor einer blassgrau gestrichenen Tür in einem honigfarbenen Cottage am Ende der Reihe. Es war klein, aber anheimelnd. Es passte zu ihr.

»Gut …«, stieß er aus und fühlte sich plötzlich ein wenig unbehaglich. Er hatte keinerlei Hintergedanken gehabt, als er anbot, sie nach Hause zu begleiten, ja, er wusste nicht mal mehr, weshalb er es getan hatte. Es war ja auch nicht so, als wäre es spät in der Nacht, wo sie vielleicht eine Begleitperson gebraucht hätte. »Also, es war ein toller Nachmittag«, sagte er.

»Das stimmt. Nochmals vielen Dank.« Ein sonniges Lächeln erhellte ihr Gesicht.

Das war's also. Zeit zu gehen.

»Dann bis demnächst. Man sieht sich«, sagte sie beiläufig, aber sie sah ihn immer noch mit diesen dunkelbraunen, nachdenklichen Augen an.

Ach, verdammt noch mal! Plötzlich überwältigte ihn der Drang, sie zu küssen.

Bevor er Zeit hatte, einen klaren Gedanken zu fassen – *vielleicht keine gute Idee; nur Freunde; wir müssen zusammenarbeiten* und so weiter und so fort –, beugte Jack sich vor, um ihr einen Kuss auf ihre üppigen Lippen zu geben.

In diesem Moment zerrte Daisy an der Leine, weil sie ungeduldig darauf wartete, ins Haus zu kommen, und mit einem Ruck wurden sie auseinandergerissen.

»Oh …«, war alles, was Lucy sagen konnte, als sie zurücktrat, ein wenig verwirrt über das, was sich gerade abgespielt hatte. »Okay, Daisy, jetzt geht's nach Hause.« Sie tastete in ihrer Jeanstasche nach dem Hausschlüssel und konnte Jack kaum ansehen. »Ähm, ja … tschüss dann, Jack.«

»Tschüss.« Er sah zu, wie sie nach drinnen flüchtete. Zumindest sah es so aus, als könne sie gar nicht schnell genug im Haus verschwinden.

Ffft, verdammter Hund! Oder aber – nur vielleicht – war er gerade noch rechtzeitig davongekommen.

Er warf einen letzten Blick auf das Häuschen und machte sich dann auf den Weg zu Ruby zurück. Was für ein herrlicher, überraschender, verwirrender Tag das gewesen war. Und er ertappte sich bei der Hoffnung, das alles noch einmal zu erleben. Jede einzelne Emotion. Bald.

16. Kapitel

Was sollte das alles? Hatte Jack Anderson sie wirklich küssen wollen? Wow, es war das erste Mal seit fast zwei Jahren, dass jemand auch nur in die Nähe ihrer Lippen gekommen war. Hätte sie das gewollt, oder wäre sie auch ohne Daisys rechtzeitiges Eingreifen einen Schritt zurückgetreten? Zwei Stunden später dachte Lucy immer noch an die Aussicht auf einen Kuss. Jacks Kuss. Wie hätte er sich wohl angefühlt? Sein goldgebräuntes Gesicht kam ihr wieder in den Sinn. Sein Lächeln. Das strohblonde Haar, der etwas zu lange Pony. Er sah unbestreitbar gut aus.

Wie er sie mit seinen intensiven blaugrauen Augen angesehen hatte … Die Farben von Schiefer und Himmel. Es war einfach ein so herrlich unbeschwerter und unerwarteter Nachmittag gewesen. Eines dieser Ereignisse, an die man sich noch lange Zeit erinnerte. Sie spürte, wie gespannt die Haut auf ihren Wangen von der Sommersonne war. Zweifellos war sie gerötet, und sie musste mit einem Schwall frischer Sommersprossen auf dem Nasenrücken rechnen. Der Geschmack von Wodka und Ingwer und die salzige Seeluft …

Was, wenn Daisy sie nicht auseinandergerissen hätte? Wäre

es ein zärtliches Streicheln auf den Lippen gewesen … oder ein richtiger Knutschkuss?

Der Klingelton ihres Handys riss sie aus ihrer Träumerei. Sie warf einen Blick aufs Display: Becky. Ah, gut, das würde sie wieder auf den Boden der Tatsachen zurückholen.

Sie meldete sich: »Hi, Becks.«

»Hey, Süße. War eine lustige Nacht gestern, was? Wie geht's dir jetzt? Ich fühle mich den ganzen Tag schon richtig mies!«

»Och, mir geht's gut. Ich war draußen am Strand und hab frische Luft geschnappt. Das hat richtig gutgetan.« Die Gedanken an Jack überschlugen sich, und ihre Mundwinkel verzogen sich zu einem Lächeln, als sie weitersprach.

»In Wahrheit …«, sagte sie und hielt unsicher inne, »ähm … habe ich diesen Cocktailbar-Typen getroffen. Am Strand. Ganz zufällig«, stellte sie klar.

»Oh, das klingt interessant. Du meinst den, auf den du überhaupt nicht stehst, von dem du mir aber immer wieder erzählst?«

»Ich nehme an, das ist er, ja.« Sie grinste.

»Und?« Es gab eine weitere Pause, während Lucy überlegte, wie sie den Beinahe-Kuss erwähnen sollte.

»Na los, erzähl mir, dass du wilden Sex in den Sanddünen hattest oder so.«

Ein Beinahe-Kuss auf ihrer Türschwelle klang im Vergleich dazu eher zahm. »Nein, nicht ganz. Nur, na ja … wir haben uns eine Weile unterhalten, in den Dünen gesessen … Dann hat er mich zurückgebracht, und … ich glaube, er wollte mich küssen.«

»Was meinst du mit ›wollte‹? Entweder er hat es getan oder nicht.«

»Hat er nicht«, gestand Lucy. »Aber Daisy hat uns im entscheidenden Moment auseinandergerissen. Also werde ich es jetzt nie erfahren, oder?« Sie stöhnte gespielt auf.

»Das ist wieder typisch für dich, Luce. Und Daisy – was für ein böses Ding, dass sie dir so den Spaß verdirbt. Was tust du jetzt dagegen?«

»Was meinst du? Ich denke, da gibt es nicht viel tun.«

»Doch, natürlich! Ein Date vereinbaren, euch verabreden. Ich weiß, dass du ihn magst. Da ist ein Funke, ganz sicher.«

»Oh, da bin ich mir nicht so sicher. Ein spontaner Kuss ist eine Sache, aber sich offiziell zu verabreden, das würde ihm die falschen Signale senden. Nein, so was mach ich nicht.« Sie dachte an all seine Flirts und Schmeicheleien mit den vielen Frauen, wenn er hinter der Bar stand. Wahrscheinlich war er nicht einmal der Typ für Dates. Vielleicht hatte sie bei diesem Kuss sowieso alles falsch verstanden, die Signale missgedeutet. Wie peinlich wäre das denn?

Becky hatte ihr trotz allem geholfen, das Ganze wieder ins rechte Licht zu rücken. Auf keinen Fall wollte Lucy die Sache noch weitertreiben. Es war einfach ein ganz besonderer Nachmittag gewesen, nicht mehr und nicht weniger. Ein paar gestohlene Stunden, an die sie denken und die sie im Stillen genießen konnte.

»Wie geht es eigentlich deinem Kopf?«, lenkte Lucy gekonnt ab.

»Ach, nicht übel. Nichts, was ein paar Tabletten nicht beheben könnten. Allerdings hat mich Darren heute Nachmittag in den Baumarkt geschleppt, um Farbe und neue Regale für das zweite Zimmer zu besorgen. Normalerweise wäre ich richtig scharf darauf gewesen, wo er sich endlich mal dazu durchgerungen hat, das Zimmer zu renovieren, aber ausgerechnet heute …«

Lucy kicherte. Zurück ins wirkliche Leben. Sicherer Boden. Keine albernen Tagträume von Barkeepern und Sommerküssen. Das ganze romantische Zeug würde sie sich für ihre Bücher aufheben.

17. KAPITEL

Zurück in seinem Zimmer, dachte auch Jack über den Tag nach. Es war lange her, dass er so entspannt mit einer Frau Zeit verbracht hatte. Es hatte keine Bedingungen gegeben, keine Erwartungen, einfach die Gelegenheit, zu plaudern und zu entspannen, während sie sich ein wenig besser kennenlernten. Er hatte ihre Gesellschaft wirklich genossen, und sie war auch verdammt hübsch mit ihrem dunklen, geschmeidigen Haar und den gefühlvollen braunen Augen. Sie hatten sich gut unterhalten, ja, aber er wusste instinktiv, dass in dieser Frau noch viel mehr steckte. Sie ließ sich nicht in die Karten blicken, was ihre Vergangenheit, ihre Gefühle und ihr wahres Ich betraf. Aber das machte ihn umso neugieriger.

Sein dummer Kussversuch war ihm noch immer ein wenig peinlich, und er fragte sich, was wohl passiert wäre, wenn dieser verdammte Hund Lucy nicht weggezogen hätte? Dieser eifersüchtige kleine Köter! Aber vielleicht war es auch besser so. Vielleicht hätte es die Sache nur noch komplizierter gemacht. Es war ja nicht so, dass er mehr von ihr gewollt hätte.

Vielleicht würde er sie in den nächsten Wochen bei einem Event wiedersehen. Er hoffte, dass ihr kleines Unternehmen bald richtig anlaufen und aufblühen würde. Das hatte sie sich verdient. Sie war ehrgeizig und tüchtig.

Jack seufzte und ging zu seinem Laptop. Keine Ruhe für die Gottlosen. Er wollte seine Social-Media-Business-Seiten aufpeppen. Bei der letzten Veranstaltung hatte er ein paar Fotos von Ruby in voller Pracht geschossen und ein paar Nahaufnahmen von sommerlichen Cocktails, die er auf seinen Instagram- und Facebook-Seiten posten wollte. Er hatte einige großartige Supporter im Internet und mochte den Chat und das Geplänkel. Das hatte auch dazu beigetragen, dass *Jack's Cocktail-Camper* dort gut sichtbar geworden war.

Später machte er ein paar Anrufe, um die Buchungen für diese Woche zu bestätigen – als professionelle und freundliche Geste. Er überprüfte gern Zeitpläne und Details und gab den Kunden so auch die Möglichkeit, noch kurzfristig Wünsche zu äußern. Nur ein einziges Mal war er enttäuscht worden, als ein Veranstalter nicht nur völlig vergessen hatte, dass er ihn gebucht hatte, sondern aufgrund von Planänderungen auch keine Gäste eingeladen waren. So unbedarft, wie Jack damals gewesen war, hatte er vorher nicht einmal eine Anzahlung genommen. Aber er hatte aus diesem Fehler gelernt.

»Hallo, hier ist Jack von *Jack's Cocktail-Camper*«, sagte er munter, als er bezüglich einer Party zum vierzigsten Geburtstag nachhakte. »Spreche ich mit Nikki?«

»Hallo. Ja, ja, ich bin's.«

»Hi, ich habe bei Ihnen eine Buchung für diesen Freitagabend, darum wollte ich nur kurz noch mal die Zeiten checken und alle Details und Last-minute-Wünsche besprechen.«

»Oh, hi, Jack, danke für Ihren Anruf. Gott sei Dank können Sie.« Die Stimme am anderen Ende der Leitung klang ziemlich gestresst.

»Ja, natürlich. Warum, gibt es Probleme?«

»Na, das kann man wohl sagen«, schnaubte sie. »Vorhin kam ein Anruf von dem Caterer, der das Büfett machen sollte. Er hatte einen Verdachtsfall auf Colibakterien. Jetzt müssen sie für ein paar Wochen schließen und erst mal alles komplett desinfizieren. Ich habe heute schon wie verrückt herumtelefoniert und versucht, einen anderen Caterer zu organisieren, aber ohne Erfolg. Wo soll ich nur jetzt auf den letzten Drücker jemanden finden, der noch nicht ausgebucht ist?«

»Also wenn das so ist …« Da war sie, Lucys Chance. Jack war sich sicher, dass sie sich der Herausforderung stellen würde. »Da könnte ich vielleicht helfen.«

»Wirklich?« Die Frau klang erleichtert und ein wenig überrascht.

»Ja, ich habe eine Freundin, die gerade ihren eigenen Pizzastand eröffnet hat. Eine Pizzeria im Pferdeanhänger. Der sieht wirklich umwerfend aus. Im urigen Vintage-Look. Also, wie wäre es mit wirklich fantastischer Pizza? Qualitativ hochwertig, hausgemacht, im Steinofen gebacken und einfach köstlich. Ich habe sie probiert und kann definitiv für sie bürgen.« Er legte sich richtig ins Zeug.

»Hm, Pizza wäre ein guter Anfang, aber ich brauche schon ein bisschen mehr Abwechslung. Ich hatte bei dieser Catering-Firma ein komplettes Büfett gebucht: Vorspeisen, Salate, Nachtisch, alles Mögliche.«

»Na ja, ich bin sicher, dass sie das gern machen würde. Sie bietet Knoblauchbrote an und sicher auch Salate. Wegen Desserts kann ich sie fragen.« Er wusste, dass er sich hier sehr weit aus dem Fenster lehnte, aber Lucy hatte gesagt, dass sie dringend mehr Buchungen brauchte. Selbst wenn sie nur ein paar gute Puddings im Supermarkt um die Ecke kaufte, konnte es klappen. Hier musste er einfach schnell reagieren.

»Das hört sich interessant an.«

»Gut, ich telefoniere mit ihr. Und wenn sie dazu bereit wäre, wovon ich ziemlich sicher ausgehe, darf ich ihr dann Ihre Nummer geben? Ich sorge dafür, dass sie Sie so bald wie möglich anruft. Machen Sie sich keine Sorgen.«

»Oh Jack, Sie wären mein Lebensretter, oder zumindest mein Partyretter. Ich habe mir schon vorgestellt, wie ich selbst versuche, sechzig Leute zu bewirten. Dabei soll das ja eine Überraschung werden. Wenn ich da den ganzen Tag am Herd stehe und koche, wäre das schon ein bisschen auffällig.«

»Keine Sorge, ich helfe gern.«

»Vielen Dank.«

»Und ich werde wie geplant um 19 Uhr da sein, ja?«

»Ja, perfekt. Nochmals danke.« Nikkis Stimme klang nun optimistischer.

Er konnte sie jetzt nicht im Stich lassen. Als er auflegte, wurde ihm plötzlich bewusst, dass er Lucys Handynummer gar nicht hatte. Okay, dann würde er ihr über ihre Facebook-Seite, die er neulich entdeckt hatte, eine Nachricht zukommen lassen. Und zwar schnell. Er wollte nicht, dass in der Zwischenzeit doch noch eine andere Catering-Firma einsprang.

Er tippte:

Hallo, Lucy. Ich habe diesen Freitag einen Gig für dich, falls du Interesse hast. 40. Geburtstag. Pizza plus einige Extras. Einspringen für eine Last-minute-Absage. Der Job gehört dir, wenn du willst. Ruf mich so bald wie möglich an. Jack

Er hielt inne … sollte er mit einem Kuss enden oder nicht? Ach, na los:

x

Er fügte seine Handynummer hinzu und drückte auf »Senden«. Erledigt. Jetzt musste er nur noch warten.

18. KAPITEL

Lucy baute gerade mit ihrem zweijährigen Neffen im Garten ihres Bruders Sandburgen, als ihr Telefon brummte.

Eine Benachrichtigung von Facebook. Sie klickte sie an. Es war Jack, über den Messenger. *Der* Jack. Schnell las sie die Nachricht. Oh, es ging um die Arbeit … und super … es gab ein Jobangebot. Für diesen Freitag. Sie lachte laut auf, als sie las, dass noch Extras gewünscht wurden. Waren die wohl für den eingebildeten Barkeeper gedacht oder für den Partyveranstalter? Aber, wow, eine neue Buchung, und das ausgerechnet jetzt, wo sie einen Auftrag so dringend brauchte. Damit hatte er echt einen Stein bei ihr im Brett.

Sie schluckte die leichte Enttäuschung hinunter, dass er nicht wegen eines erneuten Treffens getextet hatte. *Hör auf zu träumen, Lucy. Genug davon!*

»Festklopfen, Annie Lucy«, holte der kleine Freddie sie in die Gegenwart zurück. Da er das Wort »Auntie« noch nicht richtig beherrschte, war sie Annie Lucy. Sie drehte das Burgförmchen um, und sie klopften es gemeinsam mit den kleinen Plastikschüppchen fest. Sie mochte ihren Neffen wirklich sehr gern. Ihre eigenen Träume von einer baldigen Familiengründung waren mit der Nachricht, dass Liam sie verlassen würde, zerplatzt. Nun ja, um fair zu sein … nach seinem abstoßenden Verhalten war es eher sie gewesen, die ihn mit einem heftigen Tritt zur Tür hinausbefördert hatte. Sie hob das Förmchen vorsichtig ab.

»Oh, das ist richtig gut gelungen, Freddie.«

»Ja! Freddie holt Blume … drauftun.« Und schon dackelte er fröhlich in Richtung Gartenbeet, wo Daisy herumschnüffelte.

»Olly!«, rief sie ihren Bruder, »kannst du kurz kommen und auf Fred aufpassen? Ich muss telefonieren.« Ihr Neffe war in dem Alter, in dem er ständig beaufsichtigt werden musste, aber sie konnte es sich nicht leisten, diesen Auftrag zu verpassen. Es war toll, dass Jack an ihren Pizzawagen gedacht hatte. Nach dem Beinahe-Kuss fühlte sie sich zwar ein wenig unbehaglich, aber sie musste schließlich nur höflich zu ihm sein. Es gab keinen Grund, diese Sache überhaupt zu erwähnen.

»Bin schon unterwegs!« Olly kam durch die Hintertür der modernen Doppelhaushälfte, um zu übernehmen.

»Ich bin gleich wieder da, Freddie«, rief sie ihrem Neffen zu.

»Setz den Kessel auf, wenn du schon reingehst, Schwesterherz. Ich wollte uns gerade eine Tasse Tee machen gehen.«

»Mach ich.«

Lucy fühlte sich eigenartig nervös, als sie Jacks Nummer eintippte, ob es nun an der möglichen Reservierung lag oder einfach daran, dass sie nach dem herrlichen Nachmittag, den sie am Sonntag verbracht hatten, jetzt wieder mit ihm sprechen musste.

Er nahm direkt ab. »Hallo, Jack hier.«

»Hi, hier spricht Lucy.«

»Oh, Lucy, hi. Du hast meine Nachricht also bekommen.«

»Ja, es geht um eine Buchung, sagst du?«

»Genau, diesen Freitag. Es ist eine Party zu einem vierzigsten Geburtstag, und die Familie wurde von der Catering-Firma im Stich gelassen. Sie können nicht liefern, weil sie einen Fall von E-Coli hatten.«

»Ach du liebe Zeit.«

»Jedenfalls sucht Nikki, die Frau, die für ihren Mann eine Überraschungsparty organisiert, verzweifelt Ersatz.«

»Okay, das klingt ja so weit gut. Für wie viele Personen soll es denn sein?«

»Ungefähr sechzig Gäste. Die Sache hat nur einen Haken … Sie will nicht nur Pizza.«

»Oh.«

»Der ursprüngliche Caterer hatte ein komplettes Büfett angeboten, also wünscht sich Nikki auch Salate und vielleicht noch etwas anderes neben der Pizza … Oh, ach so, und Nachspeisen.« Sie merkte, wie Jacks Stimme abfiel, als würde ihm gerade klar, dass es ein bisschen viel verlangt war.

»Hmm.« Wie sollte sie das alles hinbekommen? Ihr Gehirn begann zu rotieren. Okay – Salate, Pizza, Knoblauchbrot … und … ja, vielleicht ein paar Antipasti mit Oliven und Wurstwaren. Genau, das könnte funktionieren. Aber Desserts? Desserts waren noch nie ihre Stärke gewesen. Aber, verflixt noch mal, eine so gute Gelegenheit konnte sie sich doch nicht entgehen lassen.

»Du wirst gut bezahlt, schätze ich. Ich habe bereits eine anständige Anzahlung auf die Buchung bekommen. Pass auf, ich geb dir ihre Nummer, okay? Sie möchte sowieso alles mit dir besprechen. Ich musste nur gleich an dich denken. Das schien mir eine viel zu gute Gelegenheit, um sie dir entgehen zu lassen«, wiederholte er ihren eigenen Gedankengang.

»Ja, danke, ja, das ist … ähm, vielen Dank auch, Jack.« Sie tippte die Daten in ihre Kontaktliste ein. »Okay, ja, dann sollte ich wohl gleich mal da anrufen. Tschüss.«

Ihren gemeinsamen Nachmittag hatte er mit keinem Wort erwähnt, und Lucy war sich nicht sicher, ob sie darüber erleichtert oder enttäuscht war – hatte sie die Ereignisse übertrieben? Das Gespräch war auch ziemlich schnell beendet gewesen.

Kurz darauf, im Telefonat mit der Gastgeberin Nikki, erklärte sie sich bereit, in nur drei Tagen die Bewirtung von sechzig Personen zu organisieren und Pizza, Beilagen und eine Auswahl an Desserts zu liefern. Halleluja, es war wirklich ein sehr guter Auftrag, aber sie würde verdammt viel Arbeit damit haben. Etwas benommen schenkte sie für sich und ihren Bruder Tee ein und nahm die zwei Tassen mit zur Gartenbank. »Bitte, Olly. Oh, Freddie, sieht das schön aus.« Eine große, trompetenartige lila Petunienblüte steckte oben auf der Burg, die sie gerade gebaut hatten, neben einem Fahnenmast, an dem Olly gerade ein Blatt als Fahne befestigte. Daisy wuselte neben dem kleinen Freddie herum, der ihr wild den Kopf tätschelte, ein bisschen sehr grob, aber das war für die kleine Hündin schon in Ordnung. Daisy kam gut mit kleinen Kindern klar, und die wiederum schienen sie alle zu lieben.

»Und, was Gutes?«, fragte Olly vorsichtig, da er wusste, wie schleppend das Pizzageschäft bisher lief.

»Ja, das kann man so sagen. Oh Mann, Olly. Ich habe gerade eine Buchung für sechzig Personen angenommen … für kommenden Freitag.«

»Huh, wow. Gut gemacht.« Ihr Bruder streckte anerkennend den Daumen hoch. »Siehst du, es geht voran. Ich glaube fest an dich.«

»Ja, aber ich muss mich ganz schön ins Zeug legen. Ich brauche nämlich auch eine Dessertauswahl, und ich bin nicht gerade eine Bäckerin oder Konditorin!« Sie zog eine Grimasse.

»Auweia. Also, soweit ich weiß, gibt es keine Pizzadesserts, Schwesterchen. Und ich erinnere dich nur ungern daran, aber dein letzter Versuch mit einem Victoria-Biskuit war nicht gerade von Erfolg gekrönt.« Er lächelte schief.

»Als wüsste ich das nicht selbst.« Sie stöhnte auf. Der betreffende Kuchen war in der Mitte eingesunken und hatte ziemlich mitgenommen ausgesehen. Allerdings hatte sie sich damals auch noch mit den Einstellungen des Ofens in ihrem neuen Haus vertraut machen müssen. »Vielleicht finde ich ein paar einfache Desserts nach italienischer Art. Ach, Olly, meinst du, ich habe mich da gerade übernommen?«

»Nicht doch, du musst nur kreativ denken.«

»Also, wen kennen wir, der guten Nachtisch macht?«

Zusammen antworteten sie wie aus der Pistole geschossen: »Nonna!«

»Nonn-ah!«, krähte Freddie prompt hinterher und schwenkte seinen kleinen Plastikspaten triumphierend in der Luft, während Daisy klugerweise Reißaus nahm.

Lucy verschwendete keine Zeit. Nonna wohnte in einer Seniorenwohnanlage in der kleinen Stadt Rothbury, nicht weit entfernt von Lucys Mutter. Obwohl es vom Cottage aus eine halbe Stunde Fahrt war, besuchte Lucy sie oft, sodass es kein ungewöhnlicher Ausflug für sie war. Auf dem Weg dorthin kaufte sie im Supermarkt an der Straßenecke einen Strauß Nelken in leuchtendem Rosa und Gelb, um ihrer Großmutter eine Freude zu machen. Die alte Dame war in letzter Zeit nicht mehr so aktiv, weil die Arthritis in ihren Hüften und Knien ihr zu schaffen machte. Sie hatte zwar immer ein Lächeln auf den Lippen, aber es war in den letzten zehn Jahren nicht leicht für sie gewesen, ohne Papa an ihrer Seite zurechtzukommen. Lucy ahnte, dass sie sich in ihrer Wohnung manchmal ziemlich einsam fühlen musste.

Nonna war eine waschechte Geordie aus Newcastle, aber ihren Enkelkindern zuliebe hatte sie den Namen »Nonna« gern angenommen, als Hommage an Papas italienische Wurzeln. Der Name hatte sich durchgesetzt und passte auch zu ihrer warmherzigen Persönlichkeit. Sie freute sich immer, wenn sie Besuch bekam, und ihre Stimme klang laut und deutlich über die Sprechanlage am Haupteingang. »Komm rauf, Kleines«, rief sie fröhlich, nachdem Lucy geklingelt hatte.

Mit einem Glitzern in den grauen Augen und ihrem strahlenden Lächeln empfing Nonna sie an der Wohnungstür. »Hallo, Liebes. Schön, dass du da bist. Geht's dir gut?«

»Ja, danke, Nonna. Und dir?«

»Ach, es geht. Die Knie knirschen ein bisschen, aber sonst kann ich mich nicht beklagen. Eine Tasse Tee, Liebes?« Sie ging ein wenig steifbeinig in Richtung der kleinen Küche.

»Ach, Nonna, lass mich das machen. Und die Blumen stelle ich auch für dich in eine Vase.«

»Ja, gut, meine Liebe. Danke. Sie sind so schön. Ach, und schau mal, in der Dose sind auch noch ein paar Custard-Cream-Kekse«, rief sie ihrer Enkelin hinterher.

Nonnas Küche war klein und kompakt, die Schränke altmodisch, aber aufgeräumt. Alles war an seinem Platz. An der Wand hing ein altes verblichenes Bild von Sorrent, Papas Heimatstadt, mit Blick auf den Golf von Neapel. An der Seite stand die große hölzerne Pfeffermühle, ein Relikt aus seiner Zeit im Restaurant, und eine handbemalte Löffelablage aus Ton, mit Oliven und Zitronen darauf, die sie in ihrem letzten gemeinsamen Urlaub gekauft hatten – einer Reise in die Vergangenheit für die beiden. Allgegenwärtige kleine Erinnerungen an Papa und sein Vermächtnis.

Als Lucy kurz darauf mit einem Tablett mit Tee und Keksen zurückkam, sagte Nonna: »Und, wie läuft dein neues Pizzageschäft? Hältst du Papas Anspruch in Ehren? Komm, setz dich zu mir und erzähl mir alles darüber.« So war Nonna. Ihre Familie interessierte sie sehr – und ganz besonders, was die jungen Leute gerade beschäftigte. Lucys Unternehmen lag ihr offenbar wegen der Familientradition besonders am Herzen.

Lucy saß auf einem geblümten grünen Sofa, das schon in die Jahre gekommen, aber bequem war, und Nonna thronte in ihrem Hochlehner neben ihr. Papa war auch bei ihnen. Seine dunklen, gütigen Augen schauten von dem Foto auf dem Kaminsims auf sie herab.

»Aber ja, nur die besten Zutaten, wie immer, und ich lasse es mir nicht nehmen, meinen eigenen Teig zu machen. Selbstverständlich gibt es auch Papas Tomatensoße mit extraviel Knoblauch.«

Sie lächelten beide. Papa hatte es geliebt, viel Knoblauch zu verwenden. Nach dem Verzehr seiner Pizzas und Nudeln hatten sie alle tagelang eine Knoblauchfahne gehabt. Seine »Sonntagssoße« war Teil der Familienlegende. Noch lange nachdem er aufgehört hatte, im Restaurant zu arbeiten, und selbst nach einer anstrengenden Woche im Bus hatte er sich darauf gefreut, sie zuzubereiten. Dann war das ganze Haus von einem aromatischen Duft von Tomaten und Knoblauch erfüllt gewesen.

»Ja, also, der Pizzaladen im Pferdeanhänger läuft ganz gut an«, fuhr Lucy fort. »Ich habe mich in den letzten Wochen gut eingearbeitet und auch schon wieder ein paar neue Buchungen.« Sie gab sich positiv, dachte optimistisch an ihren neuen Auftrag und wollte Nonna keinen Anlass zur Sorge geben.

»Ach, ich bin so stolz auf dich, mein Schatz. Es ist so schön, dass du Papas Rezept verwendest. Wie sehr wünschte ich, er könnte das miterleben.« Mit einem Seufzer blickte sie auf sein Foto. »Aber du kennst ja unseren Papa, er würde sicher mit anpacken und helfen wollen. Und sich einmischen, wenn es darum geht, wie man die beste Tomatensoße macht.«

»Haha, ja, das würde er, und ich hätte nicht das Geringste dagegen.«

Sie lächelten sich mit leicht wehmütigem Blick an.

»Eigentlich suche ich gerade eine Idee für ein Rezept, Nonna«, schwenkte Lucy auf ihr Dilemma um. »Du hast schon immer die besten Kuchen gebacken, und da ich gebeten wurde, bei meiner nächsten Veranstaltung zur Pizza auch Desserts zu servieren …«

»Oh, das klingt ja wunderbar.«

»Ja, schon, aber ich habe keine Ahnung, wie ich das mit den Desserts machen soll! Ich dachte mir, ein paar Kuchen wären vielleicht die Lösung, und da fiel mir dein spezieller Schokoladenkuchen ein, den du manchmal für unsere Geburtstagsfeiern gemacht hast. Weißt du noch, mein elfter Geburtstag in deinem Garten?« Sie dachte an den glücklichen Tag zurück, an dem Papa sich an seinem selbst gebauten Pizzaofen zu schaffen gemacht und Nonna in ihrer rot karierten Schürze mit Kuchen und Eis herumhantiert hatte.

»Alle meine Freunde waren da, und es gab Pizza und Eiscreme. Es war so wundervoll, und Papa ist völlig darin aufgegangen. Er war so in seinem Element, hat das Holzfeuer geschürt und eine Pizza nach der anderen in den Ofen geschoben. Und dazu hat er noch ›O Sole Mio‹ gesungen. Wie er dieses Lied geliebt hat …«

Nonnas Lächeln vertiefte sich bei Lucys Worten. »Oh ja, diesen Kuchen habe ich lange nicht mehr gemacht, Schatz. Ich glaube, du meinst den mit dem Schokoladenbiskuit und der Schokoladenmousse-Füllung.«

»Genau. Als ich klein war, hast du auch immer Schokostreusel drübergestreut. Meine Freunde waren ganz verrückt danach. Ist der schwierig? Und was noch wichtiger ist – kann man ihn für eine große Gesellschaft backen?«

»Ja, natürlich. Und die Zubereitung ist auch gar nicht so schwer. Für einen größeren Kuchen nimmst du entsprechend mehr von den Zutaten und backst ihn auf Blechen. Die Mousse ist ziemlich einfach. Und dann schneidest du quadratische Stücke.«

»Super. Hast du das Rezept noch?«

»Ja, sicher. Und dieses Rezept ist etwas ganz Besonderes. Es wurde von Papas Mutter weitergegeben.«

»Ach, wirklich? Wow. Das wusste ich gar nicht. Das ist ja noch besser. Also ist es auch italienisch inspiriert?«

»Natürlich, Schätzchen.«

»Ausgezeichnet. Du hast nicht vielleicht noch ein anderes einfaches Dessert in petto, oder?«, preschte Lucy gleich weiter vor. Sie würde mindestens eine weitere Dessertvariante brauchen.

»Hmm, lass mich mal ein bisschen darüber nachdenken, während wir unseren Tee trinken.«

Sie plauderten über das Leben in Lucys Haus, Daisys neueste Eskapaden (die Dackeldame saß zu ihren Füßen und hielt nach Kekskrümeln Ausschau) und Nonnas Gin-Club. Tja, anscheinend verwandelte sich der Gemeinschaftsraum in der Anlage jeden Donnerstagabend in einen Gin-Salon, in Kombination mit einer Bingo-Session. Als Lucy aufbrach, hatte sie zwei Rezepte von ihrer Nonna: Nonnas Schokoladenextravaganz und einen Clementinen-Limoncello-Kuchen. Nonna stiftete dafür sogar eine halb volle Flasche mit Limoncello aus ihrer Anrichte.

Angesichts der vielen Vorbereitungen für die unerwartete Buchung hatte Lucy sich schon bald verabschieden müssen.

»Ciao, Nonna.«

»Ciao, mein Schatz.«

Das sagten sie immer beim Abschied, seit Lucy noch ein kleines Mädchen gewesen war.

Lucy ging nach einer herzlichen Umarmung an der Tür mit dem Versprechen, sehr bald mit einem oder zwei Stücken der beiden Kuchen als Dankeschön zurückzukehren. Sie hatte ein Lächeln auf dem Gesicht und ein Hochgefühl im Herzen, als sie von dem kleinen Parkplatz zu Nonnas Fenster im ersten Stock hinaufwinkte. Sie war so unendlich dankbar, diese wunderbare Unterstützung in ihrem Leben zu haben. *La famiglia* bedeutete ihr alles, und heute war sie besonders dankbar dafür, eine begeisterte Bäckerin zur Großmutter zu haben. Ihre Nonna …

19. KAPITEL

Als er auf dem Weg zum Getränkelieferanten die A1 hinunterfuhr und hinter einem lästig langsamen Traktor feststeckte, war Jack wieder in Gedanken bei Lucy. Er freute sich darauf, sie bei der Veranstaltung am Freitag wiederzusehen. Er war froh, dass er ihr mit der Buchung hatte helfen können. Es fühlte sich gut an, jemandem einen Schritt nach vorn zu ermöglichen. Als er mit Ruby und seiner Camper-Cocktailbar angefangen hatte, war er auch auf Tipps und Unterstützung angewiesen gewesen.

Ein bisschen nervös war er aber auch. Was sie wohl davon hielt, dass er sie vor ihrem Haus hatte küssen wollen? Hatte sie den Nachmittag am Strand ebenso sehr genossen wie er? Du lieber Himmel, so hatte er sich nicht mehr gefühlt, seit er sich als Teenager in ein Mädchen verguckt hatte. Was zum Teufel war nur los mit ihm? Es war viel Verkehr, und vor ihm kroch eine Reihe von Lastwagen hinter diesem Traktor her. Er sollte sich wohl lieber auf die Straße konzentrieren, anstatt wie ein verliebter Junge in Tagträumen zu schwelgen. Das Beste war wohl, Lucy ganz aus seinem Kopf zu verbannen.

In der Nähe des Großhandels kam er an einer weiterführenden Schule vorbei, wo auf dem Sportplatz gerade eine Gruppe älterer Jugendlicher Fußball spielte. Ein Junge mit sandfarbenem Haar streckte den Arm in die Luft und rief nach dem Ball. Jack erstarrte für eine Sekunde.

Für den Bruchteil einer Sekunde hatte einer der Jungs von hinten genauso ausgesehen wie sein Bruder Daniel … Natürlich war er es nicht gewesen und würde es nie sein. Jack merkte, dass seine Hände am Lenkrad zitterten.

Und da war er wieder, über elf Jahre später, dieser Trauerschock wie ein Schlag in die Magengrube, der Jack unmittelbar in die Vergangenheit zurückkatapultierte. Er erinnerte sich an die erwartungsvolle Aufregung, als sie zusammen neue Fußballschuhe kaufen gingen. Sein allererstes Paar und Daniels zweites. Sein großer Bruder hatte wie immer im Leben den Vortritt gehabt, was Jack allerdings nie etwas ausgemacht hatte. Es war einfach so. Mit glänzenden Augen hatte er die Schuhreihe im Sportgeschäft angesehen: blaue mit schwarzen Streifen, ein leuchtend gelbes Paar, grüne Nikes … Das Ausmessen der Füße. Sie waren wieder gewachsen, jetzt eine Größe vier. Das Anprobieren. Und natürlich hatte er sich für genau die entschieden, die Daniel auch nahm. Er sah sie immer noch vor sich: Adidas, weißes Leder mit schwarzen Streifen und hellgrünen Schnürsenkeln. Er hatte sich wie der coolste Typ der Stadt gefühlt, als er am nächsten Samstagmorgen auf den Fußballplatz ging, um in der Junior League zu spielen. Bei Spielende waren seine Füße wund gewesen, und er hatte eine Blase gehabt, doch das hatte ihn nicht gekümmert. Die neuen Schuhe mussten erst eingelaufen werden, aber das hielt ihn nicht davon ab, sie und vor allem *ihn* zu bewundern – seinen großen Bruder.

Als kleiner Bruder war man nie auf sich allein gestellt. Man hatte immer einen Begleiter … oder so sollte es zumindest sein, dachte Jack mit einem erneuten Anflug von Kummer.

Es war passiert, als Daniel gerade mal zwanzig gewesen war, auf einem Spielfeld der Uni, mitten im Spiel. Hätten sie nur geahnt, dass Daniel so einen stummen, unerkannten »Killer« in sich trug … Die Nachwirkungen dieses schicksalhaften Tages suchten ihn noch immer heim. Vielleicht würden sie das auf ewig tun.

Jack fuhr weiter wie auf Autopilot, fand sich auf dem Gelände des Großhändlers wieder, fuhr auf den Parkplatz und parkte ein. Er fühlte sich immer noch überwältigt, nahm das Verstummen des Motors wahr und senkte den Blick auf seinen Schoß, um die Tränen zu unterdrücken, die in ihm aufstiegen. Schniefend holte er Block und Stift hervor, die auf Rubys Armaturenbrett lagen und die er hauptsächlich benutzte, um sich zu notieren, welche Vorräte er aufstocken musste. Er hielt inne und schrieb dann:

Es riecht nach Grasschnitt, Matsch, verschwitzten Fußballschuhen.
Wir kicken im Garten, du als Schütze, ich im Tor.
Er schießt und trifft. Juhuu!
Wir hätten immer gewonnen, du und ich.
Aber das größte Spiel hast du verloren, Danny.
Den Kampf ums Leben.
So wie ich alles verloren hab an diesem Tag.
Bin noch immer verloren.

Er hielt inne – der Stift schwebte über dem Blatt – und wischte sich über das Gesicht, als frische Tränen das Papier benetzten.

Wenn er und Daniel doch nur wieder Ball spielen könnten, eine Partie Fünferfußball für eine lokale Mannschaft. Er machte einen langsamen, beruhigenden Atemzug, um in die Gegenwart zurückzukehren, in der er allein in einem Camper auf einem geteerten Cash-and-carry-Parkplatz saß. Er musste in die Gänge kommen, um die Vorräte zu besorgen, die er für die Veranstaltung brauchte. Musste funktionieren. Weitermachen. Voranschreiten. Nach vorn blicken.

Aber manchmal hatte er das Gefühl, sich überhaupt nicht bewegen zu können, von den Nachbeben der Trauer überrollt zu werden. Es spielte keine Rolle, wie lange es schon her war. Es war immer noch ein Teil von ihm und würde es immer bleiben. Jack hatte gelernt, dass man die Trauer manchmal an sich heranlassen musste, bis sie einem ihre Wurzeln tief in die Seele streckte und dann bis zu dem Menschen, den man so sehr vermisste.

Vielleicht hatte er jetzt lange genug alles in sich aufgestaut, und es war an der Zeit, die Hand auszustrecken und jemanden hereinzulassen. Die Mauern einzureißen, die er um sich herum aufgebaut hatte – so lange.

Lucy kam ihm wieder in den Sinn, mit den schokoladenglänzenden Wellen ihrer Haare und ihren nachdenklichen Augen. Könnte sie dieser Jemand sein?

20. KAPITEL

Lucy hatte die letzte Stunde damit verbracht, Pizzateig in ihrer großen Küchenmaschine zu kneten, um ihn dann gehen zu lassen, damit sie morgen die Festgäste des Geburtstagsevents mit Pizza verköstigen konnte. Nun befand sie sich in einem Nebel aus Mehl. *Morgen.* Die Zeit bis dahin verflog viel zu schnell. Die Küchenuhr zeigte ihr an, dass es bereits 19 Uhr war.

Mitten im Kneten hörte sie, wie das Handy neben ihr summte. Sie drehte sich zur Seite, um nachzusehen, wer anrief. »Becky« blinkte es auf dem Display auf. Ah, sie würde sie zurückrufen müssen. Bis sie sich die Hände so weit gesäubert hatte, dass sie den Anruf annehmen konnte, wäre es sowieso zu spät. Und diese Teigberge machten sich nun mal nicht von selbst. Wenn sie diese Arbeit hinter sich gebracht hatte, konnte sie sich vielleicht eine Tasse Tee einschenken und fünf Minuten Pause machen. Ein kurzes Gespräch mit ihrer Freundin wäre dann eine willkommene Ablenkung.

Nur zehn Minuten später klingelte das Telefon wieder. Lucy hatte gerade die riesige Teigkugel zum Gehen auf ein Tablett gelegt und wollte sie zu den anderen in die Nähe des altmodischen Ofens stellen, der alles in der Küche warm hielt. Ihre kleine Pantryküche sah aus, als beherberge sie eine komplette Pizzateig-Fließbandproduktion.

Sie beeilte sich, ans Telefon zu kommen, und stellte fest, dass es wieder Becky war. Hoffentlich war alles in Ordnung bei ihr. Oder wollte sich ihre Freundin einfach nur mal wieder zu Kaffee und Kuchen verabreden? Wenn sie den morgigen Tag hinter sich gebracht hatte, wäre sie damit mehr als einverstanden. Lucy wischte sich schnell die Hände an der Schürze ab und schaffte es gerade noch rechtzeitig, abzunehmen.

»Hal-lo-oh.«

Das Telefon war unter Lucys Kinn geklemmt, während sie sich noch einmal die Finger abtrocknete.

»Hey-y …« Becky klang irgendwie anders.

Nach all den Jahren waren die beiden jungen Frauen so gut aufeinander eingespielt, dass es manchmal etwas unheimlich war.

»Alles okay?«, fragte Lucy.

»Hm, ja klar … aber mir geht gerade etwas durch den Kopf, Luce.« Beckys Stimme am anderen Ende der Leitung klang besorgt. »Also, weißt du, du warst ja so aufgekratzt wegen diesem Jack, dem Bar-Typen … und da wollte ich mir dieses Cocktail-Camper-Ding natürlich auch mal anschauen. Ich bin ja nun mal neugierig.«

»Und …?«

»Also, ich hab den Typen auf Facebook und Instagram gefunden, auf den Seiten vom Cocktail-Camper, und … Lucy … na ja, ich habe ein Foto von ihm gesehen, und ich bin sicher, dass ich ihn kenne.« Die Stimme ihrer Freundin verebbte.

Lucy hatte das unangenehme Gefühl, dass ihr die Richtung, in die dieses Gespräch ging, nicht gefallen würde. »Worauf willst du hinaus, Becks?«

»Wie heißt der Kerl mit Nachnamen?«

»Hm …« Sie dachte an ihre letzte Unterhaltung am Strand zurück. »Anderson, glaub ich. Ja. Jack Anderson.«

Becky schwieg einen Moment. Dann sagte sie: »Scheiße, ich wusste es. Jack Anderson, dieser verdammte Dreckskerl … Das ist genau der Typ, der mir meinen einundzwanzigsten Geburtstag versaut hat mit seiner Untreue.«

»Was? Im Ernst? Bist du sicher, Becks?« Lucy spürte, wie ihr das Blut aus den Wangen wich. Alles fügte sich plötzlich auf schreckliche Weise zusammen. *Der* Jack.

Lucy hatte ihn damals kurz kennengelernt, aber das war Jahre her, und er hatte sein Haar damals ganz kurz getragen. Er und Becky hatten sich nur ein paarmal getroffen, aber immerhin oft genug, dass sich ihre Freundin bis über beide Ohren in ihn verliebt hatte – und lange genug für ihn, zweigleisig zu fahren. Sie erinnerte sich noch gut an den Abend in dem Restaurant mit Bar in der Stadt, das sie gemietet hatten, und daran, wie Becky ganz aufgeregt darauf gewartet hatte, dass ihr neuer Freund käme, damit sie ihn ihrer Familie und ihren Freunden vorstellen konnte … Nur war er leider nicht gekommen. Irgendwann am späten Abend, als die Feier schon halb um war, hatte er sich in einer SMS mit einer fadenscheinigen Ausrede entschuldigt. Und dann, eine Woche später, hörte man über die Buschtrommeln in Rothbury, dass er in einem Club in Newcastle mit einem anderen Mädchen gesehen worden war.

»Ach, Mist, Becks. *Dieser* Jack?« Lucy fühlte sich richtig schlecht.

»Ja, also sei vorsichtig, Luce. Der Typ ist toxisch. Du solltest ihn nicht mal mit der Kneifzange anfassen.«

»Oh nein …« Lucys Stimme wurde leiser, während sie immer

noch versuchte, die Nachricht zu verdauen. Freitag – also morgen … Die Geburtstagsbuchung, die er ihr verschafft hatte … Wie sollte sie vermeiden, dass sie sich über den Weg liefen?

»Luce?«

»Mist, wir sind morgen beide auf einem Geburtstagsevent. Das wird peinlich, oder?«

»Ach was. Bleib einfach cool. Es ist ja nicht so, als wärt ihr beste Freunde oder so, oder? Und dieser Kuss-Moment … okay, da bist du haarscharf an der Katastrophe vorbeigeschlittert, würde ich sagen, oder? Eigentlich ist ja nichts passiert, stimmt's? Verbuch es einfach unter dem Thema Lebenserfahrung.«

Lucy fand es bemerkenswert, wie sich Beckys Einstellung über Nacht um hundertachtzig Grad gedreht hatte. Nach der hellen Begeisterung über den Beinahe-Kuss spielte sie die Sache jetzt dermaßen herunter, als wäre sie gar nicht geschehen. Aber als ihre Freundin wollte sie sie eben nur beschützen.

»Ja, da hast du recht.« Jetzt kam sie sich dumm vor, weil sie überhaupt einen romantischen Gedanken an Jack verschwendet hatte. Den Tag am Strand und die Fahrt würde sie nie wieder erwähnen. Gott sei Dank hatte sie ihn nicht hereingebeten. War das womöglich seine Taktik? Ein unterhaltsamer Nachmittag, ein, zwei Cocktails, und sich dann mit einem unschuldigen Kuss den Weg ins Haus bahnen? Es würde sie eigentlich nicht überraschen. Er war immer noch der gleiche geschmeidige Charmeur, in den Becks sich verliebt hatte. Es ergab irgendwie Sinn, all das Geplänkel, das er als Süßholzraspler in seiner Cocktailbar von sich gegeben hatte. Gott, sie hätte womöglich für eine weitere Kerbe an seinem Bettpfosten hergehalten. Sie kam sich so furchtbar naiv vor. Jack hatte es an diesem Strandnachmittag vielleicht geschafft, die Tür zu ihrem Herzen einen kleinen Spalt zu öffnen, aber jetzt war diese Tür wieder zugefallen und fest verschlossen.

Ihr armes gebrochenes Herz hatte in den letzten Jahren schon genug durchgemacht. Sollte sie jemals wieder eine Beziehung eingehen, dann sicher nicht mit jemandem wie Jack Anderson, das schwor sie sich hier und jetzt.

Am nächsten Morgen waren Lucys Finger steif vom nochmaligen Kneten und Portionieren des Teigs. Sie machte jede Menge einzelne Kugeln, aus denen sie vor Ort die Pizzaböden für dieses Last-minute-Geburtstagsevent formen würde. Sechzig kleine Knöchelbrechermonster, aber tatsächlich hatte der Teig nach dem Bombeneinschlag von Beckys Anruf gestern Abend einiges auszuhalten.

Lass alles raus, dachte Lucy bei sich und lenkte ihre Frustration in die Teigproduktion.

Nein, sie musste sich einfach neu fokussieren und weitermachen. Als Nächstes schaltete sie den Ofen ein, bereit für den zweiten Schritt des Tages: die Zubereitung von zwei riesigen Schokoladenkuchenblechen für das italienische Partydessert mit Schokoladenmousse. Diese mussten frisch gebacken werden, und das bedeutete, dass der Druck groß war. Zum Glück hatte sie die Clementinen-Limoncello-Kuchen schon fertig, denn laut Nonna schmeckten sie am besten, wenn man sie schon am Vortag backte.

Und dann – ha – musste sie nur noch … die Wurstwaren und Oliven für die Charcuterie-Tafeln vorbereiten. Dazu gab es grünen Salat und Kirschtomaten. Ihre To-do-Liste sah immer noch ziemlich entmutigend aus, und sie hatte jetzt nur noch Stunden, keine Tage mehr.

Sie hatte die Küchenschränke ihrer Mutter und ihrer Nonna geplündert und sich so viele schöne Teller und Schüsseln geliehen, wie sie nur konnte, außerdem einen Klapptisch, der in der Garage ihrer Mutter sein Dasein fristete. Im Internet hatte sie außerdem eine hübsche rot karierte Wachstuch-Tischdecke gefunden, die genau zum Tisch passte (ein typisch italienisches Restauranttischtuch, ganz so, wie es in Papas altem Restaurant ausgesehen haben könnte), und ein paar neue Servierbretter aus Olivenholz, um den Look zu vervollständigen. Sie hoffte, dass mit einer Wimpelkette mit italienischen Flaggen und ein paar zusätzlichen Lichterketten über dem Tresen auch das Styling gelungen sein würde. Sie musste heute wirklich Eindruck schinden und sich mit diesem Festmahl einen Namen machen. Da hieß es Daumen drücken.

Zu allem Übel beharrte die nicht gerade hilfsbereite Tamsin darauf, dass sie an diesem Abend selbst auf eine Party müsse, die sie unmöglich verpassen dürfe, und daher nicht bei *Feuer und Flamme* helfen könne. Sie erklärte, dass sie auf keinen Fall die ganze Nacht in einem »dämlichen Pizzawagen« arbeiten würde. Lucy wurde also im Stich gelassen, und ihr Angstpegel stieg noch um einige Grade.

Glücklicherweise und recht überraschend kam ihre Rettung in Form ihres Bruders Olly. Becks hatte zwar angeboten, im Notfall einzuspringen, aber Lucy wusste, dass ihre Freundin am Tag nach der Veranstaltung früh aufstehen musste, weil sie am Samstag zu einer Familienhochzeit fuhr, und das wollte sie ihr nicht verderben.

Sie hatte am Telefon bei ihrem Bruder Dampf abgelassen und war kurz davor gewesen, aus Frust eine Teigkugel durch den Raum zu schleudern, als er seinen Trumpf ausspielte und ihr ganz wunderbarerweise anbot, selbst einzuspringen, um ihr zu helfen. Diese Veranstaltung würde also ein echtes Papa's-Pizzas-Familiending werden. Und obwohl sie nach Beckys Enthüllung immer noch ein wenig aufgeregt war, weil sie Jack sehen würde und natürlich darauf bedacht war, dass alles nicht nur für sie, sondern auch für die Gäste perfekt ablief, freute sie sich gleichzeitig auf Ollys Unterstützung und Gesellschaft.

Ein Hoch auf 40 Jahre!
Du bist eingeladen zu einer Überraschungsparty
zu James' 40. Geburtstag
Freitagabend, 18. Juni
Cocktails, Kanapees und Kurzweil garantiert!
u.A.w.g.
Nikki
Und denk daran: PSSST! Es ist eine Überraschung.

21. Kapitel

»Hier ist es«, verkündete Lucy, als das Navi sie vor die Tore eines großen Anwesens in einer recht exklusiven Wohngegend von Darras Hall, nicht weit von Newcastle-upon-Tyne, dirigierte. Es sah so aus, als würden sie heute Abend in der gepflasterten Auffahrt parken, was die Sache erheblich vereinfachte. Einige der Untergründe, auf denen sie bisher bei Veranstaltungen hatte stehen müssen, hatten sich nämlich als ziemliche Herausforderung für den alten Pferdeanhänger erwiesen.

»Ich freue mich schon sehr darauf«, erklärte Olly und grinste.

»Was – auf einen Abend, an dem du dich mit deiner großen Schwester abrackerst?«

»Na ja, mal was anderes halt. Mein Leben scheint im Moment aus elektrischen Schaltkreisen, Verkabelungen und Töpfchentraining zu bestehen.«

»Ah, verstehe. Und ich wette, der kleine Freddie freut sich auch riesig, dass Daisy heute Abend bei ihm bleibt, zumindest bis er ins Bett geht. Danach wird sie bestimmt ein gemütliches Plätzchen bei Alice auf dem Sofa finden.«

»Ganz sicher. Und was uns zwei heute Abend angeht … Na ja, Partys sind normalerweise cool, oder nicht?«

»Du weißt aber schon, dass du hier bist, um zu arbeiten, oder?« Lucy warf ihm einen strengen schwesterlichen Blick zu.

»Natürlich, Lulu.« So hatte er sie als Kind genannt. »Jedenfalls wird es gut sein, einen Einblick in dein neues Business zu bekommen. Man weiß ja nie – vielleicht kann ich mal mit Dad darüber reden, wie gut es bei dir läuft, wenn ich ihn das nächste Mal treffe.«

Lucy stöhnte auf. »Sag mir nicht, dass er immer noch darüber lästert, wie dumm ich war, dass ich meinen festen Job aufgegeben habe?«

»Könnte man so zusammenfassen, ja.«

Lucy seufzte. »Ein fester Job ist nicht alles, Olly. Nicht, wenn er sich wie eine Schlinge um den Hals anfühlt.«

»Ich weiß, ich weiß. Aber du kennst doch Dad. Er macht sich einfach nur Sorgen um dich.«

»Ja, ist wohl so. Also, dann lass uns mal die Party beginnen, ja? Ich sollte die Sache mit *Feuer und Flamme* so hinbekommen, dass er sieht, wie gut die Entscheidung war.«

Als sich die Tore vor ihnen öffneten – zweifellos durch ein ausgeklügeltes Fernbedienungssystem – und den Weg in den großen Garten und zum Bungalow freigaben, konzentrierte sich Lucy darauf, den Pferdeanhänger vorsichtig rückwärts in die Einfahrt und auf seinen Platz zu setzen. Jack war noch nicht da, wie sie feststellte. Ihr Herz schlug schneller, wenn sie nur daran dachte, wie ärgerlich und enttäuscht sie war, auf ihn hereingefallen zu sein. Sicher würde er auch bald eintreffen. Wenigstens hatte sie so die Chance, sich vorzubereiten und ihren Kopf zu sortieren, bevor sie ihm gegenübertreten musste. Das Catering war für sie an diesem Abend ohnehin das Wichtigste, sie hatte gar keine Zeit, sich mit diesem Playboy von Barkeeper herumzuschlagen.

Lucy atmete tief ein. »Also, dann mal los, Ol. Auf geht's.« Sie stellte den Motor ab, holte nochmals tief Luft, während sie mit den Fingern auf das Lenkrad trommelte, und stieg aus. Die Tür des großen, frei stehenden Bungalows ging auf, und eine blonde Frau mittleren Alters kam strahlend heraus. »Sie müssen Lucy sein. Hallo. Wie schön, dass Sie hier sind. Dem Himmel sei Dank, nach dem ganzen Theater Anfang der Woche. Großartig, dass Sie in die Bresche gesprungen sind, danke.«

»Keine Ursache, das ist überhaupt kein Problem. Im Gegenteil. Ich bin froh, dass ich die Gelegenheit bekomme.« Lucy lächelte. »Freut mich sehr, Sie kennenzulernen, Nikki. Oh, und das hier ist mein Bruder Olly, er hilft mir heute Abend.«

Olly kam zu ihnen an die Tür, und sie schüttelten sich die Hände.

Der Gastgeberin war ja nicht klar, dass er so eine Veranstaltung noch nie mitgemacht hatte. Lucy war entschlossen, die Nerven zu bewahren und ganz Profi zu sein, auch wenn sie innerlich ein wenig zitterte. Olly war pragmatisch veranlagt, und umgänglich war er auch. Sie mussten nur beide ordentlich zupacken und dafür sorgen, dass alles reibungslos verlief. Zumindest war sie sich ziemlich sicher, dass das Essen, das sie anbot, wirklich gut war, und das war die Hauptsache.

»Super. Brauchen Sie noch etwas? Kann ich Ihnen irgendwie bei den Vorbereitungen helfen?«

»Ich glaube nicht. Wir sind hier, um Ihren Gästen ein wunderbares Essen und einen unvergesslichen Abend zu bereiten, damit Sie sich entspannen und Spaß haben können.« Lucy klang viel zuversichtlicher, als sie sich fühlte.

»Das ist Musik in meinen Ohren, Lucy. Ich danke Ihnen. Kann ich Ihnen eine Tasse Kaffee oder Tee anbieten oder ein kaltes Getränk?«

»Also, eine Dose Cola wäre schön, wenn Sie die haben.«

»Sicher, und für Sie?«, wandte Nikki sich an Olly.

»Ein kaltes Bier vielleicht? Das wäre jetzt herrlich.« Olly warf ihr einen kecken, hoffnungsvollen Blick zu.

»Natürlich, hole ich sofort.«

»Aber nur eins«, murmelte Lucy ihrem Bruder zu. »Was habe ich gesagt? Vergiss nicht, dass du arbeitest.«

»Ja doch, ich bin siebenundzwanzig, nicht zwölf, Lucy.« Er zwinkerte ihr zu.

Der Pizzawagen war eine gute Stunde vor dem erwarteten Eintreffen der Gäste angekommen. Die Holzscheite mussten so schnell wie möglich angezündet werden, damit der Ofen genügend Zeit hatte, auf mindestens 400 Grad C vorzuheizen. In der Zwischenzeit mussten sie und Olly die Antipasti-Platten rausstellen und kreativ garnieren sowie eine Menge anderer praktischer Aufgaben erledigen.

Da Jacks Ankunft unmittelbar bevorstand, war Lucy froh, dass sie eine ganze Weile beschäftigt sein würde, und Ollys Anwesenheit war auch eine gute Ablenkung. Sie war sich immer noch nicht sicher, wie sie sich nach dem Beinahe-Kuss fühlte, vor allem, zumal so kurz darauf Beckys vernichtende Enthüllung gefolgt war.

Es dauerte nicht lange, bis der vertraute tiefrote Schimmer sich zeigte und die markante Frontpartie des Volkswagens in der Einfahrt erschien. Lucys Herz machte einen kleinen, unangenehmen Hüpfer.

Jack hatte sich sehr auf diesen Abend gefreut – und darauf, Lucy wiederzusehen. Ein Hauch von Nervosität hatte sich in ihm ausgebreitet, als er sich der Buchungsadresse näherte, und das hatte in keiner Weise etwas mit der Veranstaltung zu tun gehabt. Es war sehr lange her, dass er so etwas gespürt hatte. Was war das für eine quälende Art von Gefühl? Herrje, um ehrlich zu sein – es war ebenso beängstigend wie berauschend. Aber er sagte sich, dass er Lucy eigentlich wirklich nur näher kennenlernen wollte, nur sehen wollte, wie die Dinge liefen. Kleine Schritte – große Gefühle.

Er erreichte das Tor. Sie war schon da. Der graue Pferdeanhänger stand in der Auffahrt geparkt, und er sah sie alles vorbereiten. Er parkte ein, winkte mit einem fröhlichen »Hallo« und wollte zu ihr hinübergehen. Aber wer zum Teufel war das denn? Jack entdeckte einen Mann im Pferdeanhänger. Groß, dunkelhaarig, gut aussehend. Er erstarrte mitten in der Bewegung. Bei anderen Veranstaltungen hatte Lucy immer dieses mürrische junge Mädchen als Hilfe dabeigehabt. War das ein Freund von ihr, der heute aushalf? Oder *ihr* Freund? Dann sah er, wie die beiden hinter dem Tresen herumalberten, grinsten und viel zu vertraut miteinander aussahen. Ihn überkam ein seltsam banges Gefühl.

Lucy blickte auf und sagte knapp: »Ah, hallo, Jack«. Und das war's. Das war alles, was sie sagte.

Der Typ, der sie begleitete, lächelte nur die ganze Zeit selbstbewusst.

Scheiße, war das der Grund, warum sie sich von dem Kuss auf der Türschwelle ihres Häuschens zurückgezogen hatte? Weil sie bereits einen Freund hatte? Vielleicht war es ja gar nicht Daisys Schuld gewesen. Alles war nun ein Wirrwarr von Gefühlen.

Aber warum hatte sie nie etwas gesagt? Ihm wurde plötzlich klar, wie wenig er über sie wusste.

Jack wandte sich zurück zu Ruby. Er fühlte sich seltsam bedrückt. Froh, dass es etwas gab, das ihn ablenkte, konzentrierte er sich darauf, seine Champagnerflöten und Cocktailgläser perfekt zu arrangieren. Präsentation war alles. Er liebte es, wenn die Bar im Camper so aussah, wie es sein sollte, und gestaltete sie für jeden Anlass individuell. Heute Abend hatte er eine grau-weiße Geburtstagsgirlande vorbereitet, die er an der Tresenfront aufhängen wollte, und zwei schimmernde Heliumballons mit einer *40* darauf, die er an der Rückseite des Busses befestigen würde. Er füllte einen Eiskübel, um die Sektflaschen zu kühlen, und dekorierte dann die Theke mit Limetten, Orangen, Zitronen, Maracujas und Krügen mit frischer Minze, Rosmarin und Basilikum. Neben dem Champagner und jeder Menge italienischen Lagerbiers, die im Kühlschrank kalt gestellt waren, sollte es einen Tom-Collins-Willkommenscocktail geben, den er noch vorbereiten musste. Ja, trotz der gemischten Gefühle Lucy gegenüber konnte er den Schalter umlegen und wurde für den Abend zum Master of Mixology. *Jack's Cocktail-Camper zu Ihren Diensten.*

Eine Schar Gäste kam an, die Champagnerkorken flogen, und die Flöten füllten sich. Er kam schon bald in Schwung, doch inmitten all der Gespräche und Cocktailkreationen konnte er nicht umhin, ab und zu einen schnellen Blick in Richtung Pferdetransporter zu werfen. Die beiden, die dort drüben Essensplatten vorbereiteten, standen für Jacks Geschmack viel zu dicht beieinander. Der Mann beugte sich vor und flüsterte Lucy etwas ins Ohr, was sie zum Kichern brachte. Sie schien sich in seiner Gesellschaft äußerst wohlzufühlen – keine Spur von der

Eiskönigin. Die Art, wie sie miteinander umgingen, war von einer gewissen Leichtigkeit geprägt. Dieser Typ war auf keinen Fall nur ein Arbeitskollege. Jacks anfängliche Aufregung, sie wiederzusehen, war dahin, zerplatzt wie ein Luftballon.

Der Abend verging wie im Flug, und um 21 Uhr hatten Lucy und Olly die Servierplatten weggeräumt – deren Inhalt weggeputzt worden war –, über fünfzig Pizzen serviert, und – tada – es war Zeit für die Desserts. Das war für Lucy der nervenaufreibendste Teil des Abends. Würde sie mit dem Kuchen genauso punkten wie mit ihren herzhaften Gerichten? Es würde sich bald zeigen.

Lucy hatte in Nonnas Küchenschrank zwei antike Silbertabletts entdeckt, die offenbar mit Papas Familie aus Italien herübergekommen waren. Ihre Großmutter hatte sie ihr gern überlassen, weil sie ihrer Meinung nach lieber benutzt werden sollten, als in der hintersten Ecke ihrer Schränke zu verstauben. Lucy hatte die Schokoladenschichten früher am Tag sorgfältig zusammengesetzt, den Kuchen in ordentliche Quadrate geschnitten und jedes Stück mit einer Himbeere verziert. Dann hatte sie den Kuchen auf den hübschen antiken Tabletts vorsichtig mit Folie abgedeckt. Sie hoffte inständig, dass die Kuchen die Fahrt im Transporter gut überstanden hatten. Zumindest war sie sehr vorsichtig gefahren. Sie hob eine Ecke der Folie sachte an und stieß einen erleichterten Seufzer aus. Alles war unversehrt und top in Ordnung, bis auf die eine oder andere umgekippte Himbeere, die sie leicht wieder an ihren Platz setzen konnte. Puh! Den Clementinen-Limoncello-Kuchen, der so herrlich nach Sonnenschein schmecken sollte, schnitt sie in saubere Tortenstücke und arrangierte diese auf einer hübschen weißen, mit Jakobsmuscheln verzierten Platte ihrer Mutter. Nonna hatte empfohlen, etwas Crème fraîche mit untergehobener Orangenschale vorzubereiten und neben jedes Stück einen Klecks davon zu geben. Lucy hatte die Crème mitgebracht, und sie sah in der weiß-blauen Keramikschale herrlich sahnig aus. Sie garnierte sie mit ein paar zusätzlichen Kringeln Orangenschale und stellte die Schüssel neben die Zitruskuchenplatte, damit sich die Partygäste selbst bedienen konnten. Nun, die Kuchen sahen auf jeden Fall super aus, als Lucy sie auf der Leinentischdecke auf dem Klapptisch platzierte. Nun kam der Geschmackstest.

»Der Nachtisch ist serviert!«, rief sie der fröhlichen Gesellschaft im Garten zu, wo man sich vergnügt unterhielt und lachte. Die Botschaft ging wie ein Lauffeuer unter den Gästen um, und bald schon bildete sich bei Lucy eine kleine Schlange. Sie hielt den Atem an, als die ersten Kuchengabeln in Aktion traten, und dann … hörte man von überall her »hmm« und »ahh« und »fantastisch«, während die Partygäste weiter zugriffen. Puh! Anscheinend hatte sie es geschafft, das Dessert-Desaster abzuwenden. Sie bedankte sich leise bei Nonna. Mit Papas Pizza und Nonnas Nachtisch wurde das *Feuer und Flamme* zu einer kulinarischen Größe, mit der man rechnen musste.

»Sieht aus, als hättest du es geschafft, Schwesterherz.« Olly hatte offensichtlich ebenfalls die Reaktionen der Gäste beobachtet. Die beiden gaben sich hinter der Theke ein High-five.

Wer war nur dieser verdammte Typ, der mit Lucy zusammenarbeitete? Jack konnte den Blick immer noch nicht von den Possen am Pizzawagen losreißen. Die beiden hatten fast den ganzen Abend lang miteinander gescherzt und reibungslos zusammengearbeitet, und jetzt klatschten sie sich ab, als wären sie ein Traumpaar.

Lucys Freund. Konnte das sein? Jack stellte fest, dass ihm der Gedanke ganz und gar nicht gefiel. Er kam sich so dumm vor.

Aber der Abend ging weiter, die Party war in vollem Gange und hielt ihn auf Trab. Die Partygäste genossen ihre Drinks und trieben ihre Späßchen. Darunter war ein lustiges, wenn auch etwas freches Partyspiel, bei dem die Gäste einige von Jacks Zitronen und Limetten herumreichten, ohne dafür die Hände benutzen zu dürfen. Auch eine lautstark gegrölte Version von Queens »Bohemian Rhapsody« wurde im Garten mit vereinten Kräften zum Besten gegeben.

Kurz vor Mitternacht trafen mehrere Taxis ein, und andere Gäste traten zu Fuß ihren leicht wackeligen Heimweg an. Einige Freunde von Nikki, die bei ihr übernachteten, bestellten noch eine letzte, ziemlich große Runde an Getränken, um das Maß vollzumachen. Da Jack nur eine Lizenz bis Mitternacht hatte, war es bald an der Zeit, zusammenzupacken. Er war erschöpft von einer weiteren anstrengenden Veranstaltung, aber irritierenderweise war er über den Feierabend nicht wirklich glücklich, weil er jetzt mehr Zeit zum Nachdenken hatte.

Jack hatte vorgehabt, mit Lucy zu plaudern, wenn die Gäste nach Hause gingen. Darauf hatte er sich gefreut. Das wird wohl jetzt kaum möglich sein, dachte er mürrisch, wo sie diesen gut aussehenden Mann im Schlepptau hat. Doch trotzdem, als er sie so neben der Glut des Pizzaofens stehen sah, wies er sich an, sich zusammenzureißen und all seinen Mut zusammenzunehmen. Er hatte schon den ganzen Abend mit ihr reden wollen, also warum nicht einfach zu ihr rübergehen? Warum fiel ihm das plötzlich so schwer?

22. KAPITEL

»Hallo, zusammen! Na, wie ist es gelaufen?«

Lucy blickte auf und sah ihn scharf an. Jack, der Mann der schönen Worte, kam auf ihren Stand zu.

Klar, dass er ihre Seifenblase des erfolgreichen Abends noch zum Platzen bringen würde. Aber wahrscheinlich war es das Beste, wenn sie höflich blieb, denn schließlich war er es gewesen, der ihr diesen Job verschafft hatte. Trotzdem stieg ihr Ärgerpegel an, als sie ihn näher kommen sah.

»Erfolgreichen Abend gehabt, Luce? Sah aus, als hättest du ordentlich zu tun.«

»Ähm, hallo«, brachte sie lahm hervor. »Ja, wir waren durchgehend beschäftigt. Pizzen, Platten, Torten … Ein sehr guter Auftrag.« Sie lehnte sich an den Tresen und versuchte, lässig zu wirken, während sie die ganze Zeit nur dachte: *Das also ist der Typ, der deine beste Freundin so tief verletzt hat.*

»Tja, ich dachte, ihr seid jetzt vielleicht bereit für das hier …« Er hielt ihnen zwei Sektflöten hin. »Prosecco und Pizza, da kann man doch nichts falsch machen, oder?«

Ha! Dachte er vielleicht, er könnte die Wogen mit einem Glas Sekt glätten? Eine weitere klassische Jack-Taktik, ganz klar.

»Oh, okay. Vielen Dank, Jack.« Sie behielt den kühlen Tonfall bei.

Jack sah etwas verwirrt aus und starrte verlegen auf die Sektgläser in seinen Händen.

»Cheers, Kumpel«, sagte Olly und lächelte, während er Jack beide Gläser abnahm und eines an Lucy weiterreichte.

»Ach so, Jack … das ist Olly«, sagte Lucy beiläufig.

Er war groß, hatte eine leicht olivfarbene Haut und dunkles, kurz geschnittenes Haar. Unbestreitbar und ärgerlich gut aussehend, dachte Jack.

»Hi.« Jack zwang sich zu einem knappen Lächeln.

»Ja, mein kleiner Bruder konnte mir für diesen Abend zum Glück aushelfen.«

Eine Sekunde lang herrschte Schweigen, so lange brauchte Jack, bis es ihm gelang, den Sinn ihrer Worte zu erfassen. »D-Dein … Bruder?«

»Ja.«

Der Groschen klimperte verdammt laut, als er endlich gefallen war. Den ganzen Abend über war er eifersüchtig auf ihren Bruder gewesen! Wer war der blöde Idiot? »Ach, ähm ja …«, stotterte er. »Hi, Olly, f-freut mich, dich kennenzulernen.«

»Sieht aus, als hättest du auch einen anstrengenden Abend hinter dir, Kumpel«, kommentierte Olly, der sich freute, etwas Small Talk machen zu können.

»Ja, war 'ne tolle Party, was? Wirklich schöne Atmosphäre«, antwortete Jack, der immer noch bemüht war, sich mit dem neuen Szenario vertraut zu machen.

»Vielen Dank, Jack, dass du mich empfohlen hast«, sagte Lucy.

Ihr Lächeln wirkte zögerlich, aber es ermutigte ihn dennoch. Die Enthüllung, dass er den ganzen Abend über mit seinen Befürchtungen falschgelegen hatte, ließ ihn trotz ihrer Kühle hoffen. Die Eiskönigin hatte sich wieder eingeschlichen. Sie schien eine andere zu sein als die junge Frau, mit der er an jenem Tag in den Dünen so locker geplaudert hatte. Aber sie waren heute Abend beide vollauf beschäftigt gewesen, und es war eine ganz andere Umgebung. Vielleicht wollte sie nur professionell bleiben?

»Sehr gern geschehen.« Trotz seiner Bedenken konnte Jack das Grinsen nicht unterdrücken, das sich langsam auf seinem Gesicht ausbreitete.

»Nett von diesem Bar-Typen, uns einen Drink zu spendieren«, sagte Olly auf dem Heimweg zu Lucy. »Habt ihr beide euch schon mal getroffen?«

Lucy fühlte sich ein bisschen unwohl. Sie starrte erst weiter auf die von den Scheinwerfern beleuchtete Straße, bevor sie antwortete: »Ja, ein paarmal. Jack ist ganz in Ordnung. Er hat mir geholfen und mir auch den Job für heute Abend besorgt und so. Nur …« Beinahe hätte sie seine früheren Verfehlungen gegenüber Becky erwähnt, aber aus irgendeinem Grund wollte sie ihn nicht vor ihrem Bruder schlechtmachen.

Ach, warum musste sich Jack bloß als eine solche Enttäuschung erweisen? Die Sache mit Becky war doch nun schon Jahre her, dachte sie. Aber die Katze lässt das Mausen nicht, so hieß es doch wohl? Sie seufzte schwer und tat so, als müsse sie sich eine Weile besonders auf die Straße konzentrieren.

»Oh, es ist ganz schön spät geworden«, meinte sie dann, nachdem sie einmal herzhaft gegähnt hatte. Die Uhr auf dem Armaturenbrett zeigte 0.25 Uhr an. Es dauerte immer eine Weile, bis man am Ende einer Veranstaltung alles zusammengepackt hatte, vor allem, da der Pizzaofen ordentlich abkühlen musste, bevor man ihn wieder in den Pferdeanhänger stellen konnte.

»Stimmt. Ich hoffe inständig, dass Freddie morgen nicht allzu früh munter ist«, erwiderte Olly und verzog das Gesicht. »Er war heute Morgen um zehn nach sechs wach.«

»Oh nein!«

»Ja, die Definition von Wochenende hat er noch nicht begriffen.«

»Na, du bist gut, er ist gerade mal zwei! Warte nur, bis er zwölf ist, dann kriegst du ihn nicht mehr aus dem Bett. Ich weiß noch, wie du damals warst.«

»Ach was.«

»Oh ja, kleiner Bruder, du warst wie ein Bär, der sich in den Winterschlaf begeben hat. Und du hast ohne Ende gestöhnt und gejammert, nur weil man dich aus deiner verschwitzten Schlafkoje herausholen wollte.«

»Hey, du!« Er gab ihr scherzhaft einen leichten Stupser auf den Arm.

Sie neckten sich gern gegenseitig, wie es Bruder und Schwester nun mal oft tun, aber die Geschwisterliebe zwischen ihnen war eindeutig. Auch als ihre Eltern sich getrennt hatten, waren sie immer ein Team gewesen und hatten sich gegenseitig gestützt, wenn es mal schwierig wurde. Zum Beispiel als Olly bei den Abiturprüfungen durchgefallen war. Er war furchtbar enttäuscht gewesen, weil er sich damit praktisch jede Chance auf ein Studium an der Uni verbaut hatte. Oder Lucys verheerende Trennung von ihrem Ex und all die anderen Höhen und Tiefen des Lebens, die sie beide bisher erlebt hatten. Sie waren immer füreinander da gewesen. So wie auch heute Abend. Als Lucy ihm gestanden hatte, dass sie in Schwierigkeiten steckte, weil

Tamsin sie im Stich ließ, hatte Olly sofort angeboten, ihr zu helfen. Und das, obwohl er die ganze Woche gearbeitet und sich wahrscheinlich auf einen gemütlichen Abend zu Hause gefreut hatte. Seine Freundin Alice hatte sich sogar bereit erklärt, Daisy den Abend über bei sich zu behalten. Sie hatte vor, mit ihr einen »Mädelsabend« auf dem Sofa mit Netflix zu verbringen, sobald Freddie im Bett wäre. Daisy war sicher in ihrem Element gewesen.

Und noch ein großes Plus gab es daran, dass Olly so kurz nach Beckys Enthüllung bei der Veranstaltung dabei gewesen war. Ihr Bruder hatte einen großartigen Schutzwall gegen Jacks Aufmerksamkeiten abgegeben, und so hatte er ihr den dringend benötigten Abstand verschafft, sodass sie weiter über alles nachdenken und sich etwas zurückziehen konnte.

Die ganze verdammte Sache war einfach zu verwirrend. Es war spät, sie war müde, und alles, was sie jetzt noch tun musste, war, ihren Bruder abzusetzen und Daisy Doo mitzunehmen. Dann würde sie darüber schlafen und hoffentlich von irgendetwas oder irgendjemandem träumen, nur nicht von dem verdammten Jack Anderson.

23. Kapitel

Jack wachte in seinem zerknitterten Bett auf, allein. Sonnenlicht fiel durch das Fenster in den Raum.

Als er sich an den Abend zuvor erinnerte, spürte er einen Anflug von Enttäuschung über Lucys erneute Frostigkeit. Er hätte so gern die Gelegenheit gehabt, zu plaudern und vielleicht noch einmal über den schönen Nachmittag zu sprechen, den sie am letzten Wochenende gemeinsam am Strand verbracht hatten. Vermutlich war es nicht so günstig gewesen, dass sie ihren Bruder im Schlepptau gehabt hatte. Oder er machte sich einfach zu viele Gedanken.

Heute war ein neuer Tag. Es war an der Zeit, sich aus dieser albernen Lucy-förmigen Träumerei zu befreien. Genau, er musste seine Facebook-Seite und seine Website checken und aktualisieren. Er hatte ein paar tolle Fotos von seinen Cocktails gemacht und auch Aufnahmen vom Camper in der Auffahrt, während die Party gestern Abend im vollen Gange war. Nikki hatte gesagt, sie würde sich freuen, wenn er sie verwendete. Das würde die Seiten auffrischen und potenziellen Kunden einen Eindruck von seinem Angebot vermitteln.

Er stand auf. Als er in seinen Boxershorts dastand und sich streckte, fiel sein Blick auf einen blauen, nur leicht bewölkten

Himmel. Es schien ein schöner Tag zu werden, warum also nicht auch aufs Fahrrad steigen? Vielleicht eine Radtour an der Küste entlang und dann zurück durch die Berge – eine Vierzig-Meilen-Strecke. Ordentlich frische Luft und Bewegung würden ihm guttun.

Vielleicht hatte Matt ja Lust, mitzukommen? Sein Mitbewohner hatte erwähnt, dass er heute einen seiner seltenen freien Tage in der Tierarztpraxis hatte, und seine Freundin Jess wollte etwas mit einer Freundin unternehmen. Es wäre gut, Gesellschaft zu haben. Hmm, vielleicht könnten sie unterwegs irgendwo in einem Biergarten einkehren und ein kühles Bier vom Fass trinken. Die Idee nahm Gestalt an.

Sie saßen vor dem Horseshoe Inn in dem malerischen Dorf Kirkholme in den Ausläufern der Cheviot Hills, als Jack den ersten Schluck von einem erfrischend kalten Bier trank. Seine Erwartungen waren erfüllt. Die ersten zwanzig Meilen ihrer Radtour hatten sie durch eine herrliche Landschaft mit sanften Hügeln und einer zerklüfteten Moorlandschaft geführt. Abseits der Touristenströme, die sich entlang der Küste konzentrierten, waren die Wege hier ruhiger, doch das Radlerduo hatte viele anspruchsvolle Anstiege zu bewältigen gehabt. Jacks Muskeln schmerzten, aber auf eine gute Art. Er liebte es, in der freien Natur zu sein, und ebenso das Gefühl, an die eigenen Grenzen zu gehen, sei es beim Sport oder in seinem Geschäft. Sich auf seinen Lorbeeren auszuruhen lag ihm nicht.

»Und, wie ist es in letzter Zeit gelaufen? Bist du immer noch erfolgreich in deinem Leben mit dem Cocktail-Camper?«, fragte Matt und streckte seine langen Beine auf einer Picknickbank aus.

Obwohl sie im selben Haus wohnten, saßen die beiden Männer nur selten bei einem echten Gespräch zusammen. Höchstens gab es mal ein lockeres Geplänkel bei einer Pizza oder einem Burger und einer Flasche Lagerbier, wenn Matt von einer langen Schicht kam, oder man sah sich gelegentlich ein Fußballspiel im Fernsehen an oder hatte eine »Call of Duty«-Session auf der Xbox. Natürlich nur, wenn Jess nicht da war, was immer seltener der Fall zu sein schien. Sie wurde langsam zu einer festen Größe. Es war nur eine Frage der Zeit, bis sie bei Matt einziehen würde, und dann müsste Jack sich nach einer anderen Unterkunft umsehen. Er sah das ganz pragmatisch, denn schließlich war es Matts Haus. So war das Leben nun mal. Aber er hatte ein paar gute Jahre dort verbracht, seit er seine Reisen beendet hatte und nach Alnwick zurückgekehrt war. Es hatte ihm gefallen. Bei seinen Eltern hätte er nicht wohnen wollen. Es gab zu viele Erinnerungen dort, die ihn bei jeder Gelegenheit ansprangen.

»Jack? Hallo? Der Cocktail-Camper?«, wiederholte Matt.

»Ah, ja, läuft gut, danke«, sagte Jack und schüttelte die Träumerei ab. »Bis jetzt war das ein erfolgreiches Jahr, richtig super. Und es kommen immer noch Buchungen rein.«

Tatsächlich hatte er an diesem Morgen gerade den Hinweis auf ein neues Musikfestival erhalten, das in der Gegend stattfinden sollte, wodurch sich – mit etwas Glück – eine tolle neue Gelegenheit bieten würde. Ein Kumpel, mit dem er vor einiger Zeit in einer Bar gearbeitet hatte, spielte selbst in einer aufstrebenden Band und hatte ihn angerufen, um ihm mitzuteilen, dass für das erste Holy Island Music-Fest noch ein paar Catering-Plätze frei waren. Man musste zwar eine ordentliche Anzahlung auf die Standmiete leisten, aber es war zu hoffen, dass man bei einem begeisterten Publikum richtig gut ankommen konnte und außerdem noch tolle Musik geboten bekam. Jack erzählte Matt von dieser neuen Sache und spornte sich selbst an, indem er davon sprach. Also beschloss er, die Organisatoren anzurufen, sobald er und Matt wieder zu Hause waren – und ja, er könnte auch Lucy anrufen, warum nicht? Sie könnte sich vielleicht auch einen Platz dort sichern, und es wäre gut, mit ihr zu sprechen.

»Hört sich ja an, als liefe es hervorragend.«

»Absolut, und es macht immer noch Spaß.« Jack fand, dass es in letzter Zeit sogar noch mehr Spaß gemacht hatte, weil er sich immer fragte, ob ein gewisser Pferdeanhänger samt Fahrerin bei denselben Sommer-Events auftauchen würde. Also, bis gestern Abend zumindest, bevor alles ein bisschen verwirrend wurde.

»Super. Das ist cool. Die Idee hat mir schon immer gefallen, und Ruby ist eine echte Schönheit.«

»Das ist sie«, antwortete Jack. Ruby war wirklich sein ganzer Stolz und seine Freude. »Und du? Was ist mit dir? Wie ist das Leben als Tierarzt?«

»Na ja, nicht so glanzvoll wie deines, würde ich sagen. Ich verbringe die Hälfte meines Lebens damit, Tieren ein Thermometer in den Arsch zu stecken, werde von wilden Stubentigern gekratzt, deren Besitzer schwören, dass sie brave Miezekätzchen sind, und laufe Gefahr, von wütenden Kühen niedergetrampelt zu werden. Aber komischerweise liebe ich es.«

»Ich wusste ja schon immer, dass du ein bisschen seltsam bist. Aber wirklich, ich freue mich für dich, Matt. Du warst schon immer dazu bestimmt, Tierarzt zu werden. Es ist deine Berufung.«

»Ja, so in etwa.«

Matt war bescheiden, aber Jack kannte ihn von der Schule her und wusste, wie sehr er sich all die Jahre im Studium aufgerieben hatte, um sein Ziel zu erreichen. Es war mehr als ein Beruf, es war sein Leben. Während Jack sich mit Gelegenheitsjobs durch die Welt hatte treiben lassen, hatte Matt fleißig studiert.

»Und mit Jess? Sieht so aus, als würde es mit euch beiden gut laufen, oder?«

»Ja, stimmt.« Matt war kein Mann, der viele Worte machte, aber sein Nicken und sein breites Lächeln sagten alles. »Richtig gut. Bei dir?«

»Was bei mir?«

»Liebesleben? Wo hast du in letzter Zeit all die hübschen Mädchen versteckt?«

»Oh … als würde ich das verraten«, scherzte Jack, der sich plötzlich unwohl fühlte. Die Wahrheit war, dass er schon seit einiger Zeit keine Übernachtungsgäste beherbergt hatte. Keine unangenehmen Morgenbegegnungen in Matts Haus, mit Kaffeekochen und höflicher Unterhaltung. Und die eine oder andere Nacht, in der er allein weg gewesen war, da war er genau das gewesen: allein. Die meiste Zeit hatte er oben in den Bergen oder unten am Strand verbracht, nur mit Ruby … und hatte die Sterne am weiten, leeren Himmel betrachtet. Sein Sexleben schien sich tatsächlich in Luft aufgelöst zu haben.

Ja, wahrscheinlich könnte er ausgehen, sich ein Date suchen, den Kick und die Freiheit eines zwanglosen One-Night-Stands genießen, so wie er es früher getan hatte, aber in letzter Zeit hatte er die Lust daran völlig verloren. Die letzten Male, als er sich in diese Gefilde gewagt hatte, war ihm alles ziemlich seelenlos und mechanisch vorgekommen. Das wollte er vorläufig nicht mehr haben.

»Okay, Jack, los! Lass uns mal wieder starten.« Matt leerte sein Bierglas und erhob sich von der Bank. »Die nächsten zwanzig stehen an.«

Jack tat es ihm nach und fuhr voran, durch gewundene, von Steinmauern gesäumte Straßen und grüne Täler, mit einer Brise im Rücken und dem Blöken der Moorschafe im Ohr. Schon bald fuhren sie im Freilauf einen steilen Abhang hinunter, und Matt überholte ihn mit einem frechen Ruf: »Bleib dran, Kumpel, nicht stehen bleiben!«

Jack grinste, fühlte sich dann aber doch ein wenig unwohl, als er zusah, wie der Rücken seines Freundes sich vor ihm entfernte. Matt schien sein Leben ziemlich gut im Griff zu haben. Matt und Jess – waren sie nicht diejenigen, die vorankamen, während er endlos auf Sparflamme lief und nicht recht in Schwung kam? Unvermittelt trat er fester in die Pedale.

24. Kapitel

Endlich war Lucys zweiter Buchclubabend gekommen. In den letzten Wochen hatte sie es sehr genossen, heimelig auf dem Sofa und spätabends im Bett *Zwei an einem Tag* zu lesen. Sie verlor sich in der Welt von Emma und Dexter, in deren komplizierter Freundschaft und ihrem beinahe gescheiterten Liebesleben, während Daisy sich wie immer an ihre Seite kuschelte. Ja, Lucy freute sich sehr auf das anstehende Driftwood-Büchertreffen.

Später am Abend saß sie dann an einem großen runden Tisch im Café, mit einer Tasse Tee und einem großen Stück Kaffee-Walnuss-Kuchen neben sich. Louise stellte ihr Paul vor, der beim letzten Mal gefehlt hatte: ein leutseliger Mittvierziger mit einer Vorliebe für Krimis und einer Schwäche für Mills & Boon. Er schien lustig zu sein, und sie freute sich darauf, auch eine männliche Perspektive auf die Bücher geboten zu bekommen, die sie lasen.

Da ein oder zwei aus der Gruppe noch nicht da waren, plauderte Lucy mit Helen, die neben ihr saß.

»Hey, wie geht es dir? Wie waren die letzten Wochen?«, fragte sie, weil sie sich daran erinnerte, dass Helen sich gerade mitten in einer chaotischen Trennung befand.

»Ach, so lala. Nicht so schlimm. Die Kinder halten mich auf Trab«, antwortete Helen vage. »Meine Mutter hat sie heute Abend, also genieße ich es, ein bisschen Zeit für mich zu haben.« Sie lächelte.

Lucy hatte das Gefühl, dass sie gute Miene zum bösen Spiel machte, während sie zweifellos die Gelegenheit nutzte, dem Alltag zu entfliehen.

»Und wie sieht's bei dir aus? Du bist doch die Frau mit dem hübschen Pizzawagen, stimmt's? Ich habe den Pferdeanhänger unten im Dorf geparkt gesehen. So eine Arbeit macht doch sicher Spaß, oder?«

»Ja, auf jeden Fall. Natürlich ist auch viel zu tun, aber ich komme auf alle möglichen coolen Partys und an schöne Orte. Keine Veranstaltung ist wie die andere.«

»Oh, meine Cousine hat bald Geburtstag. Da werde ich dich mal im Kopf behalten. Sie hat schon überlegt, was wir machen sollen. Das würde den Kindern bestimmt auch gefallen. Wie viele Personen brauchst du für eine Buchung?«

»Na ja, damit es sich lohnt … ähm, wahrscheinlich zwanzig Pizzen als Minimum, aber ich kann natürlich kleine und große Veranstaltungen beliefern.«

»Das hört sich gut an. Ich werde Jilly von dir erzählen. Es wär schön, etwas zu haben, auf das man sich freuen kann. Vor allem mal etwas ganz anderes.«

Dann stand Louise auf und klatschte in die Hände. »Also dann, meine Damen und Herren, herzlich willkommen. Es sieht so aus, als ob Cathy sich verspätet, und Becky schafft es diese Woche nicht, so war es doch, Lucy?«

»Ja, sie hatte schon etwas vor. Ein Essen mit den Eltern ihres Partners.«

»Kein Problem, dann sind wir eben jetzt die lustige Truppe. Also, was ist euer Eindruck von dem entzückenden *Zwei an einem Tag*?«

»Also, mir gefällt das Konzept – zwei Menschen über zwanzig Jahre hinweg …«, begann Paul eifrig. »Und zu sehen, wie sich ihr Leben entwickelt. Die beiden als Paar waren über weite Strecken des Buches zur falschen Zeit am falschen Ort.«

»Aber waren sie nicht großartige Charaktere?«, mischte sich Sarah ein. »Ich meine, Emma wirkte von Anfang an ziemlich reif, und Dex, nun ja, er war keineswegs perfekt, aber er kam einfach so warmherzig und lebendig rüber, und – na ja – auch verdammt sexy.«

»Ach, findest du? Ich fand ihn nur verdammt nervig«, widersprach Helen.

»Ha ha, ich stimme Helen zu. Er war auf jeden Fall ein bisschen trottelig«, fügte die junge Abby hinzu, »aber es war interessant, dass er nicht perfekt war. Er war einfach ein Mensch und hat Fehler gemacht. Viele.«

Warum musste Lucy auf einmal an Jack denken? War es diese fröhliche, aber scheinbar unreife Seite, die sie an ihm gesehen hatte? Und dann das mit Becky …

»Ja«, fügte Lucy hinzu, »es gab Probleme mit ihm, zugegebenermaßen große, aber die beiden haben einfach versucht, ihren Weg zu finden, mit dem Leben zurechtzukommen, so wie wir alle es müssen.« Sie hob ihr zerlesenes Exemplar auf, das sie neben ihrem Kuchen abgelegt hatte.

»Ich glaube ja, Emma hat ihn von Anfang an geliebt, was meint ihr?«, sagte Louise.

»Ich denke, er hat ihr einigen Frust bereitet«, erwiderte Lucy.

»Und sie verletzt«, fügte Helen hinzu.

»Aber hat sie ihn nicht auch manchmal verletzt?«, wagte Louise zu fragen. »Falsche Zeit, falscher Ort? Macht die Liebe nicht genau das mit einem?«

»Ja, und es war so traurig, als seine Mutter starb«, sagte Abby mit einem Stirnrunzeln und nahm sich einen zweiten Brownie von dem Stapel, der verlockend in der Mitte des Tisches stand.

»Ah, und wenn dich das schon bekümmert, was ist dann mit dem verdammten Ende?«, fragte Cathy, die gerade angekommen war und sich einen Platz suchte. »Ich dachte, diese Romanzen sollten ein Happy End haben. Dieses hat mich völlig umgehauen – ich habe geheult.«

»Na ja, ich nehme an, dass es sich eher an eine griechische Tragödie anlehnt«, meinte Phyllis.

»Genau das hat mir gefallen, es wirkte realistischer«, meldete sich Helen zu Wort. »Gerade wenn man endlich in Fahrt kommt, ist die Kacke am Dampfen. Meine Laune hat das allerdings nicht gerade verbessert.« Dann hörten sie alle ein lautes Schniefen. Plötzlich bröckelte Helens Fassade, und die Tränen liefen. »Ach, Scheiße.« Helen senkte den Kopf.

»Ach, Schätzchen, können wir irgendetwas tun, um dir zu helfen?«, fragte Louise und streckte eine Hand über den Tisch, ganz mütterlich und voller Sorge.

Lucy fühlte mit Helen. Sie erinnerte sich an die Achterbahnfahrt ihrer eigenen Trennung.

»Tut mir leid, Leute, es war nur einfach eine blöde Woche, das ist alles.« Helen schniefte noch einmal und kramte in ihrer Handtasche nach einem Taschentuch.

Paul reichte seine saubere Serviette weiter. »Bitte sehr, Liebes.«

»Danke. Tut mir leid, ich weiß nicht, was in mich gefahren ist. Es ist nur so, dass das Urteil nun rechtskräftig ist … und klar, ich wollte natürlich, dass er geht, und ich weiß, dass es das Beste ist, aber es ist alles so verdammt endgültig. Und die Kinder vermissen ihn. Sie haben ja nicht mitgekriegt, was für ein nutzloser Scheißkerl er die meiste Zeit war. Dafür habe ich jetzt das Gefühl, dass das alles meine Schuld ist.« Sie putzte sich die Nase.

Ihre Freundin Sarah legte ihr einen Arm um die Schultern. »Wir sind alle für dich da, Hels, du musst nur was sagen.«

Alle am Tisch nickten zustimmend. »Ja, wenn wir was tun können …«

»Natürlich.«

»Ich weiß. Danke. Es ist schön, das einfach zu wissen.« Sie tupfte sich die Augen ab.

Helen sammelte sich und ging zur Toilette, während Louise eine weitere Runde Tee und Kuchen brachte, um sie alle wieder aufzumuntern. Es folgte eine weitere Unterhaltung über Bücher, die Gruppe gab ein allgemeines Thumbs-up für *Zwei an einem Tag*, und dann ging das Gespräch weiter.

»Wie läuft denn das Pizzageschäft, Lucy?«, fragte Louise.

»Ziemlich gut, es kommen jetzt schon mehr Buchungen rein, was toll ist. Bei den größeren Veranstaltungen könnte ich allerdings Hilfe gebrauchen. Manchmal ist es zu viel für mich allein, dann bin ich nachher völlig ausgelaugt. Und meine erste Aushilfe macht schon Anstalten zu flüchten.«

»Oh …« Louises Blick wanderte zu der jungen Abby. »Hattest du nicht gesagt, dass du noch was anderes suchst, Abs? Wir haben ja hier nun mal nicht immer genug Schichten zu vergeben, weil meine Schwester auch noch aushilft.«

Abbys Augen leuchteten auf. »Ja, wann wäre das denn? Ich spare auf einen Skiurlaub diesen Winter. Meine Freundinnen wollen schon was buchen, aber ich brauche noch die Ausrüstung und alles, und ich habe gerade die Preise für die Skipässe gesehen … das ist erschreckend.«

Abby kam beim Bedienen im Café immer sehr nett rüber, darum konnte Lucy sich ihre Hilfe gut vorstellen. »Meist sind es Freitag- oder Samstagabende. Ach ja, und manchmal ist auch ein Samstagnachmittag dabei. Es kommt immer darauf an, was so an Anfragen reinkommt.«

»Na ja, abends ist das normalerweise kein Problem. Meine Schichten hier enden um fünf. Und wenn ich die Sonntagsschicht für dich übernehme, Lou, dann ginge vielleicht auch der eine oder andere Samstag …?« Das junge Mädchen hob auffordernd die Augenbrauen.

Louise zwinkerte. »Damit könnte ich ab und zu klarkommen, ja. Solange du sie mir nicht allzu oft wegnimmst, Lucy.«

»Aber das wäre ja großartig. Du kannst mir deine Nummer geben, Abby, und dann können wir uns demnächst richtig darüber unterhalten. Ich hätte dich sehr gern an Bord.« Lucy konnte ihr Glück kaum fassen.

Nachdem sie mit Ideen für die nächste Lektüre um sich geworfen hatten – Paul wollte unbedingt etwas von Mills & Boon, Phyllis einen weiteren Klassiker wie *Zimmer mit Aussicht*, und Helen verlangte etwas, das so weit wie nur möglich von einer Liebesgeschichte entfernt war –, einigten sie sich auf *Das Versprechen des Bienenhüters*, ein Buch, von dem Lucy schon viel gehört hatte und das sie gern lesen wollte. So endete der Buchclubabend mit guter Laune und Umarmungen für Helen zur Ermutigung, und Lucy hatte das Gefühl, eine nette und interessante Gruppe neuer Freunde gefunden zu haben … und mit etwas Glück auch eine neue Aushilfe für ihren Pizzawagen. Es ging bergauf.

Der Farmer fordert den Fünfzigsten!
Alans Geburtstags-Fete
Besucht das MUHntere Treiben und habt eine MÄHnge Spaß!
Pizza, Spanferkel, Cocktails und mehr
Samstag, 26. Juni
von acht bis in die Nacht
auf der Farm unten in Morwick Steads

25. KAPITEL

Der feuchte und nieselige Freitag Ende Juni hatte sich glücklicherweise in einen sonnigen Abend verwandelt, als Jack begann, Rubys Bar für eine besondere Geburtstagsfeier zum Fünfzigsten einzurichten. Heute hatte er eine »Bar mit Aussicht« auf sanft wogende, noch grüne Gerstenfelder und saftige Grasflächen, auf denen das Vieh träge weidete. In der Ferne sah man einen reizvollen Streifen des schieferfarbenen Meeres.

Rubys zugewiesener Platz auf dem Hof befand sich neben einer großen Steinscheune, die ausgeräumt und in einen originellen Veranstaltungsort für die Party umgewandelt worden war. Es gab rechteckige Strohballen zum Sitzen, verschiedene Holzstühle und -tische, bildhübsche Arrangements aus Sonnenblumen und Margeriten in Milchkrügen, Geburtstagsgirlanden und einen »Disco«-Bereich in einer Ecke der Scheune.

Die Gastgeber des heutigen Abends hatten Jack gebeten, sich mit reichlich echtem Ale und Prosecco einzudecken und ein paar ausgefallene Cocktails zu mixen – darunter ein Moo Moo (auf der Basis von Irish-Cream-Likör) und der allseits beliebte Morpeth Mule. Die Party sollte mit etwa hundertfünfzig Gästen ziemlich groß werden, also war Jack extra früh gekommen, um genügend Zeit zu haben, sich vorzubereiten.

Das Farmhaus auf der gegenüberliegenden Seite des Hofes war ein schönes, traditionelles Northumberland-Steinhaus. Vor der Veranda schwebten bunte Heliumballons mit einer *50* darauf an silbernen Schnüren. Muhen und Blöken von den umliegenden Feldern begleitete das Klirren von Jacks Gläsern, als er sie aufstellte. Er nahm auch ein paar ländliche Gerüche wahr, die seinen Cocktails zum bäuerlichen Thema ein interessantes und vielleicht etwas zu authentisches Ambiente verleihen würden.

Seit der Party in Darras Hall, bei der er Lucy das letzte Mal gesehen hatte, war etwas mehr als eine Woche vergangen, und nun sollte sie auch bei dieser Feier zum Fünfzigsten dabei sein. Jack spürte eine steigende Vorfreude. Und als er nur wenige Minuten später den vertrauten grau gestrichenen Pferdeanhänger in den Hof einbiegen sah, spürte er eine seltsame, hoffnungsvolle Erleichterung im Herzen.

»Hallo!«, rief er, als Lucy aus ihrem Jeep stieg. Sie sah lässig, aber hübsch aus in ihrer Pizzabäckerinnen-Uniform aus blauen Jeans und rotem Poloshirt mit dem *Feuer-und-Flamme*-Logo. »Alles okay?«

»Ja. Und bei dir?«, kam Lucys Antwort höflich und knapp. Beckys Enthüllung belastete sie immer noch sehr.

»Ja, alles gut, danke.« In der Tat fühlte er sich jetzt, da sie angekommen war, viel besser.

Von der Beifahrerseite des Fahrzeugs sprang ein junges Mädchen heraus. Puh, wenigstens war der Bruder nicht dabei. Und es war ein anderes Mädchen als sonst. Tatsächlich lächelte es sogar.

»Das ist Abby, meine neue Komplizin, die ich aus meinem Dorf kenne«, sagte Lucy, nur um höflich zu sein. »Abby, das ist Jack.«

»Hi, Jack. Freut mich. Dein Camper ist eine Wucht. Der gefällt mir.«

»Danke. Und … auch schon ganz Feuer und Flamme für einen arbeitsreichen Abend, die Damen?«, scherzte er.

»Haha, das sind wir wirklich«, entgegnete Abby. »Wir können's kaum erwarten.«

Lucy hob nur kühl die Augenbrauen.

Darauf wandten sich die beiden jungen Frauen ab und machten sich eilig daran, den Pferdeanhänger zu öffnen und alles vorzubereiten. Lucy schenkte Jack keinen weiteren Blick.

Was war nur los mit der Eiskönigin? Er hatte gedacht, dass sie sich an jenem Nachmittag am Strand gut verstanden hatten, aber diese Frau war so verdammt schwer zu deuten. Er ging zurück zu Ruby und verbarg seine Niedergeschlagenheit in seinem Barkeeper-Magie-Umhang … na ja, oder seiner *Jack's Cocktail-Camper*-Schürze.

Kurz darauf tauchte der Spanferkelwagen namens *Pig Out* auf und fuhr auf den Platz zwischen den beiden. Jack kannte den Mann von anderen Veranstaltungen, auf denen sie gewesen waren. Er kam von der örtlichen Metzgerei in Alnwick und führte sein Catering-Unternehmen als Nebengeschäft an den Wochenenden. Leider verdeckte der große weiße Lieferwagen nun einen Teil von Jacks Sicht auf *Feuer und Flamme*, was ziemlich ärgerlich war. Er musste zugeben, dass er Lucy sehr gern heimlich bei ihrer Arbeit zusah … auch wenn sie sich alle Mühe gab, ihn zu ignorieren.

Lucy hatte an diesem Abend alle Hände voll zu tun. Es waren fünfundsiebzig Pizzen mit vier verschiedenen Belägen bestellt (glücklicherweise alle im Voraus bezahlt), die im Laufe des Abends aufgeschnitten und serviert werden sollten. Nachdem die lustlose Tamsin sie bei der letzten Veranstaltung im Stich gelassen hatte, war sie froh über die glückliche Fügung mit Abby bei der vorigen Buchclubnacht. Abby war ein quirliges Mädchen mit viel jugendlichem Enthusiasmus, und sie arbeiteten bereits gut als Team zusammen, unterhielten sich, während sie in Servietten gerolltes Besteck stapelten und nebeneinander Zwiebeln, Schinken, Pilze und Paprika schnippelten. Der Disco-Typ machte seine Soundchecks, und die Frauen summten zu Beyonces *All the Single Ladies* mit. Hinter dem Pizzastand herrschte definitiv ordentlich Frauenpower. *Feuer und Flamme* bereitete sich auf einen arbeitsreichen und hoffentlich unterhaltsamen Abend vor.

Ab und zu wurde Lucy bewusst, dass Jack zum Pferdeanhänger herüberschaute, während er seine Bar einrichtete, und dabei versuchte, ihrem Blick auszuweichen. Sie musste sich das rote Gefahrenzeichen in Erinnerung rufen, das in seine Richtung wies. Sie hatte immer noch Beckys Warnung im Ohr, ganz gleich, wie attraktiv er aussah, wenn er diese Cocktails servierte.

Der Abend war lau, und als der Ofen sich aufwärmte, ging es Lucy genauso. Selbst in ihrem kurzärmeligen Poloshirt war ihr schon extrem heiß. Aber sie hatte einen Job zu erledigen und eine fließbandartige Pizza-Produktion zum Laufen zu bringen. Ihr Ruf festigte sich allmählich. Sie hatte auf ihrer Facebook-Seite eine fabelhafte Bewertung für die Jahrmarktsnacht bekommen und weitere begeisterte Kommentare von Gastgeberin Nikki nach ihrer Last-minute-Buchung bei der Geburtstagsparty. Aber sie war sich bewusst, dass sie sich nicht auf ihren Lorbeeren ausruhen durfte. Sie brauchte die doppelte Anzahl an Buchungen, um einen Gewinn zu erwirtschaften, von dem sie selbst leben konnte und der auch den Lohn ihrer Aushilfe deckte. Es musste so weitergehen! Bald trafen die Partygäste ein, versammelten sich um Jacks Camper zu einem Begrüßungstrunk und plauderten in Gruppen. Jeans, T-Shirts und Freizeitkleidung waren bei diesem Fest auf dem Bauernhof an der Tagesordnung. Alle schienen schon bei ihrer Ankunft gut gelaunt, und, wow, da war sogar jemand – na ja, eigentlich zwei, wie es aussah – in einem Kostüm als Vorder- und Hinterteil einer Friesenkuh gekommen! Das sorgte für viel Heiterkeit unter den Gästen und für ein Ratespiel, wer sich wohl darunter versteckte.

»Hey, Abby. Das wird gleich spaßig mit ihren Muhves auf der Tanzfläche.« Lucy konnte sich ein Grinsen über das Wortspiel nicht verkneifen.

Dann hörten sie, wie Jack scherzend rief: »Darf ich Ihnen einen Muh-Muh-Cocktail anbieten?«, als die gefleckte »Kuh« auf dem Weg zur Party-Scheune bei ihm vorbeiwatschelte.

Es gab Musik und gute Laune, die Meat-Feast-Pizza und die Knoblauch-Pilz-Pizza kamen besonders gut an, und die beiden Frauen kamen mit dem Backen gerade so nach! Wenn es eine kurze Wartezeit gab, überbrückten die Gäste sie fröhlich plaudernd mit einem Getränk von Jacks Camper in der Hand.

Eine kleine Pause beim Servieren entstand, als der Tanz mit einem traditionellen Barndance begann. Viele der jungen Leute hatten keine Ahnung, wie die Schritte gingen, machten aber trotzdem mit, zusammen mit der Kostümkuh. Mann, das war sicher heiß da drin, dachte Lucy und spürte förmlich, wie sie schwitzten. Es wurde viel gelacht, und man drängelte sich fröhlich auf der Tanzfläche. Lucy nahm sich eine kleine Auszeit, um Daisy, die sie an diesem Abend dabeihatte, für einen kurzen Spaziergang an der Leine herauszulassen, damit sie ihr Geschäft erledigen konnte – dieses Mal weit weg von Jacks Camper und der Beschilderung! Der Dackel schnüffelte mit großem Interesse in der Nähe des Spanferkelwagens und dann noch bei den Kuhställen. Die Musik und der Lärm machten ihr nichts aus. Sie war im Allgemeinen ein selbstbewusster kleiner Hund. Ein paar Gäste blieben stehen und bewunderten sie, bückten sich, um sie zu streicheln, und in einem Fall sogar, um ihr ausgiebig den Bauch zu kraulen, worüber Daisy sehr glücklich war. Als ihr dann noch ein Stück von einem Brötchen mit gebratenem Schweinefleisch zugeworfen wurde, war sie im Hundehimmel. Lucy brachte Daisy zurück in ihr Hundebett hinten im Jeep und sorgte dafür, dass die Fenster weit genug geöffnet waren. Dann erst sah sie, was für eine Schlange sich beim Pferdeanhänger gebildet hatte.

»Sorry, Luce, kannst du bitte mal kommen?«, rief auch schon Abby, die ausgesprochen erhitzt und aufgewühlt aussah.

Du lieber Himmel, wo kommen denn die ganzen Leute her? Lucy lief schnell zurück, wusch sich die Hände und sprang an Abbys Seite.

Die Party war in vollem Gange. Es wurde viel gelacht, als ein Singalong begann und eine Polonaise sich ihren Weg durch den Hof bahnte. Die hintere Hälfte der Kuh tauchte auf, um sich eine Pizza zu holen, der Oberkörper von einem schlichten weißen T-Shirt bedeckt, die Hose in lustig schwarz-weiß geflecktem Fleece. Die vordere Hälfte der Kuh zog den Kopf ab und setzte sich mit einem Pint neben Jacks Bar.

Der junge Mann an ihrem Pizzastand sagte: »Das ist eine verdammt coole Feier.« Er hatte dunkles Haar, das durch das Kostüm etwas zerzaust war.

»Ja, ist toll hier. Mir gefällt übrigens das Kostüm«, hörte Lucy Abby sagen. Sie war den Kunden gegenüber so viel zugewandter als die mürrische Tamsin.

»Haha, ja, Josh und ich dachten, wir probieren es mal. Ein kleiner Gag. Wir sind Alans Neffen und haben uns überlegt, dass ihn das an seinem Geburtstag bestimmt zum Lachen bringen würde. Ist aber verdammt heiß, wenn man die ganze Nacht da drinsteckt.«

Der junge Mann bestellte eine Meat-Feast-Pizza mit extra Pilzen. Abby gab Soße und Belag darauf, und Lucy trug sie zu ihrem Holzbrett, um sie in den Ofen zu schieben. Sie konnte sich gut vorstellen, wie man in dem Kostüm schwitzte, da sie sich selbst in dieser lauen Juninacht neben einem 400-Grad-Ofen aufhielt.

Sie hörte, wie Abby und Mr. Kuhhose sich weiter unterhielten, während er darauf wartete, dass seine Pizza fertig wurde. Sie schienen sich prächtig zu verstehen, und Lucy musste lächeln.

Nach einem Feuerwerk, bei dem die Raketen in den dunkelblauen sternenübersäten Dämmerungshimmel aufstiegen und die Gäste den Anblick der Farbenblitze mit vielen »Ohs« und »Ahs« kommentierten, war es dann nur allzu bald Zeit, zusammenzupacken. Die Gastgeber kamen herüber, um sich bei Lucy und Abby zu bedanken und ihnen zu sagen, wie köstlich ihr Essen gewesen war. Lucy war stolz darauf, dass ihr Pizza-Projekt endlich Fuß fasste, und bedankte sich bei Abby für ihre großartige Hilfe. Sie hatte das Gefühl, dass dies der erste Abend von vielen weiteren mit ihrer neuen Helferin sein würde.

Während der Ofen abkühlte, ging Lucy zum Jeep, um einige der nun leeren Aufbewahrungsboxen wegzuräumen. Nanu, die Kofferraumklappe war nur leicht angelehnt. Hatte sie ihn nicht richtig zugemacht, nachdem sie Daisy zurückgebracht hatte? *Daisy!* Lucy fühlte, wie ihr Herz zu rasen begann, als sie hineinschaute.

»Alles okay, Daisy?« Sie hob die Heckklappe ganz an und hatte einen dicken Kloß im Hals, als sie das Hundebett leer vorfand.

Sie suchte erneut den hinteren Bereich ab. Hatte sich der kleine Hund in einer Ecke versteckt? Aber nein. Lucy rannte ums Auto herum, um die Rücksitze zu überprüfen, dann die vorderen … nichts. Leer. Keine Daisy. Oh Gott, wo zum Teufel war sie? Könnte sie gestohlen worden sein? War sie weggelaufen? Hatte irgendein betrunkener Idiot das Fahrzeug aus Versehen geöffnet … oder mit Absicht? Hatte sie selbst die Klappe nicht richtig verschlossen? Sie überprüfte alles noch einmal und rief: »Daisy! Komm schon, Süße!« Vielleicht war sie ganz in der Nähe. Aber selbst wenn der Kofferraum offen gewesen wäre, war es ungewöhnlich für sie, die Sicherheit und Vertrautheit ihres gemütlichen Bettchens zu verlassen. Ach, verdammt, es hatte ja ein Feuerwerk gegen Ende der Party gegeben, und die kleine Daisy hasste Feuerwerk. Die Arme. Wenn sie davon gewusst hätte, hätte sie versucht, sie woanders zu lassen, anstatt sie mitzubringen. Wo um alles in der Welt war der kleine Hund jetzt nur?

»Daisy? Daisy!« Lucys Stimme überschlug sich vor Angst.

Vielleicht versteckte sie sich ja. Sie konnte überall sein. Das hier war eine Farm, Himmel noch mal! Sie konnte von Kühen zertrampelt worden sein, von Schweinen angegriffen, von marodierenden Hähnen … von marodierendem Partyvolk? Lucy spürte, wie Panik in ihr aufstieg und ihr plötzlich ganz kalt wurde.

»Stimmt was nicht, Luce?« Jack kam mit besorgter Miene zu ihr herüber. »Was hat Diva Daisy jetzt wieder angestellt?«

»Ich weiß nicht. Sie war hier … aber jetzt ist sie einfach weg.« Lucy spürte, wie ihr die Tränen in die Augen stiegen.

»Okay, wann hast du sie zuletzt gesehen?«

»Vor etwa einer Stunde. Ich war kurz mit ihr spazieren. Es war alles okay, aber … Ich weiß nicht, ob ich selbst den Kofferraum offen gelassen habe, jedenfalls ist sie verschwunden.«

»Sie wird nicht weit weg sein. Keine Sorge, wir finden sie schon. Komm, wir gehen sie suchen.«

Auch Abby wollte ihnen bei der Suche helfen, und die Nachricht gelangte auch zu den verbliebenen Nachtschwärmern, die einen Suchtrupp bildeten.

Oh nein, jetzt hatte sie nicht nur ihren Hund verloren, sondern es auch geschafft, alle Gäste damit zu beschäftigen. Sie verfluchte sich selbst.

Aber es gab nun mal so viele gefährliche Dinge auf einem Bauernhof, Orte, wo ein kleiner Hund festsitzen konnte … sich verirren konnte. Hatte Daisy ein Kaninchen erschnüffelt und war in einem Bau stecken geblieben? Oh nein, warum hatte sie sie überhaupt hierher mitgebracht? Sie hätte sich zu Hause vielleicht einsam gefühlt, sich gelangweilt und dringend Pipi gemusst, aber wenigstens würde sie dann jetzt nicht vermisst.

Egal, es hatte keinen Sinn, sich fertigzumachen. Sie musste weitersuchen. Lucy ging auf Hände und Knie und suchte unter dem Jeep, dann rundherum und unter dem Pferdeanhänger –

im Inneren des Anhängers. Gott sei Dank kam so ein kleiner Hund nicht an den Ofen.

Essen. Der Schweinebratenstand, da könnte man nachsehen. Aber Jack war schon da und nahm sich der Sache an. Adam, der Spanferkelmann, hatte überhaupt keinen Hund gesehen. Allerdings könnte sich so ein zielstrebiger Dackel durchaus unbemerkt vorbeischleichen.

Zu allem Überfluss fing es auch noch an zu regnen, und schwere Regentropfen prasselten auf sie nieder. Lucys Kleidung war bald durchnässt, aber es war ihr egal – sie musste weitersuchen. Da sah sie, wie Jack, dem das weiße Hemd nun auf dem Rücken klebte, über einen Zauntritt kletterte und auf die Felder hinausging.

Eine halbe Stunde später, nachdem alle Scheunen und Nebengebäude durchsucht und die Gastgeber sowie Freunde und Verwandte von der Party in die Suche einbezogen worden waren, wurde Lucy richtig unruhig.

»Sie wird schon wieder auftauchen«, beruhigte Pat, die Frau des Farmers, sie. Kommen Sie, ich mache Ihnen erst mal eine schöne Tasse Tee, und danach suchen wir weiter.« Sie standen in der Nähe der Veranda am Bauernhaus. Der Regenschauer hatte nachgelassen, aber eine späte Abendbrise ließ Lucy frösteln. Die Geburtstagsballons waren bereits etwas schlaff geworden.

»Entschuldigung, das ist lieb von Ihnen, aber ich muss weitersuchen. Daisy ist mein Ein und Alles.«

Erinnerungen an ihr Leben mit Daisy wurden wach: die Zeit, als sie durch die Trennung von Liam noch völlig fertig gewesen war und dieses pelzige Wesen, das von ihren Tränen schon ganz nass war, eng an sich drückte. Daisy, die in ihrem frisch bepflanzten Blumenbeet buddelte, als sie im letzten Sommer in das Cottage eingezogen waren – es hatte wie eine Szene aus einer blumigen Variante von *The Great Escape* ausgesehen, aber sie hatte einfach nur lachen müssen.

Lucy merkte, dass ihre Augen feucht wurden. Wo war Daisy nur? Sie würde noch einmal im Jeep nachsehen. Das wäre doch der Zufluchtsort für Daisy. Vielleicht war sie zurückgelaufen, womöglich verletzt. Lucy sank das Herz, wenn sie nur daran dachte.

Dann ertönte ein Ruf aus dem Inneren des Bauernhauses.

»Ich hab sie!« Es war Jack, der gerufen hatte und sich sehr erleichtert anhörte.

Er hatte Pat gefragt, ob er hineingehen und dort nachsehen dürfte, nur für den Fall, dass ein verängstigter und Trost suchender kleiner Dackel ein gemütliches Sofa gebraucht hatte, auf dem er sich zusammenrollen konnte, weit weg von der Party und dem lärmenden Feuerwerk, das draußen stattfand. Ihm war eingefallen, dass die Tür des Farmhauses den ganzen Abend über offen gelassen worden war, damit man ins Badezimmer bei der Veranda gelangen konnte.

Lucy rannte zum Haus. »Gott sei Dank! Geht es ihr gut?« Sie war immer noch verängstigt.

Jack kam heraus, im durchnässten Hemd und mit nassen Haaren, und trug die immer noch zusammengerollte, etwas beleidigt aussehende Daisy in seinen Armen. »Sie hat auf dem Sofa geschlafen.«

»Oh, Daisy. Gott sei Dank bist du in Sicherheit!« Lucy war ungemein erleichtert. Doch dann hielt sie inne, wandte sich an Pat und Alan, die nun neben ihr standen, und ihr wurde klar, dass das Paar das Finale ihres besonderen Abends damit verbracht hatte, nach einem »vermissten« Dackel mit einer Vorliebe für gemütliche Sofas zu suchen. »Ach du meine Güte, es tut mir so leid, dass ich Ihre Zeit verschwendet habe … Und der Hund war die ganze Zeit in Sicherheit dort drinnen …«

»Aber das macht doch nichts, Mädchen«, sagte Pat gutmütig. »Ende gut, alles gut, hm? Ich bin nur froh, dass der Hund wieder da ist. Und wir hatten doch einen ganz wundervollen Abend, wir alle.«

»Es war eine großartige Party, aye.« Mr. »Fifty« Farmer stand lächelnd an der Seite seiner Frau. »Ihre Pizza war einfach köstlich. Die kam sehr gut an.«

»Danke. Und ich danke Ihnen allen, dass Sie uns bei der Suche nach Daisy geholfen haben«, wandte Lucy sich an die Anwesenden. »Ich bringe sie mal besser zurück zum Auto und räume fertig auf.« Sie fühlte sich plötzlich etwas unbehaglich nach dem ganzen Drama.

Erleichterung durchströmte sie, als sie wieder zu Jack hinüberging, der den kleinen Hund immer noch im Arm hielt. »Ach Jack, vielen Dank, dass du sie wiedergefunden hast.« Obwohl ihr das Ganze so peinlich war, war sie überglücklich, ihren kostbaren Hund wohlbehalten zurückzuhaben. Jack gab ihr das weiche, warme Geschöpf in die offenen Arme, wo Daisy die größte Umarmung aller Zeiten bekam.

Als die Hündin wieder sicher in ihrem Bettchen lag und der Kofferraum des Jeeps fest verschlossen und kontrolliert war, musste Lucy einfach zu Jack hinüberlaufen, der gerade seine Klappstühle vor Ruby zusammenpackte. Er hatte sich wirklich sehr viel Mühe gegeben und überall nach Daisy gesucht. »Nochmals vielen Dank«, sagte sie verlegen, plötzlich von ihren Gefühlen überwältigt. Und als er sich aufrichtete, konnte sie nicht anders, als ihn ebenfalls zu umarmen.

Es fühlte sich ein wenig überraschend und doch so natürlich an, als sie sich gegenseitig in die Arme schlossen und einige Sekunden lang festhielten, wobei sich das Auf und Ab ihres Atems gleichermaßen verlangsamte. Die anderen Partygäste schienen für ein paar Augenblicke von der Bildfläche zu verschwinden. Nur sie beide standen im warmen Schein der Bühnenbeleuchtung des Campers. Und noch natürlicher war der Kuss, der folgte, kurz, aber zärtlich. Der kleine Hund, der sie noch vor zwei Wochen auseinandergerissen hatte, hatte sie heute Abend zusammengeführt.

Ein paar kostbare Augenblicke lang blieben sie so, Lippen an Lippen, Mund an weichem, gebendem Mund. Dann zog Lucy sich zurück, als hätte sie plötzlich gemerkt, was geschah. »Oh.« Die Alarmglocken schrillten sehr laut in ihrem Kopf.

»Oh«, echote Jack und fügte hinzu: »Das war schön.«

»Ja, ähm, das war nur, um mich zu bedanken«, stammelte Lucy unbeholfen und kam wieder auf den Boden der Tatsachen zurück. »Ich … ich pack mal meine Sachen, sortiere mich … ähm, und ab nach Hause«, plapperte sie vor sich hin. Damit eilte sie davon und ließ Jack verwirrt, aber mit einem breiten Lächeln zurück.

26. Kapitel

Trotz all ihrer guten Vorsätze, nichts mit Jack anzufangen, hatte sie ihn einfach geküsst. Verdammt noch mal! Was hatte sie sich nur dabei gedacht? Wahrscheinlich gar nichts. Sie war einfach so erleichtert gewesen, dass Daisy wieder da war, das war alles. Da hatten ihre Gefühle sie überwältigt. Aber warum dachte sie fast acht Stunden nach dem Mitternachtskuss immer noch an ihn? … und daran, wie schön es sich angefühlt hatte, wieder von einem Mann in den Armen gehalten zu werden, nach einer so langen und – ja, sie musste es zugeben – manchmal einsamen Zeit …

Er hatte umwerfend gerochen, nach frischem, zitronigem Aftershave mit nur einem Hauch von männlichem Feierabendschweiß. Eine ziemlich berauschende Kombination, zumal in einer Umarmung, die sie mit ihm verschmelzen ließ.

Nun, das würde nicht noch einmal passieren, so viel war sicher. Sie würde ihren Schutzschild sofort wieder aufrichten. Mit ihrem Leben fortfahren, ihre Mutter besuchen, wie sie es für heute versprochen hatte, und sich bei einem Mittagessen über die Neuigkeiten in der Familie informieren. Vielleicht würde Nonna mitkommen. Sie könnte sie auf dem Weg in die kleine Stadt leicht abholen.

Sofia, Lucys Mutter, hatte nie wieder geheiratet. Seit der Trennung von Lucys Vater hatte sie einige kurze Beziehungen gehabt, aber nichts davon war von Dauer gewesen. Ihre Eltern hatten sich getrennt, als Lucy vierzehn war, aber ihre Mutter hatte ihr einige Jahre später erzählt, dass sie nun viel glücklicher war und sich allein viel wohler fühlte. Sie hatte das Thema Ehe hinter sich und war froh, dass zwei wunderbare Kinder daraus hervorgegangen waren.

Als Lucy eine besonders schlechte Phase mit Liam durchmachte, hatte Sofia gewarnt, dass von Romantik oft zu viel erwartet werde. Vielleicht war Lucy dazu bestimmt, denselben Weg zu gehen. Ein einfaches, aber zufriedenes Leben mit ihrem kleinen Hund zu führen, am Strand spazieren zu gehen, ihr eigenes Catering-Unternehmen zu betreiben, ihre Freunde und Familie zu treffen, ohne sich zu binden. Das war ein gutes Leben. Ein sinnvolles Leben.

Doch warum fühlte sich das Leben, das sie sich gerade aufbaute, in letzter Zeit ein wenig leer an? Und warum hatte sie gestern Abend, als sie allein im Bett lag, ihren Gedanken die Vorstellung erlaubt, wie Jack neben ihr lag und mit seinen starken Händen sanft ihren ganzen Körper streichelte? Verdammt, sie musste sich wirklich zusammenreißen und sich zurückhalten.

Sie zog ihre Strandschuhe an, um mit Daisy in den Jeep zu steigen, wobei sie sich gelobte, sich nicht länger mit diesem blöden Unsinn aufzuhalten.

Als sie sich mit Nonna, Mum und einer großen Kanne Tee in Sofias geschütztem Garten niederließ, erschien das Leben viel einfacher.

Nonna wollte unbedingt alle Einzelheiten über die Party mit den italienischen Torten wissen, und Lucy erzählte bereitwillig davon.

Weder Mum noch Nonna wussten etwas über Jack, und genau so sollte es auch bleiben.

»Für den Clementinen-Limoncello-Kuchen hast du also auch die Crème fraîche mit Orangenschalen gemacht, ja?«

»Natürlich, Nonna. Und sie kam sehr gut an. Viele glückliche Gäste, dank dir.«

»Das freut mich, Liebes. Oh, ich weiß noch, wie ich sie zum ersten Mal gegessen habe, mit deinem Papa in Sorrent, draußen vor einem kleinen Restaurant. Wir waren dort im Urlaub. Er wollte mir unbedingt seinen Geburtsort zeigen, seine Familienbande.« Nonna lächelte wehmütig. »Ich habe den Blick aufs Meer noch immer vor Augen. So wunderschön. Überhaupt, das Meer und der Himmel dort. So lebendig, so ein tiefes, reines Blau. Es war so heiß, ganz und gar nicht wie hier bei uns im Nordosten.«

»Das klingt so perfekt.« Lucy war von der Beschreibung gefesselt und stellte sich ihre Großeltern dort vor. Die beiden waren so glücklich gewesen. Sie hatten nicht luxuriös gelebt, aber ihr Leben war immer voller Wärme und Liebe gewesen. Ein Urlaub im Ausland musste für sie etwas ganz Besonderes gewesen sein.

»Ach, und der Kuchen – Sommersonne auf dem Teller!«, schwelgte Nonna weiter in ihren Erinnerungen. »Ich habe ihn so geliebt, und Papa kannte die Familie des Café-Besitzers, darum habe ich das Rezept von ihnen aufgeschrieben bekommen. Seitdem habe ich ihn immer wieder gebacken.«

»Worüber wir sehr froh sind, nicht wahr, Lucy?« Sofia lächelte.

»Und wie.« Wenn Lucy an ihre Großeltern dachte, die Verbindung zwischen Newcastle und Italien, musste sie lächeln. Zwei sehr unterschiedliche junge Leben, und doch waren die Liebe, die sie geteilt, und das Leben, das sie zusammen gelebt hatten, zu einer Einheit geworden. Die Ehe von Nonna und Papa war gut und unverbrüchlich gewesen – vielleicht war ja doch nicht jede Beziehung dem Untergang geweiht.

»Erinnerst du dich noch daran, als wir dort waren, Lucy? Diese Reise nach Neapel und Sorrent?« Ihre Mum trank einen Schluck Tee.

»Ja, natürlich erinnere ich mich noch. Es war wunderbar. Das Essen, die Leute. Alle waren so freundlich. Und Pompeji – so seltsam und gleichzeitig so großartig!« Das Leben all dieser Menschen, in Stein festgehalten. Mütter, Babys, Schulen, Geschäfte, Bordelle – das alles hatte sie und ihren Bruder schwer beeindruckt. Und das, während der Vesuv noch immer bedrohlich in der Ferne rauchte.

»Oh ja, ihr wart schon ein makabres Paar, wie ihr von alldem fasziniert wart. Es war, als würde die Geschichte vor unseren Augen lebendig werden. Interessant war es aber tatsächlich.«

Sie hatten fünf Nächte dort verbracht, nicht lange, bevor ihr Dad sie endgültig verlassen hatte. Ein Urlaub zum Flicken der Beziehung, doch offenbar hatte er nur noch weitere aufgerissene Nähte ans Licht gebracht. Trotzdem war es schön gewesen, denn ihre Eltern hatten ihre Probleme unter Verschluss gehalten, während sie als Familie Tagesausflüge machten, in kleinen neapolitanischen Cafés Weißwein und Fanta-Orange tranken und an den warmen Abenden unter dem Sternenhimmel Pasta und Pizza aßen.

Sie unterhielten sich noch ein wenig – drei Generationen in einem Garten in Northumberland, gewärmt von mediterranen Erinnerungen.

Italien hatte sich offensichtlich in Lucys Herz geschlichen und war dortgeblieben. Vielleicht war das der Grund, warum ihre Träume sie zu Papa und seiner Pizzeria führten, wenn das Leben mal einknickte und die Realität ihr zu viel wurde.

27. KAPITEL

Jack war mit Ruby unterwegs. Er musste seinen Kopf freibekommen. Sie hatte ihn geküsst. War einfach gekommen und hatte ihn geküsst. Jetzt wusste er, wie sich Lucys Kuss anfühlte, und es fiel ihm schwer, sie aus seinen Gedanken zu vertreiben.

Er hatte gehofft, dass sie an diesem Morgen anrufen würde, hatte immer wieder auf sein Telefon geschaut, nur für den Fall. Aber nein, es kam nicht einmal eine Nachricht. Sollte er sie anrufen? Nur unter dem Vorwand, sich zu vergewissern, dass es Daisy gut ging? Natürlich würde es der kleinen Hündin gut gehen – sie hatte die ganze Zeit auf einem gemütlichen Sofa gelegen, während alle draußen in Schlamm und Regen nach ihr gesucht hatten. Er seufzte.

Bald hatte er die Küste erreicht und konnte einen ersten Blick aufs Meer erhaschen: blaugrau wie Stahl am Horizont. Und dann Bamburgh Castle, groß und dominant mit seinen Zinnen und ganz aus rosabeigem Stein. Er wurde nie müde, es anzusehen. Wie klein er selbst und seine Probleme sich dabei anfühlten. Es war immer ein erhabener Anblick.

In dem kleinen Küstendorf herrschte heute reges Treiben, Autos parkten an den Straßen und Urlauber schlenderten mit

Hunden und Kindern umher, in der Hand ein Eis, Kuchen und Leckereien aus der Dorfmetzgerei und der Bäckerei. Der Kricketplatz unter den hohen Burgmauern war ein Anziehungspunkt für Leute, die gern ein Picknick machen oder eine Runde spielen wollten.

Jack hielt nicht an, er brauchte Raum und Luft. Die Frische des salzigen Meerwassers wehte ihm ins Gesicht, während er mit heruntergekurbelten Fenstern weiterfuhr. Die Küstenstraße führte jetzt an den Dünen entlang, hier und da konnte man das Meer sehen, die Farne Islands und ihren Leuchtturm als Schatten am Horizont, ganz in der Ferne. Der Strand neben ihm erstreckte sich über drei Meilen, sandige Buchten und Bögen, Felsen und heranrollende Wellen. Trotz der Tagesausflügler und Einheimischen, die aus den geparkten Autos stiegen, war hier nie viel los. Aber Jack fuhr noch weiter. Er wusste jetzt, wohin er unterwegs war, wohin ihn seine Seele trieb. Fünfzehn Minuten später kam er an und parkte Ruby an einem Weg an der Küste. Ja, die höchste Düne, da war es. Das war ein besonderer Ort, ein Ort, an den er kam, wenn er Zeit zum Nachdenken brauchte … oder manchmal einfach zum Sein. Er steckte einen Notizblock und einen Stift in den Rucksack, dazu eine Dose kaltes Bier. Er hatte vor, eine Weile dazusitzen und seinen Gedanken freien Lauf zu lassen.

In den unteren Dünen schritt er zügig aus, aber dann ging der Aufstieg langsamer, er watete in Turnschuhen durch den losen Sand. Es war ihnen immer wie ein Berg vorgekommen, wenn sie dort hinaufkletterten, damals, als sie noch klein waren. Jeder Schritt brachte ihn mehr zurück zu den beiden kleinen Jungen … der Freude, wenn sie den Gipfel erreichten, diesem Moment mit dem Gefühl, es geschafft zu haben und alles schaffen zu können. Und wie sie dann die sandigen Hänge wieder hinunterrannten, mit kühnen Schritten, und am Fuß dann fast kopfüber kippten. Er konnte beinahe ihr jungenhaftes Lachen hören.

Und im Winter hatte Dad die Plastikschlitten für sie mitgenommen. Der Sand war fast so gut wie Schnee gewesen, aber auf dem Schnee ging es schneller. Die Aufregung, die Angst, umzukippen. Die heiße Schokolade, die Mum im Auto aus der Thermoskanne einschenkte, die Becher, die man mit kalten Händen glücklich umfasste. Seine Familie. Mum, Dad und Daniel.

Diese Kindheitstage, in denen man glaubte, man sei unbesiegbar, dass nichts Schlimmes passieren könne. Als man glaubte, man werde immer zusammen sein.

Jetzt saß Jack oben auf dem hohen Sandrücken und blickte auf die tiefe, dunkelgraue Meeresbrandung hinab, hörte das Piepen der schwarz-weißen Seeschwalben und den spitzen Schrei eines Paares Austernfischer, die über ihm kreisten. Die Sonne wärmte ihn, doch innerlich fühlte er sich immer noch ein wenig kalt und leer.

Es war alles schon so lange her, und doch fühlte sich der Schmerz noch so frisch an. Er hatte so sehr versucht, nach vorn zu blicken, weiterzumachen, aber manchmal musste er auch zurückschauen. Er ertappte sich dabei, wie er versuchte, zu schreiben, das Papier in der Hand, doch der Stift baumelte nutzlos zwischen seinen Fingerspitzen, die Worte wollten einfach nicht kommen. Genau wie der Anruf von Lucy, von dem er gehofft hatte, dass er kommen würde … Und noch immer nichts.

Love and marriage go together like a horse and carriage
(Liebe und Ehe gehören zusammen wie Pferd und Kutsche)
Bitte feiere mit uns die Hochzeit
von Anna und Michael
in der Alnmouth Village Hall
am Samstag, dem 10. Juli, ab 19 Uhr
u.A.w.g.

28. Kapitel

Sollte er sie einfach anrufen?

In der darauffolgenden Woche mixte Jack noch auf zwei weiteren Veranstaltungen, ohne dass er Lucy zu sehen oder zu hören bekam. Ungebeten überkam ihn immer wieder die Erinnerung an die wunderbare Umarmung und den überraschenden Kuss auf der Farm-Party. Sollte er einfach den Mut aufbringen, sie bei ihrer nächsten Begegnung um ein Date zu bitten? Sich einfach ein Herz fassen?

Er starrte auf das Handy in seiner Hand, dann fing er an, es in seiner Handfläche zu drehen. Es war wie eine Mutprobe, die er mit sich selbst austrug. Wartete Lucy auf einen Anruf von ihm? Er war ganz kurz davor, ihre Nummer zu wählen. Aber er hielt sich doch zurück, unsicher über seine eigenen Beweggründe.

Seine Gefühle waren äußerst lustgesteuert, das wusste er. Wie sollte man nicht sinnlich entfacht werden von diesem umwerfend hübschen Gesicht, dem Schwung der dunklen Haare, dem Lächeln, wenn sie es freiließ, ihrem Lachen? Aber irgendetwas an den Gefühlen, die er für sie hegte, machte ihn auch unruhig … als liefe er Gefahr, in etwas über das Körperliche hinaus hineingezogen zu werden, weiter, als er zu gehen bereit war. An einen Ort, an dem er verletzt werden konnte.

Weitere sieben lange Tage später fand ein abendlicher Hochzeitsempfang im Gemeindesaal von Alnmouth statt – einem malerischen Küstendorf mit pastellfarbenen Häusern und Blick auf die ruhige Mündung des Flusses Aln. Da es sich um ihre erste Hochzeitsbuchung handelte, war dies ein großes Ereignis für Lucy, und ihre Nerven lagen bereits blank. Als sie dann mit ihrem Pferdeanhänger vorfuhr, wurde sie vollends aus der Fassung gebracht, weil sie sah, dass Ruby auch da war und Jack unter ihrem offenen Dach stand, wo er Lichter und Cocktailgläser aufstellte, startbereit. Er grinste breit und winkte, als er sie bemerkte. Sie winkte zögerlich zurück und suchte nach einem Parkplatz. *Freundlich ist in Ordnung,* sagte sie sich. Freundlich durfte sie sein. Aber sie war fest entschlossen, sich nicht noch einmal von Jacks Charme einwickeln zu lassen – Becky würde ihr das nie verzeihen.

Eine Hochzeit … Tja, sie selbst war mit Liam nie über das Verlobungsstadium hinausgekommen. Sie hatten es nicht einmal so weit gebracht, einen Veranstaltungsort für ihre Hochzeit zu buchen. Nach fünf Jahren Verlobungszeit hätte allein das schon die Alarmglocken schrillen lassen müssen. Die alten Verletzungen waren noch immer spürbar, aber sie nahm sich zusammen. Sie waren nicht füreinander bestimmt gewesen, und es brachte nichts, verbittert zu sein. Aber was den heutigen Abend betraf, so wusste Lucy, dass dieses Ereignis mit ihrer Hilfe etwas ganz Besonderes für das Hochzeitspaar werden sollte. Sie freute sich darauf, den Pferdeanhänger besonders hübsch zu dekorieren. Sie hatte eine neue Girlande aus zarten weißen Seidenblumen gekauft, die sie zusätzlich zu der glitzernden Lichterkette über der Theke anbringen wollte, und auf die Theke kam ein rustikales Holzschild, auf dem »Mr. and Mrs.« in verschnörkelter weißer Schrift stand, daneben ein Milchkännchen mit frischen weißen Nelken und duftenden Freesien darin – ein Tipp bezüglich themenbezogener Deko, den sie von Jack aufgeschnappt hatte.

Jack … Nein, denk nicht mal dran, ermahnte sie sich selbst, als ihre Gedanken gefährlich in seine Richtung schwenkten und sie einen verstohlenen Blick zu ihm hinüberwarf. Es gab ihrem Herzen einen seltsamen Stich, als sie die blonden zerzausten Haare, das schicke weiße Hemd und die schwarze Fliege sah. Auch er hatte sich für den Anlass in Schale geworfen. Sie seufzte und ließ den Blick schweifen. Die Türen des Gemeindesaals standen weit offen, und Lucy sah hübsche Lichterketten und eine wunderschöne Tischdekoration aus weißen Rosen und Eukalyptusblüten. Auch draußen waren Tische und Stühle aufgestellt, damit man die schöne Aussicht auf das Meer und den Sommerabend genießen konnte, mit hübschen Windlichtern und Sträußen aus weißen Rosen und zartem Schleierkraut in Marmeladengläsern.

Die Gäste versammelten sich allmählich und steuerten für ein Glas Sekt auf den Cocktail-Camper zu. Die Hochzeit hatte am frühen Nachmittag in der Dorfkirche stattgefunden, gefolgt von einem Lunch für enge Familienangehörige und Freunde in einem nahe gelegenen Landhotel. Das Brautpaar, die Brautjungfern und das Geleit waren in der Zwischenzeit zu einem traumhaften Fotoshooting am Strand gewesen. Jetzt war es für alle an der Zeit, sich etwas auszutoben. Das Brautpaar – noch ein wenig sandig – kam in einer offenen Kutsche angefahren, die von einem wunderschönen Apfelschimmel gezogen wurde. Das Paar lächelte und winkte und sah überglücklich aus.

Love and marriage, kam es Lucy in den Sinn, *go together like a horse and carriage*. Aber das laute Getrappel der Pferdehufe klang für sie ebenso wie eine Warnung.

Eine Stunde später dröhnte der Text von *The Shoop Shoop Song* als Teil eines Golden-Oldies-Disco-Mix aus dem Saal. Lucy wippte mit dem Kopf im Takt der Musik und verlor sich für einen Moment in dem Text.

»His kiss …« Hmm, sein Kuss, in der Tat … Lucys Gedanken waren wieder einmal bei einem gewissen Jack Anderson, als die romantische Kulisse der Hochzeit sie einhüllte. Erinnerungen an den herrlichen Nachmittag am Strand, Jack, der alles tat, um Daisy zu finden … Konnte er wirklich so ein herzloser Blödmann sein? War Becky nur von der Vergangenheit und ihren eigenen Verletzungen eingeholt worden? Diese Sache war immerhin schon acht Jahre her. Hatte Jack nicht eine Chance verdient? Verdammt noch mal, so viel Pizzabelag gab es gar nicht, so viel Gemüse konnte sie nicht schneiden und so oft konnte sie nicht nach dem heißen Herd schauen, als dass die Arbeit ihn aus ihrem Kopf hätte vertreiben können. *Was wäre, wenn …?* Was wäre, wenn sie heute Abend beim Packen miteinander plauderten? Könnte sie den Mut aufbringen und einen Spaziergang am Strand oder ein Treffen auf einen Kaffee unten in Driftwood vorschlagen? Kein Date im eigentlichen Sinne, nur ein bisschen Zeit miteinander verbringen, um zu sehen, wie sie sich verstanden. War es an der Zeit, ein bisschen was zu riskieren? Ja, Becky hatte sie gewarnt, aber Jack konnte sich durchaus verändert haben, seit ihn Becky als arroganten jungen Typen gekannt hatte. Das war schließlich schon viele Jahre her. Menschen wurden erwachsen, lernten aus ihren Erfahrungen. Die Erinnerungen an jenen Nachmittag am Strand … Der Mann, mit dem sie da gesprochen hatte, war ihr freundlich, warmherzig und fürsorglich vorgekommen. Irgendetwas war an diesem Tag in ihr entfacht worden, das wusste sie.

Was wäre, wenn …? Der Gedanke ging ihr noch durch den Kopf, als sie aufblickte und ihm direkt in die Augen sah, woraufhin ein hinreißendes Lächeln sein Gesicht erhellte. Oje!

»Einen Mango Fizz und zwei Raspberry Rum Smash, bitte.« Die große schlanke Brünette am Tresen lächelte freundlich, als sie bestellte.

»Kommt sofort.« Jack strahlte zurück.

Die Cocktails des heutigen Abends waren fruchtig und fröhlich. Das glückliche Paar hatte sich neben den üblichen Cocktail-Klassikern einige erfrischende, sommerliche Punschs gewünscht. Es waren viele Leute anwesend, die Ende zwanzig, Anfang dreißig sein mochten, Freunde der Braut und des Bräutigams, daneben die übliche Hochzeitsfamiliengesellschaft, bestehend aus schrulligen Onkeln, alten Tanten, Blumenmädchen und aufgedrehten Kleinkindern sowie einer Reihe von charaktervollen Dorfbekanntschaften.

»Das ist so cool«, fuhr die Brünette fort. »Eine Camper-Bar, das ist der Hammer. Und dann noch Cocktails! Das sind meine absoluten Lieblingsgetränke, und das alles in diesem niedlichen VW-Bus.« Die junge Frau verstummte, runzelte nachdenklich die Stirn und sah Jack konzentriert an. »Hey, ich kenne dich doch. Bist du nicht dieser Typ aus der Schule? Ja, Alnwick High School, damals in der Oberstufe? Genau, du warst in meiner Tutorengruppe. Warte … Jack, oder? Jack … ähm …? Hilf mir mal auf die Sprünge.«

»Anderson, ja, stimmt. Und du bist sicher … Moment, es liegt mir auf der Zunge. Freya.« Eine straßenköterblonde, schüchterne Siebzehnjährige kam ihm in den Sinn. Er hatte keine Ahnung, wie sie mit Nachnamen hieß.

»Freya Lightwater, ja, die bin ich. Hi, Jack.« Sie legte schüchtern den Kopf schief.

Dann kamen zwei ihrer Freundinnen dazu. »Hast du schon bestellt, Frey? Das dauert ja ewig«, sagte die eine ziemlich laut und ungeduldig.

»Natürlich.« Sie errötete und wirkte ein wenig untergebuttert von den beiden herrischen Mädels.

Jack hatte ein bisschen Mitleid mit ihr. Sie schien auch schon ein oder zwei seiner Cocktails probiert zu haben, zweifellos zusätzlich zu einigen Gläsern Wein vom Hochzeitsempfang.

Die junge Frau hielt sich an Rubys verchromtem Tresen fest.

»Eure Drinks sind gleich fertig«, wandte er sich an die unfreundlichen Neuankömmlinge. »Da sie von Hand gemacht werden, dauert es etwas länger, aber das ist nun mal die Kunst der Cocktailherstellung.« Die Großschnauze hatte die Frechheit, ungeduldig ihre mit schwarzem Stift gemalten Augenbrauen zu heben.

»Schon gut«, sagte Freya beschwichtigend, »mir macht es nichts aus zu warten.«

Die beiden anderen Frauen schnaubten nur, und die Wortführerin sagte: »Du hättest einfach eine verdammte Flasche Prosecco bestellen sollen, Frey.«

Jack gelang es, den Mund zu halten. Es hatte keinen Sinn, die Gäste zu verärgern.

Die Drinks waren schnell zubereitet, der Himbeer-Rum-Smash war der Hit des Abends, und der Mango Fizz sah kühl, saftig und erfrischend aus. Beides herrliche Getränke für einen Sommerabend.

Freya reichte den herrischen Mädels ihre Drinks, woraufhin sie abzogen und sie wieder allein ließen. Sie blieb an der Theke stehen und nahm einen Schluck von ihrer eigenen Mango-Delikatesse. »Wow, das ist sooo gut. Danke vielmals.«

»Gern geschehen, Freya.« Sie schien ein wirklich nettes Mädchen zu sein. »Pass auf dich auf und lass es langsam angehen.«

»Ha, da sagst du was, apropos gehen. Diese neuen Schuhe sind ein Albtraum. Hohe Absätze sind einfach nichts für mich.«

»Dann pass schön auf, wo du hintrittst.«

»Mach ich. War nett, dich zu treffen, Jack. Mach's gut.«

»Du auch.«

Sie trippelte davon, ein wenig wacklig auf ihren Stilettos, um hoffentlich mit besseren Freunden den Rest des Abends zu verbringen.

Lucy schaute von gegenüber zu. Du liebe Güte, wie viele Drinks vertrugen die Leute bloß? Obwohl es schon weit nach Mitternacht war, drängten sie sich immer noch für weitere Cocktails um Jacks Bar wie die Bienen um den Honigtopf. Sie hatte den ganzen Abend durchgearbeitet, aber der Auftrag war nun erfüllt, und die Hochzeitsgäste hatten ihr viel positives Feedback gegeben, was sie sehr freute. Sie fühlte sich mit jeder Veranstaltung sicherer.

Lucy machte sich daran, den Küchenteil des Pferdeanhängers zusammenzupacken und alle Oberflächen gründlich zu reinigen. Plötzlich hörte sie von der anderen Seite des Weges einen Ruf: »Vorsicht!« Sie blickte auf und sah, wie eine junge

Frau gegen einen Mann stürzte, der gerade zwei Gläser hochhielt, aus denen sich ein grellrosa Schwall über seinen schicken hellgrauen Anzug ergoss. *Upps.*

»Oh, Entschuldigung, das tut mir so leid!« Die junge Frau sah beschämt aus und wirkte immer noch unsicher auf den Beinen.

»Dieser Anzug hat mich ein verdammtes Vermögen gekostet. Der ist ruiniert.« Der Kerl war stinksauer.

»Okay, okay, Leute. Hier, nehmt erst mal Platz.« Jack stieg aus dem Camper, um vermittelnd einzugreifen, und half dem wackeligen Mädchen auf einen der Stühle neben seiner Bar. Lucy konnte nicht verstehen, was er als Nächstes sagte, aber es war offensichtlich, dass er versuchte, die Wogen zu glätten. Der Typ ging schließlich davon, immer noch verärgert, wie man an seinem verkniffenen Gesicht erkennen konnte, während Jack sich hinhockte und etwas zu der jungen Frau sagte.

Diese blieb sitzen und stützte den Kopf in die Hände, während Jack zurückging, um die letzten Kunden zu bedienen. Es dauerte nicht lange, bis der DJ das letzte Stück ankündigte, und dann schmetterte Frank Sinatra *New York, New York* aus dem Saal, bei dem einige interessante Manöver mit hohen Beintritten involviert waren, die sich bis auf den Parkplatz verbreiteten. Bald darauf traf eine Reihe von Taxis ein, um die schunkelnden und gelegentlich singenden Hochzeitsgäste einzusammeln, die sich auf den Weg nach Hause oder zu ihren Übernachtungsquartieren machten. Jetzt hatten sie vielleicht eine Chance, nach dem langen Abend. Lucy könnte die Gelegenheit nutzen, um mit Jack ins Gespräch zu kommen und dann, na ja, den Mut aufzubringen, ihn zu fragen, ob sie sich auf einen Kaffee oder so treffen wollten. Sie war etwas nervös, und als sie sah, dass ein Pärchen neben dem Camper stand, verschob sie ihr Vorhaben erst einmal und ging stattdessen mit Daisy kurz am Feldrand spazieren, um ihre Nerven zu beruhigen.

Nachdem sie eine kleine Runde gedreht hatte, wanderte sie zurück. Sie konnte sehen, wie Jack eifrig im Camper aufräumte. Sollte sie einfach auf ihn zugehen? Sie könnte nur mit einem »Hallo« anfangen. Aber verdammt, das betrunkene Mädchen saß immer noch auf dem Stuhl und döste wahrscheinlich vor sich hin, seiner zusammengesackten Haltung nach zu urteilen.

Jack räumte die Gläser in die Kisten, leerte und wischte Rubys Thekenbereich und traf letzte Vorbereitungen, um den Laden zu schließen.

Lucy kannte seine Routine inzwischen genauso gut wie ihre eigene – die Zeit wurde knapp. Sie hievte den Pizzaofen zurück in den Pferdeanhänger und machte sich bereit, hinüberzugehen, als sie sah, wie Jack die junge Frau entdeckte und zu ihr hinausging. Sie beobachtete, wie er sie anstupste, um sie etwas zu fragen. Die junge Frau schüttelte nur den Kopf, blieb dann sitzen und sah ein wenig verloren aus, während Jack in den Gemeindesaal ging. Als er nach ein paar Minuten zurückkam, sagte er ein paar Worte zu der Frau und half ihr dann auf, indem er ihr den Arm um die Schultern legte. Sie kicherte und rückte dicht an ihn heran, wobei sie ihm scheinbar etwas ins Ohr flüsterte.

Lucy fühlte sich plötzlich sehr unbehaglich und schrubbte ihre Arbeitsplatte besonders gründlich, unfähig, den Blick von den beiden abzuwenden. Jack packte die Brünette auf Rubys Beifahrersitz. Küssten sie sich? Lucy reckte den Hals, um einen besseren Blick zu haben. Ihr Herz hämmerte, und Schweiß bildete sich an ihren Schläfen. Er war mit Sicherheit sehr nah an ihr dran und half ihr, den Sicherheitsgurt über dem ziemlich freizügigen Brustbereich zu befestigen. Ihre Köpfe waren dicht beieinander – zu dicht.

Lucy hatte ein flaues Gefühl in der Magengrube. Was genau beobachtete sie hier eigentlich gerade? War das der Jack, vor dem sie gewarnt worden war? Der Aufreißer? Der Charmeur? Der Typ, der ein Mädchen mit nach Hause nimmt, selbst wenn es viel zu betrunken ist? Er hatte sich heute Abend nicht einmal die Zeit genommen, mit ihr zu reden, als sie aufgeräumt hatten. Zweifellos hatte er eine leichtere Beute im Visier gehabt, eine, die er nach Hause in seine Höhle locken konnte. Oh Mann, und sie war so naiv gewesen und bereit, nach dem Motto »Im Zweifel für den Angeklagten« mehr Zeit mit ihm zu verbringen, damit sie sich besser kennenlernen konnten. *Verdammt!*

Mit einem dicken Kloß im Hals sah sie zu, wie Ruby mit ihrer kuscheligen Zweierladung in die Nacht aufbrach, und blieb traurig und verwirrt zurück. Aber vielleicht, so mahnte sie sich und wappnete sich erneut, war es besser, zu wissen, wie er wirklich war. Den echten Jack in Aktion zu sehen. Was auch immer da eben passiert war, vielleicht war sie gerade noch mal davongekommen.

29. KAPITEL

Auf den in vielerlei Hinsicht ereignisreichen Samstagabend folgte ein nasser, nieseliger Sonntagmorgen. Lucy lag im Bett, Daisy zusammengerollt neben sich, streichelte abwesend das glatte schwarze Fell des Hundes und überlegte, ob sie überhaupt schon aufstehen sollte. Es würde schließlich keinen Spaß machen, bei dem Nieselregen am Strand zu sein. Ihre Gedanken schweiften zurück zu Jack und der jungen Frau auf der Hochzeitsparty. Hatte sie letzte Nacht bei ihm übernachtet? Es war wie ein Rätsel, das sie nicht lösen wollte. Warum in aller Welt machte sie sich überhaupt die Mühe, darüber nachzudenken? Er war nur ein bemitleidenswerter Playboy-Loser, genau das, wovor Becky sie gewarnt hatte. Lucy ließ sich in die Kissen zurücksinken und fühlte sich wie ausgewrungen. Nein, das hier hat keinen Zweck, dachte sie und sammelte sich. Sie brauchte eine Dosis Koffein, etwas Süßes, Zuckriges und ein paar freundliche Worte, und sie wusste genau, wohin sie dafür gehen musste. Sie nahm ihr Handy vom Nachttisch und schrieb Becky eine SMS, für den Fall, dass sie Zeit hätte.

Lust auf ein Treffen bei Kaffee und Kuchen im Driftwood? Sagen wir um 11 Uhr? X

Die Antwort kam postwendend:

Ja, prima. Dann kann ich mich vor ein paar Heimwerkerarbeiten drücken, die Darren heute Morgen noch erledigen will! Ich werde ihm versprechen, ihm heute Nachmittag zu helfen, hoffentlich ist das meiste bis dahin fertig. X

Lucy tippte:

Sollen wir auch Katie fragen? Ich habe sie schon ewig nicht mehr gesehen.

Becky antwortete:

Ja, natürlich, das wäre toll. X

Und so schlenderte Lucy um fünf vor elf in ihrem roten Gute-Laune-Regenmantel die Straße des Küstendorfs entlang, unterwegs zu den versöhnlichen Düften von aromatischem, warmem Kaffee und frisch gebackenen Leckereien.

Im Café war es gemütlich, und Lucy und Becky ergatterten den letzten Tisch, den an der Fensterfront mit Blick aufs Meer, auch wenn es gerade etwas diesig war.

Abby arbeitete heute und kam bald, um ihre Bestellung aufzunehmen.

»Hallo, Ladys, was kann ich euch bringen?« Das junge Mädchen war wie immer fröhlich.

»Hallo, Abby, mieses Wetter heute, was?«, sagte Lucy. »Wir dachten, wir könnten uns am besten mit einem Stück Kuchen aufheitern. Also, womit kannst du uns heute in Versuchung führen?« Lucy sehnte sich nach etwas Süßem.

»Okay, es gibt Driftwoods beliebten Karamellkuchen mit Meersalz, einen Victoria-Biskuit und, ja, Louise hat ein neues Rezept ausprobiert, einen Kokosnuss-Limetten-Kuchen, einfach zum Dahinschmelzen. Ich habe ihn vorhin probiert.«

»Hmm, den brauche ich.« Lucy grinste. »Kokosnuss und Limette mit einer großen Tasse von eurem Northumberland-Tee, bitte.«

»Und ich kann nur den Meersalz-Karamell nehmen. Klingt köstlich«, fügte Becky hinzu. »Für mich auch Tee.«

Katie stürmte herein, gerade rechtzeitig zum Bestellen. »Hallo, Mädels, entschuldigt die Verspätung. Die Wutanfälle eines Kleinkindes und ein hinderlicher Ehemann. Ich nehme einen von diesen köstlich aussehenden Käsescones«, sagte sie an Abby gewandt, »und dazu einen Flat White, bitte.«

Die Frauen unterhielten sich angeregt, und Abby war bald mit der Bestellung auf einem großen Tablett wieder auf dem Weg zu ihnen.

»Wie war deine Party gestern Abend?«, fragte Lucy ihre Freundin, gerade als sie den Tisch erreichte. Becky hatte ihr von dem bevorstehenden dreißigsten Geburtstag ihrer Cousine erzählt.

»Es war toll, danke. Auswärts essen mit einem Haufen Spaß, Familie, Freunden und viel Alkohol. Meinem Kopf ging es heute Morgen natürlich nicht so gut, aber ich habe es gerade noch rechtzeitig hergeschafft. Ich musste mich aufraffen, aber der Zuckerkick von einem Karamellkuchen ist genau das, was ich jetzt brauche.« Sie lächelte Abby an. »Und was ist mit dir, Luce? Wie war das Hochzeits-Pizza-Event?«

Lucy verschluckte sich fast an ihrem Tee. Sie fummelte an einer Serviette herum und antwortete dann: »Gut, danke, ja … alles gut.« Sie hatte einen bitteren Beigeschmack im Mund, als ihr das Bild von Jack, der mit diesem Mädchen in seinem Camper losgefahren war, wieder durch den Kopf ging. Eine schnelle Ablenkung war nötig. »Oh, genau, wegen letzter Woche wollte ich dich schon lange fragen, Abby. Du schienst dich auf der Bauernhof-Party ziemlich gut mit diesem Typen verstanden zu haben … du weißt schon, dem Hinterteil der Kuh.«

»Was?« Becky rümpfte die Nase und sah verwirrt aus.

»Das klingt nach einer verrückten Party«, fügte Katie mit einem Grinsen hinzu.

»Tja, der Pizzastand führt einen an alle möglichen Orte, das kann ich dir sagen. Es hat wirklich Spaß gemacht, und die Leute waren absolut nett.«

»Äh, ja …« Abby wirkte plötzlich schüchtern.

»Hat er dich angerufen?«, erkundigte sich Lucy. Das Letzte, was Lucy mitbekommen hatte, war, wie er die Nummer ihrer Aushilfe in sein Telefon eintippte.

»Ja, das hat er tatsächlich.« Abby errötete in einem perfekten rosa Farbton.

»Juhuu. Hey, das freut mich für dich.«

»Wir wollen uns nächste Woche treffen«, fügte das junge Mädchen verschämt hinzu.

»Oh, das ist doch toll. Schön für dich, Abby.« Lucy freute sich für sie.

»Ja, schon, und du?«, fragte Abby.

Lucy spürte, wie ihr die Hitze vom Hals bis zu den Wangen stieg. Sie hatte das schreckliche Gefühl, dass sie wusste, wohin das führen würde. »Was soll mit mir sein?«, platzte sie heraus.

»Na ja, das Letzte, was ich von dir gesehen habe, war, wie du den Cocktail-Camper-Typen geküsst hast. Aber ich kann es dir nicht verdenken, er ist ziemlich süß.«

Becky blieb der Mund offen stehen, und ein Stück Salzkaramellbiskuit ploppte auf ihren Teller zurück. »Soll das ein Witz sein? Luce, wie kannst du nur, zum Teufel? Nach allem, was ich dir erzählt habe. Das Desaster ist doch vorprogrammiert, das weißt du.«

Schon geschehen, dachte Lucy traurig. *Und das auch noch so verdammt schnell.*

»Moment, was genau ist mir da entgangen?«, fragte Katie, die vergeblich versuchte zu verstehen, was gerade abging.

»Ich habe dich gewarnt, Luce, der Typ ist toxisch. Bist du völlig verrückt?« Beckys Wangen waren knallrot geworden.

»Ist ja schon gut. Es war nicht das, wonach es aussah, Becks.« *Okay, war es schon, aber es wird keine Wiederholung geben, nicht, nachdem ich das Spektakel mit der Jungfrau in Nöten gestern Abend gesehen habe.* »Daisy wurde vermisst, und ausgerechnet Jack hat sie wiedergefunden. Ich war so erleichtert, da habe ich ihn umarmt, um ihm zu danken. Aber das war's auch schon. Vielleicht sah es nach mehr aus, aber …«, murmelte sie und errötete.

Abby runzelte die Stirn und sah eher skeptisch aus, aber sie wollte ihrer neuen Chefin nicht widersprechen.

Da rief Louise vom Tresen herüber: »Ich habe hier eine Bestellung, die rauskann, Abby.«

»Okay, ich komme«, antwortete Abby und eilte davon, um weiterzuarbeiten.

Lucy blieb puterrot im Gesicht zurück, mit einem mulmigen Gefühl im Herzen. *Oh, ja, Lektion in- und auswendig gelernt.*

Becky schüttelte noch einmal den Kopf und unterhielt sich locker weiter mit Katie. Lucy hoffte inständig, dass die beiden die kleine Notlüge geschluckt hatten.

Herzlichen Glückwunsch, Joshua, zu deinem Abschluss,
und alle Achtung, Helen, dass du es 50 Jahre lang mit mir
ausgehalten hast!

Wir Golden Oldies möchten
gern mit Dir essen, Spaß haben und feiern!
Samstag, den 17. Juli, ab 19 Uhr bei uns zu Hause.
Herzliche Grüße
David x

30. KAPITEL

Warum hatte er das Gefühl, dass Lucy ihm aus dem Weg zu gehen versuchte?

Jack schenkte schon seit einer Stunde Drinks aus, und abgesehen von einer kurzen Antwort auf sein »Hallo« bei der Ankunft hatte sie kaum in seine Richtung geschaut. Herrje, er schien nie zu wissen, woran er bei dieser anstrengenden, aber fantastischen Frau war. Sie war so voller Gegensätze und brachte ihn mehr durcheinander als alle Frauen, die er je getroffen hatte.

Ruby befand sich in dem schönen Garten eines auf bescheidene Art stattlichen Landhauses. Es war ein Festzelt aufgebaut, in das er zuvor einen Blick geworfen hatte. Darin standen runde Tische mit weißen Tischdecken und hübschen Blumendekorationen aus dunkelgrünem Efeu und zarten weißen und gelben Blüten, die mit Goldspray umrandet waren. Das Grün war sogar um die Zeltstangen geflochten. Helen und David, die Gastgeber, hatten die Party als großes Familientreffen anlässlich des Schulabschlusses ihres Enkels und ihrer eigenen goldenen Hochzeit organisiert. Am Ende des Festzelts war ein Büfett aufgebaut, und daneben stand der wunderbare Pferdeanhänger von *Feuer und Flamme*.

Helen hatte erwähnt, dass sie sich für die Jugendlichen eine etwas coolere Alternative in Sachen Essen wünschte, und Jack hatte genau gewusst, wo sie sie finden würde. Doch so, wie es an der Theke aussah, waren nicht nur die jungen Leute scharf darauf, Papas Pizza zu probieren. Der verlockende Duft von heißem, gebackenem Teig, Tomaten und Käse lockte alle Altersgruppen an. Sogar Jack lief das Wasser im Mund zusammen. Er wusste schließlich genau, was man dort geboten bekam. Wenigstens war das Essen viel berechenbarer als die Besitzerin, dachte er nicht ohne Ironie.

Aber zurück zu seinen eigenen Kunden. Das Thema des Abends war klassisch, mit G&Ts, Gin Fizz und gekühltem Champagner beim Empfang.

Er hatte auch ein wenig recherchiert und einen wunderschön schimmernden goldenen Champagner-Cocktail gefunden, den er denjenigen Gästen servieren konnte, die etwas anderes ausprobieren wollten, einen Holunderblütenlikör-Fizz, der mit essbaren Blattgoldflocken verrührt wurde, also genau das Richtige für diesen Anlass.

Ab 20 Uhr war das Festzelt voll, als eine Liveband auftrat, die eine tolle Show mit vielen alten und neuen Melodien bot, bei denen die Füße automatisch im Takt mitwippten. Es wurde viel getanzt und gelacht, und die Anwesenden kamen richtig in Schwung. Es herrschte eine wunderbare Atmosphäre, und Jack wünschte sich nichts mehr, als etwas von dieser fröhlichen Stimmung mit Lucy zu teilen. Er warf einen Blick in ihre Richtung, aber als sie einmal zu ihm hinsah, schaute sie gleich wieder weg und senkte den Kopf. Und dann, zwanzig Minuten später, als sich ihre Blicke wieder trafen, drehte sie sich schnell um und sprach mit einem Kunden. Irgendetwas stimmte definitiv nicht mit ihr. Seit dem Kuss auf dem Bauernhof verhielt sie sich seltsam.

Im Laufe des Abends strömten die Leute ins Festzelt hinein und heraus. Jacks Barservice wurde gut angenommen, und es wurde die ganze Zeit über getrunken, aber nicht so, als könnte man die Drinks nicht schnell genug runterkippen, wie einige der Gäste bei der Hochzeit letzte Woche. Oh ja, am Ende des Abends hatte er dafür gesorgt, dass die betrunkene junge Frau sicher heimkam, und hatte sie zu Hause abgesetzt. Hier nun herrschte eine tolle Stimmung, kleine Kinder tanzten ausgelassen mit ihren Eltern und älteren Familienmitgliedern. Ein schönes Fest, an das man sich noch lange erinnern würde. Mindestens drei Generationen einer Familie vergnügten sich mit guten Freunden. Dies waren die Veranstaltungen, auf denen Jack am liebsten arbeitete. Er fühlte sich als Teil ihrer besonderen Feier und plauderte mit den Gästen, während er ihre Lieblingsgetränke zubereitete.

Ein Paar, das Ende siebzig sein mochte, kam zu Jacks Bar herübergeschlendert, und der weißhaarige Herr im beigen Leinenanzug blieb etwas zurück, um Ruby zu bewundern. Dann streichelte er lächelnd ihren strahlenden Lack.

»Meine Güte, das ist ja eine echte Schönheit, muss ich sagen. Da hat jemand beim Umbau aber gute Arbeit geleistet.«

Jack stand stolz an seiner glänzenden Theke. »Tja, das meiste habe ich selbst gemacht, bis auf ein paar technische Anpassungen hier und da.«

»Gut gemacht, mein Junge.«

»Danke. Was hätten Sie gern?« Jack strahlte.

»Ich denke, wir bleiben bei den G&Ts, oder, Clive?«, fragte die Dame im Blumenkleid.

»Perfekt«, stimmte er zu.

»Kommt sofort.«

Während Jack Gläser und die Flasche Hepple Gin holte, fuhr Clive fort: »Ich liebe Klassiker, deshalb habe ich auch meine Betty hier geheiratet.« Er kicherte, und Betty lächelte, so, dass ihre freundlichen blauen Augen von Lachfältchen umspielt wurden. Sie war zweifellos nach all den gemeinsamen Jahren an seine Sprüche gewöhnt. »Ja, wir hatten eine verdammt gute Zeit, oder, Betty? Erinnerst du dich an den Sommer, als wir auf den Kontinent gefahren sind? Mit offenem Verdeck in unserem alten MX5 Mazda. Ah, das waren noch Zeiten.« Clives Augen funkelten, als er in den Erinnerungen schwelgte.

Betty nickte glücklich.

»Oh, das klingt ja toll«, sagte Jack aufrichtig interessiert.

»Durch all diese urigen französischen Dörfer zu flitzen«, fuhr Clive auf. »Huh, und diese Haarnadelkurven in den Pyrenäen. Weißt du noch, meine Liebe, die steilen Abhänge direkt neben uns? Das war schon aufregend.«

Seine Frau verzog dramatisch das Gesicht, als ob die Haarnadelkurven besonders haarsträubend gewesen wären und vom Beifahrersitz aus vielleicht nicht ganz so viel Spaß gemacht hätten.

Jack musste lachen, als er ihre Gin-Kelche füllte. Es war schön, ihre Geschichte zu hören, und sie schienen ein so nettes Paar zu sein.

Als er ihnen die Getränke reichte, erzählte Clive schließlich, wie sie auf einem toskanischen Hügel eine Panne gehabt hatten, die sich später als Segen herausstellte, weil die Einheimischen so freundlich waren, dass sie ihnen halfen und sie zwei Tage lang königlich bewirteten, während die örtliche Werkstatt auf

Ersatzteile wartete und dann Clive half, das Fahrzeug zu reparieren. Jack konnte sich die beiden vorstellen und dass sie schon in ihrer Jugend ebenso wie jetzt im Ruhestand ihre Ausflüge genossen hatten, und er bewunderte diese Art von Beziehung, die die Zeit überdauerte und immer noch voller Abenteuer war.

Der Abend verging wie im Flug, und als er endlich einen ruhigen Moment hatte, beschloss er, all seinen Mut zusammenzunehmen und Lucy anzusprechen. »Hey, alles in Ordnung?«, rief er zu ihr hinüber. »Brauchst du mal eine Pause? Ich kann rüberkommen und ein Auge auf den Ofen haben.« Ihm war aufgefallen, dass sie heute allein arbeitete.

»Ach, es geht schon, danke.« Lucy schenkte ihm den kühlsten Anflug eines Lächelns und machte sich dann wieder daran, hinter der Theke ihre Teigböden zu formen.

»Okay. Ruf mich einfach, wenn du Hilfe brauchst. Es ist kein Problem«, beharrte er.

»Danke.« Ihr Blick hob sich kaum.

Diese herrlichen dunkelbraunen Augen, die ihn in der Nacht mit dem Kuss direkt angeschaut hatten. *Konzentration, Jack, konzentrier dich.* Er machte mit seinen eigenen Aufgaben weiter, schnitt Zitronen und formte Spiralen aus Limettenschalen. Ein paar Leute schlenderten heran, es kam eine Bestellung für zwei Mojitos und einen Sidecar herein, und schon bald war er im Gespräch mit einem Mann mittleren Alters und verlor sich wieder in seinen Mixologie-Momenten.

Die Party lief mit viel Spaß, Gesang und Tanz in vollem Gange weiter. Die Partygäste verließen das Festzelt auf der Suche nach einem kühlen Getränk und einer Abkühlung, während andere wieder hineinströmten. Ein junges Paar saß an dem kleinen Tisch neben seinem Camper und nippte an einem Gin Fizz.

Pizzadüfte wehten verlockend in der Abendbrise, während die Pizzabäckerin mit gesenktem Kopf und eher unnahbar weiterarbeitete. Plötzlich ertönte ein spitzer Schrei von der Vorderseite des Festzeltes. Jack blickte auf und sah, dass dort eine Frau auf dem Boden lag, deren Bein in einem sehr ungünstigen Winkel abstand.

»Oje, oje«, schluchzte sie.

Jack erkannte sie als die ältere Dame von dem Oldtimer-Paar von vorhin – Betty, genau. Er lief in Windeseile hinüber, um zu sehen, ob er helfen konnte, und kniete sich neben sie. Eine kleine Gruppe scharte sich um sie, während Jack die Verletzung sorgsam begutachtete. Er wollte nicht an Bettys Bein ziehen, da es um den Knöchel herum etwas verschoben aussah. Immerhin hatte er einen Erste-Hilfe-Kurs absolviert, als er vor ein paar Jahren mit einer Jugendgruppe freiwillige Bergsteigereinsätze unternommen hatte. Es waren weder Blut noch Knochen zu sehen, was gut war, aber der Knöchel schien bereits anzuschwellen.

»Okay, Betty, jetzt atmen Sie ein paarmal tief durch. Haben Sie große Schmerzen?« Jacks Stimme war tröstlich, ruhig. »Glauben Sie, dass Sie das Bein etwas bewegen können? Testen Sie es erst ganz langsam und hören Sie sofort auf, wenn es wehtut.«

Die arme Betty hatte Tränen in den Augen. Als sie versuchte, das Bein zu bewegen, keuchte sie vor Schmerz auf. Es ging nicht leicht, also musste sie sich festhalten.

»Gut, dann bleiben Sie jetzt ruhig liegen, Betty. Wir werden versuchen, es Ihnen etwas bequemer zu machen.« Jack war der Meinung, dass ein Krankenwagen gerufen werden sollte, da hier ein Bruch oder eine schlimme Verstauchung vorliegen konnte, aber Betty befand sich an einer wirklich ungünstigen Stelle, und sie konnten sie nicht einfach so, wie sie war, am Zelteingang liegen lassen.

»Kannst du mir mal helfen, Kumpel?«, fragte er einen kräftig aussehenden jungen Mann unter den Zuschauern. »Und wenn jemand einen Sessel von drinnen holen und ihn irgendwo in der Nähe platzieren könnte, dann heben wir sie vorsichtig darauf.«

»Kein Problem«, erwiderte der stämmige Typ.

»Hier könnte jemand über Sie stolpern, Betty«, erklärte er, »also bringen wir Sie vorsichtig woandershin.« Jack hatte die Kontrolle über die Situation übernommen. »Oh, und kann bitte jemand einen Krankenwagen rufen?«

»Ich mache das«, sagte die junge Frau, die an Jacks Bar einen Gin Fizz getrunken hatte.

»Gut, legen Sie die Arme fest um unsere Schultern, Betty«, sagte Jack, »und auf drei …«

Die beiden Männer fassten einander an den Handgelenken, um einen Sitz zu formen, und hoben sie hoch, gerade als ihr Mann Clive dazukam, sichtlich aufgeregt. »Oh, Betty, ich habe es gerade gehört! Was in aller Welt ist nur passiert, mein Schatz?«

»Nur ein bisschen ausgerutscht. So was Dummes aber auch.« Betty war blass von dem Schreck und hatte sicher Schmerzen, aber sie versuchte, die Sache herunterzuspielen.

»Wir kriegen dich schon wieder hin, meine Liebe.« Er nahm ihre eine Hand in seine.

»Der Krankenwagen ist unterwegs«, sagte die junge Frau, die ihr Handy ans Ohr hielt. »Es kann aber eine Weile dauern. Sie tun ihr Bestes, aber es ist anscheinend viel los heute. Oh, und sie sagen, wir sollen den Fuß hochlegen, wenn es irgendwie geht.«

Jack holte einen Eiskübel aus dem Camper, leerte ihn und kippte ihn um. Das würde eine gute Fußstütze ergeben. Er wickelte auch etwas Eis fest in ein sauberes Geschirrtuch, um es aufzulegen und zu versuchen, die Schwellung zu lindern. Die arme Betty sah jetzt, da der Schock sich auswirkte, ein wenig zittrig aus.

»Ich hole deinen Mantel, Betty, Liebes.« Clive eilte davon, und Jack blieb noch eine Weile bei der Frau sitzen und drückte den Eisbeutel sanft auf ihren Knöchel.

»Ich habe eine Fleecedecke im Wagen!«, rief Lucy, die das Geschehen beobachtet hatte. »Moment, ich hole sie.« Sie nahm sie und lief gleich zu ihnen hinüber, lange bevor Clive mit Bettys Mantel wiedergekommen war. »Hier, bitte. Das wird Sie aufwärmen.«

Lucy hatte ihren Pizzaposten kurzzeitig unbeaufsichtigt gelassen, aber sie konnte nicht einfach zusehen, ohne zu helfen. Sie bewunderte die Art, wie Jack mit der Situation umging, aber sie verwirrte sie auch. Seine Taten, sein Instinkt, wenn es darum ging, anderen zu helfen, das war so liebenswert. Aber im Umgang mit jüngeren Frauen bekam er diese Playboy-Art und schien ein ganz anderer Mensch zu sein. Warum musste alles – jeder – so verdammt kompliziert sein?

Als sich die Jubiläumsfeier dem Ende zuneigte, hörte Lucy die vielen rührenden Dankesworte der Gäste und sah, wie man sich herzlich umarmte, während Taxis und andere Fahrzeuge zum Abholen eintrafen.

»Hallo!« Jack näherte sich dem Pferdeanhänger, als Lucy gerade dabei war, ihre Arbeitsflächen ein letztes Mal abzuwischen.

»Hallo. Das hast du vorhin gut gemacht«, sagte sie und schaute auf ihre Füße. »Mit der alten Dame, meine ich.«

»Danke. Ja, die Arme ist ziemlich unglücklich gestürzt.«

»Ja, hoffentlich ist es nicht allzu schlimm.« Lucy sah auf und ertappte sich dabei, wie sie Jacks schieferblaue Augen und sein leicht ungeordnetes sandblondes Haar anstarrte. Ihr Herz schlug mit einem Mal doppelt so schnell, und sie spürte ihre Kehle trocken werden. Warum musste ihr Körper sie immer wieder verraten? Jedes Mal, wenn sie sich trafen, jedes Mal, wenn sie sich nahe waren, war es, als belege er sie mit einem seltsamen Zauber. Aber sie wusste natürlich Bescheid, denn sie hatte seine Art von Sonnyboy-Mätzchen schon einmal erlebt und würde nicht darauf hereinfallen. Dann wäre sie verloren.

Sie waren allein beim Pferdeanhänger. Eine kleine Weile standen sie so da, schweigend, und ein seltsames Unbehagen umgab sie.

»Luce, was ist denn?«, flüsterte Jack zaghaft und blieb für ein paar Sekunden still. »Was ist los mit uns?«

»Uns? Es gibt kein ›uns‹, Jack!«, fuhr sie ihn an, die Stirn gerunzelt.

»Oh …« Er fühlte sich ernüchtert, fuhr aber fort: »Luce, ich weiß wirklich nicht, woran ich bei dir bin. In der einen Minute umarmst du mich … küsst mich, was, wie ich sagen muss, ziemlich schön war, aber dann, so wie heute Abend, na ja, schaffst du es kaum, mit mir zu sprechen.«

»Du weißt nicht, woran *du* bist? Ha, und das von dir, Jack, also wirklich!«

Lucy holte tief Luft. War es an der Zeit, ihm ehrlich zu sagen, was sie von Becky über seine Vergangenheit wusste? Es war niemand in Hörweite.

»Es ist, als bestündest du aus zwei verschiedenen Menschen. Da gibt es diesen netten Typen, der kleinen alten Damen hilft und entlaufene Hunde findet, aber dann … na ja, bei Frauen … jungen Frauen, mit denen du vielleicht ein Date hast … oder mehrere …« Sie holte tief Luft. »Die scheinen dir ziemlich egal zu sein.«

Jack sah sie fassungslos an. »Wovon sprichst du, Luce?«

»Von meiner Freundin Becky.«

Keine Reaktion. Der Name schien ihm nichts zu sagen.

»Rebecca Smith«, stellte sie klar.

Jack schaute nur ausdruckslos, was Lucy noch mehr auf die Palme brachte. »Sie ist eine deiner Ex-Freundinnen. Eine von vielen, wie es scheint.« Sie konnte sich die Anspielung nicht verkneifen. »Und sie hat mir alles über deine Methoden erzählt, von wegen ›Treat them mean, keep them keen‹. Und darüber, dass du dich mit anderen getroffen hast, während du mit ihr zusammen warst.«

»Okay … Und wann soll das gewesen sein?« Jack sah verwirrt aus, aber vielleicht nicht völlig überrascht.

»Ähm … vor ungefähr acht Jahren.«

»Wow, wir führen aber wirklich Buch.« Sein Ton war sarkastisch.

»Sie hat mich vor dir gewarnt. Sie hat mir alles darüber erzählt, wie du sie behandelt hast … dich zur gleichen Zeit mit einer anderen getroffen hast, verdammt. Sie ist eine enge Freundin, Jack.«

Jack sah betroffen aus, als ob irgendetwas an dieser Aussage ihn tief berührt habe. »Also gut, weißt du was – lass uns kurz rübergehen, in Ruhe was trinken und drüber reden, okay? Da sind wir ungestört. Dann erzähle ich dir mehr über meine ›verkorkste Jugend‹ … wenn du das wirklich hören willst.«

»Ich bezweifle, dass ich das will.« Lucy war immer noch aufgebracht.

»Komm schon, Luce. Wenn du schon Anschuldigungen erhebst, dann gib mir wenigstens die Chance, das zu erklären. Ich werde dir einen köstlichen Mocktail zubereiten. Ich weiß ja, dass du fahren musst.« Sein Ton war versöhnlich.

Sollte sie ihm die Chance geben, seine Seite der Geschichte zu erzählen? Dann könnten sie wenigstens ihre Position klären, Abstand halten, aber höflich bleiben. »Also gut.«

So saßen sie schließlich in der sternenklaren Nacht auf den Stühlen an dem kleinen Tisch neben Ruby, und Jack erzählte ihr seine Wahrheit.

»Also, ja, als älterer Teenager war ich eine Zeit lang schwierig. Ich war kein angenehmer Typ, Luce, und ich habe Frauen nicht mit dem Respekt behandelt, den sie verdienen. Hand aufs Herz, ich war egoistisch … und verletzend.«

Es stimmte also. Beckys Warnung war so verdammt berechtigt.

»Und ich weiß, das ist keine Entschuldigung«, fuhr Jack fort, »aber, na ja …«, er holte langsam Luft, »… das fing an, nachdem mein Bruder gestorben ist. Diese Zeit versinkt irgendwie im Nebel für mich. Alles mit Daniel … Es kam so plötzlich. Das hat meine Welt einfach aus den Fugen gerissen.«

»Oh, Jack, das tut mir so leid«, sagte Lucy betroffen, »dass dein Bruder …« *Gott, das muss furchtbar für ihn gewesen sein.*

Er blickte einen Moment in den Nachthimmel, bevor er weitersprach. »Aber, ja, damals, diese Mädchen … nun, ich habe nicht immer den Überblick behalten, und ich nehme an, du würdest mich einen Aufreißer nennen, aber … ich habe ihnen nie etwas versprochen. Ich war jung, Luce … unreif. Damals habe ich nur an mich gedacht. Ich bin nicht stolz darauf, aber ich werde dich nicht anlügen. Es ist passiert.«

»Oh …« Sie konnte Jack seine Verfehlungen in der Vergangenheit vielleicht verzeihen. Für ihn musste eine Welt zerbrochen sein. Sie konnte sich den Schmerz, den er damals durchgemacht haben musste, nicht einmal vorstellen. Aber was war dann mit dem betrunkenen Mädchen von neulich Abend? Das hatte sie mit eigenen Augen gesehen … gesehen, wie er sie in seinen Camper verfrachtet hatte. Und das hatte überhaupt nicht unschuldig ausgesehen.

Jack starrte sie ernst an und wartete auf eine Antwort von ihr.

Sollte sie fortfahren und nach dem Mädchen auf der Hochzeit fragen? Aber wollte sie das wirklich wissen? War es das wert, noch mehr von seinem unredlichen Verhalten an die Oberfläche zu bringen? Es war ja nicht so, als würde es einen Unterschied machen. Es war an der Zeit, sich zurückzuziehen, die Dinge zwischen ihnen unverbindlich zu halten. Es war Zeit, sich zu schützen. Sie brauchte nicht noch mehr Komplikationen in ihrem Leben.

»Tja, wie gesagt, danke für den Drink.« Lucy stand auf, um zu gehen.

Sie verbarg etwas, das merkte Jack. Er kannte diesen vorsichtigen Blick. Ja, sein Verhalten von damals war enttäuschend gewesen, aber das war so lange her. Er konnte es nicht so stehen lassen. Ihre Worte passten nicht zu dem Blick in ihren Augen … und auch nicht zu der Art, wie sie ihn in jener Nacht umarmt, gehalten und geküsst hatte.

Er holte tief Luft.

»Lucy, halt. Ich mag dich!« Jetzt war es gesagt.

Lucy blieb stehen, ihr Kopf fuhr herum, ihre Haut prickelte von seinen Worten.

Jack sah sie abwartend an. Sein Herz stand verdammt noch mal auf dem Spiel, und sie hatte noch nicht geantwortet.

Die Stille zwischen ihnen dehnte sich immer weiter aus.

»Gute Nacht, Jack«, flüsterte sie sachte. Dann ging sie.

Jack konnte nur zusehen, wie sie sich entfernte, und ihm wurde das Herz schwer wie ein Stein. Wie konnte er ihre Gefühle für ihn verändern? Er lächelte traurig, denn er wusste, dass er die Vergangenheit, die Dinge, die er getan hatte, nicht wiedergutmachen konnte.

»Nacht, Luce«, flüsterte er zurück, in die Dunkelheit hinein.

HOLY ISLAND MUSIC AND FOOD FESTIVAL
SAMSTAG, 24. JULI
LINE-UP FEATURING: ALNWICK ACOUSTICS,
SEAGLASS, DJ DR. FIZZ, ISLAND FOLK,
THE DUNELM DRUMMERS
HIER FÄNGT DER SOMMER AN!

31. Kapitel

Der Beat der Musik hämmerte durch Lucys Körper. Der Schwung der tausendköpfigen Menge pulsierte im Boden unter ihren Füßen, während sie aus voller Kehle mitsangen. Flaggen schwangen in Regenbogenfarben vor dem sommerblauen Himmel, während der Trockeneis-Dampf von der Bühne herabschwebte. Es war bewegend, ja regelrecht magisch. Das Musikfestival auf Holy Island lief auf Hochtouren.

Lucy war bis heute nur auf einem einzigen Festival gewesen: dem Leeds-Festival, zusammen mit Becky, als sie gerade siebzehn gewesen waren. Es war ein verrücktes, aber lustiges Wochenende mit Tanzen, Trinken, im Schlamm steckenden Gummistiefeln, Sonnenschein und Regen, Lachen und sehr wenig Schlaf gewesen, an dem sie sich mit völlig Fremden unterhalten hatte. (Einer, so erinnerte sie sich, war als Schlumpf verkleidet gewesen, mit blau bemaltem Gesicht, aber niemand hatte mit der Wimper gezuckt.) Es hatte sie weit aus ihrer Komfortzone herausgelockt, und sie beide hatten seitdem viel darüber gelacht. Aber Festivals gehörten der Vergangenheit an, seit sie Liam kennengelernt hatte. Seine Vorstellung von Camping war viel zivilisierter. Er verbrachte das Wochenende nicht auf einer voll besetzten Wiese mit dröhnender Musik und einer Menge verschwitzter Nachtschwärmer.

Die Bands heute waren bisher fantastisch gewesen, eine tolle Musikmischung. Und obwohl einige nicht Lucys üblichem Geschmack entsprachen – sie selbst war eher ein Fan von Coldplay, The 1975 und nostalgischem Softrock –, hatte sie verstanden, dass jeder Künstler sein Bestes gab, und die lokale Volksmusik war überraschend gut. Von ihrem Catering-Spot am hinteren Ende der Hauptbühne aus, wo sie zusammen mit einigen anderen Caterern stand, konnte sie die ganze Szenerie beobachten.

Lucy wusste, dass Jack da war. Sie hatte den vertrauten roten Lack schimmern sehen, als er ankam, und das hatte ein seltsames Ziehen in ihrer Magengegend verursacht. Jack war derjenige gewesen, der ihr den Tipp gegeben hatte, sich um einen Stellplatz zu bemühen, um ihr mit *Feuer und Flamme* weiter auf die Sprünge zu helfen. Er hatte ihr auf Facebook eine Nachricht geschickt, und obwohl sie wusste, dass es feige war, seinen großzügigen geschäftlichen Rat anzunehmen und trotzdem beharrlich zu schweigen, konnte Lucy sich nach ihrem letzten Gespräch nicht überwinden, ihm zu antworten.

Sie stieg vom Pferdeanhänger, schirmte die Augen vor der grellen Sonne ab und blickte zu Ruby hinüber, die auf der unteren Weide geparkt war. Sie seufzte und genoss einen Moment lang die Aussicht auf das Festival, spürte den Puls der Musik, der durch sie hindurchschwang, die Energie der Menschenmassen und den hellen Sonnenschein, der alles in einen goldenen Schimmer tauchte.

Als dann der Juliabend anbrach – die Sommersonne stand noch am Himmel und durchdrang die zinnblaue Weite –, kamen die bunten Bühnenlichter voll zur Geltung. Noch mehr Fahnen und riesige Transparente wehten in der mitsingenden Menge. Die Atmosphäre war elektrisierend, aufgeladen mit einer warmen, fröhlichen Festivalstimmung. Zum Glück für die Teilnehmer war das Wetter schön geblieben, obwohl die Vorhersage für den späteren Abend vor einem Sommersturm gewarnt hatte. Hoffentlich würde sie bis dahin ihre Sachen gepackt haben und weit weg sein.

Das Essen duftete überall um sie herum. Lucy und ihre ausgezeichnete Helferin Abby waren seit ihrer Ankunft um 10 Uhr auf den Beinen, hatten schnell aufgebaut und versorgten seitdem die immer hungrige Menge ohne Pause mit frisch zubereiteten Pizzen. Inzwischen war es nach 19 Uhr, und Lucy hatte Lust auf einen von Bobs Gourmet-Burgern, nachdem sie stundenlang neben seinem Wagen geparkt und der Geruch von gebratenem Rindfleisch und gedünsteten Zwiebeln ihre Geschmacksnerven gereizt hatte. Vielleicht sollte sie dort vorbeischauen und für sich und Abby einen Burger kaufen. Aber welche Geschmacksrichtung sollte es sein, war die große Frage. Ein Chili-Burger, einer mit Blauschimmelkäse und karamellisierten Zwiebeln oder ein Bacon-Doppeldecker? In Wahrheit klang alles, was auf der Speisekarte, die mit Kreide auf eine Tafel geschrieben war, einfach köstlich.

Lucy war klar, dass Abby zeitig wegmusste. Abbys entschuldigender Anruf war vor einer Woche gekommen: »Tut mir leid, Luce, ich kann auf jeden Fall am Festivaltag arbeiten, aber am selben Abend ist die Geburtstagsparty einer engen Freundin. Keine Panik, ich lass dich nicht im Stich, und ich freue mich darauf, mit dir zu arbeiten.« Wenigstens dieser Teil hatte Lucy gefreut.

»Außerdem ist es eine großartige Chance, umsonst auf das Festival zu kommen«, hatte Abby zugegeben. »Weißt du, der richtige Spaß fängt auf der Party sowieso erst gegen zehn an, wie wäre es also, wenn ich bis halb zehn auf dem Festival arbeite? Wäre das für dich okay?«

Lucy hatte nicht wirklich eine Alternative gehabt, aber sie war davon ausgegangen, dass das meiste Essen über die Theke gehen würde, bevor Abby sie verließ, da sie ab Mittag mit der Ausgabe beginnen sollten. Sie war sehr dankbar für Abbys Hilfe und ziemlich sicher, dass sie die letzten paar Stunden auch noch allein zurechtkommen würde. Ja, es würde viel los sein, aber, hey ho, ›viel los‹ war gut. Viel zu tun zu haben bedeutete viele zahlende Kunden und viel Geld, das hereinkam.

Abby blieb stetig an ihrer Seite, bis zwanzig vor zehn, als der Andrang abflaute, weil der Hauptakt auf die Bühne kam. Das junge Mädchen machte sich auf den Weg, und Lucy kümmerte sich nun gleichzeitig um den Belag und den Ofen, während sie mit den Füßen zur Musik wippte. Die Menge wiegte sich in einer großen Welle und sang lauthals mit. Lucy ließ sich mitreißen, summte vor sich hin und fühlte sich arbeitsmüde, aber glücklich. Mit weiteren Buchungen vor sich und einem Festival in der Tasche hatte ihr Pizzawagen endlich Fuß gefasst. Ganz sicher wäre ihr Opa sehr stolz auf sie.

Natürlich gab es nach dem Ende des Konzerts einen weiteren Ansturm hungriger Gäste, die sich einen Mitternachtsimbiss gönnten. Die meisten übernachteten in einer Reihe von Zelten und Wohnmobilen, die auf der benachbarten Weide aufgestellt waren, sodass die Nachtschwärmer keine Eile hatten. Nutze die Gunst der Stunde, so hieß es doch, dachte Lucy bei sich, während sie sich bemühte, mit den Bestellungen Schritt zu halten. Um 0.30 Uhr gab sie ihre letzte Pizza an einen Kerl mit einem schon etwas schief sitzenden Wikingerhelm aus. Wow, was für ein Tag!

Es dauerte nicht lange, bis Jack herüberkam, nachdem er selbst Feierabend gemacht hatte. Lucy spürte, wie ihr Puls rapide anstieg, gefolgt von einem Klopfen in ihrer Brust. Einfach nur höflich sein, ermahnte sie sich.

Jack wirkte ein wenig verlegen. Dachte er auch noch an ihr letztes Gespräch nach der goldenen Hochzeit?

»Das hat uns heute ganz schön auf Trab gehalten, was?«, sagte er und wischte sich etwas nervös über die feuchte Stirn.

»Ha, ja, das kann man wohl sagen«, antwortete sie, unfähig, irgendwo anders hin als auf ihre matschigen Schuhe zu schauen.

Einen Moment lang herrschte Stille zwischen ihnen, die zum Glück durch das Geräusch der Menschenmenge aufgelockert wurde.

»Und, war es ein guter Abend für dich? Du hast verdammt beschäftigt ausgesehen.«

»Und wie. Ja. Danke, dass du mir das empfohlen hast, Jack … dass du ein gutes Wort für mich eingelegt hast. Es war meine bisher beste Veranstaltung, mit Abstand. Ich bin noch nicht dazu gekommen, die Einnahmen zu zählen, aber ich habe alles verbraucht, was ich dahatte, und ich hatte für den Fall der Fälle eine ganze Menge dabei. Puh.« Lucy fühlte sich plötzlich wie gerädert, der Adrenalinschub während des Festivals verflüchtigte sich nun in ihren Adern.

»Du siehst erschöpft aus, Lucy.«

»Ach, danke!« *Oha, was ist nur aus Jack, dem Charmeur geworden?*

»Nein, wirklich, du siehst erschöpft aus.« Er sah aufrichtig besorgt aus.

»Danke, mir geht es gut«, wischte sie seine Bemerkung beiseite, da sie Jack gegenüber nicht zugeben wollte, dass ihr gerade ein wenig schwindlig wurde.

»Komm, setz dich mal hin«, forderte er sie auf. »Ich hole dir eine Cola oder so, um dich ein bisschen aufzupäppeln.«

»Meinetwegen«, sagte sie ein wenig mürrisch und unterdrückte ein Gähnen. Sie hielt sich an der Theke fest, um nicht umzukippen.

Als Jack davonlief, stieg sie vorsichtig aus dem Pferdeanhänger und ließ sich im Gras neben dem Wagen nieder, wobei sie sich mit dem Rücken an einen der Radkästen lehnte. Sie würde fünf Minuten Pause machen, und dann wäre es definitiv an der Zeit, ihre Sachen zu packen und sich mit Daisy so schnell wie möglich auf den Heimweg zu machen.

Als sie dort saß und Jack sich mit einer Getränkedose näherte, spürte sie ein paar Regentröpfchen auf ihrem Gesicht und ihren Händen, die nun zum Glück endlich von diesen verdammt warmen und juckenden Ofenhandschuhen befreit waren.

»Hier.« Er reichte ihr die Coca-Cola mit einem zaghaften Lächeln.

»Danke, Jack.«

Er ließ sich neben ihr nieder, mit einer Dose Iron Bru für sich selbst. »Ich glaube, mein Energielevel ist auch etwas gesunken. Das war ein Wahnsinns-Event. Wenigstens ist mein Zelt schon aufgebaut.«

»Ach, du bleibst hier?«

In einer halben Stunde hätte sie fertig gepackt, und dann nichts wie weg. Sie freute sich auf ihr gemütliches Bett und ihre wohlverdiente Nachtruhe und darauf, morgen ordentlich auszuschlafen. Sie konnte sich nichts Schlimmeres vorstellen, als zu campen. Das war überhaupt nicht ihre Vorstellung von Spaß.

»Na ja, ich habe wohl kaum eine Wahl. Jedenfalls nicht um diese Zeit.« Sein Ton war sachlich, während er zum Damm hinüberblickte.

»Was meinst du damit?« In Lucys Kopf schrillten die Alarmglocken.

32. KAPITEL

Wie konnte ich nur so verdammt dumm sein? Lucy hatte sich so sehr auf die Vorbereitungen für dieses Festival konzentriert, die Menge und Vielfalt der Beläge geplant, die sie brauchen würde, Tomatensoße und tonnenweise Teigkugeln auf Vorrat hergestellt, dass sie irgendwie ganz vergessen hatte, dass sie auf einer Insel arbeiten würde. *Einer Insel!* Und ja, es war eine Insel mit einem Damm und einer Straße dorthin, aber sie war auch vom Meer umgeben.

Und das Meer war heute Nacht gegen 23 Uhr hereingeströmt, wie Jack sie besserwisserisch erinnerte. Er hätte sie verdammt noch mal auch etwas früher daran erinnern können. Vor einer Woche oder so. Natürlich war Jack, der alles wusste, vorbereitet, klar, und selbstverständlich hatte er sein Zelt und alles dabei.

Natürlich, er hatte alles schon vorher aufgebaut, offenbar auf einer Wiese hinter seinem Cocktail-Camper, damit er auch Ruby im Auge behalten konnte. Er erzählte gerade davon, dass er nur noch seinen Schlafsack ausrollen müsse. *Ja, super, schön für ihn.*

Erschüttert versuchte Lucy immer noch, die Nachricht zu verarbeiten.

»Ich hätte noch einen Platz für dich, also, wenn du willst …« Jack konnte es sich nicht verkneifen, frech die eine Augenbraue hochzuziehen.

Nach der Abfuhr von letzter Woche hätte er doch eigentlich längst aufgeben müssen, aber vielleicht wollte er sie ja wirklich nur ein bisschen aufmuntern. Es war jedenfalls klar, dass sie auf keinen Fall mit Jack Aufreißer Anderson in einem Zelt schlafen würde. Auch wenn das bedeutete, dass sie eine kalte und unbequeme Nacht auf dem Rücksitz ihres Jeeps neben Daisy verbringen musste. Der kleine Hund wäre jedenfalls ein vertrauenswürdigerer Schlafkumpan.

»Ich habe eine bequeme Isomatte und alles …«, beharrte er.

Vielleicht wollte er nur nett sein, aber Lucy würde nicht auf einen seiner Tricks hereinfallen.

»Das glaube ich gern, aber ich komme schon zurecht. Im Jeep ist es trocken, und Daisy wird mir Gesellschaft leisten.«

»Okay, aber in den frühen Morgenstunden wird es richtig kalt, weißt du? Und es zieht ein Gewitter auf. Wenn du es dir anders überlegst – du weißt ja, wo ich bin.«

Aber Lucy war fest entschlossen. Ja, es mochte etwas unbequem sein und zum Einschlafen ein bisschen kühl im Jeep, aber sie würde sicher und gut aufgehoben sein, und so gab es wenigstens keinerlei Missverständnisse zwischen ihnen. »Ich komm klar.«

»Wie du meinst. Aber dann stell den Jeep doch wenigstens für die Nacht neben Ruby. Dort ist es geschützter, und ich bin in der Nähe, nur für den Fall.«

Hmm, es klang so, als wollte er wirklich nur auf sie aufpassen, und die Idee war nicht schlecht. Besser das bekannte Übel … und so. Es waren noch viele Festivalbesucher unterwegs, und ja, sie schienen heute Abend alle ziemlich entspannt und freundlich zu sein, aber als junge Frau so ganz allein … Sie hatte in der Dunkelheit der Nacht, zumal der Damm noch mehrere Stunden unpassierbar sein würde, keine Wahl.

Die beiden tranken ihre Dosen leer, nebeneinander auf dem regenbenetzten Gras sitzend. Zumindest fühlte Lucy sich nun ein wenig erfrischt. Sie erklärte Jack, dass sie den Pferdeanhänger zu Ende packen und dann mit dem Jeep näher an seinen Camper heranfahren würde. Angesichts der misslichen Lage, in der sie sich befand, wäre es ein wenig beruhigender, jemanden in der Nähe zu haben, den sie kannte. Als sie Daisy zum Pinkeln rausließ, wurde der Regen immer stärker, und es kam Wind auf. Nachdem sie sich vergewissert hatte, dass der Pferdeanhänger mit seinem Vorhängeschloss verriegelt und für die Nacht gesichert war, parkte sie den Jeep um.

Sie stellte ihn in Rubys Nähe, nicht weit von Jacks Zweimannzelt ab, kletterte auf die Rückbank und griff nach der alten – etwas verschlissenen – Autodecke, die dort lag und die Daisy schon eine Zeit lang in Gebrauch gehabt haben musste. Schon bald saß der kleine Hund auf ihrem Schoß und kuschelte sich unbeirrt an sie. Verdammt, sie sollten jetzt unterwegs nach Hause zu ihrem schönen warmen Bett sein und es sich dort gemütlich machen, anstatt zusammengekauert hinten in einem Jeep zu liegen.

Ein wenig Licht strahlte vom Bühnenbereich herüber. Ein paar Sicherheitsleute waren über Nacht dort, um die Sachen im Auge zu behalten, bevor am nächsten Tag alles wieder abgebaut würde. Lucy spähte hinaus und konnte Jack in seinem kleinen Zelt ausmachen, das etwa zehn Meter von ihrem Fahrzeug entfernt stand. Er schob einen zusammengerollten Schlafsack ins Innere.

Sie winkte kurz und versuchte, sich einzureden, dass alles in Ordnung war.

Er rief etwas, aber sie konnte es nicht hören, also kurbelte sie das Fenster leicht herunter. »Gute Nacht«, rief er. »Ich hoffe, du kannst einigermaßen schlafen. Aber denk dran – mein Angebot steht. Platz für zwei und so. Kein Haken. Ich bin ganz Gentleman.«

»Mir geht's gut, Jack. Gute Nacht!« Sie war fest entschlossen, durchzuhalten, und kurbelte das Fenster wieder hoch.

Noch immer verfluchte sie sich dafür, dass sie die Gezeiten nicht überprüft hatte, und sah zu, wie Jack in sein Nachtquartier kroch und den Reißverschluss des Zeltes zuzog.

Es war ein seltsamer Hochsommer: Der Himmel war nicht ganz dunkel, selbst um fast 2 Uhr nachts, mit schwarzen Mammatuswolken, die sich auftürmten, und einem unheimlichen rosa-orangefarbenen Leuchten tief am Horizont. Sie legte sich auf den Rücksitz und drückte den kleinen Hund an sich, beide unter die Autodecke gekuschelt. Es war gar nicht so schlimm. In ein paar Stunden würde sie wieder losfahren können, um in ihrem kleinen Häuschen auf dem Festland noch etwas Schlaf nachzuholen. Hätte sie doch nur ein Boot … Ihr Zuhause war wahrscheinlich nicht einmal zwölf Meilen Luftlinie entfernt. Sie dachte an ihr bequemes Doppelbett in dem gemütlichen Schlafzimmer mit der niedrigen Decke. Na ja, da würde sie bald wieder sein. Sie brauchte sich nur ein bisschen zu entspannen.

Um 3 Uhr morgens hatte Lucy immer noch kein Auge zugetan. Von ihrer zusammengekauerten Haltung auf dem Rücksitz hatte sie einen steifen Rücken bekommen, und ihre Füße fühlten sich … hatten sie überhaupt noch ein Gefühl? Ihre Zehen schienen das Einzige zu sein, das eingeschlafen war. Sie fühlten sich nicht mehr so an, als gehörten sie zu ihr. Daisy zitterte in ihrem Schoß, die Arme. Hmm, vielleicht, wenn sie den Motor laufen ließ, um sie eine Weile warm zu halten … aber dann würde sie vielleicht eindösen und am Ende wäre der Tank leer, wenn sie gerade nach Hause fahren wollte. Außerdem würde Jack die Abgase abbekommen. Das konnte sie ihm auch nicht antun. Jack. Der schlief wahrscheinlich tief und fest in seinem schönen warmen Schlafsack.

Und dann – plink, plink, plink, plink, PLINK, PLINK, PLINK, PLINK – klirrte es wie Tausende Nadeln auf dem Autodach über ihr. So einen Regen hatte sie noch nie gehört. Allerdings war sie auch noch nie in einem solchen Unwetter draußen gewesen, nachts um 3 Uhr in einem Jeep.

BUMM! Ein gewaltiger Donnerschlag erschütterte das Fahrzeug, gefolgt von einem Zickzack-Blitz, der furchtbar nah schien. Zu nah. Wurden Blitze nicht von Metall angezogen? Und … befand sie sich nicht gerade in einer Metallkiste mit der kleinen Daisy, die nun zitternd auf ihrem Schoß saß? Die Arme. *Oh Mist!*

Das Beben vom nächsten Donner durchfuhr Lucy so heftig, dass sie auffuhr. Es hörte sich an, als wäre das Gewitter unmittelbar über ihnen. Da öffnete sich der Reißverschluss am Zelt, und Jacks Kopf kam zum Vorschein, silbern erleuchtet vom nächsten dramatischen Blitzschlag. Sie sah, wie er sie mit einem Arm zu sich winkte. Er rief irgendetwas, was sie natürlich nicht hören konnte. Er winkte immer noch. Wenn sie und Daisy jetzt das Auto verließen, würden sie in Sekundenschnelle bis auf die Haut durchnässt. Sie saß still da, während ein weiterer Donner durch die Luft grollte und das Fahrzeug erschütterte. Was war schlimmer? Vom Blitz zerfetzt zu werden oder ein Zelt mit Jack teilen zu müssen?

Und dann stand er an ihrer Autotür, nur mit Boxershorts und einem Fleecepulli bekleidet, und rüttelte am Türgriff. »Komm schon. Du kannst den Schlafsack haben. Nimm Daisy mit. Lauft!«

Der Regen strömte ihm bereits in Rinnsalen übers Gesicht. »Nun mach schon«, wiederholte er, »worauf wartest du? Ich werde hier draußen klitschnass!« Er klang jetzt genervt.

Ein weiterer wütender Donnerschlag.

»Okay, okay.« Sie drückte Daisy an sich und fiel mehr oder weniger aus dem Jeep. Der Matsch saugte ihre Füße in die durchtränkte Weide, während ein heftiger Wind um sie herumbrauste und der Regen wild auf sie niederprasselte und ihr ins Gesicht stach. In Sekundenschnelle war sie komplett durchnässt, und dann kroch sie mit Daisy auf dem Arm in das Zelt, Jack hinterher, der den Reißverschluss mit einer schnellen Bewegung zuzog, während Wind und Regen an den Zeltseiten rissen.

»Wow« war alles, was Lucy zustande brachte.

Im Licht der Taschenlampe von Jacks Handy, mit triefenden Haaren und Nasenspitzen, nassen Augenbrauen und der durchnässten Kleidung sahen die beiden aus, als wären sie im Meer gestrandet. Sogar das pelzige schwarzbraune Fell des kleinen Dackels war vollständig durchnässt. Daisy schüttelte sich kräftig und zitterte dann ein wenig.

»Hey, es wird noch kälter, wenn wir in den nassen Klamotten bleiben; besser wir ziehen sie aus«, erklärte Jack, während er sich mit einer schnellen Bewegung seinen Fleecepulli und sein T-Shirt auszog.

Erwartete er, dass sie es ihm gleichtat? Sie starrte ihn an, so gut sie es im Halbdunkel des Zeltes hinbekam.

»Du kannst nicht so in den Schlafsack, er würde ganz nass«, sagte er mit fester Stimme.

Ja klar, ich kenn deine Spielchen ganz genau. »Mir geht's gut, Jack. Du kannst den Schlafsack ruhig für dich nehmen.«

»Dir geht es nicht gut. In spätestens fünf Minuten friert ihr beide und kriegt eine Unterkühlung. Zieh die nassen Sachen aus und rein mit dir in den Schlafsack. Er ist trocken und noch ein bisschen warm von mir.«

Sie war sich nicht sicher, ob das etwas Gutes oder Schlechtes war. Aber dann ließ sie der Gedanke seltsamerweise innerlich ein wenig schwanken. Die Wärme eines Männerkörpers war dieser Tage eine ferne Erinnerung.

»Raus aus dem nassen Zeug und hüpf rein.«

Sie seufzte. Es war schon was dran, aber …

»Herrgott noch mal!«, schimpfte er jetzt und wandte sich demonstrativ ab. »Als könnte ich bei diesem Licht irgendwas sehen. Ich schalte die Taschenlampe aus.«

Sie zog sich bis auf die Unterwäsche aus, legte die nasse Kleidung auf seinem Kleiderhaufen neben dem Zelteingang ab und kroch in den Schlafsack, mit Daisy im Arm. Es war warm und gemütlich. *Ahhh.*

»Was ist mit dir?«, flüsterte sie und fühlte sich jetzt ein wenig schuldig, aber sicher nicht schuldig genug, um ihren wattierten Kokon aufzugeben.

»Ich komm schon klar. Ich hab mehr auf den Knochen als du, und hier gibt's auch noch eine Decke.«

»Danke.«

»Gern geschehen.«

Jack ließ ein paar Zentimeter Abstand zwischen ihnen, während er versuchte, es sich neben ihr bequem zu machen. In einem Zweimannzelt gab es nicht viel Platz für respektvolle Distanz. Er rollte seinen feuchten Fleecepulli zusammen und legte ihn sich als Behelfskissen unter den Kopf.

»Nacht, Luce.«

»Nacht.«

Es dauerte eine Weile, bis Lucy einschlief, während um sie herum immer noch das Dröhnen und Krachen wie ein Feuerwerk der Elemente ertönte und silberne Blitze das Innere des Zeltes erhellte, aber allmählich ließ das Unwetter nach. Das Geräusch des Regens wurde leiser, rhythmisch, fast beruhigend.

Jack brauchte etwas länger, um zur Ruhe zu kommen. Er merkte, dass ihm das Herz in der Brust hämmerte. Lucy so nahe zu sein machte seltsame Dinge mit ihm. Er begann, sich Sorgen zu machen, dass sie es vielleicht sogar hören konnte. Oder sogar *fühlen.*

Aufhören! Aufhören! Aber sein Körper gehorchte ihm nicht. Er schaffte es, ein paar Zentimeter mehr Platz zwischen ihnen beiden zu schaffen, indem er so nah wie möglich an die Zeltwand heranrückte. Wenn sie bemerkte, was gerade mit seinem Körper geschah, wäre sie womöglich blitzschnell wieder draußen, und er wollte sich nicht vorstellen, wie sie bei einem Gewitter als leichte Beute in ihrem Wagen saß.

So lag er eine Weile da mit seinen Gedanken und dem peinlichen Summen in seinen unteren Regionen, während er hörte, wie ihr Atem tiefer wurde und der kleine Dackel zu schnarchen begann. Das war beruhigend und beunruhigend zugleich. Er war schon lange niemandem mehr so nahe gewesen.

Es war ruhig und still unter dem dunkelblauen Zeltstoff. Morgenlicht drang durch das Material, und Jack konnte Parfüm und Haut riechen, die Wärme eines anderen Menschen neben sich spüren. Strähnen von Lucys dunklem, welligem Haar kitzelten ihn an der Wange. *Was?* Diese Locken sollten nicht so nah an seinem Gesicht sein.

Jack kam augenblicklich zu sich und riss den Kopf hoch, gerade als sie sich zu ihm umdrehte. Puh, der Schlafsack war noch zwischen ihnen, beruhigend zu wissen, ebenso wie der kleine schlanke Körper eines Dackels, der zufrieden schnarchte, wie Jack feststellte. Und was ihm auch klar wurde, war, dass er mit Lucy in Löffelstellung gelegen hatte … und selbst jetzt, wo er ihr in ihre dunkelbraunen, wirklich schönen Augen blickte, waren sie sich noch so verdammt nahe, dass, hätte er sich auch nur einen Zentimeter auf sie zubewegt, leicht ein Kuss daraus geworden wäre.

»Oh!« Lucy zuckte zurück.

»Oh«, wiederholte Jack, »peinlich.«

»Ja.«

»Sorry.«

»Hmm.«

»Ich habe bis eben noch geschlafen«, murmelte er. »Bin gerade aufgewacht.«

»Ach so, ja, nun … ich nehme an, der Damm wird wohl jetzt passierbar sein«, plapperte Lucy verlegen. »Der Sturm ist definitiv abgezogen.« Sie setzte sich kerzengerade auf und weckte Daisy durch die Bewegung.

Es sah so aus, als könnte sie gar nicht schnell genug wegkommen. Sie hatte es bereits geschafft, sich aus dem Schlafsack zu winden, und schlüpfte in ihre noch feuchten Klamotten, während Daisy brummte, als sie aus ihrem gemütlichen Nest zwischen den beiden aufgestört wurde.

»Ähm, sag mal, hast du Lust auf einen Kaffee?«, fragte Jack zögerlich. »Könnte uns ein bisschen aufwärmen. Ich habe meinen kleinen Campingkocher und eine Stempelkanne dabei.«

»Ach, wirklich?«

»Die Stempelkanne ist praktisch für die Espresso-Martinis. Und der Kocher ist eh immer im Camper.«

»Aha.« Lucy hielt inne, und ihr Tonfall wurde weicher. »Ja, dann.« Sie brachte ein kleines Lächeln zustande und schien sich etwas zu entspannen.

Als Jack den Kopf aus dem Zelt steckte, konnte er kaum glauben, dass sie gerade ein heftiges Sommergewitter hinter sich hatten. Abgesehen von einigen Pfützen und schlammigen Stellen sah alles friedlich aus. Es war noch richtig früh, erst 5.30 Uhr, doch das Rotgold der Morgendämmerung schmolz bereits dahin. Jack zog sich sein T-Shirt über, schlüpfte in seine Shorts und Turnschuhe und ging zu Ruby hinüber, um das Nötigste zu holen. Bald schon hatte er alles vor dem Zelt aufgebaut und zündete den kleinen Kocher an. Er setzte einen kleinen Topf mit Wasser auf, um es zum Kochen zu bringen. Er liebte richtigen Kaffee. Den warmen, reichhaltigen Geschmack – das Instantzeug war nichts dagegen.

Lucy zog sich den Rest ihrer feuchten Kleidung an – die Jeansshorts klebten an ihren Hüften – und kam zu ihm hinaus, wobei sie Jacks Matte aus dem Zelt mitbrachte, um sie ein wenig von dem aufgeweichten Boden abzuschirmen.

Er reichte ihr einen blauen Emaille-Blechbecher. »Keine Milch, fürchte ich.«

»Schon gut.« Das Aroma des Kaffees war auch so herrlich.

Die Aussicht auf das Meer war grandios. Azurblaue und zinnfarbene Schattierungen, die goldene Strahlen einfingen. Der Himmel über ihnen war durchsetzt mit leichten Wolken. Ein brandneuer Tag. Es stimmte Jack hoffnungsvoll.

Sie saßen beieinander, die Knie angezogen, den Kaffee in den Bechern, mit einer Aussicht, die einfach wunderschön war, und schwiegen für einige Zeit, jeder in seine eigenen Gedanken vertieft. Bald würde die Welt erwachen und sich zu ihnen gesellen. Die Bühnenarbeiter würden die Ausrüstung zusammenpacken, die Müllsammler den Abfall der vergangenen Nacht wegräumen, und die Nachtschwärmer, die auf dem Feld hinter ihnen gezeltet hatten, würden langsam zu sich kommen. Sie alle würden nur allzu bald zu ihren Fahrzeugen zurückkehren und nach Hause fahren müssen. Und obwohl Lucys Instinkt ihr riet, die Flucht zu ergreifen, zögerte sie ein wenig, diesen frühmorgendlichen Bann zu brechen. Noch ein paar Minuten, einen guten, starken Kaffee schlürfen und den ruhigen, verheißungsvollen Horizont betrachten. Nur noch ein paar Minuten.

»Komm, das Meer sieht phänomenal aus.« Jack stand auf und streifte sich sein T-Shirt und die Shorts ab. »Na los, trau dich!« Er lachte, als er nur in Boxershorts über die Wiese zum Wasser rannte.

Lucy war beileibe keine Meerschwimmerin. Aber das umliegende Wasser sah ruhig und kühl aus, und nach einer im Zelt verbrachten Nacht … rief es nach ihr. Gegen ihren Willen fühlte sie sich auch von diesem gut aussehenden Mann angezogen, wie er mit geschmeidigen Muskeln den Hügel hinunterstürmte.

»Komm schon, Luce!«

»Was machst du da bloß?«, rief sie ihm kopfschüttelnd nach.

Sie stand auf und sah zu, wie Jack auf das Meer zurannte, und schwelgte in der Schönheit und Energie eines herrlichen Morgens am Meer.

»Baden gehen natürlich! Es ist großartig!«

Lucy schaute sich um. Niemand sah zu, und selbst wenn – was kümmerte es sie? *Komm schon, Lucy, Schluss mit Nummer sicher.*

Ach, was soll's! Sie stand auf, riss sich die Shorts vom Leib, zog ihr Oberteil über den Kopf und war nun auch nur noch in Unterwäsche, während Daisy sie verwirrt ansah. Die Morgenluft war kühl und befreiend, als sie rannte, der Tau nass unter ihren nackten Füßen. Sie lachte nun auch und rannte direkt zu der Stelle, wo Jack im seichten Wasser wartete. Die Kälte des Meeres raubte ihr plötzlich den Atem.

Er bespritzte sie, erst sanft, dann stärker, und Lucy schob ihm einen großen Schwall Salzwasser entgegen. Beiden tropfte das Wasser aus den Augen und vom Gesicht. Dann schlug sie eine riesige Welle, die ihn vollends überspülte. Er zog eine Grimasse und stürzte auf sie zu, nahm sie in die Arme, und sie beide kicherten, während er so tat, als würde er sie kopfüber eintauchen, bis sie um Gnade flehte.

Es war lustig, mitreißend und unbekümmert, und Lucy hatte seit Langem nicht mehr so viel gelacht und sich so lebendig gefühlt.

Jack hielt sie fest, sah ihr in die Augen und lächelte … doch dann ließ er sie los, tauchte unter einer Welle weg und begann, aufs offene Meer hinauszuschwimmen. Sie folgte ihm aus dem seichten Wasser hinaus, schwamm an seiner Seite und ließ sich von der Dünung treiben. Bald lagen sie wie zwei Seeotter auf dem Rücken und sahen zu, wie die Welt an Land wieder erwachte. Lucy drehte Jack den Kopf zu und beobachtete, wie die Wellen ihn sanft im herrlich kühlen Wasser anhoben und wieder absenkten. Sie wollte nicht über den Kampf nachdenken, der gerade zwischen ihrem Kopf und ihrem Herzen tobte, über die Linie im Sand, die gezogen werden musste: Freundschaft, nicht mehr.

Noch ein paar magische Momente lang würde sie sich an diesem schönen Sommermorgen vom Meer und der Sonne verwöhnen lassen.

19 Uhr
Am Strand
Jack x

33. Kapitel

Als sie wieder in ihrem Cottage war, stellte Lucy fest, dass sie ihre Gedanken an die vergangene Nacht nicht verdrängen konnte. Wie es sich angefühlt hatte, sich neben Jack zu legen. Seinen Atem zu hören, seine Wärme zu spüren. Und als sie einschliefen, einander so nah, die unvermeidlichen Berührungen, wenn auch nur kurz und ungewollt. War er so unzuverlässig, dass sie immer auf Abstand würde bleiben müssen? Und warum, oh warum kribbelte ihre Haut allein bei der Erinnerung an seine Nähe?

Seine Worte, als sie sich trennten, bereit, den Zauber der Insel zu verlassen, klangen noch in ihrem Kopf nach:

»Luce … mach's gut, und pass auf dich auf.«

Er hatte ihr direkt in die Augen geschaut, und ihr war schwindelig geworden. Das war es doch aber, was sie wollte, oder? Etwas Abstand. Aber jetzt fühlte es sich viel zu sehr wie ein Abschied an.

So viele Gefühle, die sie innerlich erdrückten, so viele ungesagte Worte.

Und dann, nach einer Pause, öffnete sich wieder ein Spalt in dieser Wand, gerade als er in Rubys Fahrerkabine einsteigen wollte. »Hey, wenn du mal irgendwas brauchst … oder wenn ich dir helfen kann … also, du weißt ja, wo ich bin.«

»Danke, Jack.«

Am Abend juckte es ihr in den Fingern, ihm eine Nachricht zu schicken, aber sie war sich nicht sicher, was sie schreiben sollte. Dass es Spaß gemacht hatte, dass sie das morgendliche Schwimmen genossen hatte (sie war sogar absolut begeistert davon gewesen) … und – ihre Gedanken schweiften ab – dass sie das Gefühl seines warmen Körpers an ihrer Seite genossen hatte? Oh, das würde sie niemals zugeben. Aber warum? Sie sollte auf Abstand gehen, weiterleben, klar, aus der Gefahrenzone heraustreten.

Jack ersparte ihr die Mühe, denn ein »Ping« auf ihrem Handy verkündete, dass er ihr zuvorgekommen war und ihr bereits geschrieben hatte. Ihre Hand zitterte, als sie auf die Nachricht klickte.

Weißt du, Lucy, mir ist klar, dass die Dinge zwischen uns ein bisschen speziell waren, und ich weiß, dass du Gründe hast, mir nicht zu vertrauen. Aber ich kann nicht aufhören, an dich zu denken. Du kannst mir natürlich sagen, dass ich mich verpissen soll, aber ich muss es versucht haben.

Der Text endete dort, und sie schaute ungeduldig auf die drei aufleuchtenden Punkte, während er weiterschrieb.

Also, ich finde, dass es verdammt schön ist, wenn wir zusammen sind. Ich bin sicher, dass du das auch so empfindest. Ich gebe mir jetzt einen Ruck. Würdest du dich gern morgen mit mir treffen? X

Sie freute sich, aber gleichzeitig war sie unentschlossen.

Würde sie …? Sollte sie …?

Was wäre gewesen, wenn Papa in jener Nacht nicht mit dem Regenschirm hinter Nonna hergelaufen wäre? Es hatte für die beiden doch funktioniert, oder nicht? Was, wenn sie sich so abschottete, dass sie nie wieder lieben könnte? Was für ein Leben wäre das?

Lucys zitternde Fingerspitzen schwebten über der Tastatur ihres Handys, und sie holte langsam Luft, bevor sie schrieb:

Okay, warum nicht?

Sie schickte die Antwort ab, bevor sie ihre Meinung ändern konnte, und fügte schnell hinzu:

Wo?

Sie wartete ein oder zwei angespannte Sekunden lang.

Ich komme zu dir nach Embleton. Treffen um 19 Uhr am Strand. X

Okay, geht klar. X

Lucys Herz machte einen kleinen, ängstlichen Hüpfer. Morgen … Morgen würde sie ihn wiedersehen. »Treffen um 19 Uhr am Strand«, wiederholte sie laut. Es klang gut, das musste sie zugeben.

Der nächste Tag schien sich endlos in die Länge zu ziehen. Lucy hatte einen Haufen Papierkram zu erledigen, Gesundheits- und

Hygieneberichte auf dem letzten Stand zu halten, die monatlichen Abrechnungen und ihre Einnahmen und Ausgaben zu aktualisieren sowie einige wichtige Bestellungen zu tätigen.

Eigentlich hatte sie genug zu tun, aber es war ein feuchter, nieseliger Morgen, und es fiel ihr schwer, sich zu konzentrieren. Ihre Gedanken schweiften immer wieder zu Jack und ihrem vereinbarten Treffen am Abend ab.

Nach dem Mittagessen hob sich der Nebel, und sie wagte einen Spaziergang mit Daisy auf einer Nebenstraße des Dorfes, vorbei am Bauernhof. Sie schlenderten umher und vertrieben sich die Zeit damit, den Kühen und Schafen beim Grasen zuzusehen, während Daisy ein Huhn anbellte, das gackernd und pickend über den Hof lief. Es war erst 14 Uhr, als sie zurückkamen.

Sie wurde noch nervöser, als eine Nachricht auf ihrem Display erschien:

Übrigens, iss vorher nicht viel. X

Sie wollte fragen, warum, aber sie hatte das Gefühl, dass Jack sie überraschen wollte. Vielleicht plante er ein Picknick, das wäre ja nett. Oder war der Strand nur ein Vorwand, und er wollte sie in einen Pub oder ein Restaurant ausführen? Ihr gingen alle möglichen Szenarien durch den Kopf, aber sie sagte sich, dass sie sich nicht hinreißen lassen sollte, denn sie war immer noch unsicher, wie es um sie beide stand.

Kann ich Daisy mitbringen?, fragte sie.

Ja klar. X, antwortete er.

Hm. Es blieb also rätselhaft, aber sie fand die Spannung ziemlich aufregend.

Während der Countdown lief, zog sich Lucy leger an. Hellblaue Cropped Jeans und ein gestreiftes Breton-Top. Außerdem band sie sich eine Fleecejacke um die Taille. Am Strand ging oft eine Brise, da der Wind direkt von der Nordsee kam, und am Abend würde es sich dort schnell abkühlen.

Zehn vor sieben, endlich.

»Na, dann komm, Daisy. Lass uns gehen«, sagte sie und holte Daisys Leine. Zum Glück war es jetzt trocken, und der kleine Hund war mehr als glücklich, einen weiteren Spaziergang machen zu können. Lucy hingegen spürte mit jedem Schritt, mit dem sie sich der Bucht näherte, eine seltsame Mischung aus Aufregung und Beklemmung. Der Strand war sehr weitläufig, besonders bei Ebbe. Sollte sie ihm eine Nachricht schicken und fragen, wo sie sich treffen sollten? Aber wahrscheinlich würde er irgendwo in der Nähe des Hauptweges, der von den Dünen ausging, auf sie warten … oder?

Ach, da war ja Ruby am Ende des Weges geparkt. Jack war also schon hier. Oh verdammt, hopp-hoppedi-hopp machte ihr Herz.

Sie ging jetzt über die Dünen und folgte dem ausgetretenen Sandweg, dabei kam sie an einem Paar vorbei, das mit einem Spaniel spazieren ging. Ein kurzes »Hallo« und Hundeschnüffeln von Daisy. Weiter ging es, und ihr Herz schlug wie wild.

Sie erhaschte einen flüchtigen Blick auf das blaugraue Meer, das zwischen den stacheligen Wedeln des Strandhafers auftauchte. Der Weg öffnete sich, und sie atmete langsam ein, bevor sie die Bucht absuchte. Hm, er wartete nicht hier am Strand, wie sie es sich vorgestellt hatte. Ein Spaziergänger mit einem langsam trottenden Labrador war unten in der Nähe des Ufers. Aber ansonsten war der Strand ziemlich leer.

Abgesehen von … einem Tisch, der mit einem weißen Tuch bedeckt zu sein schien und auf halbem Weg zum Wasser stand. Ein Mann im Abendanzug stand daneben. Aber nicht irgendein Mann … Es war Jack … und er grinste bis über beide Ohren.

»Hier drüben!«, rief er. »Die Cocktails sind serviert.«

Was in aller Welt …!

Als sie näher kam, erkannte Lucy die Klappstühle und den Tisch, die er immer im Camper aufbewahrte, und der Tisch war tatsächlich mit einer strahlend weißen Tischdecke bedeckt. Ein Cocktailshaker stand bereit, ebenso ein Eiskübel mit einer Flasche, in der Sekt oder etwas anderes Sprudelndes zu sein schien, und zwei Sektflöten. Es gab auch eine Platte mit köstlich aussehenden mundgerechten Häppchen – Bruschetta und Käse, Mini-Würstchen, Feigen, Oliven, Trauben.

»Jack, das ist ja … verrückt.« Sie lächelte, zog die Stirn kraus und versuchte, das alles zu verarbeiten. Und da stand er am Strand, in einem Smoking im Black-Tie-Stil. »Mir war gar nicht klar, dass ich mich fein machen sollte. Ein langes Cocktailkleid hätte vielleicht besser gepasst als Jeans und T-Shirt.«

»Oh, Sie sehen wunderschön aus, so wie Sie sind, Madame. Bitte nehmen Sie Platz.« Sie hatte darauf keine Antwort, war leicht verblüfft und setzte sich wie angewiesen auf einen der Holzstühle. Daisy ließ sich neben ihr nieder.

»Ein Glas gekühlten Champagner als Vorspeise?«

»Ja, das genügt vollauf, Jeeves. Oh, ich meine, Jack.« Sie sprach mit einer betont vornehmen Stimme und kicherte.

Er ließ den Korken schwungvoll knallen, und es war tatsächlich ein echt guter Tropfen. Da legte sich jemand richtig ins

Zeug. Um ehrlich zu sein, es war schön, zur Abwechslung mal verwöhnt zu werden.

»Bitte sehr.« Jack reichte ihr ein Glas mit duftendem Champagner, der köstlich vor sich hin prickelte. Er stand mit nackten Füßen im Sand, die untersten Zentimeter seiner eleganten schwarzen Hose hochgekrempelt.

»Cheers.« Lucy hob ihr Glas mit einem breiten Lächeln.

»Cheers.« Er grinste zurück.

Auch bei den Kanapees hatte er sich ganz dem Thema Italien verschrieben: Tomatenbruschetta, Mozzarellakugeln und Gorgonzola auf knusprigen Toastbrotscheiben. Es gab Parmaschinken und Cantaloupe-Melonenstücke auf Stäbchen. Süß, erfrischend und salzig mit Bacon-Geschmack auf einmal. Alles war köstlich und offensichtlich gut durchdacht.

»Das ist ganz wunderbar, danke schön.« Der Champagner ging gut hinunter, und Lucy merkte, wie ihre Anspannung nachließ. Jack hatte sich wirklich sehr viel Mühe für sie gegeben.

»Gibt es einen besonderen Anlass?«, fragte sie schüchtern.

»Nein, nur eine Gelegenheit, gutes Essen, gute Getränke und den besten Tisch im Haus auszukosten … und natürlich gute Gesellschaft.«

»Ach, es ist einfach toll.«

Da sie an einem Sommerabend an einem voll gedeckten Tisch auf Stühlen mitten am Strand saßen, ernteten sie ein paar seltsame Blicke von Spaziergängern, während sie plaudernd und essend dasaßen. Ein Spaniel kam aufgeregt auf das Szenario zu, nachdem er den Dackel gesehen hatte, und hielt an, um kurz das Bein zu heben und gegen ein Tischbein zu pinkeln. Sein Besitzer kam Sekunden später mit rotem Gesicht und entschuldigte sich. Lucy und Jack lachten nur darüber, es war ja nichts Schlimmes passiert. Lucy war nur erleichtert, dass es zur Abwechslung mal nicht Daisy war, die Unfug trieb.

Die letzte Strandbesucherin war eine alte Dame, die innehielt, um guten Abend zu wünschen, und hinzufügte, es sei ein wunderbarer Anblick, ein so hübsches junges Paar zu sehen, das den Abend zusammen genoss. Lucy spürte, wie sie ein wenig errötete. Schließlich waren sie ja gar kein Paar. Dann gingen die letzten Spaziergänger nach Hause, und der Strand gehörte ihnen allein, abgesehen von ein paar Möwen. Der Himmel wurde langsam von weicheren pastellfarbenen Aquarelltönen aus Gold, Pfirsich und Grau überzogen.

Sie unterhielten sich über das Musikfestival und den Sturm in der Nacht, wobei keiner von ihnen die Tatsache erwähnte, dass sie nur wenige Zentimeter voneinander entfernt geschlafen hatten.

Dann kreierte Jack einen herrlichen Sektcocktail für sie. Lucy sah zu, wie er den Sekt mit Amaretto und frischem Orangensaft mischte und ihn mit einer stilvollen Spirale aus Orangenschale verzierte.

»Sunset Amaretto Fizz«, verkündete er. »Perfekt, um damit den Sonnenuntergang anzuschauen.«

»Oh, danke. Hm, das ist köstlich«, erklärte Lucy, nachdem sie den ersten Schluck getrunken hatte. Er schmeckte wie ein warmer Sommerabend und war goldorange wie die Sonne, die gerade unterging. »Du verwöhnst mich wirklich.«

»Ich wollte nur, dass dieser Abend etwas Besonderes wird, das ist alles.« Sein Lächeln war zärtlich.

Lucy sah ihn an, und ihr Herz klopfte aufgeregt. »Danke.«

Liam hatte so etwas nie für sie getan, nicht einmal in der Nacht, in der er ihr einen Antrag gemacht hatte. Es war vielmehr eine formelle Angelegenheit in einem sehr schönen traditionellen Restaurant gewesen, mit einem sehr schönen traditionellen Ring. Das war typisch für Liam: maßvoll, alles auf Qualität ausgerichtet. Und sie musste zugeben, dass sie damals glücklich gewesen war, aber nichts daran war besonders magisch oder gar persönlich gewesen. Nichts daran war irgendwie ausgefallen gewesen, alles hatte in die altbekannte Schublade gepasst.

Sogar Daisy war heute Abend versorgt worden, mit einer eigenen Portion Mini-Würstchen, und Jack hatte einen Wassernapf für sie mitgebracht. In letzter Zeit war er dem kleinen Hund gegenüber definitiv freundlicher geworden. Ihnen beiden gegenüber, nach diesem Abend zu urteilen.

Es sah sehr nach einem Date aus, so als würde sie umworben. Und Lucy spürte immer noch diesen vertrauten Konflikt zwischen Herz und Kopf.

»Jack, das ist alles sehr schön, aber … was willst du von mir?« Ihr Ton war unverblümt. Sie wollte sich nicht auf eine von Jacks charmanten Playboy-Nummern einlassen.

»Wirklich, ich wollte dir nur einen unvergesslichen Abend bereiten. Und ja …«, sprach er weiter, hielt inne und sah ihr in die Augen, »ich muss zugeben, dass ich dich gern besser kennenlernen würde, auch außerhalb der Arbeit.« Lucy war unsicher, was sie sagen sollte.

»Hey, lass uns einfach mal schauen, was wird«, fuhr Jack fort. »Das heißt, wenn du dich wieder mit mir treffen willst, nicht nur bei der Arbeit …« Er klang plötzlich weniger selbstsicher als sonst. Die Maske des großspurigen, selbstbewussten Jack verrutschte, als seine echten Gefühle zum Vorschein kamen.

Wollte sie, dass sie sich wiedersahen? Becky würde sie umbringen, aber die Sache von damals war Jahre her. Dass Jack sich so viel Mühe gab … Wie sie sich gefühlt hatte, als sie neben ihm in dem Zweipersonenzelt gelegen hatte … Wie viel sie seitdem an ihn gedacht hatte … Es war an der Zeit, ihm eine zweite Chance zu geben.

Lucy atmete langsam ein, und dann entschlüpfte ihr ein »Ja«.

»Das ist cool.« Er lächelte mit Wärme und Zärtlichkeit in den Augen. »Und jetzt habe ich Nachtisch – na ja, Kuchen. Ich habe ihn selbst gebacken.«

»Du hast Kuchen für mich gebacken?« Dieser Mann im Smoking am Strand sollte einen Orden bekommen, oder vielleicht wenigstens einen Kuss.

»Ja, Gin-Tonic-Kuchen, um genau zu sein. Also, das Rezept sah gut aus, und vor allem einfach. Um ehrlich zu sein – mein Backrepertoire reicht nicht allzu weit! Entweder das oder aber Rock-Cakes-Plätzchen, und die sind bei mir zu Schulzeiten wirklich wie Felsen geworden.«

»Ha ha, na dann.«

Er reichte ihr ein Stückchen. Der Kuchen war großartig, ein Kastenkuchen, beträufelt mit Gin, Tonic und spritzigem Limettensaft.

Die Sonne ging unter, und um sie herum wurde es allmählich dunkel. Lucy zog ihren Fleecepulli an und sah zu, wie das Meer und der Himmel sich in Pfirsich- und Goldtönen auflösten und in eine kornblumenfarbene Abenddämmerung übergingen. Mit dem Kuchen, dem restlichen Champagner, den sie gemeinsam tranken, und ein paar Krümeln, die heimlich ihren Weg in Daisys Richtung fanden, schien dies der perfekte Abschluss für den Abend zu sein. Lucy fühlte sich leicht beschwipst, aber auf eine angenehm entspannte Art. Es schien auch ihre Zunge ein wenig zu lösen. Da gab es etwas, auf das sie neugierig war.

Er war sehr zurückhaltend, wenn er über seinen Bruder sprach, aber wenn er sich öffnete, würde es vielleicht helfen, das Geheimnis, das ihn umgab, zu lüften.

»Jack, vor einiger Zeit hast du erwähnt, dass du deinen Bruder verloren hast. Was ist mit ihm passiert?«

Jack blickte aufs Meer hinaus und atmete dann langsam ein. »Er war damals weg von zu Hause, an der Uni, und spielte Fußball. Ein Match zwischen den Colleges …« Er hielt inne, und Lucy sah, wie er sich auf die Lippe biss. »Er hat Fußball gespielt, und … ja, das war's. Er ist einfach tot umgefallen.«

»Oh mein Gott.«

»Er war zwanzig. Nur zwanzig Jahre ist er alt geworden. Er hatte doch sein ganzes Leben noch vor sich, Luce.«

»Oh nein, das ist ja furchtbar. Was war die Ursache? Hatte er eine Krankheit oder …?«

»Nicht, soweit wir wussten. Er war eine Sportskanone, na ja, wir beide eigentlich. Aber, ja, er hatte wohl ein Herzleiden, das jahrelang unentdeckt geblieben ist. Hypertrophe Kardiomyopathie. Wir hatten alle keine Ahnung davon. Es kam so plötzlich an diesem Tag. Niemand hätte irgendetwas tun können.«

Lucy streckte ihre Hand aus, um seine sanft zu umfassen. Sie konnte sich nicht vorstellen, ihren eigenen Bruder auf so tragische Weise zu verlieren, und das in einem so jungen Alter. Sie hatte Tränen in den Augen und fühlte auch Jacks Schmerz.

Jack fuhr fort: »Er hatte gerade sein drittes Studienjahr an der Uni begonnen. Er studierte Medizin in Leeds. War schon immer der hellere Kopf von uns beiden, mein Bruder.« Jack klang eher stolz als neidisch. »Ich habe mich von ihm verabschiedet und mein Leben hier zu Hause gelebt: Oberstufe, Partys, das Übliche. Dann kam dieser Anruf. Es war einfach so verrückt, so unfassbar. Dass ich ihn nie wieder sehen würde … nur eiskalt in einem verdammten Sarg liegend.«

»Oh, Jack …« Lucy fehlten die Worte. Sie fühlte so sehr mit diesem Mann neben sich, mit seinem Kummer. Sie wünschte, sie hätte es nicht angesprochen, hätte den Zauber dieses Abends und all seiner Bemühungen nicht verdorben, indem sie ihn an vergangene Tragödien erinnerte. Aber irgendwie spürte sie auch, dass Jack in gewisser Weise erleichtert war, diese entsetzlich traurige Geschichte zu teilen, und dass sie ihn jetzt vielleicht ein wenig besser verstehen konnte.

Sie saßen einige Augenblicke still da und sahen zu, wie die zinnglitzernden Wellen ans Ufer rollten, als Lucy plötzlich gewahr wurde, dass das Ufer tatsächlich sehr nahe war. Das Wasser umspülte in einem kleinen Schwall ihre Füße und durchnässte ihre Deckschuhe.

»Oh Mist«, fluchte Jack, als das Wasser an seinen nackten Knöcheln hochspritzte und seine Anzughosenbeine durchnässte.

»Oh nein«, rief Lucy und sprang auf. Daisy zerrte bereits an ihrer Leine und wollte den Strand weiter hinauflaufen. Sie hasste Wasser.

»Schnell, wir müssen uns beeilen. Los!« Jack sprang auf.

Jetzt wurde der Kummer von Gekicher verdrängt, während sie mit Stühlen, Tisch, Dackel, Gläsern und Tellern den Strand hinaufrannten, um alles im oberen Strandbereich bei den Dünen in Sicherheit zu bringen. Nachdem sie ihre Getränke und die Häppchen wieder aufgebaut hatten, diesmal etwas weniger geordnet als zuvor, setzten sie sich mit nassen Beinen und einem Dackel mit teilweise durchnässtem Fell wieder hin. Sie lachten immer noch.

»Wer hatte nur diese blöde Idee, Cocktails und Kanapees am Meer zu servieren?«, fragte Jack ironisch.

»Ach, ich fand es eigentlich eine tolle Idee.« Dann wurde Lucys Stimme weicher: »Das war wirklich so wundervoll, Jack. So etwas hat noch nie jemand für mich gemacht.«

»Dein Ex hat sich also nie romantische Dates ausgedacht?«

»Ach woher! Nein, nichts dergleichen. Er war viel traditioneller. Rote Rosen am Valentinstag, gelegentlich Essen gehen, so ein Typ.«

Wenn sie so darüber nachdachte, war er nicht besonders spontan gewesen. Plötzlich überkam sie eine unangenehme Erinnerung. Einmal war er so mutig gewesen, dass er Sex im Badezimmer ihrer Wohnung vorgeschlagen hatte – für seine Verhältnisse eine höchst ungewöhnliche und wilde Idee. Und als sie in der Badewanne standen (es gab nicht viel Platz in ihrem Nischenbad), hatte er beim zufälligen Blick auf den Spiegel dort Schmierflecken gesehen und sie dafür getadelt, dass sie ihn nicht richtig geputzt hatte. Es wäre lustig gewesen, wenn es nicht so verdammt traurig wäre. Liam war viel zu vernünftig. Sie dachte daran, dass sie sofort gehen und um ihr Leben hätte rennen sollen, genau in dem Moment! Diese spezielle Erinnerung wollte sie aber nicht mit Jack teilen.

»Alles in Ordnung?«

»Ja, ja, bestens.« Sie holte sich ins Hier und Jetzt zurück. »Es fühlt sich nur so an, als hätte ich sieben Jahre meines Lebens an diesen Mann verschwendet.«

»Erzähl«, forderte Jack sie sanft auf.

»Na ja, ich habe fünf Jahre auf eine Hochzeit gewartet, die nie stattfinden sollte. Nicht, dass ich das gewusst hätte. Wir waren verlobt, er hatte es ein paar Jahre zuvor geschafft, die Frage zu stellen, aber … es war nie der richtige Zeitpunkt. Wir mussten mehr sparen, brauchten ein größeres Haus, ein neues Auto, einen besseren Job … Und ich – Dummkopf, der ich war – habe alles mitgemacht. Nicht, dass ich es jetzt mit irgendetwas davon eilig hätte«, stellte sie klar. »Das Leben ist manchmal ein bisschen komplizierter, oder?«

»Wir machen alle Fehler, Luce.«

»Ja, und Liam war ein verdammt großer Fehler. Ich weiß jetzt, dass ich Glück hatte.«

»Hm, man lernt nie aus, darum geht es im Leben, Luce.«

»Ja, wirklich, oder?« Sie lächelte und fühlte sich warm und wohlig, als Jack zurücklächelte.

Winzige Sternenperlen begannen am verblassenden Himmel zu schimmern. Hier draußen würde es bald dunkel werden. Zeit zu packen und nach Hause zu gehen, zurück ins Cottage.

Als hätte Jack ihre Gedanken gelesen, sagte er: »Ich dachte, ich schlage mein Zelt über Nacht hier draußen in den Dünen auf.«

Ach ja, sie hatten zusammen Champagner und Cocktails getrunken. Er konnte nicht mehr fahren. Die Erinnerung daran, wie sie in dem Zelt auf Holy Island geschlafen hatte, mit ihm an ihrer Seite, erfüllte ihre Gedanken und verstärkte das warme, kuschelige Gefühl noch. War es an der Zeit? Zeit, den Sprung zu wagen? Zeit, das Leben in vollen Zügen zu genießen?

»Ähm … Du kannst mit zu mir kommen … wenn du willst.« Die Worte kamen instinktiv, und jetzt waren sie gesagt. Lucy wollte nicht, dass diese Nacht zu Ende ging – noch nicht.

Sie sahen einander in die Augen. Jacks Blick war intensiv, während sie ein tieferes Verständnis austauschten. »Bist du sicher?«, fragte er sanft.

»Ja.« Ihre Stimme war klar und warm – und sinnlich.

Beide atmeten tief durch, und nachdem sie ihre Drinks ausgetrunken hatten, packten sie die Reste des Essens, die Gläser und Teller ein und klappten die Stühle und den Picknicktisch zusammen.

Während sie etwas unbeholfen mit der ganzen Ausrüstung zurück in die Dünen hinaufgingen, warf Lucy einen scheuen, aber hungrigen Blick auf ihn. Oh Gott, sie würde bald seinen nackten Körper sehen und berühren! Oh, verflixt. Oh, wow. Oh, Schreck. Und verdammt, ihren hatte seit einer Ewigkeit niemand mehr gesehen …

Jack warf ihr einen Blick über die Schulter zu und grinste verschmitzt.

Ein spätabendlicher Hundespaziergänger im mittleren Alter kam vorbei und grüßte sie kurz. Lucy hatte das Gefühl, der Mann könnte ihre Gedanken lesen. Sie errötete, als sie ihn und seinen Pudel von ihren regelmäßigen Strandspaziergängen wiedererkannte, und antwortete mit einem höflichen, aber etwas heiseren »Hallo«.

Als die Dämmerung hereinbrach, luden sie die gesamte Ausrüstung in Ruby. Und dann, als sie die Gasse hinaufgingen, die ins Dorf führte, nahm Jack ihre Hand in seine und verschränkte seine Finger mit ihren – wie ein echtes Paar. Alles um sie herum und in ihr fühlte sich lebendig an, überempfindlich.

Ein kleiner Vogel zwitscherte, flog in der Hecke neben ihnen auf und ab, bereit, sich für die Nacht niederzulassen. Die Möwen hatten sich bereits zur Ruhe begeben. Die Welt verstummte langsam. Nur das ferne Flüstern der Wellen, die ans Ufer rollten, war noch zu hören.

Bald kamen sie an der ersten Reihe von Häusern vorbei, und dann bogen sie in ihre kleine Straße ein. Der Pferdeanhänger war neben ihrem Haus geparkt. Ihr Cottage … in das sie gleich hineingehen würden, gemeinsam. Unbeholfen kramte sie in ihrer Jeanstasche nach dem Hausschlüssel. Es gelang ihr, die Haustür zu öffnen, und sie brachte Daisy schnell in die Küche, wo sie ihr Bett und ihr Wasser hatte, und schloss die Tür mit einem beruhigenden »Gute Nacht, Daisy«. Dann kehrte sie in den Flur zurück, wo Jack wartete, an die Wand gelehnt, und so verdammt gut aussah. Doch auch er schien ein wenig unsicher zu sein und lächelte sie vorsichtig an.

Lucy ging auf ihn zu, ganz nah. *Also, jetzt ist es so weit.*

Jack strich ihr zärtlich eine Haarsträhne aus dem Gesicht, die übers Auge gefallen war. Langsam strich er mit einer Fingerspitze über ihr Kinn, das er dann ganz sanft zu sich heranzog. Er berührte ihre Lippen mit seinen. Und der Funke entzündete sie. Ein leidenschaftlicher Kuss, der sie von den Fingerspitzen bis zu den Zehen erwärmte und jene sinnlichen Stellen entflammte, die seit fast zwei Jahren im Dornröschenschlaf gelegen hatten, und ihren ganzen Körper vor Vorfreude kribbeln ließ. Ein Keuchen entwich ihren Lippen, als der Kuss endete. *Oh ja.*

Würden sie gleich hier im Flur Sex haben? Wollte sie das? Sie begann, sein Hemd aufzuknöpfen, und griff gierig hinein, um seine warme, straffe Brust zu berühren. Jack küsste sie erneut, rückte näher und presste seine Schenkel gegen ihre. Sie schob ihn zurück und drückte ihn gegen die Wand, wobei sie die harte Hitze seiner Erektion durch ihre Kleidung hindurch spürte. Du liebe Güte, das hier passierte wirklich. So hatte sie nie Sex mit Liam gehabt. Als könnten sie es nicht erwarten. Als ob es genau hier und jetzt passieren müsste.

»Oh Gott, Lucy.« Jack zog ihr das T-Shirt über den Kopf.

Plötzlich wurde ihr klar, dass sie nicht wollte, dass das hier schnell und leidenschaftlich in einer Minute im Flur erledigt wäre. Sie wollte, dass es andauerte, dass sie jede verdammte, wunderschöne Sekunde genießen konnte. Sie ergriff Jacks Hand und führte ihn die Treppe hinauf. Es bedurfte keiner Frage oder Erklärung. Als sie in ihrem Schlafzimmer waren, die Tür einen Spalt offen, blieb sie stehen, um die Schnalle seines Gürtels zu öffnen, und zog mit einem Gefühl köstlicher Vorfreude den Bund seiner eleganten schwarzen Hose herunter.

Wieder küssten sie sich, Mund auf zartem Mund, jetzt nicht überstürzt, sondern unendlich langsam, und beide wussten, was kommen würde, aber nicht so recht, wie es geschehen würde … noch nicht.

Ein neuer Schub an sinnlicher Energie und ein Wirrwarr an Jeans und Unterwäsche, das abgestreift wurde. Jack griff um sie herum, um ihren BH zu öffnen, und ihre kleinen Brüste wurden entblößt.

»Oh, Luce. Du bist wunderschön.« Er starrte sie an und lächelte.

Seine Worte brachten sie zum Schmelzen.

Als sie beide nackt auf dem Bett lagen, zeichnete sie die Konturen seiner Brust nach, fuhr mit den Fingern über seinen zitternden Bauch und hinunter zu seinen schlanken Hüften. Sein leises Stöhnen, als sie ihn dort ach so leicht berührte, war so verdammt erregend.

Jetzt war er an der Reihe und küsste sie vom Hals hinunter zu ihren Brüsten, wo er verweilte und eine Brustwarze in seinen warmen Mund nahm. Er saugte und leckte, während er eine Hand bewegte, um sie unten sanft zu berühren, mit einem rhythmischen Reiben – köstlich alles zur gleichen Zeit. Er war ein versierter Liebhaber, rücksichtsvoll und offensichtlich sehr geübt, dieser Gedanke schlich sich in ihren Kopf, aber sie verdrängte ihn sofort wieder. Dafür war hier kein Platz. Hier ging es um sie beide, um sie und Jack, und um diesen Moment.

Oh – mein – Gott, er wollte sie so sehr. Ihre Berührung kurz zuvor hatte ihn um den Verstand gebracht. Er wollte sie kennenlernen, Zentimeter für Zentimeter, um mit ihr Liebe zu machen. Es war berauschend und, wie er zugeben musste, auch ein wenig beängstigend, aber es gab jetzt kein Zurück mehr. Jack konnte es kaum erwarten, aber er musste wissen, dass sie damit absolut einverstanden war. Ihren willigen Reaktionen nach zu urteilen schien sie überaus einverstanden, aber er durfte das nicht falsch auffassen, er musste ihr diesen Respekt, diese Fürsorge zeigen.

»Luce, möchtest du das?«

Wenn er ehrlich war, hatte er das nicht erwartet. Heute Abend, bei der Verabredung am Strand, war es ihm eigentlich nur darum gegangen, Lucy besser kennenzulernen, zu sehen, wie es lief. Dass es vielleicht der Anfang von etwas sein könnte … Nun, es sah so aus, als hätte es einen Blitzstart gegeben.

»Ja.«

Dieses eine Wort entzündete ihn noch mehr.

Ihr leicht gebräunter Körper lag vor ihm ausgestreckt. Die Sehnsucht in ihm war so stark. Er war bereit, hatte ein Kondom neben dem Bett liegen, nahm sich aber die Zeit, sie noch einmal zu küssen, um sie beide wieder auf dasselbe erotische Plateau zu heben, auf dem sie sich befanden, bevor die notwendigen Vorsichtsmaßnahmen getroffen wurden. Mit den Fingerspitzen fuhr er über ihre Brüste, ihren Bauch, bis ihr leises … oh, so sexy Stöhnen nicht mehr ignoriert werden konnte.

»Jetzt?«

Sie nickte lächelnd und flüsterte deutlich und schmachtend: »Ja.«

Oh Mann, das war es. Er fühlte sich auf Messers Schneide, als er sich über ihren hinreißenden Körper bewegte, der enge Druck des Widerstands und das herrliche Nachgeben. Diese warme innere Umarmung.

Das rhythmische Stoßen und Ziehen. Ihr Rücken wölbte sich ihm entgegen, und er wollte so sehr ein Teil von ihr sein. Zu geben, immer und immer wieder. Tiefer. Härter. Ihr leises Stöhnen trieb sie beide an. Dann … dieser Moment der aufreizend wunderbaren Spannung und der herrlichen Befreiung.

»Lucy. Oh, Luce.« Er war ihr verfallen. Er war sich nicht einmal sicher, ob er ihren Namen laut ausgesprochen oder nur gehört hatte, wie er in seinem Kopf wunderschön widerhallte.

»Aahhhh.« Er.

»Ooooooh.« Sie.

Und so lagen sie einander in den Armen, während sie eine zärtlich gesättigte Schläfrigkeit überkam. Zusammengekuschelt, Lucy an Jacks Brust gelehnt, sein Arm sanft um sie gelegt, ihre Beine verschränkt. Wow.

34. KAPITEL

Am nächsten Morgen lag Jack im Bett, Lucys Kopf schläfrig an seine nackte Brust geschmiegt, und dachte nach.

In den sanft-goldenen Strahlen des Juli-Morgenlichts wusste er ganz genau, dass er sich in sie verliebte … so richtig. Dass dies anders war, aber so was von anders als all die lustig-koketten, aber eher bedeutungslosen Dates, die One-Night-Stands, die unverbindlichen Abenteuer. Bisher hatte er immer darauf geachtet, sich nicht zu sehr auf jemanden einzulassen, nicht sein Herz zu verlieren. Jedenfalls seit seiner ersten Liebe in der Highschool, als er gerade mal siebzehn war.

Und dann, als ihn der Tod seines Bruders wie mit einem Vorschlaghammer getroffen hatte, hatte sich die Trauer auf seine Gefühle übertragen und seine Seele tief verletzt. Danach hatte er versucht, sich emotional zu distanzieren, sich zurückzuhalten … sich nicht zu sehr zu öffnen. Aber gestern Abend, heute Morgen konnte er spüren, wie etwas sich in ihm auflöste. Lucy brachte ihn an Orte in seinem Inneren, wo er noch nie zuvor gewesen war. Mit ihr zu schlafen letzte Nacht war so beseelt und wunderschön gewesen … und es machte ihm verdammt viel Angst.

Jack bewegte sich vorsichtig, um sie nicht zu wecken. Er stand auf und ging hinunter in die Pantryküche, bekleidet mit Boxershorts und seinem weißen Hemd vom Vortag. Ihm wurde klar, dass er in Kürze wieder seine Smokinghose anziehen musste, um zurück zu Ruby zu gehen – eine ungewöhnliche Kombination für einen Morgen am Strand.

Er fand sich schnell in Lucys kleiner Küche zurecht und kochte Kaffee in einer Maschine mit Kaffeepads. Daisy bellte ein paarmal spielerisch und lief dann schnüffelnd um seine Füße herum, überlegte, wer der Störenfried war, und suchte zweifellos nach ihrem Frauchen – und natürlich ihrem Frühstück.

Er hörte von oben eine Bewegung, und dann lief Wasser. Vielleicht duschte Lucy, während er Kaffee kochte. Es kam ihm plötzlich wie eine seltsam gemütliche, häusliche Szene vor.

»Tut mir leid, Dais, ich weiß nicht, wo sie dein Futter aufbewahrt. Oder wie viel ein Kläffer wie du essen kann. Du wirst warten müssen.«

Die Hündin schaute ihn mit ihren dunklen, lebhaften Augen an. Die beiden schienen nach der Nacht im Zelt tatsächlich eine Art Waffenstillstand geschlossen zu haben – tja, was muss, das muss. Und wenn er Lucy besser kennenlernen wollte, dann mussten er und der kleine Hund sich miteinander arrangieren. Er erstarrte. Der Teelöffel schwebte in der Luft.

Wollte er … sich erlauben, sie näher kennenzulernen? Die Nacht war sicherlich überwältigend gewesen, aber er spürte diesen vertrauten Sog der Vergangenheit, das übermächtige Gewicht von Schmerz und Verlust, all die kleinen Risse in seinem Herzen, und plötzlich war da wieder dieser Druck.

Er schüttelte das Gefühl ab und konzentrierte sich darauf,

den Kaffee umzurühren – eine kleine Bewegung nach der anderen. *Einfach atmen, Jack.*

Dann stellte er eine zweite Tasse in die Kaffeemaschine, stieß einen kleinen Seufzer aus und schlich auf Zehenspitzen durch die untere Etage, wobei ihn die Neugier auf Lucys Wohnung ins Wohnzimmer trieb. Ein paar Taschenbücher lagen dort: *Zwei an einem Tag* und *Stolz und Vorurteil.* Liebesromane. War es das, was Lucy sich erhoffte, fragte er sich, ein Happy End und einen Märchenprinzen? Konnte er dem wirklich gerecht werden? Diese Art von Mann sein? Gestern Abend war alles zauberhaft und perfekt gewesen. Er hätte sich nicht mehr wünschen können. Aber heute, im kalten Licht des Tages, tauchten Hunderte Fragen und Ängste in seinem Kopf auf.

Plötzlich hatte er ein mulmiges Gefühl im Bauch, und eine nagende Beklemmung beschlich ihn. Er trank einen Schluck Kaffee zur Beruhigung. Warum konnte es nicht ganz einfach sein? Konnte er nicht einfach mit dem Strom schwimmen? So, wie es bei allem anderen in seinem Leben auch ging? Aber er war kein romantischer Held. Und das Letzte, was er wollte, war, Lucy zu verletzen. Wenn er diese Sache nicht richtig machen konnte, dann sollte er sie vielleicht ganz sein lassen.

Und dann war sie plötzlich da und kam in die Küche, die dunklen Haare, gewaschen und noch feucht, fielen ihr über die Schultern und kräuselten sich zu den Spitzen hin. Sie trug ein lässiges, aber hübsches geblümtes T-Shirt und ihre typischen Cropped Jeans. Sie war wie ein Sonnenstrahl, der mit einem »Guten Morgen, Daisy« und einem strahlenden Lächeln für ihn und dem Versprechen von Croissants, frisch im Ofen aufgebacken, hereinschien.

Bald saßen sie an der Frühstückstheke, mit Orangensaft und knusprigen Buttercroissants, die dick mit Butter und Erdbeermarmelade aus der Region bestrichen waren. Daisy war inzwischen satt, lungerte aber immer noch zu ihren Füßen herum, begierig auf jeden verirrten Krümel. Lucy plauderte, während sie zusammensaßen wie ein richtiges Paar. Jack konnte nicht umhin, ein wachsendes Unbehagen in sich wahrzunehmen.

»Und«, fragte Lucy fröhlich, »was steht heute an? Willst du etwas unternehmen? Irgendwo hingehen … spazieren gehen vielleicht?« Sie hoffte also, dass sie den Tag gemeinsam verbringen würden. Einen romantischen Spaziergang machen, wieder nach Hause kommen, vielleicht zusammen kochen … und ins Bett …

»Ach, tut mir leid, Luce«, stotterte er, »aber ich habe Matt, dem Typen, bei dem ich wohne, versprochen, dass wir heute eine Radtour machen. Ich fürchte, ich muss gleich nach Hause.« Die Notlüge kam ihm über die Lippen, bevor er überhaupt wusste, was er da sagte. Und als er demonstrativ auf seine Armbanduhr schaute, hasste er sich selbst dafür. »Und ich habe nur einen Smoking zum Anziehen hier.« Er lachte nervös. Tatsächlich hatte er eine kurze Hose im Camper und ein T-Shirt. Schließlich hatte er gestern Abend vorgehabt, wild zu campen.

»Oh … verstehe. Schon okay. Wir können uns ja bald mal wieder treffen.« Lucy blickte schnell zu Boden, während sie in ihr Croissant biss und versuchte, sich ihre Enttäuschung nicht anmerken zu lassen.

»Ja, klar können wir das. Es war toll … letzte Nacht, das …« Er konnte seine Gefühle für diese Frau nicht einmal ansatzweise in Worte fassen. Aber ebenso wenig wäre es ihm gelungen, das aufsteigende Gefühl von Panik auszudrücken, das seine Brust zusammenpresste.

»Ja, es war wirklich schön«, beendete sie den Satz für ihn, während ihre tiefen dunklen Augen die seinen fixierten. »Nochmals vielen Dank … für die Cocktails am Strand, für alles.«

»Sehr gern geschehen.« Jack lächelte, aber seine Ängste und seine Verletzlichkeit bedrängten ihn. Er fühlte sich kribbelig und viel zu sehr von Emotionen übermannt.

Lucy stand an der Tür des Cottages und sah zu, wie Jack an diesem sonnigen Dienstagmorgen durch das Dorf davonging, gekleidet in einen Smoking, das dunkelblonde Haar zerzaust, als legte er einen eleganten Walk of Shame zurück.

Sie konnte sich ein Lächeln nicht verkneifen, aber dann … kam ihr ein Gedanke in den Sinn. Hatte er tatsächlich Schuld- oder Schamgefühle, weil er ihr mit dieser schnellen Flucht zu entkommen versuchte? Oder war sie gerade nur besonders verletzlich, paranoid?

Herrje, warum mussten einem Beziehungen das antun, immer und immer wieder? Dafür sorgen, dass man total aufgeregt ist, ein paar magische Stunden lang überglücklich und einem dann das Herz zusammendrücken wie einen zerknüllten Papierball?

Sie hatten sich im Flur einen kurzen, zärtlichen Kuss gegeben, als er gehen wollte. Und das war's. Sie hatten keine Pläne gemacht, sich im Laufe der Woche zu sehen. Kein »Ich ruf dich später an«. Und dieser Kuss hatte sich seltsamerweise eher wie ein Abschiedskuss angefühlt, nicht wie der Beginn eines schönen neuen Abenteuers für sie beide. Jack hatte seltsam traurig gewirkt, als er gegangen war. Eigentlich sollten sie beide zum Bersten aufgeregt sein, nach einer so tollen gemeinsamen Nacht. Sie sollten von Liebe erfüllt wie die Turteltauben sein und das nächste Date planen. Ah nein, sie musste sich erst mal einkriegen, sie benahm sich ja wie Tigger, der Freund von Winnie Pooh, und das war nicht gut für ihren Geisteszustand.

Lucy ging zurück ins Haus und schloss die Tür. Sie lehnte sich seufzend dagegen, während sie sich fragte, was gerade zwischen ihnen vor sich gegangen war. Ihr Kopf sagte ihr das eine, aber ihr Herz etwas ganz anderes.

Verdammt, sie konnte nicht einmal Becky anrufen, um sich einen Rat unter Frauen zu holen. Ihre beste Freundin wäre außer sich, wenn sie wüsste, was sie letzte Nacht getrieben hatte, und vor allem, mit wem. Es war der erste Sex für sie seit zwei ganzen Jahren. Und, Junge, wie gut war es gewesen, mit Jack zu schlafen. Es war das erste Mal seit langer Zeit, dass Lucy ihr Herz und ihr Haus geöffnet und jemanden hereingelassen hatte. Sie hoffte bei Gott, dass sie es nicht bereuen würde.

Auf dem Weg zurück in die Küche gab sie Daisy einen Klaps. »Na, Daisy, was hältst du von der ganzen Sache?« Aber der Hund war sicher genauso ratlos wie sie selbst darüber, was mit Jack Anderson los war.

Da sich der Tag nun ohne Plan vor ihr ausbreitete und ihr Herz sich ein wenig fragil anfühlte, wusste Lucy, dass sie sich besser beschäftigen sollte. Sie kochte sich noch einen Kaffee, rief dann kurz ihre Mutter an und nahm deren Angebot an, am Abend mit ihr in Rothbury zu Abend zu essen. Sie beschloss, auf dem Weg dorthin auch bei ihrem Bruder vorbeizuschauen und den ganzen Nachmittag bei seiner Familie zu verbringen. Sie hatte definitiv das Bedürfnis, Freddie in den Arm zu nehmen. Das emotionale Gespräch über das tragische Schicksal von Jacks Bruder war ihr noch sehr präsent. Sie konnte sich ein Leben ohne ihren Bruder und ihren wunderbaren kleinen

Neffen nicht vorstellen. Ja, sie würde heute Morgen sogar einen Kuchen backen und ihn mitnehmen, das würde ihnen gefallen. Der italienische Schokoladenkuchen kam ihr in den Sinn. Sie würde die Zutaten nachschlagen und schauen, was sie in ihrem Vorratsschrank hatte, dann konnte sie schnell im Dorfladen alles besorgen, was sie noch brauchte.

Als sie eine halbe Stunde später in die Küche zurückkehrte, half ihr das Backen, sich von den Geschehnissen der letzten vierundzwanzig Stunden abzulenken … wenn auch nicht ganz. Sie meinte Jacks Berührung immer noch zu spüren. Ihr Körper schmerzte ein wenig von der Nacht zuvor, auf eine aufreizend sinnliche Weise. Als der Kuchen im Ofen war, schob sie ihre Bedenken beiseite und schickte Jack eine SMS, in der sie sich noch einmal für den schönen Abend bedankte.

Am Nachmittag fuhr sie zu ihrem Bruder und seiner Familie, wo sie eine schöne Kanne Tee tranken und ihren selbst gebackenen Kuchen aßen. Sie saß mit Olly und Alice draußen und sah zu, wie der kleine Freddie und Daisy zusammen ihre Runden durch den Garten drehten, wobei Freddie die ganze Zeit kicherte. Trotz Daisys Diva-Allüren war sie äußerst tolerant gegenüber dem Kind. Es war, als wüsste sie, dass Freddie noch klein war und sich irgendwie von den großen Menschen unterschied. Es war eine Freude, sie herumtollen zu sehen, und es brachte sie alle zum Lächeln.

Olly stand auf und holte einen kleinen Fußball heraus, um ein wenig mit den beiden zusammen herumzukicken. Daisy bellte den Ball zuerst an, schaffte es aber dann, ihn mit ihrer Nase anzustupsen, sodass Freddie erneut loskicherte. Lucy war so dankbar für ihren Bruder und das wunderbare Verhältnis, das sie zueinander hatten.

»Sag mal, wie läuft es denn, Lucy? Erzähl mir alles über deinen Pizzawagen«, sprach Alice sie an. Die Frauen saßen zusammen auf einer niedrigen Mauer. »Olly scheint einen tollen Abend gehabt zu haben, als ihr zusammen bei dieser Party zum fünfzigsten Geburtstag wart. Er sagte, dass deine Pizzen fantastisch sind und dass du dich sehr gut geschlagen hast. Ich habe sogar gehört, wie er eurem Vater am Telefon davon erzählt hat.«

»Ah, das ist sehr gut.«

Ihr Vater hatte sie später tatsächlich angerufen, sich nach dem Geschäft erkundigt und wissen wollen, wie es lief. Er zeigte zumindest ein gewisses Interesse an ihrem neuen Unternehmen, auch wenn er immer noch nicht begeistert von ihrer Entscheidung war, ihren festen Job aufzugeben. Sie versuchte, ihn und seine Lebensgefährtin Jo alle paar Wochen zu besuchen, und ab und zu kamen die beiden auch zu ihr ins Cottage. Sie liebte ihren Vater immer noch sehr und wollte mit ihm in Kontakt bleiben, aber alles war so anders geworden, seit er ihre Mutter verlassen hatte.

Die Geborgenheit und ihre Familieneinheit waren dahin. Ja, das alles war nun schon viele Jahre her, und Lucy kam mit seiner neuen Partnerin gut zurecht und hatte versucht, das Beste daraus zu machen. Aber wenn sie ehrlich war, hatte sich das Leben nie mehr so angefühlt wie früher. Es schien irgendwie härter geworden zu sein, seit sie als verletzlicher Teenager die Liebe und das Scheitern von Beziehungen auf schmerzliche Weise kennengelernt hatte.

Lucy riss sich aus ihren Gedanken. »Und wie geht es euch allen? Ich wette, der kleine Freddie hält euch immer ordentlich auf Trab.«

»Und wie. Er ist im Moment das reinste Energiebündel. Er muss überall mitmischen. Ich muss zugeben, dass ich meine zwei Arbeitstage sehr genieße, wenn er in die Kita geht.« Alice grinste. »Gott sei Dank schläft er gut. Um 19 Uhr geht es für ihn ab ins Bett, und für mich gibt es ein großes Glas Wein.«

»Ha, das kann ich dir nicht verdenken.«

»Aber sieh nur, wie er mit Daisy Ball spielt. Es ist schon wirklich toll mit dem Kleinen«, räumte Alice ein. »Ich möchte ihn nicht missen … also beide.« Sie sah in den Garten, wo ihre Jungs spielten, Liebe und Stolz im Blick.

Es war so schön zu sehen. Es schien, als hätten Olly und Alice ein wirklich gutes Verhältnis zueinander, und das wärmte Lucy das Herz.

Sie stieß einen leisen Seufzer aus. Würde sie jemals jemanden mit so einem Blick ansehen können?

35. KAPITEL

Lucy überprüfte ihr Telefon, als sie später am Nachmittag um kurz nach vier vor dem Haus ihrer Mutter hielt. Sie war direkt von ihrem Bruder aus hergefahren. Oh, Jack hatte auf ihre Nachricht von heute Morgen geantwortet. Ihre Hand zitterte ein wenig, was sie selbst ziemlich dumm fand. Dann las sie:

Ja, ich fand es auch schön. X

Na ja, es war nicht die romantischste Antwort, aber … es hatte ihm offenbar auch gefallen. Für all seinen Charme und die ganze Plauderei hinter der Theke war er im wirklichen Leben anscheinend umso zurückhaltender. Aber vielleicht war das einfach seine Art, und vielleicht lernte sie gerade den Mann hinter der Maske richtig kennen. Sie saß einige Augenblicke lang da und umklammerte ihr Handy, aber es kam nichts anderes mehr, und sie hielt sich mit einer erneuten Antwort an ihn zurück. Sie wollte nicht wieder diejenige sein, die warten musste.

Sie stieg aus dem Jeep aus. Es war gut, heute Nachmittag ein wenig mehr Zeit mit der Familie zu verbringen. Lucy fand, dass es sie erdete. Sie hatte einen zweiten, kleineren Kuchen für ihre Mutter gebacken und war in den örtlichen Supermarkt gegangen, um einen Strauß rosa Rosen zu kaufen. Blumen verschönerten ein Haus immer, und obwohl Sofia mehrere enge Freunde im Dorf hatte und seit vielen Jahren allein lebte, hatte Lucy das Gefühl, dass ihre Mutter ab und zu eine kleine Aufmunterung brauchte.

Sofias Gesicht strahlte, als sie ihrer Tochter die Tür öffnete. »Oh, wie schön! Und Kuchen auch. Hast du den selbst gebacken? Meine Güte, ich werde heute verwöhnt. Danke, mein Schatz.«

»Na ja, es klang doch zumindest so, als würde ich auch verwöhnt werden. Brathähnchen zum Abendessen, habe ich gehört?«

»Ja, wann macht man schon mal einen Braten nur für eine Person, aber wenn du hier bist, freue ich mich, einen für uns zu machen.« Sofia grinste. »Ich setze den Kessel auf, ja? Und dann können wir uns ein bisschen draußen hinsetzen.«

»Das klingt perfekt.«

Das Haus ihrer Mutter war eine kleine, ordentliche Doppelhaushälfte, auf halber Höhe des Hügels in dem beschaulichen Städtchen Rothbury gelegen. Die Moorlandschaft, die sie draußen umgab, hatte etwas Dramatisches. Sie stieg in der Nähe zum Simonside-Gipfel an, während der Fluss unten durch das Tal in der Mitte der Stadt floss. Sofias kleiner Garten bestand aus einer hübschen Terrasse und einer Rasenfläche mit einer Randbepflanzung aus gepflegten Strauchrabatten. An einem Tag wie heute war er eine kleine Sonnenoase.

Sie saßen bei Tee und Keksen (den Kuchen verwahrten sie für den Nachtisch, um sich nicht den Appetit zu verderben) und ließen sich das Summen der Bienen gefallen, die in den duftenden, weiß blühenden Rosensträuchern und den hohen Stockrosen neben ihnen umherschwirrten. Sofia erkundigte sich, wie es mit dem Pizzawagen so klappte.

»Nun, in den letzten Wochen ist es richtig super gelaufen«, erzählte Lucy eifrig.

Ja, ihr Name hatte sich verbreitet, der Wagen wurde zu einer festen Größe, ihre Online-Präsenz wuchs, und es kamen immer mehr Buchungen herein. Neben ihrem wöchentlichen Stand auf dem Markt von Alnwick hatte Lucy jetzt noch zwei weitere reguläre Buchungen. *Feuer und Flamme* warf endlich Gewinn ab, und sie hatte einige gute Kritiken erhalten. Auch hatte sie ein deutlich größeres Vertrauen in ihre eigenen Fähigkeiten gewonnen. Dabei war es auch ein schöner Begleitumstand gewesen, Jack bei Veranstaltungen zu sehen, aber … nach der letzten Nacht fragte sie sich, wie das jetzt wäre. Sie musste es wohl einfach abwarten. Sie spürte, wie ihre Wangen rot wurden. Dieses Detail im Zusammenhang mit ihrer Arbeit musste Mum ja nicht erfahren.

»Das ist großartig, meine Liebe. Ich freue mich für dich, aber das hast du auch verdient. Ich weiß, wie sehr du dich ins Zeug gelegt hast, um so weit zu kommen. Ich muss dich demnächst mal in Aktion sehen, wenn du den Pferdeanhänger eingerichtet hast.«

»Ja, das wäre toll. Allerdings wäre es etwas schwierig, bei einer Geburtstagsfeier oder einer Hochzeit aufzutauchen, aber der Markt wäre eine gute Gelegenheit, um mich zu besuchen. Zum Beispiel der in Alnwick am Donnerstag.« Lucy biss ein Stück Keks ab.

»Oh ja, das werde ich tun. Da kann ich mich dann auch an

den anderen Ständen umsehen und in der Stadt. Das ist eine gute Idee.«

»Super.«

»Vielleicht frage ich Julia, ob sie mitkommen möchte. Wir könnten einen ganzen Nachmittag daraus machen.«

Sofia schien mit ihrem Plan zufrieden zu sein, und für Lucy war es auch schön, die Unterstützung ihrer Mutter zu haben.

»Weißt du was, Lucy, Liebes?«

»Was?« Lucy sah ihre Mutter an.

»Ich habe in letzter Zeit den Eindruck, dass du dich verändert hast. Du kommst mir in den letzten Wochen irgendwie dynamischer vor.«

»Ja«, sagte Lucy und nickte. Sie hatte es auch gespürt. Als würde sich ihr Leben endlich ändern, sich alles zum Guten wenden. Und … vielleicht hatte es auch ein klein wenig damit zu tun, dass ein ziemlich gut aussehender Barmann in ihrem Leben aufgetaucht war.

Aber dann dachte sie an heute Morgen und daran, wie er sie so abrupt verlassen hatte. Sie hoffte nur, dass Jack Anderson nicht derjenige sein würde, der sie doch noch zum Straucheln brachte.

Zwei Stunden später saß Lucy mit prall gefülltem Magen gemütlich auf dem Sofa ihrer Mutter, und Daisy war an ihre Seite gekuschelt. Die vorhergesagten Schauer waren gekommen, aber nicht weiter schlimm gewesen. Sie hatten ein paar schöne Stunden im Freien verbracht, und wie Mum gesagt hatte, wurde durch den Regen wenigstens der Garten bewässert.

»Das war ein tolles Essen. Danke, Mum. Es war so schön, sich mal wieder auszutauschen, aber ich mache mich wohl besser bald auf den Rückweg.«

»Du kannst jederzeit bei mir übernachten, Schatz. Das Gästezimmer ist immer bereit«, bot ihre Mutter mit einem hoffnungsvollen Lächeln an.

»Das ist nett, Mum, aber ich muss für morgen alles Mögliche organisieren und vorbereiten. Ich bin für den späten Nachmittag auf einem Kindergeburtstag gebucht, also muss ich auch noch einkaufen.«

Sie hatte viel zu tun, aber tatsächlich freute sie sich auch darauf, in ihr kleines Häuschen am Meer zurückzukehren, das ein echtes Zuhause für sie geworden war.

»Schon gut, mein Schatz. Was immer dir am besten passt.« Sofia war in dieser Hinsicht ziemlich entspannt, zum Glück.

Lucy ahnte, dass ihre Mutter sie gern öfter gesehen hätte, auch wenn sie sich bereits jede Woche trafen. »Ich besuche dich bald wieder. Weißt du was? Du kannst auch mal zu mir kommen, und dann gehen wir in das kleine Café im Dorf. Und wenn du am Donnerstag auf den Markt kommst, wäre das toll …«

»Oh ja, das hört sich wirklich nach einem guten Plan an. Ich komme auf jeden Fall vorbei, um dich auf dem Markt zu sehen.«

»Super.«

So war alles geplant. Sie umarmten sich herzlich, und Sofia packte Lucy noch einen Teller mit Hähnchenbraten zum Mitnehmen ein, mit dem Hinweis, dass sie und Daisy ihn sich teilen sollten.

Der Nachhauseweg war nass, mit großen Pfützen auf den Landstraßen, die es zu überwinden galt. Sommerregen. Dafür gab es wenig Verkehr, da die Touristen und die Einheimischen sich bereits für den Abend eingerichtet hatten.

Zu Hause überkam Lucy plötzlich eine große Müdigkeitswelle. Es war ein anstrengender Tag gewesen, nach einer ziemlich anstrengenden und unerwarteten Nacht. Bald war es Zeit für sie, ins Bett zu gehen. Der Regen prasselte gegen die Fenster des kleinen Küstenhäuschens, und der Wind blies heftig vom Meer her. Es war, als hallte das Echo einer einsamen Melodie im Cottage wider.

Als Lucy sich in ihr Bett legte und die Bettdecke über sich schlug, rochen ihre Laken und die Kissen immer noch nach ihm … nach ihnen.

Es war keine weitere Nachricht mehr gekommen nach seiner Antwort, und er hatte sie auch nicht angerufen. Eine Träne drängte sich ihr ins Auge, obwohl sie sich sagte, dass sie Geduld haben müsse, dass sie ja noch ganz am Anfang standen. Und er hatte ihr Bett doch am Morgen erst verlassen.

Dennoch wusste sie instinktiv, dass etwas nicht stimmte. Sie konnte es nicht verhindern, enttäuscht und sehr verwirrt zu sein.

Haltinghamer Dorffest
Samstag, 7. August
12 bis 18 Uhr
Kunsthandwerk, Pflanzen- und Kuchenstände, Tombola, Hüpfburg, Gesichtsbemalung und Schabernack für die Kinder!
Eintritt frei!

36. KAPITEL

Es war ein Samstag Anfang August, mit blauem Himmel – und der Tag des Haltinghamer Dorffestes. Lucy war durch die gewundenen Landstraßen des Tyne-Tals gefahren, vorbei an Wanderern und einem malerischen Abschnitt des historischen Hadrianswalls. Der vor Hunderten von Jahren errichtete Wall erstreckte sich von Küste zu Küste. Antike Armeen waren dort aufmarschiert, die Römer hatten ihr Lager aufgeschlagen, Festungen gebaut, gelebt, geliebt und gekämpft, und jetzt wanderte man dort. Die Hügel von Northumberland wellten sich, und der Pferdeanhänger schlängelte sich dahin. Lucy hatte viel Zeit eingeplant.

Schon bald fuhr sie in das hübsche Dorf mit seinen honigfarbenen Steinhäusern und Cottages, wo *Feuer und Flamme* für das Sommerfest gebucht war.

Tröge und Körbe waren mit Sommerblumen in kräftigen Farben gefüllt: Rosa, Violett und leuchtendes Gelb. Jedes Cottage und jedes Haus zollte dem Ereignis stolz seinen persönlichen floralen Tribut. Das Dorf war mit farbenfrohen Wimpeln geschmückt, die fröhlich im Wind flatterten. Mindestens zwanzig Stände und gastronomische Einrichtungen präsentierten ihr Angebot: Kuchen, Gebäck, ein Eiswagen … Aber auch eine Tombola war dabei und vieles mehr.

Oje. Lucys Herz machte einen Sprung, als sie aufblickte und sah, wer ebenfalls gerade auf dem Dorfanger einparkte. Ja, das Vintagerot des Campers Ruby glitzerte in der Sommersonne. Wenigstens konnte Jack nicht neben ihr parken, denn diese Plätze waren bereits von *Kate's Coffee* und einem Fish&Chips-Wagen belegt. Lucy stieß einen kleinen Seufzer aus und stellte fest, dass sie einige Sekunden lang den Atem angehalten hatte. Es war nun einmal unvermeidlich, dass sie und Jack sich früher oder später auf einer Veranstaltung treffen würden.

Es waren jetzt zwölf Tage vergangen, und all ihre Befürchtungen nach dieser scheinbar besonderen Nacht hatten sich bestätigt. Jack hatte weder auf die nächsten drei Nachrichten geantwortet, die Lucy seitdem verschickt hatte, noch ihre beiden Anrufe angenommen. Jack Anderson war regelrecht von der Bildfläche verschwunden. Er hatte sie für einen One-Night-Stand benutzt. Er hatte offenbar all diese sogenannten romantischen Cocktails und Kanapees am Strand nur arrangiert, um sie ins Bett zu bekommen. Und Lucy war mit Pauken und Trompeten darauf hereingefallen. Sie ärgerte sich maßlos über sich selbst, weil sie so leichtgläubig gewesen war. Bei dem Gedanken daran kochte schon wieder die Wut in ihr hoch. Nun … es war vorbei.

Eine Stunde später war der Pizzastand fertig vorbereitet, der Ofen angefeuert, die Theke aufgebaut, und ein Wimpelband mit den Farben der italienischen Fahne schmückte die Klappe über Lucys Theke. Es würde hoffentlich ein geschäftiger und einträglicher Tag werden, da es sich um eine kostenpflichtige Veranstaltung handelte. Heute war sie auf sich allein gestellt und musste sich nur auf ihre Arbeit konzentrieren, mit gesenktem Kopf und angeschlagenem Stolz.

Glücklicherweise bildete sich um die Mittagszeit, als das Fest richtig in Gang gekommen war, eine lange Schlange für ihre Pizzen. Besonders die Margherita und der neue Belag mit pikanter Nduja, einer herrlich würzigen italienischen Wurst, kamen sehr gut an. Es war ein heißer Sommertag, und Lucy kam ziemlich ins Schwitzen, denn jetzt war Multitasking gefragt. Sie nahm Bestellungen auf und stand dann am Ofen, um die Pizzen mit ihrem Paddel zu wenden. Aber das war nicht der einzige Grund, warum sie sich unwohl fühlte. Ab und zu warf sie einen Seitenblick auf Jack, der auf der anderen Seite des Rasens stand, Cocktails schüttelte, servierte und mit vielen Mädchen plauderte. Natürlich trug er sein typisches überhebliches Lächeln auf den Lippen. Gott, wie gern hätte sie ihm eine heiße Pizza mit Tomatensoße direkt in sein Charmeurgesicht geknallt, um ihm zumindest einmal das Grinsen auszutreiben.

»Eine Pesto-Chicken-Pizza, bitte, wenn Sie so weit sind.«

»Oh, ja, natürlich.« Sie hatte nicht bemerkt, dass sich ein junger Mann mit Baseballmütze an die Theke gestellt hatte. »Kommt sofort.« Sie zwang sich zu einem Lächeln.

Jack warf einen Blick in Richtung Pizzastand. Sein Herz fühlte sich immer noch wund an. Er hatte sogar schon mit dem Gedanken gespielt, sich vor der heutigen Veranstaltung zu drücken, aber das wäre nicht gut gewesen, denn es war der feige Weg, und er wusste, dass sie einander irgendwann gegenübertreten mussten.

Jede Nachricht von ihr hatte ihn in die Magengrube getroffen. Die Nacht am Strand … Es hatte ihn so glücklich gemacht, sie zu überraschen, sich etwas einfallen zu lassen, um den Abend zu etwas Besonderem zu machen, um sie zum Lächeln zu bringen, aber er hatte nicht damit gerechnet, dass alles so schnell gehen würde. Und er hatte sicher nicht geplant, dass sich alles so verdammt intensiv anfühlen würde. Am Morgen danach hatte sein Instinkt ihm geraten, wegzulaufen und dem Ganzen ein Ende zu setzen.

Aber jetzt, als er Lucy ansah, fühlte er sich nicht besser, sondern total mies. Die Schuldgefühle hatten an ihm genagt, seit er ihr Haus verlassen hatte. Seitdem redete er sich immer wieder ein, dass es für sie beide das Beste sei, Abstand zu halten. Wenn er sich schon nicht binden konnte, dann musste er wenigstens versuchen, sie nicht weiter zu verletzen. Er musste es einfach durchziehen, dann würde es vielleicht leichter werden … mit der Zeit.

Zu seiner großen Erleichterung hatte er den ganzen Nachmittag über alle Hände voll zu tun. Er mixte jede Menge Sommercocktails: Gin Fizz, Pimm's, außerdem servierte er gekühlten Prosecco sowie Fassbier und Flaschenbier. Zusätzlich stellte er ausgefallene frische Säfte her, damit die durstigen Gäste sich mit Holunderblüten-Fizz und »Nojito«-Mocktails abkühlen konnten.

Also konzentrierte er sich auf seine Arbeit und fiel aus allen Wolken, als er gegen 14 Uhr aufblickte und seine Eltern die Nächsten in der Warteschlange waren. Er war verblüfft. Sie waren noch nie auf einer seiner Veranstaltungen gewesen. Fairerweise musste man sagen, dass die meisten Buchungen bei privaten Häusern oder Partys stattfanden, aber das heutige Fest, nun ja, er hatte es ihnen gegenüber beiläufig erwähnt, aber doch nicht damit gerechnet, dass sie kommen würden. In der

Vergangenheit waren sie nie sonderlich daran interessiert gewesen, ihn mit Ruby, seinem Cocktail-Camper, in Aktion zu sehen.

»Hey! Hi, Mum, Dad. Was macht ihr denn hier?« Er fragte sich immer noch, ob sie zufällig dort waren oder vielleicht – was wahrscheinlicher war – auf dem Weg zu einem anderen Anlass oder Ausflug.

»Wir sind deinetwegen hier. Um dich in Aktion zu sehen.« Seine Mutter lächelte.

»Ja«, meldete sich sein Vater Simon zu Wort, »wir wollten sehen, wie Ruby sich macht. Und wie dieses Cocktail-Dings funktioniert, wenn du unterwegs bist.«

Es war Jahre her, dass er mit Ruby gestartet war … Sie hätten auch schon früher Gelegenheit gehabt, aber er wollte diesen historischen Moment nicht mit einer frechen Bemerkung vermasseln. »Ja, schön. Klar. Kann ich euch etwas anbieten? Vielleicht einen Sommercocktail für dich mixen, Mum? Ein kaltes Bier, Dad?«

»Ein Bier wäre herrlich.«

»Mum?«

»Oh, ich bin mir nicht sicher. Ich möchte keine Kopfschmerzen riskieren, indem ich tagsüber trinke.«

»Keine Sorge, ich mache auch Mocktails und Säfte. Wie wäre es mit einem erfrischenden Ananas-Limetten-Soda?«

»Ja gern, das klingt köstlich.«

Während er die Getränke zubereitete und sein überraschtes Lächeln nicht unterdrücken konnte, musterte sein Vater Ruby. »Sieht gut aus, der Camper, mein Sohn. Also – es wirkt alles sehr professionell.«

»Das ist alles so hübsch gemacht, Jack. Das hätte ich nie erwartet.«

Jack verspürte eine Welle der Freude. Seine Eltern waren tatsächlich hier … und lobten sein Geschäft.

Er reichte ihnen die Getränke mit einem breiten Grinsen. »Vielen Dank. Und euch zum Wohl!«

»Danke, Sohnemann.« Sein Dad fummelte in seiner Tasche nach dem Portemonnaie.

»Jetzt mach keinen Quatsch, ich nehm doch kein Geld von euch. Ich freue mich sehr, dass ihr hier seid.«

Vieles schien noch ungesagt zwischen ihnen, doch Taten zählten mehr als Worte. Sie waren hier, um ihn zu unterstützen, und das bedeutete Jack sehr viel. Er war vielleicht kein Anwalt oder Arzt, aber er hatte ein Geschäft, das gut lief und das er liebte. Vielleicht würden seine Eltern das von nun an verstehen.

Ein Paar kam nach vorn und bestellte zwei Lemon Gin Fizz. Jacks Eltern stellten sich weiter nach hinten und sahen zu, wie er sich mit den Kunden unterhielt, während er ihre Cocktails mixte, schüttelte und garnierte. Das Paar verließ die Bar bald darauf und nippte glücklich an den Getränken. Der Mann drehte sich um und sagte: »Das ist großartig, Kumpel. Danke.«

»Gern geschehen, und einen schönen Nachmittag noch.« Ein paar weitere Kunden kamen und gingen.

Jacks Mum ging mit dem Mocktail in der Hand an ein paar Ständen entlang. Sein Dad trank genüsslich das Bier und sah seinem Sohn bei der Arbeit zu, während er ein wenig den Sonnenschein genoss.

Als der Ansturm wieder etwas abflaute, traten seine Eltern erneut an den Tresen, seine Mum reichte ihr leeres Glas zurück und sein Dad die Flasche.

»Das war genau das Richtige. Danke, mein Junge.«

»Der Ananas-Drink war köstlich. Danke noch mal. Du musst mir das Rezept geben, damit ich den mal für Mary machen kann, wenn sie das nächste Mal vorbeikommt.«

»Na gut, dann sollten wir uns jetzt wohl auf den Weg machen und dich hier weiterarbeiten lassen«, sagte sein Dad.

Sie verabschiedeten sich und machten Anstalten zu gehen. Jack war immer noch verwundert und voller Freude über ihren Besuch. Da sah sein Vater noch einmal zu Jack hin, der von Ruby und seiner Cocktailbar eingerahmt wurde. Er hielt in der Bewegung inne, räusperte sich und sagte: »Gut gemacht, mein Sohn. Wir sind stolz auf dich.«

Das bedeutete Jack unendlich viel.

Inzwischen war für Lucy im Pferdeanhänger die Zeit zum Glück schnell vergangen. Ein stetiger Strom hungriger Kunden wurde durch die köstlichen Aromen von Papas Pizzarezept angelockt. Es war bereits früher Abend, und das Fest ging mit einer Wohltätigkeitstombola zugunsten des örtlichen Hospizes zu Ende. Lucy hatte zuvor einige Lose gekauft. Einheimische Familien, Touristen, Jung und Alt versammelten sich auf dem Dorfanger. Kinder hielten ein neues Spielzeug, das sie an einem der vielen Stände gekauft oder gewonnen hatten, oder schleckten eifrig an einem Eishörnchen (eine letzte Leckerei an diesem Tag). Die meisten Besucher sahen so aus, als hätten sie einen schönen Nachmittag verbracht, nur ein oder zwei Elternpaare wirkten recht erschöpft. Die Gewinner der Tombola wurden bekannt gegeben und den verschiedenen Organisatoren gedankt, und die übrigen Besucher spendeten herzlichen Beifall. Danach läuteten die Kirchenglocken. Es war 18 Uhr, Zeit, nach Hause zu gehen oder, wenn man Standbetreiber war, seine Sachen zusammenzupacken. Lucy freute sich, dass sie fast alle Pizzen verkauft hatte. Ihre Kasse war gut gefüllt.

Und genau in diesem Moment kam die Person, der sie den ganzen Nachmittag aus dem Weg gegangen war, auf sie zu. Ihr Herz zog sich zusammen. Sie versuchte, einen kühlen Kopf zu bewahren, entschlossen, kein Wort über die unbeantworteten SMS und Anrufe zu verlieren, über die armselige Art und Weise, wie er sich verhalten hatte, aber in ihr brodelte es schon den ganzen Tag. Eigentlich schon seit den letzten zwölf Tagen, seit dem Morgen, nachdem er bei ihr übernachtet hatte. Warum sollte er damit durchkommen, sie so zu behandeln? Warum hatte er ihr den Eindruck vermittelt, dass ihre Freundschaft in dieser Nacht etwas Besonderes bedeutet hatte, und sich dann einfach vom Acker gemacht?

»Hey«, sagte Jack leise und lächelte vorsichtig, nun, da er beschlossen hatte, in den sauren Apfel zu beißen und herüberzukommen. Wenn es zwischen ihnen nicht weitergehen sollte, musste er wenigstens mit Lucy sprechen. So viel Respekt musste er ihr erweisen. Er wusste, dass er sich lange genug versteckt hatte.

»Hallo, Fremder.« Ihr Tonfall war von einem Sarkasmus geprägt, der ihren Schmerz offenlegte.

»Viel zu tun gehabt heute?«, fuhr er fort und ignorierte die Bemerkung.

Das war's also, dachte Lucy verärgert. Das erste Mal, dass sie sich seit jenem Tag persönlich begegneten, und sie waren wieder beim Small Talk angelangt? Kein Hinweis darauf, dass sie eine Nacht miteinander verbracht hatten, dass irgendetwas Bedeutendes zwischen ihnen passiert war.

Lucy reichte es. Es war ihr egal, ob jemand etwas davon mitbekam. Dass immer noch Leute auf der Wiese unterwegs waren. »Was ist los, Jack?«, zischte sie. »Ich habe keine einzige Nachricht von dir bekommen. Du ignorierst meine Anrufe. All die Mühe, die du dir mit dem Picknick am Strand gemacht hast … und dann …« Der Satz blieb unvollendet in der Luft hängen, brachte Erinnerungen an die Oberfläche. »Ich dachte, das mit uns wäre etwas Gutes. Dass wir uns wirklich verstanden hätten. Dass es mehr gewesen wäre als nur eine Nacht mit Gelegenheitssex.« Lucys Frustration und Enttäuschung entluden sich.

Ein vorbeigehendes Ehepaar schaute fasziniert herüber und ging dann langsam weiter, zweifellos in der Hoffnung, noch mehr aufzuschnappen.

»Ja, es war gut … natürlich«, antwortete Jack schlicht, ohne eine Regung zu zeigen. »Wir hatten Spaß, Luce, zweifellos, aber … ich denke, wir sollten den Ball flach halten. Uns nicht Hals über Kopf in irgendwas reinstürzen, verstehst du?« Er sah verlegen aus und starrte auf etwas neben seinem Schuh.

Den Ball flach halten. Oh ja, du schleichst dich in mein Bett und in mein Herz, und dann verpisst du dich. Typisch!

Der klassische Playboy Jack war also zurück. Der Beweis stand direkt vor ihrer Nase. Sie war nur für eine weitere Kerbe an seinem Bettpfosten gut gewesen. Oh Mann, warum? Warum hatte sie nicht auf die Stimme der Vernunft gehört, die in ihrem Kopf beständig auf sie eingeredet hatte – oder auf den Rat ihrer besten Freundin Becky?

Der Dorfanger leerte sich. Dies war womöglich ihre letzte Chance, all das auszusprechen. Frustration und Wut schürten ihren Gefühlsausbruch: »Dann war's das also? Ich war genau wie die anderen, hm? Eine weitere Frau, die du aufgabeln und ebenso schnell wieder fallen lassen kannst?«

»Nein, so war es nicht.« Jack runzelte die Stirn.

»Wie denn? Aus meiner Perspektive sieht es jedenfalls genau danach aus. Verdammt, ich hätte es besser wissen müssen. Ich habe es mit eigenen Augen gesehen. So bist du immer mit Frauen, Jack. Eine Nacht, vielleicht zwei mit etwas Glück, und dann, puff, bist du weg.«

Jack war jetzt in der Defensive: »Also, zumindest habe ich diesen Mädchen nie falsche Versprechungen gemacht, Luce. Ich habe nie einen Verlobungsring hervorgeholt, habe nie von Heirat gesprochen. Nichts dergleichen.«

Mit dieser Bemerkung kam Liam wieder ins Bild. Ihr privates Geständnis gegenüber Jack fiel jetzt auf sie zurück. Es war so ein billiger Schachzug.

»Also, ganz ehrlich – du wärst doch nie in der Lage, dich zu so etwas zu verpflichten!«, schmetterte Lucy zurück. Sie war jetzt auf hundertachtzig.

»Okay«, sagte Jack wütend, »einige meiner früheren Beziehungen waren vielleicht nur für eine Nacht, aber andere haben einen Monat oder so gehalten.«

»Oh wow, du hast tatsächlich einen ganzen Monat geschafft? Das muss aber eine sehr besondere Frau gewesen sein.« Lucy konnte sich ihren Sarkasmus nicht verkneifen.

Jack warf ihr nur einen Blick zu und hob eine Augenbraue. »Aber ich habe nie Versprechungen gemacht. Das ist nicht meine Art. Außerdem ist das alles schon Jahre her …«

»Ha, fast hätte ich's dir abgenommen.«

»Wie ich dir schon sagte, ich war jung, Luce. Und ja, damals habe ich mich wahrscheinlich wie ein Dödel verhalten.«

»Oder hast dich von einem beherrschen lassen«, feuerte sie zurück.

Er lächelte dazu schief. Gott, sie sah verdammt gut aus, wenn sie wütend war.

»Okay, okay.« Er hob die Hände, als würde er nachgeben. »Ich war verletzend.« Sein Tonfall änderte sich. »Und ja, ich war damals egoistisch. Aber weißt du, Frauen machen das ja auch. Es gibt viele Frauen, die mit einem One-Night-Stand mehr als zufrieden sind.«

»Becky war es jedenfalls nicht.« Und sie selbst war es auch nicht, gestand Lucy sich ein.

Einen Moment herrschte Schweigen zwischen ihnen.

Er war so verdammt anstrengend. Aber in gewisser Hinsicht musste Lucy widerwillig zugeben, dass er recht hatte. Lag es an ihren Erwartungen? Beckys, ihren eigenen? Und nicht etwas, was er tatsächlich versprochen hatte?

Aber dann erinnerte sie sich an die betrunkene junge Frau, die Jack am Ende der Dorfhochzeit in seinen Camper verfrachtet hatte. Was war das an diesem Abend eigentlich gewesen, was sie da mitbekommen hatte? Sie hatte versucht, ihm einen Vertrauensvorschuss zu geben, aber jetzt, angesichts der Art, wie er sie behandelte, schien das alles wirklich nicht mehr so unschuldig.

Sie steigerte sich wieder in ihren Ärger hinein, unfähig, die Wut in ihren Adern zu unterdrücken. »Okay, und was ist mit dem Mädchen, das am Abend der Hochzeit zu beschwipst war, um sich auf den Beinen zu halten? Wie hast du sie denn behandelt, Jack?«

»Wovon redest du?«, schoss er wütend zurück.

»Von derjenigen, die du aufgegabelt, in den Camper gepackt und mitgenommen hast. Sie hatte viel zu viel getrunken.«

»Na, genau das habe ich getan, sie mitgenommen …« Er runzelte die Stirn. »… und nach Hause gefahren.«

Herrje, er war auch so verdammt gelassen dabei.

»Nun, das sagt doch alles, oder? Ich wette, das war auch ein Fall für eine Nacht.«

»Luce, wovon sprichst du? Ich habe sie nicht zu mir mitgenommen, sondern ich habe sie nach Hause gefahren, *zu ihr nach Hause.*« Er betonte jedes Wort einzeln.

»Was?« Sein Tonfall und sein Gesichtsausdruck nahmen ihr die Luft aus den Segeln.

»Sie war eine ehemalige Schulkollegin. Freya. Also, ganz im Ernst, Luce, glaubst du, ich würde sie in diesem Zustand mit zu mir nehmen, um sie auszunutzen? Echt jetzt? Ich kann nicht glauben, dass du so schlecht von mir denkst.« Jetzt war Jack an der Reihe, sich beleidigt zu fühlen, und zu Recht. »Ihre sogenannten Freundinnen hatten sich verpisst, und ich habe nur dafür gesorgt, dass sie sicher nach Hause kommt. Nicht, dass ich mich vor dir rechtfertigen müsste.«

»Oh … Jack, es tut mir leid. Es sah nur so aus, als ob …« Lucys Stimme stockte. Sie hatte das falsch verstanden.

»Wenn du mich für so einen Schuft hältst, bestätigt das nur, dass es für uns beide nicht viel Hoffnung gibt.«

Und damit stürmte er davon, zurück zu Ruby, und knallte die Fahrertür des Campers hinter sich zu.

Und damit war Lucys Herz noch mehr verletzt als zuvor.

37. KAPITEL

Aber Jack ging nicht nach Hause, jedenfalls nicht für lange. Er parkte in Matts Einfahrt, reinigte Ruby von den Eventspuren, schnappte sich ein paar Campingutensilien und fuhr wieder los. Am örtlichen Mini-Markt hielt er an, um ein paar notwendige Lebensmittel einzukaufen, und machte sich auf den Weg zu den Hügeln an der schottischen Grenze, die nur gut eine halbe Autostunde entfernt lagen. Abgelegene, moorige Täler, in denen man leicht für sich allein bleiben, spazieren gehen und die Lungen sich mit Bergluft füllen konnten. Dort bekam man den Kopf frei und sah, wie die Sonne am späten Abend in einer goldenen Flamme über den magentafarbenen Felsen am Horizont unterging. Nun, das war der Plan. Es wäre auf jeden Fall besser, als in seinem Zimmer zu sitzen und fernzusehen oder durch Instagram zu scrollen … oder über den verdammten Streit nachzudenken, den er gerade mit Lucy gehabt hatte.

Er parkte den Camper an einer abgelegenen schönen Stelle in einem Tal und wanderte dann mit seinem Zelt und der Campingausrüstung auf dem Rücken den Hang hinauf. Der Aufstieg war belebend, aber sobald er angehalten und sein Lager aufgeschlagen hatte, scheiterte sein Plan, nicht an Lucy zu denken, kläglich. Sie schien sich bei jeder Gelegenheit wieder in seine Gedanken zu schleichen – wenn er arbeitete, wenn er im Bett lag und versuchte zu schlafen, wenn er Auto fuhr, wenn er hier auf einem Hügel mitten im Nirgendwo saß. Er hatte keine Chance, sie zu vergessen, aber er musste es dringend tun.

Er öffnete eine Dose Bier, stellte seinen kleinen Kocher an, um den Speck und die Eier zu braten, die er mitgebracht hatte, bestrich ein paar Scheiben weiches weißes Sauerteigbrot mit Butter und beobachtete die Schafe, die im Tal unter ihm weideten. Er konzentrierte sich auf die einfachen Aufgaben, wendete den Speck in der Pfanne. Der Geruch war verlockend, als das Fett goldbraun brutzelte. Wenigstens war ihm der Appetit noch nicht vergangen. Etwa eine Minute später gab er das Ei in die Pfanne, hörte es neben dem Speck brutzeln, wartete, bis es gar war, stürzte dann alles auf einen Plastikteller und aß.

Abendessen mit Aussicht. Und was für eine Aussicht: sanfte Hügel, tiefe Täler, zerklüftetes Moorland mit grasenden Schafen und der Himmel von verblassendem Blau, das sich in Gold verwandelte, mit Strähnen hoher, federleichter, aprikosenfarbener Wolken, die im Zickzack über ihn hinwegzogen, während die Sonne zu sinken begann.

Hielt Lucy ihn wirklich für so einen Wichser, dass er eine betrunkene junge Frau mit nach Hause nahm, um mit ihr zu schlafen? *Mein Gott.* Oder war sie einfach nur wütend über alles, so wie er selbst auch immer noch? Die Nacht, die sie miteinander verbracht hatten, war etwas Besonderes gewesen, aber sie hatte ihm auch Angst gemacht. Mit jemandem zusammen zu sein, so viel von sich selbst preiszugeben. Dieser Schmerz der Verwundbarkeit. Wer liebt, verliert … Das hatte er erlebt, und er wollte niemals wieder einen so großen Schmerz empfinden.

Wenn er sich jetzt von Lucy zurückzog, wären zumindest sein Kopf und sein Herz nicht wie eine Art emotionaler Totalschaden überall verstreut.

Er holte sein Notizbuch und einen Kugelschreiber aus dem Rucksack und blickte über die felsigen Klippen, das Moorgras und die stacheligen Ginsterbüsche. Die Worte waren in seinem Kopf, bereit, in seine Fingerspitzen zu fließen:

Eure Gesichter suchen mich heim.
Das, das ich verloren habe.
Das, das ich verlieren könnte.
In diesen Hügeln, bei Einsetzen der Dämmerung, dunkler werdende Schatten im Tal.
Der Himmel öffnet sich zum Sonnenuntergang, golden, überzogen mit Magenta, poliertem Kupfer.
Werde ich dich je wiederfinden?
Soll ich es wagen?

Jack legte den Stift weg. Er wusste plötzlich nicht mehr, wohin er sich wenden sollte oder wohin alles führte. Er hatte so lange hinter einem Schutzwall gelebt. Hatte einfach weitergemacht, seinen Weg fortgesetzt, so gut er konnte. Immer Scheuklappen getragen. Er hatte darauf geachtet, sich auf nichts einzulassen. Aber hatte er darüber verpasst, worauf es wirklich ankam? So lange Zeit hatte er niemanden an sich herangelassen. War dies der einzige Weg? Nicht geliebt zu werden bedeutete, nicht verletzt zu werden.

Aber Lucy wehzutun tat auch ihm weh. Das wurde ihm jetzt bewusst.

In seinem Kopf drehte sich alles.

Er würde sich diesen herrlichen Sonnenuntergang ansehen und dann diese Nacht darüber schlafen, beschloss er. In der Tasche seines Rucksacks hatte er einen kleinen Flachmann mit Single Malt Whisky. Er holte ihn heraus und nippte langsam daran, während das Licht schwächer wurde. Das wärmte ihn durch.

Ja, er würde hierbleiben und zusehen, wie die Sterne am Himmel erschienen, einer nach dem anderen, wie leuchtend weiße Nadelstiche über ihm. Es war eine recht milde Nacht, und so breitete er die Isomatte und den Schlafsack unter freiem Himmel aus und lag einfach nur da, schaute nach oben und versuchte, dieses verrückte Kaleidoskop von Gedanken und Gefühlen zu sortieren. Er fühlte sich wie ein Punkt im Universum, ein Punkt voller Schmerz und Verwirrung.

38. Kapitel

»Hör mal, du willst mich doch verarschen, oder?«

An einem Ecktisch im Driftwood Café, mit einem Milchkaffee und einem sehr großen Stück Victoria-Biskuit vor sich, saß Lucy und erzählte Becky endlich die Wahrheit über sich und Jack.

Becky hatte dagesessen, mit offenem Mund, während der Sahne-Marmeladen-Scone noch davor schwebte, und dann die Frage gestellt.

Lucy spürte, wie sie rot anlief, als die Hitze der Scham in ihr aufstieg. »Ach, ich wünschte, es wäre ein Witz, Becks.«

»Du … du hast also Jack, diese Platzverschwendung von einem Mann, den ewigen Poser, das Arschloch, bereitwillig in dein Haus und dein Bett gelassen? Bist du völlig verrückt? Hast du eine Art masochistischen Drang, dich verletzen zu lassen? Alles klar, stell dich nur hinten an, Luce. Wow, ich hätte nicht gedacht, dass du so dumm bist.«

»Ich auch nicht«, gab Lucy verlegen zu, während ihr Milchkaffee unberührt vor ihr abkühlte. »Ich bin da einfach so reingerutscht. Er hat sich so viel Mühe mit dem Picknick und den Cocktails am Strand gegeben, und wir haben uns ja zuvor als Freunde gut verstanden.«

»Taktik, nichts weiter.«

»Ich war eine blöde Idiotin, oder?« Lucy ließ die Schultern hängen.

»Jep.« Becky biss ein großes Stück von ihrem Scone ab. »Hey …«, sagte sie dann leiser, »wir alle machen mal Fehler. Oh Gott, ich hoffe nur, du hast Vorsichtsmaßnahmen getroffen.«

»Natürlich.«

»Puh. Also kannst du das alles leicht hinter dir lassen. Man lernt nie aus, so ist das nun mal. Du kommst schon drüber weg. Und hör das nächste Mal auf deine alte Freundin Becks.« Sie gab Lucy einen kleinen Stoß in die Rippen.

»Das werde ich verdammt noch mal tun.«

»Oh, da fällt mir ein, jemand wäre an einem Date interessiert.«

»Mit dir?«

»Sei nicht albern, ich bin mit Darren zusammen. Nein, mit dir.«

»Was? Wieso? Becks, nein!« Lucy gefiel es gar nicht, wohin das Gespräch plötzlich abdriftete. »Ich fühle mich im Moment wirklich nicht bereit für ein Date. Nach diesem Desaster werde ich mich für den Rest des Jahres, vielleicht sogar des Jahrzehnts, mit Daisy im Cottage verkriechen.«

»Ach was. Du musst wieder da raus, Luce. Zeig dem schwanzgesteuerten Barmann, dass du dein Leben lebst. Dass jemand anderes scharf auf dich ist. Zeig ihm, was er verpasst.«

»Ich glaube, das ist wirklich nichts für mich, Becks.«

»Es ist nur ein Freund von Darren, und ich verlange nicht, dass du ihn heiratest, geh nur zu einem Date. Werd ein bisschen lockerer.«

»Ich war viel zu locker, und du siehst ja, wohin es geführt hat.«

»Es war einfach nur der falsche Typ, Luce. Dieser Mann ist reizend. Darren kennt ihn noch aus seiner Zeit an der Uni. Er ist gerade wieder hierhergezogen und hat einen Job in Morpeth. Irgendetwas mit Computern, glaube ich, und er versucht gerade, hier Fuß zu fassen und neue Freunde zu finden. Sag einfach, dass du es probierst. Nur das eine Mal. Nichts Großes, nur auf einen Drink oder so.«

Lucy wusste genau, dass Becky nicht lockerlassen würde. Und irgendwie hatte sie das Gefühl, dass sie ihr etwas schuldig war, nachdem sie ihren Rat wegen Jack nicht befolgt hatte.

»Okay, schon gut, aber nur auf einen Drink und höchstens für ein paar Stunden. Kein gemütliches Essengehen oder so. Nichts zu Datiges.«

»Datiges? Ist das überhaupt ein richtiges Wort?« Becky lächelte schief. »Okay, ja, gebongt.« Sie klatschte in die Hände. »Ich kümmere mich darum.«

Lucy saß da und nippte an ihrem kalt gewordenen Milchkaffee. Ihr war ein wenig mulmig zumute. Der Satz *vom Regen in die Traufe* kam ihr in den Sinn.

39. KAPITEL

Vier Tage nach ihrem Gespräch mit Becky war alles arrangiert. Diese Frau war so was von scharf darauf. Jetzt gab es kein Zurück mehr.

Lucy überprüfte ihr Aussehen im Spiegel. Sie hatte sich für ein geblümtes rotes Sommerkleid und schwarze Espadrille-Sandalen zum Schnüren entschieden. Jetzt im Sommer war ihre Haut olivbraun und hatte einen gesunden mediterranen Schimmer, den sie von Papas Seite der Familie geerbt hatte. Ihr dunkles Haar trug sie offen, und es fiel in natürlichen Wellen bis knapp über die Schultern. Ja, so würde es gehen.

Sie war ein bisschen nervös. Abgesehen von dem Treffen mit Jack – und Gott weiß, in welche Kategorie das fiel – hatte sie kein »Date« mehr gehabt, seit Liam sie vor fast zwei Jahren verlassen hatte. Worüber würden sie reden? Was, wenn die Chemie zwischen ihnen nicht stimmte? Und was, wenn sie diesen neuen Kerl tatsächlich mochte? Okay, redete sie sich ein, es war ja nur für ein paar Drinks und ein paar Stunden. Er hieß Angus und hatte vorgeschlagen, zu einem Pub in einem Dorf nahe Alnwick zu fahren, etwa sechs Meilen von Lucys Zuhause entfernt. Er wollte sie am Cottage abholen, aber für die Rückfahrt hatte sie sich selbst ein Taxi organisiert, das sie um 22 Uhr nach Hause bringen sollte. Nicht zu früh und nicht zu spät. Das bedeutete immer noch volle zweieinhalb Stunden zusammen – was sich als schwierig erweisen könnte, wenn es zwischen ihnen nicht recht klappte. Aber Becky hatte ihr versichert, dass er ein netter Kerl war. Ihre Freundin hatte ihn schon ein paarmal als Kumpel ihres Partners Darren getroffen.

Eine dunkelgraue, blitzsaubere Lexus-Limousine fuhr vor ihrem Fenster vor und verminderte den Lichteinfall im Wohnzimmer. Oh, das musste er sein. Er hatte erwähnt, dass er einen Lexus fuhr.

»So, es geht los, Daisy. Wünsch mir Glück.« Lucy steckte den kleinen Hund in sein Küchenkörbchen und atmete dann langsam und ruhig ein. »Sei ein braves Mädchen, Daisy. Ich bin nicht lange weg.« Sie warf ihr ein paar Hundekekse hin und ging, während Daisy zufrieden mampfte.

Lucy trat nach draußen, atmete tief durch und schloss die Tür hinter sich ab.

Als sie sich dem Auto näherte, winkte der Mann auf dem Fahrersitz kurz und lehnte sich hinüber, um die Beifahrertür von innen zu öffnen. »Hi, Lucy.«

»Hi«, antwortete sie mit einem nervösen Lächeln.

Er hatte dunkelbraunes, kurzes Haar, grüne Augen und gute Zähne. Alles in allem sah er ganz gut aus, aber in derselben Sekunde verwandelte sich sein Gesicht in ihrem Kopf in das von Jack. Sie verdrängte das Bild, als sie auf dem Beifahrersitz Platz nahm.

»Angus.« Er hielt ihr seine Hand ganz förmlich über den Schaltknüppel hinweg hin.

»Schön, dich kennenzulernen.«

»Hübsches kleines Cottage.«

»Ja, es ist wirklich hübsch, und das Dorf hier gefällt mir auch sehr. Es liegt so schön nah am Strand.«

Strandspaziergänge, Strandhäppchen, Cocktails … Jack lauerte wieder einmal gefährlich in ihrem Kopf. Wenn doch dieser windige Barkeeper bloß aus ihren Gedanken verschwinden würde!

»Und wo wohnst du?«, fragte sie.

»Ich wohne gerade zur Miete. In einer neuen Siedlung in Morpeth. Modern, pflegeleicht. Praktisch für die A1 und den Weg zur Arbeit.«

»Okay.« Wow, das fühlte sich sehr nach altem Terrain an. Eigentlich genau nach der Art von Leben, dem sie gerade entkommen war. Das Gespräch fühlte sich bereits gestelzt an, aber sie hatten sich ja auch eben erst kennengelernt. Sie musste ihm eine Chance geben.

Er war ein ruhiger Fahrer, und die Fahrt verging unter höflichem Geplauder. Angus arbeitete in der IT-Branche, so viel wusste sie, weil Becky sie ein wenig gebrieft hatte. Er erklärte ihr, dass er Auftragsarbeiten für kleine und mittlere Unternehmen erledigte, die keine eigenen IT-Techniker hatten. Studiert hatte er Informatik an der Universität Newcastle, eine Zeit lang für ein britisches Kommunikationsunternehmen gearbeitet und sich dann mit einem Bekannten zusammengetan, der im nördlichen Northumberland ein Unternehmen für IT-Lösungen gründen wollte. Er erzählte ihr, dass mehrere IT-Unternehmen in der Nähe von Newcastle ansässig waren, es aber hier vor Ort kaum jemanden gab. Sie hätten bereits einige gute Aufträge an Land gezogen, darunter einen für Alnwick Gardens, wo sie für die Herzogin von Northumberland ein neues Computernetzwerk in den Büro- und Geschäftsräumen einrichteten. Er klang sehr stolz darauf. Offenbar florierte das Geschäft und wurde immer erfolgreicher.

»Daher der neue Lexus«, sagte er und strahlte. Es war, als wolle er sie davon überzeugen, dass er ein guter Kandidat sei.

»Das klingt sehr beeindruckend. Alle Achtung.«

»Und was ist mit dir, Lucy? Was machst du beruflich?«

»Oh, ich habe eine mobile Pizzeria in einem Pferdeanhänger.«

Angus zog eine Augenbraue hoch.

»Ja, ich fahre zu Veranstaltungen, baue den Holzofen und alles auf und backe meine eigenen hausgemachten Pizzen.«

»Verstehe, hm, das klingt … witzig. Anders.«

»Ja, ich bin gerade dabei, mich zu etablieren, aber es läuft bereits sehr gut.«

»Aha. Obwohl ich sagen muss, dass ich persönlich kein großer Pizzafan bin. Ich halte mich mehr an gesünderes Essen.«

»Oh.«

Damit war das Gespräch beendet.

»Aber sicher machst du richtig gute«, murmelte Angus dann verhalten, im Versuch, sie beide aus dem schwarzen Konversationsloch, in das er sie manövriert hatte, wieder herauszuziehen.

Lucy schaute durch das Fenster auf die vorbeiziehenden Felder und fragte sich, was um alles in der Welt sie wohl als Nächstes sagen könnte. Das hier war so anders als die Fahrt mit Ruby nach dem ersten Strandnachmittag, als sie die Fenster heruntergekurbelt hatten und Jack und sie wie die Verrückten sangen.

Zehn Minuten später kamen sie am Black Swan Inn an und parkten auf einem der wenigen freien Plätze auf dem hinteren Parkplatz.

»Tja, da wären wir«, verkündete Angus und stellte damit das Offensichtliche klar.

»Sehr schön.«

Es war eine Erleichterung, angekommen zu sein. Lucy hatte das Gefühl, einen Drink zu brauchen. Vielleicht würden ein oder zwei Gläser Wein das Gespräch ein wenig auflockern. Angus bestand darauf, die erste Runde zu spendieren, und sie fanden einen Tisch in einer gemütlichen Ecke. Er erzählte ihr von verschiedenen IT-Projekten, die er durchgeführt hatte und von seiner Liebe zu dem, was im Inneren eines Computers vor sich ging. Er fragte sie, ob sie schon von den Vorteilen von Business Intelligence, Data Mining (sie stellte sich dabei Männer mit Spaten vor, die Wörter und Zahlen ausgruben) und Enterprise Architecture gehört habe, bla bla. Am Ende dieses recht langatmigen Gesprächs war sie noch verwirrter als vorher. Das war genau der Grund, warum die Leute gutes Geld dafür zahlten, dass sich jemand wie Angus um ihre Computerprobleme kümmerte. Weil sie sich nicht selbst mit all dem komplexen (und langweiligen) Hintergrundwissen auseinandersetzen wollten, sondern einfach nur in der Lage sein wollten, die verdammten Dinger zu benutzen. Sie erzählte Angus jedoch nichts davon, da sie spürte, dass das nicht gut ankommen würde.

Lucy war schon bald bereit für einen weiteren Drink und ging zur Bar, um die nächste Runde zu holen. Sie wollte nicht, dass Angus das Gefühl hatte, er müsse den ganzen Abend für sie bezahlen. Sie lehnte sich gegen die glatte, lackierte Holzplatte der Bar und wartete, bis sie an der Reihe war.

Die Eingangstür des Pubs schwang auf. *Oh Scheiße.* Wie groß waren die Chancen für das hier? Natürlich musste die Person, die durch die Tür hereinkam, Jack Anderson sein. Lucys Haut begann zu kribbeln, und ein starker Impuls, sich zu verstecken, stieg in ihr auf.

Auch er sah sie sofort, schaute zu ihr hinüber und runzelte für einen Moment überrascht die Stirn.

Er näherte sich ihr unsicher, und von der Angeberei eines Cocktail-Mannes war nichts mehr zu spüren. »Hey, schön, dich zu sehen«, sagte er unbeholfen. »Damit hab ich nicht gerechnet, dass wir uns hier treffen«, fügte er hinzu, mit einem Hauch seines umwerfenden Lächelns.

»Nein, ich auch nicht.« Lucys Herz hämmerte in ihrer Brust.

»Mit wem bist du hier?«

»Oh, nur mit einem Bekannten. Er sitzt da drüben.« Lucy deutete auf die Ecke, wo Angus gerade sein Bier austrank.

Jacks Augenbraue zuckte, als er einen Blick auf Angus warf, der ihnen seinerseits kurz zunickte. »Ah, okay, verstehe.« Jacks Lächeln verwandelte sich wieder in ein Stirnrunzeln.

Was kümmerte es ihn überhaupt, mit wem sie hier war, fragte sich Lucy. Er war derjenige, der ihr die kalte Schulter gezeigt hatte. Derjenige, der ihr gesagt hatte, sie sollten »den Ball flach halten«. Glücklicherweise wandte sich der Barkeeper in diesem Moment an sie, um ihre Bestellung aufzunehmen. »Einen Weißwein und eine Cola light, bitte.«

Jack bewegte sich leicht, um seine eigene Bestellung aufzugeben. Einer seiner Freunde, mit denen er gekommen war – der Große –, kam näher und schien sie von oben bis unten zu mustern, bevor er sagte: »Hi.«

»Oh, hi …«, antwortete Lucy höflich.

»Ähm, das ist mein Kumpel Matt.«

Sie fühlte sich wirklich nicht wohl dabei, unter diesen Umständen ein Gespräch zu führen, und vermutete, dass es Jack ebenso ging. Der Barmann stellte ihre Getränke auf die Theke, und sie bezahlte schnell. »Also dann … Man sieht sich, Jack.«

»Ja.«

Den Blick, den Jack ihr zuwarf, konnte sie nicht deuten.

Dann hob sie die beiden Gläser auf und ging zurück zu ihrem Tisch. Ihr Herz klopfte immer noch wie verrückt. Sie machte weiter Small Talk mit dem netten Angus – in dem Versuch, noch mehr langweilige, ausführliche IT-Gespräche zu vermeiden.

Zum Teufel aber auch, er war hierhergekommen, um mit seinen Kumpel ein bisschen auszuspannen und sich abzulenken. Matt war bereits aufgefallen, dass er in letzter Zeit etwas abwesend war, und deshalb hatte er vorgeschlagen, gemeinsam mit James, einem anderen Kumpel, auf ein Bier in den Pub zu gehen. Das hatte für Jack nach einer guten Idee geklungen, aber jetzt schien es, als wäre der Schuss gründlich nach hinten losgegangen. Tatsächlich fühlte er sich, als wäre er gerade vor dem Erschießungskommando gelandet.

Matt stieß ihn an. »Ist sie das?«

»Was? Wer?« Jack spielte den Ahnungslosen.

»Die Frau, mit der du gerade gesprochen hast. Ist sie das, die dich in letzter Zeit um dein Herz und deinen Verstand bringt?«

Jack zuckte nur unverbindlich mit den Schultern. Er hatte wirklich keine Lust, sich damit zu befassen, schon gar nicht, wenn sie nur fünf Meter von ihm entfernt saß und es sich mit einem anderen Kerl nett machte, sich unterhielt und lachte und dabei ihr dunkles Haar zurückwarf. Jack war froh, als sich der Barmann kurz darauf an ihn wandte.

»Und? Was kann ich dir bringen?«

»Ah, drei Pints vom Morretti, bitte.«

Die Männer fanden einen Stehplatz in der Nähe, an einem hohen fassförmigen Tisch. Leider hatte Jack von dort aus einen direkten Blick auf die Ecke des Pubs, in der Lucy saß.

Jack wurde es plötzlich warm und unbehaglich. Er drehte sich ein bisschen, sodass er ihr jetzt wenigstens den Rücken zuwandte.

»Feines Bier«, kommentierte er. Das Lagerbier war kühl und erfrischend.

»Ja, genau richtig, was?«, antwortete James.

»Also, was gibt's Neues, Jungs? Irgendwelche ungewöhnlichen Vorfälle in der Tierarztpraxis, Mattie?« Jack brauchte eine unverfängliche Unterhaltung, um sich etwas entspannen zu können. Dafür war er ja schließlich hier. Matt erzählte eine Geschichte von einem Labrador, der wackelig und mit Schaum vor der Schnauze beim Tierarzt ankam. Sein Besitzer war bei der Frage, ob der Hund etwas Giftiges gefressen haben könnte, ziemlich rot geworden. Dann hatte er schließlich gestanden, dass Bertie seinen Vorrat an selbst gebackenen Cannabis-Keksen gefressen hatte. Trotz der Geschichte ertappte Jack sich dabei, dass er immer wieder den Kopf drehte, um einen Blick auf die beiden zu werfen, die in der Ecke saßen. Es war wie eine Art masochistisches Spiel, das er mit sich selbst spielte. Obwohl es seltsam schmerzhaft war, hinzusehen, konnte er Lucy nicht ignorieren.

»Alles okay, Jack?«, fragte Matt, nachdem er seine Hundegeschichte beendet hatte.

»Ja, sicher, alles klar.«

»Du scheinst nicht ganz du selbst zu sein, Kumpel.«

»Mir geht's gut, aber ich geh mal kurz zur Toilette.«

Der Barbereich bereitete ihm im Moment regelrecht Klaustrophobie. Jack stand auf, um ein wenig zu verschnaufen und um sich selbst eine Standpauke zu halten. Was war nur mit ihm los? Wenn er doch nicht wollte, dass es mit Lucy weiterging, wie er es ihr kürzlich auf dem Dorffest klargemacht hatte, warum zum Teufel fühlte er sich dann gerade jetzt so beschissen? War es pure Eifersucht? Nach dem Motto »Ich will sie nicht, aber dann soll auch niemand anders sie haben«, so was in der Art? Und machte ihn das nicht zum größten und egoistischsten Feigling der Welt?

Zu allem Überfluss kam, gerade als er am Pissoir stand und zielen wollte, Loverboy herein! Das hatte ihm noch gefehlt. Jack drehte sich beim Anblick des Kerls etwas zur Seite. Eifersucht stieg in ihm auf. Er hoffte tatsächlich, dass dieser Typ einen kleinen, nein, einen klitzekleinen Penis hatte. Er war sich voll bewusst, wie unreif seine Gedanken gerade waren, aber er konnte sie nicht unterdrücken.

Er wusch sich die Hände und warf einen Blick nach hinten in den Spiegel auf Loverboy. Dunkles, gepflegtes Haar, elegante Designerklamotten. Jack konnte nicht umhin, sich zu fragen, welches der schicken Autos da draußen wohl ihm gehören mochte? Aber zumindest, so dachte er stolz, gab es kein schickes Auto, das es in puncto Stil und Charakter mit seiner hinreißenden Ruby aufnehmen konnte.

Los jetzt, raus mit dir, Jack, sagte er sich. *Geh sofort in die Bar und mach dir einen schönen Abend mit deinen Kumpel.*

»Alles klar, Jack? Noch mal dasselbe?« James hob sein leeres Bierglas und machte sich auf zur Bar, um Nachschub zu holen.

»Absolut.« Er hatte sich noch nie so verdammt bereit gefühlt.

Eine quälend lange halbe Stunde später musste Jack mit ansehen, wie Loverboy Lucy mit der Hand sanft (oder war es besitzergreifend?) an ihrem Tisch vorbei zum Ausgang führte. Jack nickte höflich. »Bis dann, Luce.«

»Bye, Jack.« Sie machte sich nicht die Mühe, ihren Begleiter vorzustellen, und Jack war darüber mächtig erleichtert. Die Situation war auch so schon unerträglich genug.

Er sah zu, wie sie wegging, wobei die Hand des anderen Kerls immer noch leicht ihre Taille berührte. Jack spürte einen Kloß im Hals, denn er erinnerte sich noch sehr gut an genau diese Kurve an ihrem nackten Körper. Er hatte sie gehen lassen, und das war das Ende, sagte er sich, als er sah, wie die Tür des Pubs zufiel. So war es das Beste.

Aber warum fühlte es sich immer noch so an, als wäre alles erst der Anfang von etwas gewesen? Was war das für ein verrücktes Zeug, das da in ihm vorging? Es war, als hätte Lucy eine seismische Welle ausgelöst, die alles erschütterte. Er fürchtete sich vor den Folgen dieses Erdbebens.

10. KAPITEL

»Und, Süße, wie ist es gelaufen?« Becky war am nächsten Morgen in aller Frühe in der Leitung.

»Ach, na ja … eigentlich gar nicht, Becks.«

»Oh. Warum?« Ihre Freundin klang enttäuscht.

»Nein, also, um Angus gegenüber fair zu sein – es war ganz okay. Es sind nur keine Funken geflogen.«

»Na ja, es kann ja nicht alles schlecht gewesen sein. Er hat einen guten Job und ein schönes Auto, wie ich gehört habe.«

»Ja, das Auto ist sehr schön. Ledersitze und alles.«

»Na also.«

»Wir haben nur anscheinend nicht viel gemeinsam. Und dann hat er mich mit Megabytes und Pixeln zugequatscht.«

»Oh, verstehe. Nicht gerade die spannendste Unterhaltung.«

»Und als wir dann auf Spyware, Malware und Viren zu sprechen kamen … Na ja, ehrlich gesagt habe ich jetzt Angst, meinen Computer wieder einzuschalten. Für den Fall, dass der bereits mit dem PC-Äquivalent einer Geschlechtskrankheit infiziert ist, bin ich anscheinend nur äußerst unzureichend geschützt.« Lucy kicherte.

»Ach, er wollte dir bestimmt nur behilflich sein, Luce.«

»Vielleicht, aber er ist einfach nicht mein Typ, und ich muss zugeben, dass es keine sehr aufregende Unterhaltung für einen Abend war.«

»Nein, wohl kaum … Nicht gerade stimulierend, nehme ich an.«

Sie kicherten beide.

»Na ja, ich hake es als Erfahrung ab.«

»Mach das. Und, hey, es gibt noch viele Fische im Meer.«

Lucy hatte das Gefühl, dass ihre Freundin alles daransetzen würde, ihr bald mehr von diesen Fischen zu besorgen. Sie traute sich nicht, den anderen Mann zu erwähnen, der gestern Abend im Pub gewesen war und an den sie trotz allem immer noch sehr viel dachte. Und dem sie bereits gesagt hatte, er solle Leine ziehen.

Zwei Tage später scrollte Lucy durch ihr Handy, um ein paar gute Bilder für die Werbeposts auf der Instagram- und Facebook-Seite von *Feuer und Flamme* zu finden, als sie auf ein Foto von Jack stieß, auf dem er neben Ruby stand. Sie hatte es vor Monaten aufgenommen, an dem ersten Abend, an dem sie sich kennengelernt hatten. Sie fand ein paar Schnappschüsse von dem Veranstaltungsort, und da war er, festgehalten im Bild.

Sie musste lächeln. Er sah so gut aus, selbstbewusst und glücklich … und ja, auch ein bisschen eingebildet. Doch sie hatte gesehen, dass er trotz allem auch eine sanftere, verletzliche Seite hatte.

Worum war es zwischen ihnen gegangen? Hatte er sie für sich gewonnen, nur um sie zu verlassen? War das die ganze Zeit der Plan gewesen? Und wenn ja, wenn er so ein Arschloch war, warum konnte sie dann die Gedanken an diesen Kerl nicht abschütteln?

Erinnerungen. Magische Momente am Strand. Lachen. Händchen halten und noch so viel mehr. Es ergab immer noch keinen Sinn. Und es tat immer noch so weh.

Die feuchte Nase eines Dackels drängte sich an ihr Bein.

»Hey, Daisy. Willst du kuscheln?«

Sie hob den kompakten kleinen Körper des Tieres auf ihren Schoß und streichelte es liebevoll.

»Ich auch, Schätzchen. Ich auch.« Wenigstens hatten Hunde keine Spielregeln oder Bindungsprobleme. Wenn ein Hund Zuneigung wollte, kam er an und bat darum. Hunde waren einfach geradeheraus. Hmm, überlegte Lucy, Menschen konnten doch viel von ihren vierbeinigen Freunden lernen.

41. KAPITEL

Jack gelang es nicht, dieses schreckliche Gefühl der Negativität abzuschütteln. Er versuchte, mit der Arbeit weiterzumachen, stürzte sich mit seiner üblichen Souveränität in Veranstaltungen, polierte Ruby bis zum letzten Schliff, verbrachte Zeit mit seinen Freunden, mit seiner Xbox, fuhr Rad, unternahm lange Wanderungen – aber egal, was er tat, er fühlte sich niedergeschlagen, wie von einem Schatten verfolgt.

Lucy so mit einem anderen Typen zu sehen … Ja, es hatte ihn hart getroffen. Aber es geschah ihm doch nur recht. Er hätte sich schon längst für sein Verhalten nach der Nacht, die sie zusammen verbracht hatten, entschuldigen müssen. Er hatte es nicht in einer Nachricht sagen wollen, aber als er sie das nächste Mal gesehen hatte, hätte er es zumindest aussprechen sollen. Aber dann hatten sie diesen dummen Streit auf dem Fest gehabt. Und im Pub, als sie einen neuen Mann im Schlepptau hatte, wäre es auch nicht gerade ideal gewesen, oder?

Er malte sich aus, wie es hätte enden können.

»Oh, hallo. Und hey, Luce, tut mir leid, dass ich dir seit unserer gemeinsamen Nacht die kalte Schulter gezeigt habe.«

Tja, das bedeutete entweder den Auftakt einer Schlägerei mit dem neuen Loverboy oder ein Glas kaltes Bier eigenhändig von Lucy über den Kopf geschüttet zu bekommen. Wie auch immer, er hätte es wahrscheinlich verdient.

Er sollte seine Eltern besuchen. Er sah sie gern regelmäßig, und das Dorffest war nun schon fast eine Woche her. Die Tatsache, dass sie gekommen waren, freute ihn immer noch. Das war ein Lichtschimmer in der Düsternis.

Nach einer knapp fünfzehnminütigen Fahrt war er da, parkte Ruby in der Einfahrt, läutete an der Tür und trat ein.

»Hallo, Mum, hi, Dad«, rief er.

»Oh, hallo, mein Lieber.« Mum kam aus der Küche und strahlte. »Ich bin allein, dein Vater ist auf dem Platz.«

»Ah, Golfplatz?«

»Genau.«

Sie grinsten beide. Das war in diesen Tagen Dads liebster Zufluchtsort.

»Soll ich Wasser aufsetzen?«

Es war halb elf, die ideale Zeit für Tee und Kekse im Hause Anderson.

»Ja, gute Idee, danke. Ach so, hier, die habe ich dir mitgebracht.« Er hatte eine Schachtel mit handgefertigten Pralinen von einem fabelhaft aussehenden Stand bei einem Event in Warkton mitgenommen, auf dem er gearbeitet hatte. Er reichte ihr die hübsche goldene Schachtel, auf deren Etikett *Die kleine Chocolaterie am Meer* stand.

»Oh, die sehen aber hübsch aus. Danke, Jack.« Es war schön, Mum den Tag ein wenig aufzuhellen. Sie alle brauchten doch wahrhaftig etwas Licht in ihrem Leben.

»Sicher wird mir dein Vater später sehr gern dabei helfen«, sagte sie und lächelte noch breiter. »Ja, jetzt, wo das Wetter besser geworden ist, ist er ganz vernarrt ins Golfspiel. Mir macht das nichts aus, wenigstens ist er beschäftigt, und ich habe Zeit, ungestört in Haus und Garten herumzuwirken.«

»Ha, das glaube ich.«

Seine Mum fing an, den Kessel zu füllen, dann holte sie eine Teekanne aus dem Küchenschrank.

Jack kam plötzlich eine Erinnerung. Er und Daniel als jüngere Teenager, als sie beschlossen hatten, ihren Golfschwung und das Chippen zu üben. Nur hatte das Ganze drinnen stattgefunden, in Dans Zimmer. Es war ein regnerischer Tag gewesen, und sie hatten keine Lust gehabt, nass zu werden. Dad war total ausgeflippt, als er durch das ungewöhnliche Klopfgeräusch aufgeschreckt ins Zimmer gekommen war und sie beide in Aktion sah. Noch heute waren kreisrunde Dellen in der Zimmerdecke zu sehen. Er und Daniel beim Golfspielen …

»Alles okay, Jack?«

»Ja, ich denke gerade daran, wie Dan und ich in seinem Zimmer Golfspielen geübt haben«, sagte er. Manchmal hatte er das Bedürfnis, über diese Erinnerungen zu sprechen. In Wahrheit hatten sie das alle. Es half, Daniel in ihren Herzen lebendig zu halten.

»Ach du meine Güte, ja. Euer Vater hat euch beiden die Ohren langgezogen, oder? Ich frage mich, was euch beide geritten hat, das im Haus zu machen.«

»Ich weiß, es war ein bisschen verrückt, aber damals schien es eine gute Idee zu sein. Ich glaube, es hat draußen ziemlich geregnet.«

»Meine Güte, ihr habt aber auch Sachen gemacht.« Mums Augen glänzten ein wenig feucht, aber sie behielt ihr Lächeln bei.

Jack wünschte sich so sehr, dass sie jetzt ein paar Streiche aushecken könnten. Und er wünschte sich, er könnte auch etwas von dem seltsamen emotionalen Kram der letzten Zeit mit seinem Bruder teilen. Dan war mit seinen Freundinnen immer besonnener gewesen. Er war irgendwie von Anfang an fähig zu »erwachsenen« Beziehungen. Jacks Gedanken schweiften zu Dans letzter fester Freundin und dem Leben, das sein Bruder hätte haben können. Die »Wenns« und »Was hätte sein können« waren immer noch schmerzhaft.

Der Tee war eingeschenkt, und Mum zog sich einen Stuhl zum Esstisch heran. Jack folgte ihr. Eine Weile herrschte Schweigen zwischen ihnen. Nur das Zwitschern der Vögel drang durch die offene Terrassentür, die in den Garten führte.

»Jack, geht es dir wirklich gut?« Der Tonfall seiner Mum war jetzt weicher.

Sollte er sich öffnen, sollte er Mum von seinen verwirrten Gefühlen gegenüber Lucy erzählen? Aber das schien ein zu großer Schritt zu sein. Er konnte sich selbst kaum einen Reim darauf machen, geschweige denn es jemand anderem erklären. »Ja, mir geht's gut.« Jack hielt seine Fassade aufrecht. Nicht viele Menschen konnten diese Mauern durchbrechen, nicht einmal seine Eltern. Er hatte zu lange versucht, sie vor seinem Kummer zu bewahren, während sie mit ihrem eigenen zu kämpfen hatten. Seine jetzigen Probleme waren so klein im Vergleich zu dem, was sie alle durchgemacht hatten.

»Na gut, du weißt ja, wo wir sind, wenn du uns mal brauchst, mein Sohn.« Ein Angebot der Liebe und Unterstützung.

»Danke, Mum.« Jack trank einen Schluck Tee und kramte in der alten Blechkeksdose, einer Weihnachtsdose, die Mum vor langer Zeit aufgehoben hatte und die sie seitdem immer benutzten. Schließlich fand er einen marmeladigen Jammy Dodger. Hier in diesem Haus fühlte er sich sicher und geliebt, auch wenn es mit unzähligen Erinnerungen gefüllt war. Trotzdem war er nicht in der Lage, seine Seele zu öffnen.

Wir trauen uns! Das große Glück beginnt für
Robert Thompson und Jennifer Wade
am Samstag, dem 21. August
in Bamburgh Castle.
Gottesdienst um 13 Uhr, danach Hochzeitsmahl
Cocktails, Kanapees und Pizza
ab 19 Uhr im Schlosshof.
Kutschen um Mitternacht

12. KAPITEL

Die honigfarbenen Steinmauern und zinnenbewehrten Türme des Schlosses erhoben sich majestätisch am äußersten Ende des Küstendorfes Bamburgh und wirkten wie aus einem Märchen. Dahinter erstreckte sich am Horizont eine wunderschöne Meereslandschaft. Das glückliche Brautpaar, Jen und Rob, würde heute auch Glück mit dem Wetter haben, so wie es aussah. Ein bisschen windig war es vielleicht, aber mit einem herrlich blauen Himmel und nur einem Hauch von Konfettiwolken im Hintergrund.

Lucy näherte sich ihrem atemberaubenden nächsten Veranstaltungsort mit einem Gefühl nervöser Vorfreude, nicht zuletzt, weil sie wusste, dass eine bestimmte Person ebenfalls dort sein würde.

Das heutige Brautpaar schien wirklich sehr nett zu sein, als sie vor einigen Wochen miteinander telefoniert hatten, um ihr Gourmet-Pizza-Catering für den Abend zu organisieren.

Jack hatte zumindest Wort gehalten, ihr geschäftlich zur Seite zu stehen, und hatte ihnen den Pizzastand im Pferdeanhänger empfohlen, als sie erwähnten, dass sie auf der Suche nach einem zusätzlichen Abendcatering waren. Das traditionelle Hochzeitsfrühstück sollte am Nachmittag im Schloss stattfinden, nach der Trauung in der Königshalle.

Lucy wusste also bereits, dass Jack hier sein würde. Als sich das Schloss vor ihr auftürmte und sie den Blinker setzte, um von der Dorfstraße abzubiegen, überkam sie ein Anflug von Angst davor, ihm wieder zu begegnen, und schien ihr Inneres zusammenzuschnüren.

Das letzte Mal, als sie ihn gesehen hatte, war sie auf einem Date mit einem anderen Mann gewesen. Was für ein katastrophaler Abend das gewesen war! Seit ein paar Wochen hatte es keine persönlichen Nachrichten oder Anrufe mehr zwischen ihr und Jack gegeben. Sie hatte sich lediglich erlaubt, einen kurzen Blick auf die paar Fotos von ihm zu werfen, die auf ihrem Handy gespeichert waren.

Auf dem einen stand er neben Ruby, an dem Abend, als sie sich zum ersten Mal getroffen hatten, und das andere stammte von ihrem spontanen Nachmittagstreffen zum Cocktail in den Dünen. Sie musste immer lächeln, wenn sie die Fotos ansah. Ein drittes Bild, das nie aufgenommen wurde, aber in ihrem Kopf und ihrem Herzen fest verankert war, zeigte ihn, wie er in der Morgendämmerung nach dem Sturm neben ihr saß und aufs Meer hinausblickte, während sie redeten und Kaffee aus Emaillebechern tranken. Sein Haar war vom morgendlichen Sonnenlicht beschienen und glänzte golden. Sein sanftes Lächeln galt nur ihr.

Genug davon! Sie musste sich auf die anstehende Aufgabe konzentrieren. *Schön professionell bleiben und ruhig.* Je öfter sie sich auf diese Weise trafen, desto einfacher würde es werden, und sie könnten wieder zu Gastronomie-Kollegen werden. Warum sank ihr bei diesem Gedanken das Herz? Jedenfalls hatte sie heute Abby dabei, die ihr helfen würde, denn sie rechnete damit, dass ab 20 Uhr, wenn sie mit dem Servieren beginnen sollten, wirklich viel los sein würde. Bis dahin hätten sie genug damit zu tun, sich einzurichten und zu organisieren.

Lucy lenkte den Pferdeanhänger die kurvenreiche Einfahrt hinauf zum Schlosstor, wo ein freundlicher Mann um die sechzig mit dichtem weißem Haar die Reservierung bestätigte und sie durch ein ganz beeindruckendes gusseisernes Fallgitter einließ. Am Ende der Zufahrt, sagte er, würde ein Einweiser sie in Empfang nehmen, um ihnen zu zeigen, wo sie parken könnten.

Auf dem Rasen des Innenhofs stand ein großes cremefarbenes Tipi, das offensichtlich als Zentrum der abendlichen Feierlichkeiten diente. Davor waren Stühle und ein Tisch aufgestellt, alles in Weiß gestrichen, und auf Letzterem Blumensträuße in Elfenbein und Creme mit tiefgrünem Laub.

»Oh, das ist sooo schön«, schwärmte Abby. »Einfach megacool.«

»Ja, ziemlich überwältigend, was? Eine Hochzeit in einem Schloss am Meer. Sie werden auch ein unvergessliches Abendessen brauchen.«

»Du brauchst dir keinen Druck zu machen, Luce.«

»Wir werden ihnen mit Papas Pizza sicher alle Ehre machen.« Sie hatte ein paar Tricks in petto, um den Abend für das Paar zu etwas ganz Besonderem zu machen, und war fest entschlossen, ihren Kunden das beste Pizzaerlebnis zu bieten, das es geben konnte.

Oh, Jack war auch schon da, mit einer glänzenden Ruby, die an der einen Seite des Tipis stand. Vintage-Ruby war passend zum Hochzeitsthema dekoriert, mit einem bogenförmigen

Baldachin aus hübschen weißen Blumen und Blättern über dem angehobenen Dach, den Jack eigens für dieses Ereignis geschaffen haben musste.

Der Camper sah fabelhaft aus, das musste sie ihm zugestehen. Lucy hatte sich seinen Tipp zu Herzen genommen, für jede Buchung ein anderes Thema zu wählen und dem Ganzen eine persönliche Note zu verleihen. So hatte sie für den heutigen Tag ein wunderschönes »Mr. and Mrs.«-Banner und grau-weiße Wimpel vorbereitet, ein paar perlweiße Heliumballons an den Pferdeanhänger gebunden und zwei hübsche Krüge mit weißen Nelken und zartem Schleierkraut auf der Theke aufgestellt.

Schon bald strömten die Gäste aus dem Schlossgebäude, alle in ihren schicken Anzügen und eleganten Fräcken. Es entstand eine Pause, da das Hochzeitsmahl beendet war und man sich auf die zweite Runde vorbereitete. Einige machten das Beste daraus, indem sie sich bei Jack einen Nachschlag auf den konsumierten Champagner und Wein in Form eines schmackhaften Cocktails oder eines Flaschenbiers gönnten. Mehrere Paare und Gruppen von Freunden machten einen Spaziergang über das Gelände, einige kletterten zu den Zinnen hoch, um einen besseren Blick auf die lang gezogene Bucht und das Meer zu haben.

Es kam noch mehr Trubel und Aufregung auf, als man sich kurz vor 19 Uhr wieder beim Tipi versammelte. Kurz darauf kam das Brautpaar Hand in Hand aus dem Schloss: Jen in einem umwerfenden körpernahen elfenbeinfarbenen Spitzenkleid und Rob in einem eleganten marineblauen Anzug. Hurrarufe wurden laut, und die Anwesenden klatschten kräftig Beifall. Die Frischvermählten sahen so glücklich aus, als Rob

Jen buchstäblich von den Füßen fegte und sie zum ersten Tanz ins Tipi trug. Da die Seiten am Eingang des Tipis geöffnet waren, konnte Lucy nicht widerstehen, ihre Arbeit zu unterbrechen und eine Weile zuzusehen. Der Bräutigam flüsterte seiner frisch angetrauten Frau etwas zu, und sie lächelte breit, dann drückte sie ihm freudig einen Kuss auf die Lippen. Oh, wenn man sich so sicher war, dass man einander ein gemeinsames Leben versprach … In der Art, wie die beiden einander ansahen, war die Stärke ihrer Emotionen auf geradezu magische Weise zu spüren.

Als die Musik zu Ende ging, konnte Lucy nicht umhin, einen Blick in Rubys Richtung und zu einem gewissen Barmann zu werfen, der zufällig auch gerade zu ihr herschaute. Ihre Blicke trafen sich … und hielten einander für ein oder zwei Sekunden fest.

Lucy spürte den Anflug eines Lächelns auf ihren Lippen, aber sie zog es schnell zurück, verschloss ihr Herz und konzentrierte sich wieder auf das sichere Bild des glücklichen Paares auf der Tanzfläche.

Der Abend ging dahin. Die Hochzeitsgäste wurden hungrig, und es bildete sich eine Schlange für Lucys Pizza nach Papas Art. Ihre Aushilfe Abby nahm fleißig Bestellungen auf und zog die Teigböden von Hand aus. Sie war ein Naturtalent und konnte den Teig geschickt und mühelos exakt in die richtige Form und Stärke bringen, genau wie Lucy es ihr gezeigt hatte. Lucy war dafür zuständig, den Belag aufzutragen, die Pizzen in einem schnellen Durchgang halb durchzubacken und das Feuer am Brennen zu halten. Sie arbeiteten gelassen wie ein eingespieltes Team.

Nach dem verrückten Ansturm von 20 bis 21 Uhr beruhigte sich die Lage am Pferdeanhänger ein wenig, und Lucy konnte die Umgebung und die Aktivitäten der Party noch einmal in Augenschein nehmen. Viele der Gäste tanzten, tranken oder saßen auf den Holzstühlen und unterhielten sich, während die Sommersonne langsam unterging. Lucy konnte nicht umhin, ihren Blick wieder zum Camper schweifen zu lassen. Drei erwachsene Brautjungfern, die wunderschöne bodenlange Kleider in einem hübschen Blasslila trugen, waren bei Ruby versammelt, plauderten, gestikulierten und kicherten. Jack war wie immer ganz der charmante Barmann. Sie konnte hören, wie er einen violetten Gin-Cocktail ankündigte, den er für alle zum Probieren machen würde: »Der perfekte Drink, passend zu euren Kleidern.« Dann ging er in den Mixer-Modus über, zerkleinerte Eis, benutzte theatralisch seinen Shaker und mischte perfekte lilafarbene Alkoholtöne mit einem Schuss Tonic und einem Spritzer Persönlichkeit.

»Bitte sehr, meine Damen. Wohl bekomm's!« Es war alles nur gespielt, erkannte sie, eine Rolle, die er bei der Arbeit einnahm. Eine Rolle, die er spielen musste, um der amüsante, charmante Barmann zu sein, den alle sehen wollten. Aber der wahre Jack war der, den sie vor und nach diesen Ereignissen gesehen hatte. Derjenige, der ihr am Strand Cocktails und Kanapees zubereitet hatte, derjenige, der im Sommergewitter sein Zelt mit ihr geteilt hatte, derjenige, der schüchterner war, eine nachdenklichere Seele. Eine Seele, das musste sie jetzt zugeben, in die sie sich verliebt hatte, wenn auch nur für eine gewisse Zeit.

Es war ein hektischer Tag gewesen, die Outdoor-Bar für diese Hochzeitsfeier zu organisieren, aber Jack gefiel der Trubel, und die Gäste schienen eine gute Truppe zu sein, entspannt und lustig. Er entdeckte das Hochzeitspaar, das in seine Richtung geschlendert kam. Jen hatte sich bei Rob untergehakt, und beide lächelten wie Grinsekatzen. Heiraten passte offensichtlich zu manchen Leuten mehr als zu anderen.

Er hatte seit der Zeremonie vorhin keine Gelegenheit gehabt, mit ihnen zu reden, und rief: »Hey, ihr beiden, herzlichen Glückwunsch!«

»Oh, danke.«

»Cheers, Kumpel.«

»Hey, lasst mich euch einen Hochzeitstags-Cocktail machen. Und der geht auf mich.«

»Ah, danke schön.«

»Ja super.«

»Ich brauche nur zwei Minuten dafür. Er heißt French 75.«

»Aha, klingt verlockend.«

»Es ist ein Cocktail auf Champagnerbasis mit Gin und Zitrone.«

»Perfekt«, antwortete Jen, »aber kann ich vorher ein Glas Wasser haben? Sonst wird er mir bestimmt zu Kopf steigen, und ich muss noch durchhalten. Ich will keine Sekunde von diesem unglaublichen Tag verpassen. Es war alles so wunderbar, nicht wahr, Rob?«

»Besser geht's nicht.« Ihr frisch angetrauter Mann lächelte breit.

Jack lächelte ebenfalls. Es war schön zu sehen, dass dieses Paar – und eigentlich jeder, den er heute getroffen hatte – sich bestens amüsierte. Wenn Veranstaltungen wie diese so gut liefen, war Jack stolz darauf und freute sich, daran mitgewirkt zu haben.

»Ja, ich spüre hier schon den ganzen Tag gute Vibes. Eure Gäste amüsieren sich offensichtlich prächtig.« Während er sprach, schlängelte sich eine Polonäse am Camper vorbei in den Innenhof des Schlosses. Jung und Alt zogen sich in fröhlicher Runde dahin. »Hier, bitte sehr.« Er reichte Jen ein großes Glas Wasser, garniert mit Eis und Zitrone.

Jen trank in großen Schlucken. »Köstlich. Genau, was ich brauchte.«

»Und jetzt kommt der Clou.«

Die Frischvermählten sahen zu, wie Jack den Gin abmaß, frischen Zitronensaft auspresste, einen Spritzer seines selbst gemachten Zuckersirups hinzufügte, das Ganze über Eis schüttelte und dann in zwei mit Zucker bestäubte Flöten goss, die er mit gekühltem Champagner auffüllte.

»Zum Wohl!«

Vorsichtig, mit den Flöten in den Händen, verschränkten die beiden ihre Arme und nippten synchron an ihren Drinks.

»Oh, wow, das ist göttlich«, sagte Jen mit einem strahlenden Lächeln.

»Wirklich großartig, Kumpel. Danke.«

»Auf euch! Genießt den Rest eures besonderen Tages.«

»Oh, das werden wir!«

Es war wirklich ein magisches Szenarium. Und selbst der bindungsscheue Jack musste zugeben, dass das glückliche Paar gut zusammenzupassen schien. Beziehungen konnten manchmal funktionieren. Liebe … Ehe … sich für das ganze Leben binden. Manche Leute konnten damit erfolgreich sein. Seine Mutter und sein Vater waren, obwohl ihnen das Schlimmste widerfahren war und sie einen Sohn verloren hatten, immer noch stark in ihrer Verbindung.

Diese Überzeugung zu haben, dieses Vertrauen in den anderen … Es verblüffte ihn immer wieder. Wie konnte man jemals wissen … Wusste man es wirklich jemals? Oder war es schlicht und ergreifend zumindest einen verdammten Versuch wert? Würde er es eines Tages bereuen, es nicht versucht zu haben?

Jack kam nicht dazu, über die Antwort nachzudenken, denn eine der Brautjungfern kam herbeigelaufen. »Hi-i«, rief sie und winkte Jack kurz zu. »Jen, du musst mitkommen!«, rief sie. »Mum will ein Foto mit Tante Eleanor.« Damit war die Braut weggezaubert, und ihr neuer Ehemann Rob blieb allein an der Bar zurück.

»Ihr zwei scheint ein tolles Paar zu sein. Nochmals herzlichen Glückwunsch«, sagte Jack.

»Ja, es hat aber auch lang genug gedauert, bis er sich durchgerungen hat.« Einer der Platzanweiser war herangeschlendert und hatte sich eingemischt.

»Ist das wahr?«, fragte Jack neugierig.

»Ich dachte, es käme nie dazu.« Der Kerl war groß, seine Krawatte saß locker, und auf seiner Stirn glänzte der Schweiß vom vielen Tanzen.

»Hör nicht auf ihn, er ist Jens Bruder«, sagte Rob und gab dem Mann lachend einen Klaps auf den Arm.

»Kann ich bitte eine Flasche Peroni haben, Kumpel?«, fragte der Mann Jack. »Und ein Glas von diesem herrlichen Champagner für meine Frau.«

Jack machte die Bestellung fertig, und dann ging der Typ weiter.

»Ich muss wieder los, meine Killer-Mooves üben«, scherzte er und wackelte dabei mit den Hüften.

Jack und Rob lachten.

»Also … eine Art Spätzünder-Geschichte, was? Du und Jen?« Jack hätte gern gewusst, wie diese perfekt wirkende Hochzeit zustande gekommen war.

Rob trank noch einen Schluck seines Cocktails. »Ja, das ist wirklich so eine Geschichte. Man könnte sagen, es ist gerade noch mal gut gegangen. Unter uns gesagt, ich war nahe dran, alles kaputt zu machen. Idiot, der ich war.«

»Wirklich? Warum, wenn ich fragen darf?« Jack öffnete instinktiv eine Flasche kühles Bier und stellte sie dem Bräutigam hin.

Es war nicht ungewöhnlich, dass persönliche Dinge an der Bar zur Sprache kamen, das schien sogar oft ein Teil von Jacks Arbeit zu sein – ein unparteiisches Ohr zu leihen.

»Ach, das ist kein Geheimnis, darum spreche ich ganz offen darüber. Cheers.« Er trank einen Schluck von dem kühlen Bier. »Ja, Jen hat immer wieder angedeutet, dass es schön wäre, zur Ruhe zu kommen, sich zu verloben, und – na ja … ich konnte mich mit dem Gedanken nicht recht anfreunden. Es lief super mit uns, so wie es war. Dachte ich zumindest. Jedenfalls hab ich schließlich die Panik gekriegt … wegen der drohenden Bindung und so … und meinte, dass wir besser mal eine Pause machen.« Rob sah zu seiner Frau hinüber, die jetzt mit einem kleinen Mädchen und einer älteren Dame tanzte, die Händchen hielten und lachten. »Das war das Schlimmste, was ich je getan habe, Kumpel. Tja, ich bin ausgezogen und habe bis spät in die Nacht mit meinen Kumpel gebechert. Ein oder zwei Wochen war es ganz lustig. Ich bin sogar mit ein paar Jungs in den Urlaub gefahren. Du weißt schon, so ein Kerle-Trip. Na ja, wir wollten in den Clubs einen draufmachen … Aber die Mädchen, die da unterwegs waren, sahen aus wie zwölf … Irgendwie hatten wir uns alle verändert, was soll ich sagen? Einige von uns hatten zu Hause eine Familie. Kinder. Also beschränkten wir uns schließlich aufs Golfen und ein paar Gläschen, ganz in Ruhe, als Rock 'n' Roller.«

Jack gluckste verstehend.

»Ich nehme an, wir sind wohl alle erwachsen geworden«, fuhr Rob fort und schüttelte den Kopf. »Es fühlte sich überhaupt nicht nach Freiheit an. Mir ging es die ganze Zeit verdammt elend, und ich vermisste Jen. Und ich hätte sie fast verloren, weißt du. Danach hat es lange gedauert, sie wiederzugewinnen – bis sie erkannt hat, dass sie mir wirklich alles bedeutet.«

Rob trank einen weiteren Schluck Bier und schüttelte den Kopf, lächelte aber, als er noch einmal zu seiner Frau hinübersah. »Sie ist das Beste, was mir je passiert ist. Ich habe es damals nur nicht gesehen.«

»Ende gut, alles gut, Kumpel«, entgegnete Jack beschwichtigend.

»Auf jeden Fall. Sie hat mich heute zum glücklichsten Mann gemacht.« Ein strahlendes Grinsen erhellte sein Gesicht.

»Darauf stoßen wir an.« Jack hob das Glas Wasser, das er sich hinter der Theke geholt hatte.

»Ja, cheers. Danke, Kumpel.« Rob hob seine Bierflasche. »In diesem Sinne – ich gehe wohl besser zurück zur Party und zu meiner reizenden Frau.« Er zwinkerte ihm fröhlich zu.

»Ja, absolut. Genießt den Rest der Nacht, ihr zwei.«

»Das werden wir … und all die Jahre, die noch kommen. Hey, danke fürs Zuhören.« Der Bräutigam grinste und zeigte ein »Thumbs up«.

Jack spürte, wie sein Herz aufging und Robs Worte in seinen Ohren widerhallten.

Sie ist das Beste, was mir je passiert ist.

Er hatte plötzlich das Gefühl, dass er derjenige war, der dankbar sein sollte.

43. KAPITEL

Es war Cinderella-Stunde. »Kutschen um Mitternacht« für die Hochzeitsgäste, und auf dem Parkplatz vor dem Tor mit dem Fallgitter wartete eine Schar von Taxis. Ein paar enge Verwandte und Freunde hatten das Glück, auf der Burg übernachten zu können, aber die meisten machten sich auf den Weg.

Für Lucy und Abby war es an der Zeit, zusammenzupacken und aufzuräumen, um den Pferdeanhänger für die Heimreise vorzubereiten. Was für eine wunderschöne Hochzeit das gewesen war. Lucy hatte das Privileg genossen, in einer so fantastischen Umgebung und für so nette Leute zu arbeiten. Die Brautleute waren wirklich ein besonderes Paar und offensichtlich füreinander geschaffen.

Sie war gerade dabei, die letzten Sachen in den Pferdeanhänger zu packen, als sie eine vertraute Gestalt in ihre Richtung kommen sah: Jack.

»Hey«, sagte er.

»Hi.« Lucy hielt inne, aber ihr verräterisches Herz schlug ihr bis zum Hals. Wie konnte er das immer noch bewirken?

»Viel zu tun?«

»Ja, aber es war gut, oder?«, stammelte sie. »So eine schöne Atmosphäre.«

»Ja.« Jack schwieg einen Moment und sah etwas verlegen aus.

Es gab so viel, was sie sich beide zu sagen hatten, und doch … Es schien einfach so immens schwer zu sein.

Abby ging hinter Lucy durch und stieg aus dem Pferdeanhänger, einen schwarzen Müllsack in der Hand, um Pappteller und Abfälle von ihrem Platz zu entfernen.

»Lucy, können wir kurz reden?«, fragte Jack schließlich mit ernster Miene.

»Geh nur«, bot Abby mit einem verständnisvollen Lächeln an. »Ich achte auf den Ofen und alles andere. Ist schon okay.«

»Gut … danke, Abby.« Lucy zog ihre Schürze und die Schutzhandschuhe aus, stieg aus dem Pferdeanhänger und ging über die Wiese zu Jack. Ein beunruhigendes Wechselbad der Gefühle überkam sie.

»Lass uns ein bisschen gehen.« Jack führte sie zu den Zinnen, und sie stiegen die steinernen Stufen zu einem breiten Wall hinauf, von dem aus man das tiefdunkle Meer überblicken konnte. Von hier oben hörte man das Rauschen der Wellen, die sich am Ufer brachen. Es war beruhigend, elementar.

Sie standen mit höflichem Abstand voneinander, blickten über die dunkle Meeresbrandung und spürten die kühle Brise, die ihnen das Haar zerzauste.

Dann wandte sich Jack ihr zu. »Luce, hast du einen Freund?«

Was war das denn jetzt? Ach natürlich, die Nacht im Pub. IT-Angus.

»Ähm … du meinst wegen neulich abends?«

Jack nickte mit ernster Miene.

»Nein, das war nur so eine komische organisierte Verabredungsgeschichte.«

»Aha …?« Er runzelte immer noch die Stirn.

»Hat nicht wirklich funktioniert, um ehrlich zu sein.«

»Oh, gut … Ähm, ich meine …«

»Schon okay. Es war gut … ihn von hinten zu sehen.«

Sie lächelten beide erleichtert. Der Anflug eines gemeinsamen Grinsens im Halbdunkel.

Dann lehnten sie Seite an Seite an der Wehrmauer und blickten auf den indigoblauen Horizont. Der zunehmende Mond war hell genug, um die Wellen, die sich auf der Meeresoberfläche kräuselten, mit leuchtend silbernen Spitzen zu versehen.

Jack stieß einen langsamen, gleichmäßigen Atemzug aus. »Lucy, was ich wirklich sagen möchte, ist, dass es mir leidtut. Und das ist eine längst überfällige Entschuldigung. Ich habe dich schlecht behandelt. Ich hätte an dem Abend nicht bei dir übernachten sollen.«

»Oh.« Meinte er damit, dass er die ganze Verabredung bedauerte? Dass sie ein Fehler gewesen war? Sie wusste nicht, was sie darauf antworten sollte. Was sie an diesem Tag, in dieser wunderbaren Nacht mit Jack gefühlt hatte … das war für sie nicht nur Sex gewesen. Es hatte so viel mehr bedeutet als das. Und all die anderen Tage, seit sie sich kennengelernt hatten … Die Gespräche am Ende der Veranstaltungen, die verrückte Nacht im Sturm … In diesen innigen Momenten war es gewesen, als würden sie sich kennen, und obwohl sie sich eingeredet hatte, dass das alles müßig sei, musste sie zugeben, dass sie ihn verflixt noch mal sehr vermisste.

Selbst als Liam sie verlassen hatte, hatte das seltsamerweise nicht dieses schmerzhafte Gefühl hinterlassen, als müssten sie versuchen, irgendwie einen Weg zurück zueinander zu finden. Ja, es hatte wehgetan mit Liam, verdammt weh, aber der Schmerz bezog sich mehr auf die vergeudeten Jahre, die falsche Abzweigung auf dem Lebensweg und darauf, betrogen worden zu sein.

Und dann hatte sie natürlich Jack beschuldigt, dieses betrunkene Mädchen ausgenutzt zu haben. Ach, sie hatte das alles so falsch verstanden. Kein Wunder, dass er richtig sauer auf sie war und bedauerte, die Nacht mit ihr verbracht zu haben.

»Jack, es tut mir auch leid. Ich hätte dich nicht beschuldigen dürfen, das Mädchen mit nach Hause genommen zu haben, um es auszunutzen, wo ich doch gar keine Ahnung von den Tatsachen hatte.« Jack nickte. »Danke, ich weiß das zu schätzen. Also, Waffenstillstand?«

»Ja, Waffenstillstand«, antwortete sie mit einem leichten Grinsen.

Es fühlte sich an, als wäre eine Last von ihr genommen worden.

Lucy spürte, wie Jack sanft den Arm um ihre Schultern legte. Das war schön, zumal jetzt ein kühler Wind von der Nordsee her wehte.

Eine Welle des Glücks überkam sie, als sie seine Berührung, seine Wärme an ihrer Seite spürte. Es war immer noch verwirrend. Waren sie nur Freunde oder mehr? Jedenfalls war es für heute Abend ein großer Schritt nach vorn.

Lucy sog tief die Luft ein. Die Worte lagen ihr auf der Zunge, aber sie hatte Angst, sie auszusprechen, weil sie den Moment nicht verderben wollte.

Ich habe dich vermisst, ging ihr durch Kopf und Herz.

Das Gefühl, sie wieder im Arm zu halten, war überwältigend, verwirrend. Jack konnte diesen Moment nicht enden lassen, noch nicht. Sie zitterte ein wenig, und er hielt sie fest und hörte dem Meer zu. Sah, wie das Mondlicht auf dem Kamm der fernen Wellen glitzerte.

Aber hatte er Angst, sie gehen zu lassen – oder sie bleiben zu lassen?

»Morgen …«, platzte es aus ihm heraus. »Können wir da spazieren gehen oder so? Noch mal richtig über alles reden?«

Lucy sah zu ihm auf und lächelte zaghaft. »Ja … okay.«

»Kann ich dich abholen? Bei dir? Ähm … es gibt da einen Ort, an den ich dich gern mitnehmen würde.«

»Okay. Klar. Wann?«

Sie verabredeten also, dass er um 10 Uhr zu ihrem Cottage kommen würde.

Jack wusste, dass er das hier nicht vermasseln durfte. Jetzt nicht mehr.

11. KAPITEL

Jack stand pünktlich um 10 Uhr vor Lucys Häuschen. Sein Herz schlug wie eine Trommel in seiner Brust, als er fest an die Tür klopfte. Endlich fühlte es sich so an, als würde er das Richtige tun … das einzig Richtige.

Lucy öffnete die Cottagetür.

»Hi«, begrüßte er sie.

»Hallo.« Sie sah umwerfend aus in ihren hellen Jeansshorts und dem gelb gepunkteten T-Shirt. Ihr Haar war offen, und die dunklen Wellen umspielten ihre Schultern. Sie sah ihn mit ihren tiefbraunen Augen an und lächelte nervös.

Ruby, die heute Morgen eine zusätzliche Politur erhalten hatte, stand draußen und glänzte im Sonnenlicht. »Ihre Equipage wartet.« Jack machte eine Geste in Richtung des Campers und eine alberne Verbeugung.

»Und was für eine schöne Equipage«, antwortete Lucy aufrichtig. Sie hatte den charaktervollen Vintage-Camper sehr lieb gewonnen. »Morgen, Ruby.«

»Also dann …« Jack fühlte sich etwas beklommen.

»Oh, warte mal, kann Daisy auch mitkommen?« Lucy wusste ja nicht, wohin die Fahrt gehen würde.

»Ja, natürlich. Ich mag den kleinen Kläffer inzwischen ziemlich gern. Aber erzähl das dem Höllenhund bloß nicht, sonst nimmt sie sich alle möglichen Freiheiten heraus.«

Sie lachten beide, und die Anspannung löste sich ein wenig.

»Na dann komm, Dais. Du fährst mit!«, rief Lucy, und schon tauchte die Hündin neben ihren Füßen auf. Lucy nahm sie auf den Arm und schloss die Tür ab. Sie stieg ein, setzte Daisy in den Fußraum, und es ging los.

»Wohin fahren wir? Das ist ja alles sehr rätselhaft.«

»Das verrate ich nicht. Es ist nicht weit. Nur ein Ort, der mir viel bedeutet.« Er musste Lucy die Stelle zeigen, bevor er ihr davon erzählte.

»Aha. Okay.«

Lucy war neugierig, fragte aber nicht weiter, da sie spürte, dass Jack das hier auf seine eigene Art angehen musste. Der Abend zuvor, als sie beide zusammen auf der Burgmauer geredet hatten – da war ein Hauch von Magie und neuen Möglichkeiten gewesen, aber sie hatte auch Angst. Sie hatte Angst, irgendetwas zu vermuten, Angst, sich wieder verletzen zu lassen, und Angst, diese neue zweite Chance falsch zu verstehen. Sie musste vorsichtig sein.

Die Fahrt verlief in angenehmem Mäander über die Landstraßen an der Küste. Unterwegs unterhielten sie sich über die schöne Veranstaltung am Abend zuvor, das gute Wetter, das sie gehabt hatten, Daisys neueste Streiche und so weiter. Schließlich bogen sie auf den kleinen Parkplatz am Strand von Morwick Sands ein.

Hierhin wollte er also, überlegte Lucy.

Es war ein hübscher Sandstrand, den sie gut kannte. Sie war oft hierhergekommen, um mit einer Freundin oder ihren Eltern spazieren zu gehen oder ein Picknick zu machen, bevor sie in ihrem eigenen Haus am Meer wohnte. Es war landschaftlich sehr reizvoll hier, aber Lucy fand nichts besonders Ungewöhnliches oder Überraschendes an der Stelle. Bei Jack wusste man jedoch nie so recht, was als Nächstes passieren würde, und ihr wurde mit einem Mal bewusst, dass dies eine der Sachen war, die sie an ihm liebte. Oh, verdammt noch mal … War das Liebe oder Freundschaft? Vielleicht ein Friedensangebot oder etwas mehr von Jack?

Sie stiegen aus und wanderten einen Weg in den Dünen entlang, der parallel zum Strand verlief. Die Dünen stiegen dann zu einem steilen Hügel an, der viel höher war als alle anderen, mit mehreren Sandpfaden, die sich hinaufschlängelten und ihn wie einen Mini-Vulkan aussehen ließen, oder vielleicht wie ein Eis, das beim Schmelzen tropfte. Obwohl ihr viele Gedanken durch den Kopf schwirrten, bemühte sich Lucy, sich einfach auf den Moment zu konzentrieren. Das Gefühl der warmen Sonne auf ihrem Rücken. Die stacheligen Wedel des Strandhafers, die ihre nackten Waden streiften. Das Gefühl der Erleichterung, dass sie und Jack wenigstens eine gemeinsame Basis gefunden hatten.

Einige Leute gingen unten am Strand spazieren, aber in diesem Teil der Dünen war niemand sonst. Und nur einen Schritt vor ihr ging Jack, der jetzt furchtbar still geworden war.

»Gehen wir da rauf?«, fragte sie, indem sie das Schweigen brach, und machte sich auf den Aufstieg gefasst.

»Genau. Komm nur.«

Daisy fand diesen Teil schwierig und rutschte auch schon bald mit ihren kleinen Dackelbeinen auf dem losen Sand des Pfades aus, der sich steil nach oben schlängelte. Lucy hob sie hoch und trug sie.

Ihre Muskeln brannten, als sie die letzte Steigung erklomm. Und dann erreichten sie den Gipfel, wo Jack einen Moment lang nachdenklich aufs Meer hinausblickte.

»Wow, was für ein toller Ausblick.« Sie setzte Daisy ab und ließ ihren Blick über die azurblaue und goldene Bucht schweifen. Ein Schwarm Seeschwalben wiegte sich in der Sommerbrise, und Lucy fragte sich, was es mit diesem Spaziergang auf sich hatte.

»Hierher sind wir als Kinder immer gekommen, Daniel und ich.«

»Oh, ich verstehe.« Langsam ergab es einen Sinn. Und Lucy begriff, dass sie jetzt eine Weile still sein und zuhören musste.

»Diese Düne kam mir früher riesig vor«, begann Jack. »Eigentlich ist sie klein, aber damals haben wir ewig gebraucht, um hochzuklettern, und dann sind wir so schnell wir konnten wieder runtergerannt. Ein Wettrennen bis ganz unten. Mum und Dad warteten dort am Strand. Wir rasten runter … Wie oft wäre ich fast gestolpert, aber irgendwie bin ich immer auf den Beinen geblieben.« Er lächelte sanft, als er sich daran erinnerte, obwohl eine Spur von Tränen in seinen Augen zu sehen war. Er starrte immer noch auf das Meer hinaus, als er wieder sprach. »Hier haben wir seine Asche verstreut.«

»Oh, Jack.« Lucy fühlte die Trauer so sehr mit ihm. Gerade wusste sie nicht recht, was sie noch sagen sollte.

»Es ist okay. Ich meine, es geht schon«, fuhr Jack fort.

»Das hier ist ein besonderer Ort für mich. Hier bin ich ihm sehr nahe. Manchmal komme ich her, nur um nachzudenken. Gestern Abend nach der Hochzeit bin ich hier gewesen … und ich habe nachgedacht … lange und intensiv.« Er drehte sich zu Lucy um und atmete tief ein. »Über das Leben … über dich.

Und mir ist klar geworden, dass ich mich vor dem Leben und vor der Liebe versteckt habe. Ich dachte, ich würde mich selbst schützen … aber so war es nicht. Ich habe mir selbst wehgetan … indem ich niemanden an mich herangelassen habe.« Er atmete langsam aus.

Lucy merkte, dass sie selbst den Atem anhielt.

»Indem ich *dich* nicht an mich herangelassen habe«, fuhr er fort und sah sie direkt an, hoffnungsvoll, aber immer noch verletzt. »Ich bin nach unserer gemeinsamen Nacht geflüchtet, Luce. Und es tut mir so leid, dass ich dich damit verletzt habe. Es lag nicht daran, dass du mir nichts bedeutet hättest … Du hast mir *zu viel* bedeutet … und das hat mich zu Tode erschreckt. Und ich weiß, dass ich es falsch angegangen bin. Aber die Art und Weise, wie ich für dich empfinde … das habe ich noch nie zuvor erlebt.«

Es fühlte sich gerade wie ein Schlüsselmoment an – ein Moment der Erinnerungen und des Fortschreitens.

Lucy spürte, wie sich all ihre Ängste, all die Ungewissheit, auflösten. »Es ist alles zum Greifen nah, Jack. Wir brauchen nur die Hand auszustrecken.« Sie hielt ihm ihre Hand hin.

Er ergriff ihre Fingerspitzen und zog sie zu sich heran. Sie verharrten einige innige Sekunden lang so, schauten sich in die Augen und sahen darin so viele Gefühlsschichten, Nervosität ebenso wie Sehnsucht, Fürsorge, Verletzlichkeit. Lucy neigte den Kopf zu ihm hin … Der Kuss, der folgte, war zärtlich, bedeutungsvoll, sinnlich und schmeckte nach Salz, Honig und Hoffnung. Jack nahm Lucy in die Arme und hob sie hoch, um sie dort, auf dem Gipfel der Sanddüne, herumzuwirbeln, glücklich und schwindlig. »Ich liebe dich, Lucy. Seit ich dich das erste Mal gesehen habe.«

»Was? Obwohl mein frecher Dackel auf deine Tafel gepinkelt hat?«

»Um ehrlich zu sein … ich glaube sogar, genau deswegen.« Er grinste.

Lucy strahlte. Als er sie wieder auf den sandigen Boden absetzte, schwieg sie einen Moment lang und nahm alles an ihm in sich auf – sein wunderschönes sandfarbenes Haar und seine warmen, freundlichen Augen. »Ich liebe dich auch, Jack.«

Daisy wuselte um ihre Beine herum und wedelte fröhlich mit dem Schwanz.

»Wer als Erster unten ist!«, rief Jack und lief auch schon los.

»Hey, du schummelst!« Lucy kicherte. Sie war bereit, die Herausforderung anzunehmen.

Aber sie rannten nicht um die Wette, sondern liefen gemeinsam, hielten einander an den Händen und lächelten.

– ENDE –

REZEPTE AUS

DER WUNDERBARE FOODTRUCK AM STRAND

MORPETH MULE

(für 1 Person)

Zutaten

50 ml Wodka
Eis
½ Limette
2 dünne Scheiben frischer Ingwer (optional)
Fentiman's Ginger Beer (oder eine andere Marke)
frische Minzblätter

Equipment

Kupfertasse oder -becher
Rührgerät

Zubereitung

Gießen Sie den Wodka in die Tasse oder den Becher, fügen Sie zerstoßenes Eis hinzu. Drücken Sie die halbe Limette aus und fügen Sie den verwendeten Teil der Limette sowie ein paar in Scheiben geschnittene Stücke frischen Ingwers hinzu. Mit Ginger Beer auffüllen, umrühren und ein paar Zweige frische Minze hinzufügen.
Köstlich erfrischend!

RASPBERRY RUM SMASH

(für 1 Person)

Zutaten
Eis
50 ml dunkler Rum
30 ml Himbeerlikör
25 ml Himbeersirup
40 ml Himbeerpüree
25 ml Zitronensaft
Himbeeren und Minze zum Garnieren

Equipment
Cocktailshaker und Sieb
Becherglas
Messbecher (Jigger): 50 ml und 25 ml

Zubereitung
Shaker mit Eis füllen. Alle Zutaten in den Shaker geben. 30 Sekunden lang schütteln.
Becherglas mit Eis füllen. Inhalt in das Becherglas abseihen. Garnieren.
Genießen!

SUNSET AMARETTO FIZZ

(für 2 Personen)

Zutaten
50 ml Disaronno
75 ml frischer Orangensaft
20 cl Sekt oder Champagner
Streifen von Orangenschalen zum Garnieren

Equipment
2 Flötengläser
Krug und Rührstab

Zubereitung
Disaronno, Saft und Sekt in einem kleinen Krug mischen. Vorsichtig umrühren.
In zwei Flötengläser gießen.
Mit Orangenschale garnieren.
Bei Sonnenuntergang genießen!

SEA BREEZE

(für 1 Person)

Zutaten
50 ml Wodka
100 ml Cranberrysaft
50 ml Grapefruitsaft
Eis
dünne Limettenscheibe

Equipment
Longdrink-Glas
Rührer

Zubereitung
Ein hohes Glas zur Hälfte mit Eis füllen, dann den Wodka, den Cranberry- und den Grapefruitsaft dazugeben. Vorsichtig umrühren, dann mit einer Limettenscheibe garnieren.
Der perfekte Küsten-Cocktail!

VIRGIN MOJITO

(für 1 Person)

Zutaten

25 ml Zuckersirup
3 Limetten, entsaftet
ein kleiner Bund Minzblätter
Eis
Sodawasser
Limettenspalte und Minzblätter zum Garnieren

Equipment

Longdrink-Glas
Stößel (oder kleine Schüssel und Teigrolle)
25-ml-Messgefäß (Jigger)
Rührgerät
Fruchtsaftpresse

Zubereitung

Zuckersirup und Blätter in einem Longdrink-Glas oder einem anderen großen Glas mit einem Stößel (oder in einer kleinen Schüssel mit dem Ende einer Teigrolle) zerstoßen. Wenn Sie eine Schüssel verwenden, geben Sie die Mischung anschließend in das Glas. Limettensaft und etwas Eis hinzufügen. Mit Sodawasser auffüllen. Umrühren. Garnierung hinzufügen.
Genießen!

JACKS GIN-TONIC-KUCHEN

Ein saftiger und würziger Kastenkuchen. Der perfekte Genuss.
(Für 8 Personen)

Zutaten
200 g weiche Butter und noch ein wenig zum Einfetten
200 g feiner Zucker
4 mittelgroße Eier
200 g Mehl (self-raising), durchgesiebt
½ TL Backpulver
fein geriebene Schale von 1 großen oder 2 kleinen Limetten
1 EL Gin

Sirup
60 g feiner Zucker
4 EL Gin
4 EL Tonic

Zuckerguss
200g Puderzucker
2 EL Limettensaft
2 EL Gin

Dekoration
1 Limette, geschält, und 1 Limette in dünne Scheiben und halbmondförmig geschnitten

Zubereitung

Den Ofen auf 180 °C/Gas Stufe 4 vorheizen. Eine große (900 g) Kastenform einfetten und mit Backpapier auslegen.

Butter und Zucker schaumig rühren, am besten mit einem elektrischen Rührgerät. Die Eier schlagen und nach und nach unter ständigem Rühren hinzufügen.

Das gesiebte Mehl, das Backpulver, die Limettenschale und den Gin vorsichtig unterrühren.

Mit einem Löffel in die Form geben. 45 Minuten backen und mit einem Kuchenspieß prüfen. Kommt der Spieß sauber heraus, den Kuchen aus dem Ofen nehmen, ansonsten weitere 5 Minuten backen. Aus dem Ofen nehmen und etwas abkühlen lassen. Inzwischen den Sirup zubereiten.

Zucker, Gin und Tonic-Wasser in einem kleinen Topf auf kleiner Flamme erhitzen. Umrühren, bis sich der Zucker auflöst. Die Herdplatte ausschalten.

Den Kuchen mindestens 10-mal mit einem Kuchenspieß oder einer Gabel leicht einstechen und dann mit dem Sirup beträufeln. In der Form abkühlen lassen.

Nach dem Abkühlen aus der Form nehmen und auf ein Drahtgitter legen (das Backpapier entfernen).

Den Puderzucker in eine kleine Schüssel geben und nach und nach den Gin und den Limettensaft einrühren, bis eine dickflüssige Konsistenz erreicht ist – nicht zu dünn, sonst tropft die Glasur vom Kuchen. Gießen Sie die Glasur über den Kuchen und streuen Sie etwas Limettenschale darüber. 5 Minuten warten, dann mit einigen Limettenscheiben den Kuchen in der Mitte dekorieren. Aushärten lassen.

Servieren Sie eine Tasse Tee oder sogar ein Glas G&T dazu!

NONNAS CLEMENTINEN-LIMONCELLO-KUCHEN OHNE MEHL

* Kann auch glutenfrei zubereitet werden.
Ein saftiger, pikanter Sommerkuchen.
(für 8 bis 10 Personen)

Zutaten

375 g Clementinen (ca. 4)
1 EL Limoncello *(bitte überprüfen, ob dieser glutenfrei ist oder stattdessen Zitronensaft verwenden)
6 große Eier
225 g feiner Zucker
250 g gemahlene Mandeln
1 TL Backpulver *(verwenden Sie glutenfreies Backpulver oder lassen Sie diesen Punkt weg)

Zubereitung

Ganze Clementinen in einen Topf mit so viel kaltem Wasser geben, dass die Früchte bedeckt sind, und zum Kochen bringen. Mit nicht ganz geschlossenem Deckel 2 Stunden lang köcheln lassen. Abtropfen lassen und zum Abkühlen beiseitestellen. Dann jede Clementine halbieren und die Kerne entfernen. Die Clementinen mitsamt der Schale in eine Küchenmaschine geben und zu Brei verarbeiten (oder mit der Hand pürieren). Den Limoncello oder Zitronensaft hinzufügen.
Ofen auf 190 °C/170 °C Umluft/Gas Stufe 5 vorheizen.

Eine Springform (20 cm) einfetten und mit Backpapier auslegen.
Alle anderen Zutaten in die Küchenmaschine geben und verrühren.
Alternativ die Eier mit einem elektrischen Rührgerät oder von Hand schlagen, Zucker, Mandeln und Backpulver hinzugeben, gut verrühren und zum Schluss den Orangenbrei und den Limoncello (oder Zitronensaft) hinzufügen und durchmischen.
In die vorbereitete Form geben und eine Stunde backen (nach etwa 35 bis 40 Minuten kontrollieren und gegebenenfalls mit Alufolie abdecken, um ein Anbrennen zu verhindern) oder bis der Spieß bei der Probe sauber herauskommt.
In der Form auf einem Rost abkühlen lassen. Wenn der Kuchen erkaltet ist, aus der Form nehmen.
Schmeckt köstlich mit einer Beilage aus Crème fraîche, in die ein wenig Clementinenschale gerührt wird.
Dieser Kuchen hält sich gut und schmeckt einen Tag nach dem Backen noch besser, aber hey, Sie wollen vielleicht nicht so lange warten!

LUCYS MOUSSE-AU-CHOCOLAT-KUCHEN

(für 8-10 Personen)

Zutaten für den Schokoladenkuchen
25 g Kakaopulver, plus etwas extra zum Bestäuben
2 EL kochendes Wasser
175 g feiner Zucker
175 g Mehl (self-raising)
1 TL Backpulver
2 mittelgroße Eier, verquirlt
175 g Margarine
½ TL Vanilleextrakt

Zubereitung
Ofen auf 180 °C/160 °C Umluft/Gas Stufe 4 vorheizen.
Eine runde, tiefe Springform (20 cm) einfetten und mit Backpapier auslegen.
Kakaopulver in eine große Schüssel geben und mit dem kochenden Wasser zu einer glatten Paste verrühren. Alle anderen Kuchenzutaten hinzufügen und verrühren, am besten mit einem Handrührgerät.
Den Teig in die vorbereitete Form geben und mit einem Spachtel glatt streichen. 30 bis 35 Minuten backen oder so lange, bis der Kuchenspieß bei der Probe sauber herauskommt. In der Form abkühlen lassen.
In der Zwischenzeit die Mousse au Chocolat zubereiten.

Zutaten für die Mousse au Chocolat

25 g Kakaopulver (gesiebt)
2 EL kochendes Wasser
225 g dunkle Schokolade (idealerweise mit 70 % Kakaoanteil)
350 ml Schlagsahne (oder Doppelrahm)

Zutaten für die Verzierung

Himbeeren, Erdbeeren oder Schokoflocken nach Geschmack

Zubereitung

Kakaopulver mit kochendem Wasser zu einer Paste verrühren. Beiseitestellen.
Die Schokolade in eine Schüssel geben und unter ständigem Rühren im Wasserbad schmelzen. Etwas abkühlen lassen. Mit der Kakaomasse vermischen und gut umrühren.
Sahne schlagen, bis sich weiche Spitzen bilden, dabei darauf achten, nicht zu lange zu schlagen. Die geschmolzene Schokolade und die Kakaomischung vorsichtig unter die Schlagsahne heben und mischen.
Auf den nun abgekühlten Kuchen gießen, solange er noch in der Form ist. Mit einem Spachtel glatt streichen und 3 bis 4 Stunden oder über Nacht in den Kühlschrank stellen.
Mit Kakaopulver bestäuben und ein wenig mit frischem Obst (Himbeeren oder Erdbeeren) garnieren.
* Dieser Kuchen muss im Kühlschrank aufbewahrt werden.
Dekadent köstlich!

EINFACHE PIZZA

Dies ist Carolines Rezept, nicht Lucys –
denn Lucy würde ihren eigenen »Papas Pizzateig« machen
und die San-Marzano-Tomaten verwenden!
Aber dieses Rezept geht schnell und ist einfach und wirklich
sehr lecker! Es ergibt eine große Pizza, mit einem Beilagensalat
genug für 2 Personen.

Zutaten

1 Packung (385 g oder ähnliche) fertiger frischer Pizzateig

25 g Knoblauchbutter (oder eine Knoblauchzehe zerdrücken, mit Salz und Pfeffer zu etwas weicher Butter geben)

150 g Tomatenpassata, ca. 12 frische Basilikumblätter (oder ½ TL getrocknetes Basilikum) und ½ TL getrockneter Oregano, alles zusammengerührt

150 g geriebener Mozzarella und 75 g geriebener Cheddar

Belag

Gegartes Hähnchenfilet (ca. 150 g), Chorizo, rote Zwiebeln, Schinken, in Scheiben geschnittene Champignons, Paprika, Ananas, Ziegenkäse, Chilis, gegrilltes Gemüse – wirklich irgendeine Kombination, die Sie mögen!

Garnierung: frischer Rucola und ein Spritzer Balsamico (optional)

Zubereitung

Den Ofen auf 220 °C/200 °C Umluft/Gas Stufe 7 vorheizen.

Rollen Sie den fertigen Teig in einem großen Rund oder Oval aus. Legen Sie ihn auf einen Pizzastein (idealerweise) oder ein großes flaches Backblech. Mit der Knoblauchbutter bestreichen und 6 Minuten lang backen, damit die Pizzaränder anfangen, knusprig zu werden.

Verteilen Sie die Tomatensoße gleichmäßig mit einem Löffel darauf, sodass sie fast bis an den Rand reicht.

Fügen Sie die Hälfte vom Käse hinzu und dann den Belag Ihrer Wahl. Meine Favoriten sind Hühnchen, dünn geschnittene Chorizo, rote Zwiebeln und rote Paprika. Oder probieren Sie gehackten Schinken und Pilze oder rote Paprika, Zwiebeln und Ziegenkäse.

Mit dem restlichen Käse bestreuen.

Weitere 10 bis 12 Minuten backen, bis die Pizza goldbraun und knusprig und der Käse geschmolzen ist.

Mit einer Handvoll Rucola und einem Spritzer Balsamico garnieren.

Köstlich! Noch besser mit einem Glas Wein oder einem Prosecco dazu.

EIN BRIEF VON CAROLINE

Vielen Dank, dass du dich entschieden hast, *Der wunderbare Foodtruck am Strand* zu lesen. Ich hoffe, es hat dir gefallen, Zeit mit Lucy, Jack und Dackel Daisy zu verbringen und dabei mit dem fabelhaften legendären Camper Ruby durch Northumberland zu reisen. Hoffentlich hast du es dir mit diesem Roman richtig gemütlich gemacht, mit Cocktails und Kuchen oder einem Stück köstlicher Pizza in der Hand!

Wenn dir das Buch gefallen hat, melde dich gern bei mir oder hinterlasse eine Rezension. Ich freue mich immer, wenn ich die Reaktionen meiner Leserinnen und Leser erfahre, und ein Kommentar oder eine Rezension versüßt mir den Tag und kann auch dazu beitragen, dass andere meine Bücher überhaupt entdecken. Du würdest die Autorin damit sehr glücklich machen.

Schau doch mal auf meinen Facebook-, Instagram- und Twitter-Seiten vorbei. Teile mir deine Neuigkeiten, Ansichten und Rezepttipps mit, oder lies alles über meine Lieblingscocktails und die neuesten Backwaren, und guck dir Jarvis (meinen wahnsinnig lieben Spaniel) auf einem unserer herrlichen Spaziergänge in Northumberland an und erfahre mehr über die Inspirationen, die hinter meinen Texten stecken.

Es ist schön, neue Freunde zu finden, also lass uns in Kontakt bleiben.

Nochmals vielen Dank, alles Gute und bis bald!

Caroline X

Facebook: /CarolineRobertsAuthor
Instagram: @carolinerobertsauthor
Twitter: @_caroroberts
Website: http://carolinerobertswriter.blogspot.co.uk

DANKSAGUNG

Dieses Buch wurde während des COVID-19-Pandemie-Lockdowns im Jahr 2020 geschrieben. Inmitten dieser ungewöhnlichen Zeit war es eine Freude, mit Jacks Cocktail-Camper und Lucys Pizza-Pferdeanhänger (in meiner Vorstellung) herumfahren zu können, um an all diesen Feiern teilzunehmen.

Die meiste Recherche musste ich per Telefon und im Internet durchführen, und ein großer Dank geht hier an Minnie von *Minnie's Mobiles Bars and Pizza*, Graeme von *Fizz on the Tyne* und Richard von *Crusts and Castles* für all die Einblicke in die Welt der mobilen Gastronomie und dafür, dass sie ihre Zeit geopfert haben, um meine vielen Fragen zu beantworten. Ein besonderer Dank geht an Minnie für die Bereitstellung einiger Cocktailrezepte! Ich wünsche euch allen das Allerbeste für eure geschäftlichen Unternehmungen.

Auch Mary (von nebenan) danke ich für den inspirierenden Tipp, Limoncello bei dem Rezept für den Clementinen-Kuchen hinzuzufügen, und meiner Tochter Amie, die meine Geschmacksnerven erfreut und mich mit ihrem Gin-Tonic-Kuchen inspiriert hat. (Kuchen und Cocktails passen sehr gut zusammen, das verspreche ich euch!) Danke an Marie für ihren

Tipp mit der einfachen Pizza und an John Eyre für seine Einblicke in alte VW-Busse, die genau zur richtigen Zeit für die Bearbeitung kamen.

Ein großes Dankeschön, wie immer, an meine fabelhafte Lektorin Charlotte Brabbin und an das gesamte Team bei One More Chapter, HarperCollins. Und an meine reizende Agentin Hannah Ferguson und das Team von Hardman & Swainson.

Vielen Dank an das Northumberland Chapter der Romantic Novelists' Association. Wir werden uns bald alle wiedersehen! Tee, Kuchen und Plausch sind längst überfällig. Und an alle Bibliotheken und Mitarbeiter*innen, die meine Bücher unterstützen, hier und auf der ganzen Welt – lieben Dank.

Eine herzliche Umarmung an meine Familie und alle Freunde. Prosecco und Partys sind im Anmarsch!

Zu guter Letzt möchte ich mich bei meinen Leser*innen bedanken, für all eure wunderbare Unterstützung, eure Rezensionen und Kommentare und dafür, dass ihr euch die Zeit für Chats mit mir auf Facebook, Instagram und Twitter nehmt. Ihr macht es lohnenswert für mich, stundenlang in meinem kleinen Zimmer zu sitzen und zu schreiben. Vielen Dank an all die tollen Buchblogger da draußen! Ich hoffe, meine Bücher schenken euch eine kleine Auszeit vom Alltag und Glücksgefühle.

Viel Spaß mit *Der wunderbare Foodtruck am Strand* und dem Abenteuer mit Lucy und Jack.

Cheers!

Caroline X